EL TRAIDOR DE PRAGA

HUMBERTO LÓPEZ Y GUERRA

El traidor de Praga

NOVELA

Saturn Förlag

ISBN: 978-91-519-0198-5
© Humberto López y Guerra (H.L. GUERRA),
2012-2023
Primera edición 2012
Segunda edición 2019
Tercera edición (Bolsillo) 2021
Quinta edición 2023–2024
© Saturn Förlag, 2023–2024
Impresión: Amazon
info@saturnforlag.com
https://gruposaturn.com/

Reseñas:

Después de la publicación de esta excelente novela, ya no podrá decirse que el género de espionaje no tiene una verdadera tradición literaria en lengua castellana. La tiene; acaba de nacer. Y es de origen cubano. (Manuel C. Díaz – El Nuevo Herald)

El tópico de que una novela, como una banda de forajidos, debe "atrapar al lector", se convierte en signo determinante de la calidad en las novelas de espionaje. El traidor de Praga (Verbum, Madrid, 2012) logra este mérito desde sus primeros cortes argumentales. Leerla es buscar tiempo para no soltarla. (José Prats Sariol y Emil Volek – Diario de Cuba)

Un libro intenso que nos puede dejar perplejos y preguntándonos cuánto puede haber de cierto o al menos potencialmente posible en esta excelente novela. (Luis de la Paz – La Revista)

El Traidor de Praga, la novela del cineasta, periodista y escritor, cubano-sueco Humberto López y Guerra, es sin temor a exagerar, uno de esos libros que cautiva al lector desde la primera hasta la última página. (Freddy Valverde – Radio Praga)

A Nina y Víctor

"Si el Estado cubano optara por desarrollar actos terroristas, por responderle con terrorismo a los terroristas, estamos seguros de que seríamos unos terroristas muy eficientes. [*Aplausos*] Que nadie piense lo contrario. Si decidimos ser terroristas, no hay duda de que seremos muy eficientes. Pero el que la revolución cubana nunca haya recurrido al terrorismo no significa que hemos renunciado a ello. Queremos que esto sirva de advertencia".

Discurso del Primer ministro Fidel Castro por el 15° aniversario del MININT (Ministerio del Interior), en el Teatro Carlos Marx, La Habana, 6 de junio de 1976.

0. 1989 Comienzos de abril

Mar Báltico, Bahía de Greifwald, Alemania del Este.
Comienzos de abril, 1989

La pequeña isla de Ruden se perdió a estribor y el faro de Thiessow siguió marcando con sus destellos su punto más meridional. El *Ostseeland* mantuvo su curso surcando lentamente las tranquilas aguas del Báltico. Desde el interior del puente de mando, Erich Honecker miraba en silencio como las olas chocaban contra la proa. El *Ostseeland* no era un yate de lujo a pesar de su fama y sus sesenta metros de eslora. Más bien parecía un pequeño barco de pasajeros que una embarcación de recreo. Aunque oficialmente pertenecía a la Marina del Pueblo de la República Democrática Alemana, estaba a disposición del *Vorsitzender des Staatsrates*, el presidente del Consejo de Estado.

A su lado Erich Mielke, su ministro de la seguridad del Estado. Tenía la mirada de un hombre cansado. El *Vorsitzender* se volvió lentamente hacia él y como si le laceraran las palabras dijo casi en un susurro:

—Es una traición, Erich.

Mielke asintió lentamente y sus manos, mancilladas por las marrones máculas de los años, se crisparon sobre la barandilla.

Comenzaba a oscurecer. Había sido uno de esos tantos días nublados y grises. La ausencia de colores de aquel atardecer sumió a los dos hombres en una penumbra sólo interrumpida por los intermitentes destellos del faro.

—Bien, ya deben de estar todos en el salón de conferencias. Vamos, —dijo Honecker.

La pesada puerta de madera, labrada con el escudo del primer Estado Alemán de los Trabajadores y los Campesinos, del salón de reuniones del *Ostseeland,* se abrió de par en par y los dos hombres más poderosos de la RDA hicieron su entrada en silencio. Cinco hombres sentados alrededor de una gran mesa ovalada se levantaron y fueron a su encuentro.

Honecker y Mielke saludaron con solemnidad, pero con camaradería. Con un gesto que trató de aparentar seguridad el

13

Vorsitzender invitó a los cinco hombres a que tomaran nuevamente asiento alrededor de la ostentosa mesa.

—Camaradas, gracias por haber venido —dijo Mielke flemáticamente, mirando a cada uno de los invitados—. Lamentablemente, la situación requiere que se tomen las máximas medidas de seguridad. Esta es la razón por la cual nos encontramos a bordo del *Ostseeland*. Los tiempos que estamos viviendo exigen una acción conjunta de todos nosotros fuera del marco tradicional y oficial del Pacto de Varsovia. No sirve de nada discutir o protestar en el seno de nuestra organización militar. El momento en que vivimos, requiere otro tipo de medidas activas conjuntas.

Ion Narti, uno de los hombres de confianza del dictador rumano Nicolae Ceauşescu, con una larga y tenebrosa carrera dentro de SECURITATTE, la temida policía política rumana, asintió. A su lado estaba sentado el general cubano Abelardo Colomé Ibarra, *Furry*, jefe de los servicios de la Contrainteligencia Militar, en calidad de viceministro primero de las Fuerzas Armadas de Castro.

Checoslovaquia estaba representada por Zdenek Gojtik, un viejo comunista ortodoxo que había participado activamente como hombre de Moscú durante el llamado *periodo de estabilización*, con posterioridad a la invasión soviética y de los países del Pacto de Varsovia a su país en 1968.

Todor Jivkov, el viejo estalinista búlgaro había enviado a su propio hijo Vladimir, que aspiraba a sucederle.

El quinto invitado era Semjon Vladykin, hombre de confianza de Churbanov, el corrupto yerno de Brezjnev cuando este había sido ministro del Interior, pero en aquellos momentos de *Perestroika*, era un hombre totalmente marginado, aunque había logrado milagrosamente salvarse de las purgas posteriores a la muerte de Brezjnev. Vladykin tenía aún buenos contactos dentro de los altos mandos militares soviéticos contrarios a Gorbachov.

—Las noticias que nos han llegado de Moscú últimamente son realmente inquietantes, camaradas —prosiguió Mielke—. Ya hemos escuchado los ataques soslayados del propio secretario general del PCUS contra la firme política que siguen nuestros partidos y gobiernos para defender la patria socialista.

El ministro de la Seguridad del primer Estado socialista alemán sacó del bolsillo de su cazadora un pañuelo y se secó ligeramente los viejos y cuarteados labios. Había cumplido recientemente ochenta años, toda una vida sirviendo al Partido y a la Unión Soviética, adonde fue enviado por primera vez en 1931, después de haber asesinado a dos tenientes de la policía berlinesa frente al cine Babilón cuando tenía 24 años. Mielke, el creador en 1945, y desde entonces, celoso innovador del aparato represivo de la República Democrática Alemana. Cuarenta y un años más tarde, vería con espanto cómo la propia patria de Lenin comenzaba a poner en dudas la sagrada liturgia del materialismo histórico y de la dictadura del proletariado.

Un par de años atrás Gorbachov había comenzado a hablar por primera vez de *perestroika*, reconstrucción, y de *glasnosst*, trasparencia, lanzando blasfemias contra el sistema comunista, coqueteando con Thatcher y Reagan, hablando de democracia y expresando alabanzas sobre la economía de mercado.

–Hoy, los países socialistas –continuó Mielke– nos enfrentamos a la mayor crisis de nuestra historia. Una crisis no creada por la guerra fría, o por un ataque militar de los imperialistas o revanchistas, sino que engendrada en la propia Unión Soviética. ¿Qué podemos hacer, camaradas? ¿Dejar que el cáncer nos destruya? ¿O debemos luchar por lo que hemos construido, por lo que nos pertenece, por lo que hemos luchado toda la vida? –preguntó.

–Por supuesto que no vamos a quedarnos con los brazos cruzados –irrumpió Honecker.

Honecker sabía que cualquier grieta en el muro ideológico sería el comienzo irreversible, no sólo del derrumbe del muro de Berlín.

–Camaradas, no podemos seguir esperando milagros de Moscú, tenemos que obrar rápidamente –agregó Honecker–. Sabemos que Gorbachov ha comenzado a preparar un plan para despojarnos del poder e instaurar en nuestros países el caos de su pérfida *perestroika*. Sabemos igualmente que nuestros enemigos de occidente aprovechan la oportunidad para destruirnos. No hay alternativa. Hace solamente unas semanas, el propio Yasienievo, el jefe el Primer Directorio de la KGB, hablaba de *perestroika* como de una intervención quirúrgica que debe extirpar un tumor maligno del moribundo sistema comunista –no pudo disimular su enfado–, calificando la época del camarada Brezjnev como los años del estancamiento y la depauperación del sistema. Somos nosotros los culpables de ese estancamiento, según Yasienievo.

Nosotros somos parte del tumor, por lo tanto, debemos de ser extirpados *quirúrgicamente* –agregó Honecker con sarcasmo.

Los intérpretes tradujeron rápidamente y los asesores tomaron nota de las palabras del *Vorsitzender*.

–Para ahondar aún más en este tema, quisiera que nuestro camarada Semjon Vladykin nos informe directamente de sus experiencias –añadió Honecker.

–Muchas gracias *tovarish* Honecker, muchas gracias –dijo Vladykin mirando a sus interlocutores con cierto aire de súplica–. Lo que se está fraguando en Moscú es una traición. El propio secretario general del PCUS, apoyado y asistido incluso por algunos traidores dentro de nuestra propia KGB, y otros traidores que se esconden por ahí, en vuestros países, están en estos momentos preparando medidas activas contra nuestros gobiernos y nuestros partidos. Nuestra respuesta tiene que ser contundente para seguir garantizando la continuidad del marxismo-leninismo.

Honecker hizo una seña a su asistente más cercano que comenzó a repartir rápidamente a cada uno de los cinco hombres en sus idiomas correspondientes una carpeta roja con el nombre de COMANDOS INTERNACIONALES DE SOLIDARIDAD (CIS).

–Este documento, camaradas, contiene, como saben, las líneas generales del plan de acción para contrarrestar la traición y seguir manteniendo la bandera del comunismo en alto, suceda lo que suceda –dijo Mielke.

El General de Cuerpo de Ejército Colomé Ibarra alzó su carpeta en señal de que deseaba decir algo. Honecker le cedió la palabra:

–Compañeros, como ha dicho el compañero Fidel, nosotros los cubanos estamos dispuestos a hundirnos con la Isla, pero nunca claudicaremos. La decisión histórica de crear el CIS nos compromete, no sólo a seguir luchando por nuestros ideales, sino que a prepararnos para asestarle al Imperialismo y a los revanchistas occidentales un certero golpe en sus propias entrañas.

–Gracias, camarada *Furry*. Entonces, si estáis de acuerdo con la propuesta alzad las manos y procedamos a crear el CIS –agregó Mielke alzando su mano.

Los otros seis hombres alzaron también sus manos en silencio.

El *Ostseeland* siguió su ruta, surcando las negras aguas del Báltico. Los destellos del faro Thiessow en la isla de Ruden habían desaparecido en el horizonte. Sólo reinaban la noche y las tinieblas.

1. Noviembre 25

La tarde había caído cuando Javier Puig se dispuso a salir del pequeño hotel donde se había hospedado horas antes. Al pasar por la recepción, recogió el pasaporte estadounidense a nombre de Rigoberto Sánchez con el cual viajaba en aquella ocasión, y después de cambiar algunos marcos alemanes se dirigió a la salida contando mecánicamente las raídas y descoloridas coronas checas que le entregara la taciturna cajera.

El cielo tenía un color gris blanquecino, con nubes bajas y compactas que presagiaban nieve.

En la puerta tuvo que echarse a un lado para no tropezar con dos individuos que, impetuosos y algo desorientados, entraron al hotel. Guardó el gastado dinero en su billetera, siguiendo con la vista a los dos hombres que, en un alemán de marcado acento berlinés, discutían con vehemencia sobre el futuro del maltrecho régimen comunista checoeslovaco; mientras el portero de rostro rubicundo y mirada irascible, sacaba las valijas del portaequipajes del Mercedes 300 con placa de Berlín occidental en el que habían llegado.

Al llegar a la recepción, el más joven, emplazando una de sus cámaras Nikon en el mostrador, como si se tratara de un arma de fuego, preguntó con aire desdeñoso y ausente a la recepcionista por una reservación a nombre de un tal Braun. La mujer, menuda y de expresión inmutable, después de consultar con la parsimonia imperturbable de una burócrata socialista el manoseado libro de reservas, con amabilidad, pero con firmeza, le respondió en un alemán pausado, de un fuerte acento eslavo, que no había reservación alguna con ese apellido. La historia solamente cobró credibilidad cuando el otro hombre, de aspecto jovial y licencioso, apretó un billete de veinte marcos en la palma de la mano de la pálida y espigada mujer de largos cabellos cenicientos, que, sin mover un solo músculo de su cara, al revisar nueva mente el libro de reservaciones, la confirmó.

Javier los siguió observando de reojo, fingiendo mirar des preocupadamente un cartel situado en la entrada en el que un grupo de coristas exhibían sus erectos y macizos senos anunciando la «Gran revista musical Alhambra». El cartel, inexplicablemente, seguía aún en el vestíbulo, a pesar de que el espectáculo había sido cancelado debido a los «acontecimientos políticos que sacudían al país».

Los dos alemanes, una vez que se inscribieron en el libro de registro, después de entregar sus pasaportes y recibir de la aséptica recepcionista la llave de la habitación, reanudaron la discusión sobre el futuro de Checoslovaquia; seguidos de cerca por el mozo del hotel, que dando tumbos y traspiés con el equipaje a cuesta, en un terrible inglés, mezclado con algo de alemán e italiano, comenzó a ofrecerles insistentemente, a medida que se iban acercando al viejo ascensor, un rosario de servicios; desde un ventajoso cambio negro de marcos a coronas, hasta la discreta compañía de maravillosas chicas o chicos, «si era lo que los señores estaban buscando», eso sí, siempre a los mejores precios de Praga, y con la mayor discreción del mundo. Javier sonrió para dentro al escuchar nuevamente la misma monserga que había escuchado del propio botones horas antes.

El hotel estaba situado cerca de la Plaza de San Venceslao, en el mismo centro de Praga. Sabiendo que tenía algunas horas a su favor Javier se encaminó con paso rápido en dirección a la Plaza de San Venceslao atraído por los gritos de más de trescientos mil checos que exigían la renuncia del Comité Central y del primer ministro Milos Jakes. Praga estaba en ebullición y reinaba una especie de caos organizado, prudente, pero imprevisto.

Horas antes, su llegada al aeropuerto internacional de Praga había sido caótica. Un centenar de periodistas y fotógrafos occidentales habían cruzado con él, a codazo limpio, el control de aduanas y pasaportes; ante la mirada atónita de los guardianes del régimen que sorprendidos por el alud humano y convencidos de que, al gobierno comunista, que habían preservado, no le quedaba muchas horas de vida, los dejaron pasar sin apenas revisar sus credenciales de prensa y pasaportes.

Aún con el pasaporte en la mano, Javier salió catapultado por la turba. La horda de periodistas que lo arrastró, hambrienta de sucesos trascendentales con los cuales llenar los informativos de la televisión o las primeras páginas de sus diarios, abordó los pocos y viejos taxis que quedaban. Otros coches particulares a cambio de unos pocos marcos alemanes, ofrecían llevarlos también a la ciudad. Javier logró tomar uno de aquellos improvisados taxis con un par de periodistas italianos que conversaban con él como si fuera uno de ellos.

Checoslovaquia se había convertido en noticia de primera plana en aquellos convulsivos últimos meses de 1989.

Javier se cerró el cuello de su *trenchcoat*, sorprendido por una ráfaga de aire frío al bordear la primera esquina.

La alegría, contenida solamente por el miedo a las tropas de seguirdad acuarteladas a un centenar de metros de la plaza, en el cuartel de la calle Skolska 32, comenzaba a producir conatos de rebelión entre los estudiantes, a pesar de la represión de días anteriores.

En los dos últimos años, su pelo castaño había encanecido rápidamente, y su rostro había tomado esa expresión de resignación que suelen tomar los hombres que han arribado a la conclusión de que nunca llegarán a ser lo que habían imaginado en su juventud.

Al caminar balanceaba hacia delante su largo y espigado cuerpo, algo que le daba un aspecto distraído.

«10 años le llevó a Polonia, 10 meses a Hungría, 10 semanas a la RDA y 10 días a Checoslovaquia», leyó en una de las pancartas que llevaba un grupo de estudiantes que cruzó por su lado cantando y riendo como si fuera carnaval. Se les quedó miran do, recordando tiempos pasados.

Comenzó a nevar. Si algo realmente detestaba era precisamente aquel tipo de nieve fina, que al congelarse se convertía en lacerantes alfileres de hielo que le perforaban el rostro. Irritado, se alzó el cuello del impermeable buscando protección entre las marquesinas de los viejos edificios.

La furgoneta espía perteneciente al Grupo Especial Recolector de Información, SCE –como llamaban a los comandos operacionales compuestos por personal de la CIA y la Agencia Nacional de Seguridad, NSA, que por aquellos años trabajaban en el extranjero dedicados al *ELINT*, Inteligencia Electrónica–, había estado vigilando desde hacía varios días el apartamento del mayor Mario Paredes: un pequeño y regordete individuo, de cara redonda con expresión de niño grande que, bajo la cobertura diplomática de segundo secretario de la Embajada de Cuba en Praga, ejercía el cargo de segundo jefe de operaciones de la Dirección General de Inteligencia cubana, DGI, en Checoslovaquia; lo que en la jerga de la inteligencia cubana se conocía como el Centro Legal de Praga, CLP.

Dentro del vehículo Ray, el técnico recolector de información se frotó las manos para aliviarse del frío que se filtraba insistentemente a través de la carrocería del vehículo antes de volver a ajustar los trasmisores.

La zona adonde estaba situado el apartamento de Paredes era típica de los suburbios de Praga, con largos y sombríos edificios de cuatro o cinco plantas, levantados en los sesenta, amontonados alrededor de pequeños y sombríos parques infantiles en los cuales nunca se veía jugar a los niños. El color de las paredes había desaparecido hacía mucho tiempo. De vez en cuando, uno que otro trolebús se detenía en la solitaria parada en la cual años atrás una brigada socialista de trabajo voluntario había plantado algunos árboles que tampoco habían resistido la erosión social.

El apartamento era pequeño y aunque distaba mucho de tener la norma media de un apartamento europeo occidental, estaba bien amueblado y tenía todas las comodidades que en Cuba estaban reservadas a los miembros de la *nomenclatura*.

El número dos de la inteligencia cubana en Praga terminó su café y encendió rápidamente, con gesto seguro, un *Ligeros* de exportación. Inhaló el humo fuerte y aromático del cigarrillo cubano, guardándose en el bolsillo de su camisa la cajetilla azul marino con el dibujo del blanco velero.

El mayor Paredes había sido uno de los primeros oficiales de la seguridad cubana que fueron entrenados personalmente a principios de la década de los sesenta por el general del KGB, Viktor Simenov, cuando la organización de espionaje soviético creara la DGI. Desde el principio Mario gozó de la confianza y amistad del general Simenov que posteriormente se convirtió en jefe de Operaciones del KGB. Su lealtad a Simenov le había ayudado a ascender en la inteligencia cubana, a pesar de las purgas que había sufrido el Ministerio del Interior en aquellos últimos veinte años.

Fue en 1987, cuando Paredes, por tercera vez, durante sus años al servicio del espionaje cubano, volvió a Praga para ocupar el alto cargo de segundo jefe de Operaciones. Su primera misión en esa ciudad había sido en 1964, recién había terminado su entrenamiento en la escuela especial del KGB en Moscú. En la década de los años setenta había vuelto por un corto período, antes de ser enviado al Centro de la inteligencia cubana de México.

Su salida del edificio fue inmediatamente registrada por el equipo de seguimiento de la furgoneta. Se dirigió a su Lada con matrícula diplomática aparcado en una solitaria calle lateral.

Caminando por las calles de Praga los recuerdos de la invasión soviética a Checoslovaquia en octubre de 1968 asaltaron violentamente a Javier. Los gritos de la Plaza de San Venceslao se confundieron en su memoria con los de aquellos jóvenes tanquistas de la Alemania del Este, que desde las torretas abiertas de sus T-34, veintiún años atrás, aseguraban con ignorante vehemencia, que los revanchistas de Alemania Occidental habían invadido Checoslovaquia.

En columnas interminables, los tanques del Ejército del Pueblo de la República Democrática Alemana, pintados apresuradamente con la franja blanca que los identificaban como fuerza invasora del Pacto de Varsovia, cruzaron la calle principal de Pirna; aquel pequeño y pintoresco pueblo de la Alemania Sajona oriental, a orillas del Elba, donde la invasión había sorprendido a Javier en brazos de una joven camarera que solía ir a la cama con extranjeros, solamente para atrapar, por unas horas, parte de un mundo añorado y desconocido, más allá del muro de Berlín.

Los blindados continuaron su camino de terror pasando por Hrensko, un pequeño paso de fronteras en el mapa de Europa, escogido por el alto mando militar soviético por su insignificancia para introducir las tropas de ataque germano orientales en territorio checoslovaco.

El ensordecedor ruido de los tanques continuó retumbando en su cabeza. Recordó la dulce y solitaria chica mirando con perplejidad a través de la pequeña ventana que daba a la calle el demoledor paso de los blindados, pegando al suyo su desnudo y tembloroso cuerpo. «¡Es la guerra, es la guerra!», los repetidos gritos de un tanquista, casi un niño, erguido en la torreta del tanque se confundieron finalmente con los gritos multitudinarios de libertad en la plaza.

Caminaba por las calles de Praga, recordando los rostros de los soldados soviéticos que fueron recibidos en esas mismas calles por los checos a pecho descubierto: sin más armas que la persuasión, la imprecación y algunas piedras, y que días más tarde, traumatizados por encañonar con sus tanques, no al enemigo revanchista y capitalista, sino que a un pueblo que sólo quería un socialismo con más libertad, tuvieron que ser sustituidos por otros soldados y estos por otros... «Fue el principio del fin del comunismo en Europa del Este», pensó.

Salió de sus recuerdos al llegar a la Plaza de San Venceslao donde había cundido la noticia de que finalmente el Buró Político renunciaba. La multitud aclamaba con alegría disciplinada al hombre que veintiún años atrás había tratado legalmente de implantar un régimen socialista democrático: Alexander Dubcek, el líder de la Primavera de Praga. «¡Dubcek al castillo, Dubcek al poder!», gritaban más de trescientas mil gargantas. Un calor abrasante invadió su cuerpo. Sus ojos se nublaron, y comprendió que estaba llorando. «Aquellos últimos veinte años nunca habían existido en realidad», pensó y la vorágine de la historia y los recuerdos lo trasladaron de nuevo a los días de la Primavera de Praga, cuando una multitud similar, en aquella misma plaza, exigía un socialismo con rostro humano.

Javier había vivido de cerca aquel intento de democratizar el comunismo en la Checoslovaquia del 68, y aún, en medio de todo aquello, no podía creer lo que estaba viviendo. Un extraño *deja vu* se apoderó de él.

Dubcek comenzó hablar con su voz cansada y mutilada por el largo silencio desde aquel célebre balcón, al lado de un tímido escritor disidente y expreso político, que después se convertiría en el último presidente de Checoslovaquia y en primer presidente de la República Checa: Vaclav Havel.

La nieve se derritió por el calor humano que llenó la plaza, y a un centenar de metros, Karel Urbanek, el nuevo dirigente del Partido Comunista Checoslovaco, elegido a la carrera, declaraba evidentemente contrariado ante las cámaras de televisión que no sabía por qué ni para qué había sido designado.

El equipo de escucha de la furgoneta –en la jerga de la Agencia, Charlie Brown– se detuvo silenciosamente en la calle Parizská, cerca del barrio judío, a medio camino entre la vieja nueva sinagoga y las oficinas de Cubana, la línea área de Cuba. Minutos más tarde, después de aparcar su Lada en una calle aledaña,

Paredes entró sin encender la luz de las sombrías oficinas de la compañía de aviación, cerradas ese día debido a los acontecimientos políticos que conmovían al país.

—El pájaro se encuentra en el área de contacto —dijo Ray por el micrófono.

Minutos después, no muy lejos de allí, en la calle Brechová, que desemboca en el angosto triángulo de la U Starého Hrbitova, Javier descendió de un taxi, y después de pagar, se dirigió con paso rápido al cercano cementerio judío de media dos del siglo XV.

Entró por la pequeña verja que sirve de acceso al cementerio y a la sala de ceremonias, un edificio aledaño de principios de siglo XX de estilo seudoromano, que sirve de exposición permanente a los dibujos y textos de los niños judíos prisioneros en los campos de concentración de la Alemania de Hitler.

La penumbra del atardecer le dio un aspecto aún más irreal al lugar. Los cientos de lápidas amontonadas, las unas sobre las otras, proyectaban extrañas sombras sobre el níveo muro del ala levantina del cementerio. Comenzó a andar por el angosto camino entre las tumbas.

Javier Puig, llegó también a Praga por vez primera en 1964, como Segundo Secretario de la Embajada de Cuba. La primera vez que visitó aquel viejo cementerio judío, uno de los más antiguos de Europa central, había sido aquel domingo gris de septiembre en compañía de la misma persona que esperaba volver a encontrar en ese mismo lugar, veinticinco años después: Mario Paredes.

Muchos detalles se esfumaban en su memoria, otros habían permanecido intactos en el recuerdo. Las imágenes preservadas en su memoria durante años se fundieron con el entorno: remembranza y realidad adquirieron de repente una nueva dimensión y un nuevo significado.

Por aquellos tiempos, cuando aún no había cumplido los veintitrés años, ya había terminado unos expeditos estudios diplomáticos en la recién inaugurada escuela del Ministerio de Relaciones Exteriores de Cuba, MINREX, después de haber efectuado estudios intensivos de alemán en Leipzig. Eran los años en que «se necesitaba revolucionarios de *Patria o Muerte* en puestos clave», como le había dicho el propio Raúl Roa, a la sazón ministro de Relaciones Exteriores, antes de que partiera de La Habana hacía

Praga, en su primera misión diplomática, a bordo del viejo Britannia de Cubana de Aviación, que como de rigor, hizo su escala técnica en Gander. Había sido en aquel aeropuerto canadiense, situado en la lejana isla de Terranova; en medio de la niebla y de la noche, esperando regresar a la nave para continuar viaje, cuando por primera vez, lejos de su Isla, Javier se atrevió a reconocer, sin resquemor alguno, las dudas que había ido acumulando hacia aquella revolución que había jurado defender tantas veces. La distancia actuó como una especie de bálsamo en las heridas que habían abierto durante aquellos últimos meses de incertidumbre y desencanto el desmedido aumento de la represión y la intolerancia contra los que de una forma u otra no compartían, al pie de la letra, los erráticos vaivenes políticos del Máximo Líder; o simplemente no armonizaban con el dogma oficial de lo que debiera ser un *buen revolucionario*. Los campos de trabajos forzados de las Unidades Militares de Ayuda a la Producción, UMAP, adonde habían ido a parar homosexuales, Testigos de Jehová, artistas, escritores, y todo aquel que fuera considerado por la *Revolución* como *lacra social*, eran la prueba más palpable y aberrada de aquellas violaciones.

Respiró profundamente y se sintió liberado, capaz de tomar sus propias decisiones. Lo vio todo claro, de repente: el rumbo que había tomado la revolución estaba muy distante de aquellos ideales libertarios que le había inculcado su padre –un anarquista catalán que había huido de España en plena guerra civil para asentarse en La Habana, dónde se casó con una cubana–. «La revolución ha dejado de ser lo que era, o quizás nunca lo fue. Una ilusión, al principio espontánea, ahora forzada», pensó mirando con desconfianza a su alrededor para cerciorarse de que nadie había escuchado el subversivo murmullo de sus pensamientos.

Fue entonces cuando de repente sintió una punzada aguda en medio del pecho, su respiración se entrecortó y su corazón comenzó a latir más rápidamente. Sintió un loco deseo de huir, desertar, de dejarlo todo, de salir corriendo… Sentía miedo, pero al mismo tiempo comenzó a sentirse libre.

Buscó a los famosos agentes de la CIA, que según la mitología de la policía política de la isla se encontraban siempre acechando, en todos los lugares donde hubiera un cubano, para sonsacarlo u obligarlo a desertar. Pero no había nadie a la vista que pudiera ser un supuesto agente del enemigo en aquel desierto aeropuerto en aquellas altas horas de la noche. «¿Ese hombre que limpia el piso? No». Un par de japoneses extraviados con sus cámaras pasaron por su lado, pero Javier los desechó también como posibles agentes del *imperialismo*. No, no había nadie a quien confiarle aquel secreto que tendría que llevar como una carga a partir de aquel momento. Cerca de él los otros cubanos –la mayoría hombres– que viajaban en el mismo vuelo –entre los cuales había agentes de Seguridad del Estado, que como de costumbre volaban en los aviones cubanos para impedir deserciones, atribuidas a lo que eufemísticamente llamaban *provocaciones imperialistas*–, contemplaban con desconsuelo los productos electrónicos de las estanterías.

«Mejor así, de todas formas, no hubiese tenido los cojones de desertar», pensó con cierto nerviosismo; pero aquel primer ajuste de cuentas consigo mismo, aquel ataque de sinceridad, de algo que él había pensado muchas veces, pero que se había negado a reconocer, lo había convertido de repente, en un enemigo del régimen, aunque él mismo aún no lo supiera. Aquella misma noche, camino de Praga, comenzó a salir del atolladero ideológico en el que se encontraba desde que Castro había abandonado los postulados de una revolución humanista, cambiándola por un régimen comunista que cada día se le hacía más insoportable y represivo. Que le hubieran enviado a Praga en aquellos momentos era un alivio y un respiro para él. Era, además, la primera vez que salía fuera de Cuba: una experiencia que iba a aprovechar al máximo.

Horas más tarde, en la tranquilidad del avión, simulando que dormía, volvió a sentir una mezcla de temor y alegría, consciente de que a partir de aquel momento sería una persona desconocida, también para sí mismo. Desde entonces, cada vez que jurara lealtad al Comandante en Jefe y a su revolución, estaría mintiendo, y tendría que fingir. Tendría que convencer a los demás que decía la verdad. Años más tarde, cuando entrevistaba a otros desertores y detractores del castrismo, en los campos de refugiados en Miami, ya trabajando para la CIA, comprendía muy bien cuándo estos trataban de explicarle que habían vivido muchos años detrás de una máscara.

«Veinticinco años sin regresar a Praga, y me parece que fue ayer. Increíble lo rápido que trascurre el tiempo», rumió Javier mientras se orientaba entre las tumbas. La ciudad seguía ejerciendo en él un extraño magnetismo, a pesar del tiempo trascurrido. Había sido la primera ciudad en la que había vivido fuera de Cuba, y a pesar del ambiente general de frustración y aislamiento en que vivía la gran mayoría de los checos entonces, la ciudad se había convertido en un lugar entrañable e íntimo. Al ser trasladado a comienzo de 1968 al aburrido y gris Berlín oriental, siguió visitando Praga tan pronto el trabajo en la embajada cubana en Pankow se lo permitía; paseándose horas y horas por la ciudad vieja, detrás de las huellas de Kafka, o confraternizando con viejos amigos entre abrazos, bromas y jarras de cerveza negra en la centenaria cervecería U Flekú.

De repente Praga volvía, como en 1968, a estar al borde de un cambio político, esta vez, más radical y profundo. Nuevamente, su destino y el de aquella ciudad volvían a cruzarse.

La invasión a Checoslovaquia, que había sorprendido a Javier en el pequeño pueblo de Pirna, aquel verano de 1968, destruyó para siempre la utopía de construir un comunismo con rostro humano. A su regreso a Berlín oriental, después de aquellas cortas vacaciones en aquel pequeño pueblo de la Sajonia oriental, a orillas del Elba, la decisión que había tomado cuatro años antes, aquella noche en el aeropuerto de Gander, y que desde entonces le había quitado el sueño, más a menudo de lo que hubiera deseado, comenzó a golpearle de nuevo: primero en sus sienes, después en su corazón, y por último a su razón.

En la embajada cubana en Berlín-Pankow, desde el propio embajador, Héctor Rodríguez Llompart, hasta el resto de los miembros de la legación, incluyéndolo a él, no pudieron ocultar su asombro y consternación cuando el viejo teletipo de la embajada irrumpiera sincopadamente con su monótono y estridente tableteo expeliendo el discurso íntegro de Fidel Castro apoyando sin reservas la invasión. El discurso iba acompañado con una circular del MINREX en la que se exhortaba a todo el personal diplomático a no hacer ningún tipo de comentario que no fuera el oficial.

Días más tarde Javier tomó la decisión más importante de su vida: aprovechando su condición de diplomático, huyó a Berlín occidental por el *Check Point Charlie* solicitando de inmediato a las autoridades militares estadounidenses asilo político y su traslado a los Estados Unidos.

Javier se detuvo frente a la escalera de piedra desgastada por los siglos. Miró hacía atrás. Comprobó que la calle estaba vacía. Miró su Omega Constellation que marcaba exactamente las cuatro de la tarde.

El agente recolector de *Charlie Brown* escuchó en sus audífonos la respiración ligeramente entrecortada de Javier cuando terminó de subir la estrecha es calera de piedra tratándose de orientar por aquel laberinto de siglos. El olor a tierra húmeda entró suave mente a sus pulmones abriendo nuevamente los recovecos del recuerdo. Finalmente, encontró la tumba de Jehuda ben Bezale l, el rabino Löw, aquel erudito teólogo, muerto a principios del siglo XVII, y que según la leyenda, había sido el creador del Golem, una criatura de barro del Moldava a la que le dio vida y a la que tuvo que destruir posteriormente. La tumba del eminente rabino se diferenciaba del resto, no sólo por su gran tamaño, sino que por la gran cantidad de piedras que la cubrían. No cabía duda, era la tumba que buscaba.

En la furgoneta, un agente mostró su extrañeza por la ocurrencia de realizar contacto con un posible espía desertor cubano en aquel insólito paraje. Pero no había sido una decisión tan extravagante como creyese el agente recolector. Mario Paredes había escogido aquel lugar con extremo cuidado: «Si alguna vez tuviéramos que encontrarnos sin poder decir dónde, este será el lugar, precisamente aquí, frente a esta tumba», le dijo Paredes, más joven y mucho más delgado, a Javier, cuando juntos visitaron aquel cementerio en 1964 mientras sostenía entre sus manos una de las piedras que cubrían la tumba del ilustre rabino. «Me llevo esta piedra y la devolveré, solamente, si algún día, tenemos que encontrarnos aquí, nuevamente. Será nuestro pequeño secreto», agregó Paredes. «Siempre seremos amigos, suceda lo que suceda», agregó Javier.

Mario Paredes y Javier Puig se conocieron aquel mismo año, cuando ambos llegaron a Praga por conductos diferentes para trabajar en la Embajada de Cuba, Javier como diplomático y Paredes como espía bajo cobertura diplomática. Hicieron amistad rápidamente y aunque sus vidas y tareas dentro de la revolución eran muy diferentes, encontraron en la literatura, el cine y la cerveza checa los aliados perfectos para gestar una amistad que, a pesar de tomar posteriormente rumbos opuestos, parecía resistir el deterioro del tiempo y el desgaste de las consignas políticas.

Muchos años más tarde, en casa de unos amigos judíos norte americanos, en Nueva York, Javier supo que Paredes no sólo había robado una piedra, sino que un deseo, y que ese deseo no podría cumplirse hasta que la piedra fuese devuelta a su tumba. Ahora, estaba nuevamente ahí, parado frente a la tumba del ilustre rabino. Pero ¿dónde estaba Mario? ¿Qué es lo que su viejo amigo se traía entre manos? Una semana antes, había recibido una extraña llamada de Paredes, en medio de la noche. Nunca antes le había llamado desde que desertara en Berlín occidental, por eso, para cerciorarse de que estaba hablando con él, le hizo una pregunta que solamente ambos sabían la respuesta: «¿Cuál es el nombre con el que yo solía llamar a todas las chicas que salían contigo en los sesenta?». «¿Eres tú?», le preguntó Javier sin pronunciar su nombre, sorprendido. «Sí, soy yo», espetó el segundo hombre del espionaje cubano en Praga sin tampoco decir su nombre. «Miroslava», respondió lentamente Javier. Entonces, sin más preámbulos, una vez comprobada la identidad del interpelado, escuetamente, pero con cierto nerviosismo en la voz, Paredes se refirió a la promesa que juntos hicieran ante la tumba del rabino Löw tres décadas atrás sin revelar el nombre del sabio, el lugar, ni el país. «En una semana, exactamente, a las cuatro de la tarde, necesito encontrarme contigo ahí mismo. ¡No me falles!», agregó. Sabiendo que su amigo era un importante agente de la inteligencia cubana, consciente de que nunca antes lo había contactado, preocupado por el tono de su voz, y sorprendido de que conociera su número secreto de teléfono, Javier Puig se puso inmediatamente en contacto con sus superiores en Langley. Después de extensas discusiones, autorizaron a que viajara a Praga para averiguar que era lo que Paredes se traía entre manos.

Se quedó unos instantes en silencio, como si meditase. Volvió a mirar a su alrededor y comprobó que estaba solo, pues desde donde estaba no podía ver la furgoneta que presentía estaría en alguna de las calles aledañas. Su mirada escrutó la tumba y finalmente descubrió la piedra envuelta en un papel marrón. La desenvolvió con cuidado. «En la taberna a las 21:00 horas». Leyó en voz baja el mensaje escrito acercándose el micrófono que llevaba oculto en su mano derecha. Su voz encriptada, convertida en señales analógicas en forma de ruido codificado fue descodificada en la furgoneta espía por los sofisticados receptores.

Después de destruir el papel, colocó nuevamente la piedra donde la había encontrado. «Además del mensaje, ¿qué deseo contendrá esta piedra?», se preguntó ya de camino hacia la entrada del cementerio. «Ahora, al menos, alguien quizá podrá realizar su deseo, si es que aún está con vida», pensó. A continuación, informó a Ray que la taberna a la cual Paredes hacía referencia no podía otra que la cervecería U Flekú.

Dentro de las oficinas de Cubana de Aviación, Mario Paredes descorrió ligeramente la vieja y sucia cortina que cubría el cristal de la puerta de entrada y observó durante unos instantes la furgoneta espía, aparcada del otro lado de la calle. Una leve sonrisa apareció en su amplio rostro al ver a Javier Puig caminar por una de las calles desiertas cercanas al cementerio judío.

2. Noviembre 26

Colin Bobelis dirigió su viejo Karmann-Ghia, que él obstinadamente llamaba su coche *veterano,* por la I-495, saliéndose de la Leesburg Pike. En el cruce encendió el cuarto cigarrillo de la mañana. La I-495 solía estar bien de tráfico a esa hora. Prefería salir de Falls Church temprano para evitar la congestión de coches. Sus diminutos ojos azules se perdían casi totalmente detrás de los gruesos lentes de sus gafas.

Su médico le había recomendado seriamente que dejara de conducir debido a su miopía, algo que en la práctica no era tan simple de resol ver, tratándose de una persona como él que había trabajado toda su vida fuera de los horarios normales.

Desde hacía un par de semanas había decidido, sin haberlo comentado aún con nadie más que con Pat, su esposa, que una vez terminada la operación en la cual trabajaba en aquellos momentos, no solamente dejaría de conducir definitivamente, sino que, además, le comunicaría a la CIA que después de casi treinta años de servicio, había decidido retirarse, finalmente.

«Una vez retirado no voy a aceptar ni un solo trabajo bajo contrato de la Agencia, ni uno solo», le había prometido solemnemente a Pat, que a pesar de que sabía que Colin no iba a cumplir cabalmente su palabra, había comenzado a hacer inmediatamente planes de mudadas y de la compra de un chalé adosado en Virginia. La vieja casa de Falls Church, resultaba demasiado grande para ellos dos después de que Betty, su hija, se hubiera mudado para Nueva York al casarse con un gerente de una de las grandes cadenas hoteleras.

Colin tenía el pelo gris, era bastante pequeño y sumamente delgado. Descendía de padres lituanos que habían emigrado a Estados Unidos a principios de los años veinte. Había comenzado a trabajar para la Agencia a mediados de la década de los años cincuenta, en la Estación de Berlín occidental, durante la *Operación Gold,* la célebre misión conjunta entre Estados Unidos y Reino Unido, en la que se logró intervenir las líneas de comunicación

31

telefónicas subterráneas del cuartel del Ejército soviético en Berlín oriental, a través de un túnel que se construyó para ese propósito. Posteriormente, a mediados de los sesenta, pasó a Panamá. Años más tarde, después de un corto período en Washington, fue trasladado al Lejano Oriente, al regresar prestó servicios en Bolivia y Venezuela. A finales de los años setenta era ya jefe de estación en Uruguay, y jefe de estación en México, que se había convertido en aquellos tiempos en la principal entrada de la CIA en Cuba. A la vuelta de Lisboa, a principios de la década de los ochenta, dónde de igual forma ocupó el cargo de jefe de Estación, se hizo cargo del *UCLA*, un grupo que comúnmente era llamado *Recursos Latinos americanos*, encargado de operaciones especiales de la CIA en América Latina. Posterior mente llegó a ocupar el cargo de segundo jefe del departamento de América Latina y por último el de jefe del Departamento Cuba.

En realidad al regresar de Lisboa, había estado a punto de retirarse a principios de los ochenta, pero cuando William J. Casey el jefe de campaña de Reagan –un abogado multimillonario, católico practicante y furibundo adepto de las operaciones encubiertas; con un pasado en el mundo del espionaje en la época de la posguerra, cuando llegó a ser jefe en Europa del servicio de espionaje estadounidense *OSS* (anterior a la CIA)– ocupó el cargo de director de la Agencia, solamente ocho días después de que el propio Reagan se mudara para el 1600 de la Avenida Pennsylvania, le había pedido que pospusiera su retiro unos años más. «¿No te vas a ir ahora cuando esto se va a poner bueno?», le había preguntado Casey con una sonrisa socarrona al proponerle el cargo de jefe de Recursos Latinoamericanos. Casey murió unos años más tarde de un tumor cerebral y Colin había decidido no morir como su jefe en su escritorio de trabajo.

Al llegar al cruce de la Belt Way de Washington tomó el carril hacia Langley.

Langley, Virginia, Cuartel de la Agencia Central de Inteligencia (CIA). 26 noviembre por la mañana

Colin mostró la chapa metálica encadenada de *Senior Official* a la posta de la entrada principal de Langley que sin decir palabra alzó la barrera. Estaba abierto solamente el portón metálico de la derecha. Unos metros más hacia la izquierda de la entrada, se encontraba un autobús quemado, que había sido utilizado en los entrenamientos de seguridad antiterrorista una semana atrás.

El Karmann-Ghia se deslizó suavemente por el enorme estacionamiento aún desierto aquella hora para aparcar finalmente frente al edificio principal del viejo cuartel general. Encontrar un buen lugar adonde aparcar, era una de las ventajas de llegar temprano; la otra, poder limpiar el escritorio de todos aquellos papeles que su segundo, Ross, diariamente le traía. Pero aquella mañana él sabía que iba a ser diferente. La montaña de papeles tendría que esperar. Ya le había dicho a Pat que no contase con él para el fin de semana.

Después de pasar frente a la estatua de bronce de Nathan Hale, el primer espía de Estados Unidos, que silenciosamente vigila la entrada del edificio principal, Colin entró al vestíbulo donde en el piso de mármol, en el mismo centro, se encuentra el célebre escudo de metro y medio de diámetro: un águila tras el blasón oficial de la Agencia.

«La verdad os hará libres», la cita bíblica, grabada en el mármol de la entrada, provocaba en Colin una sonrisa maliciosa al pasar por la batería de automáticos de café y refrescos de la planta baja, en los cuales relucían las habituales monedas que habían sido olvidadas y que nadie se atrevía a tomar; temerosos de que esos pequeños hurtos fuesen descubiertos en los controles de rutina con el detector de mentiras a los cuales todos tenían que someterse de vez en cuando. Llegó hasta los ascensores azules del ala suroeste destinados al tercer piso donde tenía su oficina.

Después de quitarse su *trenchcoat* y de colgarlo en el viejo perchero de madera que siempre tenía detrás de la puerta, Colin encendió un cigarrillo dirigiéndose al despacho de su segundo.

Ross le recibió con su leve sonrisa de costumbre, un gesto que le daba aquel aire *aristocrático* que muchos colegas irónicamente llamaban *su pequeña sonrisa PFV* (primer as familias de Virginia), sinónimo de la flor y nata de la aristocracia norteamericana. Colin solía agregar sarcástica mente en privado, cuando había bebido unas copas de más, y no estaba al alcance de los oídos de Pat, que su segundo pertenecía, además, para colmo, al club de los *HYP* –Harvard, Yale, Princeton–; el sobre nombre que recibían los oficiales de la CIA pertenecientes a generaciones más recientes, con estudios académicos, pero sin experiencias en el trabajo práctico del *campo de batalla*. «Todo lo resuelve con papeles», solía decir.

–Buenos días, jefe. Ya llegó el mensaje de Praga, tienes que recogerlo personalmente –le dijo Ross y bebió un sorbo de su café de automático colocando cuidadosamente la taza de plástico sobre el escritorio, al lado de una carpeta con el sello de *Secret*, cruzada con la típica franja roja que la codificaba como material compilado a través de inteligencia electrónica, *ELINT*.

–¿Algo más? –preguntó Colin con su voz cansada y nasal. Apagó el cigarrillo al tiempo que lanzaba una mirada curiosa al informe que su segundo tenía sobre el escritorio.

–Sí, pero no es urgente. Viene de Lárnaca, Chipre –respondió Ross–. Hablaremos más tarde sobre ello, pero ahora es mejor que vayas a buscar el informe de Praga, ya sabes que el jefe de Operaciones ha citado a reunión a las diez.

–Correcto –dijo Colin y se retiró en dirección a los ascensores verdes que lo llevaron directamente a la sección de comunicación, donde, después del control de rutina, pudo sacar el informe que había estado esperando de Praga.

De regreso a su oficina, Colin tomó el cortapapeles que Pat le había comprado en Baden Baden años atrás, durante uno de los pocos viajes combinados de vacaciones y cobertura que había hecho con su esposa y abrió el sobre lacrado. Leyó con detenimiento el informe procedente de la estación de Praga. Volvió a leer algunos párrafos antes de que una sonrisa de satisfacción delatara sus grandes y separados dientes. Llamó a Ross por el intercomunicador.

–¿Sí? –dijo Ross con curiosidad al entrar en el despacho.

–Todo está bajo control. El primer contacto con "el hombre de Praga" no fue directo, se hizo a través de un *buzón*, o, para ser más exacto, con una piedra –dijo y sonrió con sorna a su segundo sin darle más explicaciones–. Un primer contacto físico hoy, se espera que tenga lugar a las nueve de la noche, hora local –agregó dando algunos pequeños saltos de alegría por la habitación. Ross le miró arqueando sus finas cejas.

–¿A qué hora es la reunión con el jefe de Operaciones?

–A las diez –le recordó Ross con la pedantería propia de un *Butler*.

Ross desconocía la verdadera identidad del mayor Mario Paredes, al cual Colin había bautizado como "el hombre de Praga".

Además de Colin conocían el verdadero nombre del segundo de la inteligencia cubana en Praga el jefe de Operaciones, *DDO*, James Clark, dos altos jefes involucrados en la *Operación Goofy*, y los miembros del grupo de seguimiento SCE. Para proteger a Paredes se había dejado entrever que se trataba vagamente de alguien que tenía información muy importante sobre Cuba, sin revelar su nacionalidad. –¿Qué ha llegado de Chipre? –preguntó Colin.

–Algo extraño –respondió Ross mirando distraídamente por la ventana el Trastee-Freez, *el plato volador*, el edificio en el cual se encuentra el salón de conferencias de la Agencia, que todos conocen por ese nombre debido a su cúpula–. Es de los primos, recibido ayer. Hace un par de días el *Radio Security Service* británico descubrió algo en Chipre que pensaron nos podría interesar.

Colin le miró molesto. Detestaba cuando Ross se regodeaba en sus explicaciones, cuando se extendía innecesariamente en algo que podía resumir con dos frases.

–Se trata de un tráfico intenso de trasmisiones de alta velocidad, detectadas durante estas últimas semanas. Según los británicos estas trasmisiones están destinadas a Siria.

–Y nosotros, ¿qué diablos tenemos que ver con Siria?

–Las trasmisiones coinciden siempre con la llegada del vuelo de la CSA de Praga y durante las mismas se ha podido comprobar la presencia de agentes cubanos en el avión.

–¿Adónde van esos cubanos más tarde?

–A Damasco. Usan Chipre de trampolín para cambiar de vuelo –dijo Ross, fijando ahora la vista en Colin, que comenzó a caminar por la habitación como solía hacer cuando trataba de concentrarse en algo.

–¿No se ha podido descodificar el contenido de esas emisiones? –Negativo. Utilizan códigos en OTP.

Los códigos OTP –*ONE-TIME-PAD*–, libreta de un solo uso que se combina con una clave aleatoria en bloques de códigos de cinco cifras; difíciles de descodificar, utilizables una sola vez, para descodificar criptogramas empleados por la inteligencia cubana.

–Tenemos que sondear al Instituto. Manda un mensaje a Tel Aviv, pero no sueltes prendas innecesariamente. ¿Entendido?

Ross asintió. A Colin no le gustaba nada la idea de mezclar al Mossad en todo aquello, pero sabía que los israelíes tarde o temprano iban a meter las narices en el asunto.

Colin, entró al salón de reuniones del *DDO*, James Clark,

situado en el ala C del piso 16 del edificio central de la CIA en Langley. Frente a la mesa de caoba oval se encontraban sentados, además, Phil Gerber, jefe de la División SE, responsable de todas las operaciones de la CIA en las *denied areas*, como la Agencia denominaba a los territorios de la Unión Soviética y sus países satélites de la Europa del Este, y Howard O'Neill, *National-Intelligence Officer*, NIO, para la América Latina, experimentado analista de la Agencia. Los NIO son responsables de un territorio geográfico, además, elaboran los pronósticos. O'Neill era considerado como uno de los más experimentados analistas de la CIA sobre Cuba, y, además, un viejo amigo de Colin.

Clark, que se encontraba hablando por teléfono, de pie ante el gran ventanal que daba a un bosque vecino, volvió ligeramente la cabeza y saludó con gesto amistoso a Colin, que le devolvió el saludo mientras se sentaba frente a sus otros dos colegas. Gerber, levantó ligeramente la vista de sus papeles para saludarle, lanzándole una mirada escrutadora. Colin respondió el saludo incluyendo de pasada a O'Neill que asintió ligeramente esbozando una ligera sonrisa. Gerber devolvió el gesto con su acostumbrada frialdad: mirando de reojo su Cartier con aquella actitud petulante, que aparentaba ser discreta, pero que, en realidad, era un gesto calculado que a menudo utilizaba, para darles a entender a sus interlocutores que el tiempo de que disponían era limitado, y que él tenía otras cosas más importantes que hacer.

Colin sacó de su cartera algunos papeles que comenzó a ordenar cuidadosamente sobre la mesa, al mismo tiempo que paseaba su vista por el local, como tratando de medir la distancia que le separaba de los otros tres hombres. La atmósfera era tensa. Encima de todos los papeles, colocó por último, una carpeta que llevaba la etiqueta roja de MÁXIMO SECRETO, y un nombre: OPERACIÓN GOOFY.

El derrumbe del muro de Berlín, semanas atrás, y la inminente caída del régimen comunista checoslovaco, habían contribuido a que se cuestionase desde un principio la *Operación Goofy*, nombre con el que habían bautizado la posible deserción de Paredes en Praga y su encuentro con Puig. Se temía que el encuentro pudiera suponer algún peligro para la delicada maniobra que la CIA estaba llevando a cabo en esos mismos momentos en Checoslovaquia, encaminada a acelerar el desplome del régimen comunista también en ese país. Sobre todo: asegurarse de que las fuerzas afines a Occidente, y sobre todo a Estados Unidos, alineadas en la disidencia encabezada por Havel, se hicieran con el poder antes de que Moscú pudiera nuevamente tomar el control, emplazando a los reformistas comunistas afines a Gorbachov, o utilizar a Alexander Dubcek –el líder de la Primavera de Praga en 1968–, considerado por la CIA como un cadáver político. Colin había abogado por darle el visto bueno al viaje de Puig a Praga, consciente de que una oportunidad como aquella de penetrar el santuario de la inteligencia cubana, en aquellos momentos tan importantes, no se había presentado desde que el mayor del DGI, Florentino Aspillagas desertara años atrás, y probablemente no volvería a presentarse en mucho tiempo.

El jefe de Operaciones había autorizado solamente la primera fase del operativo, es decir: el envió del agente bajo contrato Javier Puig a Praga para que hiciera un primer contacto con el presunto espía desertor cubano, nada más. Esas habían sido explícitamente las condiciones que James Clark había impuesto.

Aquella mañana la reunión, había sido citada para evaluar, discutir y decidir si el operativo de Praga debiese continuar o no, ya que el encuentro entre Paredes y Puig se había postergado, y la situación política en Checoslovaquia era en esos momentos sumamente delicada.

Gerber que, desde el principio, había estado en contra de que se le diera luz verde al operativo que el Departamento Cuba había comenzado en lo que él calificaba parte de su *propio* territorio, volvió a la lectura de los informes llegados a última hora con la esperanza de poder encontrar nuevos argumentos lo suficientemente sólidos como para detener la operación. El hecho de que el contacto directo con el probable desertor cubano en el viejo cementerio judío no se hubiera efectuado, era algo que Gerber consideraba como un buen argumento para exigir que la operación fuese cancelada. El jefe de la División SE alegaba que el agente cubano había tenido evidentemente dudas o, lo que era peor, que su actitud podría ser la prueba de que los cubanos estaban tratando de realizar una operación de provocación contra la CIA para obstaculizar la caída del comunismo en Checoslovaquia. También había insinuado que el agente cubano podría ser un doble agente que el DGI quería infiltrar en la CIA para desinformar.

Colin, por su parte, se había negado rotundamente llamar al espía cubano, desertor o presunto desertor, alegando que no era seguro que el agente cubano deseara desertar, lo que significaba que existía la posibilidad de que este podría convertirse en un doble agente. Trató asimismo de debilitar las insinuaciones de Gerber de que Paredes podría estar participando de algún juego operativo para infiltrarse dentro de la CIA.

Por ello, Colin, había expresado minuciosamente a lo largo de las últimas reuniones con el jefe de Operaciones y Gerber, que el acercamiento tenía que producirse con mucho cuidado, precisamente para no destruir la posibilidad de que se convirtiera en un doble agente. «Es una oportunidad que simplemente no podemos desperdiciar», había dicho en la última reunión, durante la cual se había tomado la decisión de autorizar el primer encuentro. En aquella reunión, Gerber había defendido sus puntos de vista alegando que en esos momentos la CIA tenía muchas *bolas* en el aire, no sólo en Checoslovaquia, sino que en otros países comunistas de Europa, y que la *Operación Goofy*, no aportaba absolutamente nada en favor de lo que estaba sucediendo en aquellos momentos en esa parte del mundo. «Por el contrario, algunos recursos importantes son desviados en momentos cruciales para darle cobertura a esta operación, que, por otro lado, de frac asar, podría incluso perjudicar las operaciones que la División SE está dirigiendo actualmente en las *denied areas*», había dicho.

Cuba era para Gerber algo marginal en aquellos momentos. Una pieza que caería, como Mongolia o Bulgaria, por su propio peso, una vez que el Imperio soviético se auto desintegrase. «Castro ha dejado de ser un peligro militar para el hemisferio. Deberías leer los últimos informes que nos llegan del Pentágono», le había dicho sarcásticamente a Colin en una de las reuniones anteriores, refiriéndose a los últimos informes de Ana Belén Montes, analista de inteligencia militar de la Agencia de Inteligencia de la Defensa, DIA, experta en asuntos militares de Cuba. «Yo en tu lugar estaría mucho más preocupado por saber quién va a tomar el poder en unos meses en Cuba después de Castro», le había dicho a Clark durante una entrevista personal días antes de que el jefe de Operaciones autorizase el comienzo de la *Operación Goofy*.

Clark colgó el teléfono y tomó asiento, disculpándose por la demora. El jefe operativo de la CIA era un hombre de unos cincuenta años, de buen físico, pelo negro de pocas canas, y estatura mediana. Detrás de sí, tenía una extensa hoja de servicio, como los otros tres hombres sentados alrededor de su mesa de trabajo: jefe de Estación en los setenta en Trípoli, Camboya y China. A finales de esa década había ocupado asimismo el cargo de jefe de la poderosa División SE.

Phil Gerber dejó de leer. Se quitó las gafas y ordenó los papeles rápidamente, adoptando una actitud de espera, como dando la impresión que no era de ninguna forma actor principal, sino que simplemente espectador. Era un hombre callado, conocido por su mal humor, y su terror a los virus y a las infecciones, pero un gran conocedor de su área, en específico de la Unión Soviética. Había dirigido anterior mente la investigación interna en el caso de Vitaij Yurtchenko, el jefe de Operaciones de la KGB en Estados Unidos y Canadá, que en 1985 desertó, pero que, meses después, desapareciera evadiendo la custodia de su oficial de seguridad en un restaurante en Georgetown para reaparecer días más tarde en la embajada soviética en Washington, durante una apresurada y tumultuosa conferencia de prensa, en la cual, ante la mirada atónita de los periodistas, relató la in creíble historia de que había sido secuestrado por la CIA meses atrás, pero que milagrosamente había logrado huir finalmente de sus secuestradores.

Gerber había estudiado y analizado las razones por la cual la CIA había fracasado en lograr captar la confianza de aquel importante agente soviético, que después de desertar, e incluso de entregar a un exagente de la CIA que trabajaba para el KGB, Edward Lee Howard, había decidido regresar voluntariamente a su país.

La División SE había sufrido grandes cambios al asumir Gerber su jefatura. Posteriormente, logró manipular favorablemente al KGB en algunas de las operaciones que propiciaron el desmantelamiento de los regímenes comunistas conservadores del este de Europa. Había colaborado, por ejemplo, con el Servicio de Inteligencia Británico cuando el doble agente soviético Oleg Gordievsky, a la sazón *residente* del KGB en Londres, había preparado con la ayuda del *SIS* los informes para Gorbachov, previos a la visita del Secret ario General al Reino Unido en 1984. Estos informes, se dice, representaron un papel importante durante la cumbre entre Mijaíl Gorbachov y Margaret Thatcher, encuentro que definitivamente contribuyó a fomentar los grandes cambios políticos entre el este y el oeste a finales de los ochenta.

Clark pidió a Colin que informara breve mente sobre la marcha de la operación. Colin detalló cómo se había desarrollado la operación. Sin poner mucho énfasis en la voz finalizó diciendo que no había ningún elemento negativo que indicara que la *Operación Goofy* debiera ser suspendida.

—Dentro de cuatro horas aproximadamente, nuestro hombre estará en condiciones de efectuar su primer contacto directo con el sujeto, una vez realizado el acercamiento inicial. Ahora solamente espera nuestra autorización —agregó Colin sucintamente—. El sujeto, en mi opinión, contrario a lo que ha expresado aquí anteriormente Gerber, es cuidadoso, esto quiere decir, según nuestra interpretación, que no desea quemar sus naves en un primer encuentro.

Colin lanzó una mirada penetrante y desconfiada a Gerber a través de sus redondas gafas de gruesos cristales, que implacablemente empequeñecían sus intensos ojos azules convertidos en gélidos y diminutos puntos.

—Solamente tenemos un problema, si se decide continuar con la operación —indicó Colin, y Clark levantó la vista por encima de sus gafas con curiosidad—, necesitamos una segunda unidad SCE, además del grupo de seguimiento que anteriormente había sido aprobado —agregó devolviendo la mirada a Clark.

Gerber frunció las cejas y bajó la vista sobre sus pape les, esquivando la mirada de Clark que se clavó en él, buscando una respuesta al comentario de Colin. «Este maldito Colin constantemente jugando sucio», pensó. Colin lo obligaba a ponerse a la defensiva.

Las operaciones en las que se utilizaban unidades móviles espías SCE en países pertenecientes a la División SE, necesitaban el permiso especial del jefe operativo. Solo James Clark podía dar aquella orden.

—La *Operación Goofy* se realiza en Checoslovaquia, en momentos en que ese país está viviendo una situación muy especial —explicó Gerber mirando a Clark con un gesto implorante—. Una situación que aún no está bajo con trol —agregó dirigiendo una mirada perspicaz a Colin, que decidió ignorarla—. Ese segundo grupo de seguimiento que Colin ha pedido está ocupado en otro trabajo, incluso mucho más importante: es la unidad que vigila al jefe de la *rezidentura* del KGB en Praga, el general Grushko, que, como ustedes saben, es el coordinador de la *Operación Wedge*, iniciada el pasado 17 de noviembre –hizo una pequeña pausa y al darse cuenta de que Colin y O'Neill desconocían probablemente la operación del KGB en Praga agregó–: la *Operación Wedge* es una trama gol pista del KGB, para derribar al poco confiable Milos Jakes, y poner en su lugar a una dirección incondicional a la actual política del Kremlin. Cambiar un poco por arriba las cosas, para dejarlo todo igual –dijo sarcásticamente mirando a Colin que volvió a esquivar la mirada.

Clark asintió pacientemente y O'Neill dejó entrever al jefe de Operaciones que él quería decir algo, pero Gerber no se dio por enterado y prosiguió:

–No es un secreto, al menos para los que estamos sentados alrededor de esta mesa, que Gorbachov ha tratado, con resultados desiguales, de desarticular algunos de los gobiernos comunistas conservadores del este de Europa –dijo el jefe del SE–. Primero, porque estos gobiernos se negaron a aceptar su política de *glasnost* y *perestroika*. Segundo, porque si no acababa con ellos, ellos terminarían con él –hizo una pausa artificial para dar más énfasis a sus últimas palabras–. En Alemania Oriental, la situación se le fue de las manos y el pueblo derribó el muro, ahora, en Checoslovaquia, parece que van por igual camino –espetó con la seguridad de alguien que sabe muy bien lo que dice–. Los cambios que pretenden hacer los rusos también han llegado demasiado tarde en Checoslovaquia. Es en medio de esta difícil situación, y teniendo en cuenta nuestros limitados recursos, que el Departamento Cuba nos pide más ayuda de la que ya le hemos dado, y que, además, desde el comienzo, hemos calificado de riesgosa. ¡Es absurdo!

–¿Qué piensas tú, Howard? –preguntó Clark tratando de equilibrar el criterio expresado por Gerber.

La vista de O'Neill vagó ligeramente hasta posarse en un punto neutral por encima de las cabezas de Phil Gerber y James Clark, tratando de dar la impresión de imparcialidad. Sabía que Gerber estaba a la defensiva, y no quería despertar su mal humor innecesariamente.

–La situación en Checoslovaquia es sumamente delicada. Phil tiene razón, nadie lo pone en duda. Hay una lucha por el poder, y naturalmente, si podemos ayudar para que la balanza se incline

41

hacia el lado correcto, no vamos a dudar en hacerlo –echó hacia atrás el cabello con los dedos, cómo tratando de poner en orden sus ideas–. Una oportunidad como esta, no se nos presenta todos los años. Todo esto es cierto –se quitó las gafas y posó la vista en los papeles que tenía delante–. Asimismo, esta operación que han bautizado con el nombre de *Goofy*, es mucho más importante que lo que cree el SE –observó con mirada penetrante a Gerber–. No debemos olvidar que Cuba no es solamente un portaviones soviético emplazado a 90 millas de Estados Unidos, sino que igualmente un enemigo consagrado de Estados Unidos. Castro ha demostrado muchas veces anteriormente que es lo suficientemente astuto para salirse de situaciones realmente difíciles. Aún en el caso de que desaparezca la Unión Soviética, no estoy entre los que creen que Castro vaya a tirar la toalla como lo hizo Honecker. La Isla es su hacienda y tiene control total. Es más, estoy convencido de que ese señor todavía nos puede dar serios dolores de cabeza. Cuando el tigre está herido de muerte, suele ser más peligroso. Castro no tiene adónde ir y va a luchar hasta el final –dijo, dejando caer las últimas palabras suavemente–. Pero lo que más preocupa a todos actualmente es si el operativo de Praga debe o no continuar. –El analista suspiró hondamente–. Predecir si la operación tendrá éxito o no, y lo más importante, si su fracaso puede incidir negativamente en el desarrollo de los acontecimientos en Checoslovaquia. De eso se trata. ¿No es cierto? –agregó mirando a Gerber con una sonrisa que mostraba comprensión–. Yo diría que esta operación, digamos de captación de un agente cubano, y los sucesos de Praga, son dos hechos separados, que, aunque tienen un mismo escenario, se desarrollan en dos niveles diferentes, dos dimensiones que no tienen por qué encontrarse –dijo haciendo un pequeño gesto explicativo con las manos que terminó en un mohín como pidiendo comprensión–. El problema está, según mi opinión, en el aspecto logístico, práctico. –Gerber le miró intrigado a través de sus gafas–. ¿Depende el éxito de la *Operación Goofy* del número de agentes disponibles en el campo de operaciones? –preguntó reflexivamente el *NIO* para América Latina–. Esa es la pregunta que nos debemos de hacer. No pongo en duda los cálculos de Colin, pero tengo confianza en nuestro hombre. Es un talento de grandes cualidades, especialmente apto para esta operación.

Yo me inclino a pensar que, de él, en gran medida, depende el éxito de la misma, y no del número de gente que tengamos trabajando en el campo. El número de agentes involucrados en esa operación en Praga debe de ser reducido al mínimo, debido a la situación anteriormente expuesta por Gerber —miró rápidamente al responsable de las *denied areas* con algo de complicidad en la mirada—. Pero eso no quiere decir que se reduzca el personal, al punto que se haga imposible el trabajo de seguimiento y comunicaciones, algo sumamente importante para nuestra evaluación de la operación, y por supuesto, para la seguridad de nuestro talento —dirigió su mirada a Colin—. Y, por último: ¿puede el fracaso de la operación poner en peligro las otras operaciones del SE en Checoslovaquia en estos momentos? —Se detuvo unos instantes dirigiéndose al *DDO*—. Mi respuesta es que no. Es más: pienso que nuestro "hombre de Praga" podría brindarnos una gran ayuda en estos momentos —se dirigió a Gerber nuevamente y le miró fijamente—. Tú, Phil, que personalmente dirigiste la investigación interna en el caso de Yurtchenko, deberías de saber mejor que cualquier otro lo importante que es darle a un agente enemigo que piensa colaborar o desertar todo el apoyo que necesita en momentos tan cruciales en su vida. ¿No es cierto?

Se hizo silencio, interrumpido solamente por el ligero y nervioso golpear de la pipa de Gerber sobre la carpeta.

—Entonces, ¿cuál es tu conclusión Howard? —inquirió Clark.

—Aprobar la segunda fase de la operación, pero sin el aumento de una segunda unidad de los SCE, que Colin ha pedido —respondió O'Neill dirigiéndose nuevamente a Gerber que esquivó la mirada—. El resto de la operación no se desarrollará probablemente en Checoslovaquia; por lo tanto, no es tu dolor de cabeza, Phil, ni tampoco es cuestión de discusión ahora. Sobre ello hablaremos, posterior mente, una vez que tengamos los resultados de la segunda fase en nuestras manos. Es algo que ante nada concierne al Departamento Cuba.

Clark tosió levemente. Gerber colocó meticulosamente su pipa encima de la mesa, al lado del paquete de picadura, en señal de protesta, ya que Clark había prohibido fumar en las reuniones desde que había asumido el cargo de jefe de Operaciones, y permaneció en silencio.

—La *Operación Goofy* es importante, no cabe duda. De lo contrario no hubiésemos estado reunidos aquí ahora. De igual forma lo son los acontecimientos en Checoslovaquia, evidentemente. ¡Hombre, todo lo que pasa actualmente es importante, histórico! —dijo Clark y los demás movieron afirmativamente sus cabezas—. Pero nuestros recursos son limitados, eso no es un secreto para nadie. Antes de tomar una decisión quiero hacer dos preguntas, una a Colin y la otra a Phil

Colin se irguió en su asiento y Gerber quedó impasible.

—¿Con los recursos actuales, hay algún cálculo de probabilidades para el éxito o fracaso de la operación, Colin?

Colin buscó rápidamente entre sus papeles.

—Sesenta a favor, cuarenta en contra.

—¿Hay peligro realmente de que si la operación fracasa pueda incidir negativamente en el desarrollo de los acontecimientos en Checoslovaquia? —preguntó Clark a Gerber.

—No hay un cálculo de probabilidades, debido a que son varias las operaciones que tenemos en marcha y es difícil hacer un estimado comparativo en estas circunstancias —respondió el jefe del SE—. Pero existe el peligro de que, por ejemplo, si todo esto es, digamos, una provocación de los cubanos, cuestión que hemos discutido antes, la turbulencia que se formaría alrededor de un escándalo de estas dimensiones podría afectar evidentemente las otras operaciones en Checoslovaquia. Ellos podrían sacar provecho de un escándalo de esa naturaleza.

—¿A quiénes te refieres? —preguntó Clark.

—A los elementos conservadores comunistas, a todos aquellos que están contra Gorbachov —respondió Gerber—. Una de nuestras fuentes nos ha informado que se gesta un golpe de Estado o algo similar para derrocar a Gorbachov.

Clark asintió y anotó algo en su bloque. O'Neill levantó ligeramente su dedo índice pidiendo la palabra nuevamente.

—Siempre hay riesgo. Pero desde el punto de vista estadístico las probabilidades de éxitos son mayores que los fracasos —añadió O'Neill—. Si no fuese así no existiéramos como organización. ¿No es cierto?

Clark quedó pensativo unos instantes antes de contestar finalmente.

—Bien. Colin, te vas a tener que arreglar con los recursos actuales. Los recursos anteriormente aprobados no serán tocados, por lo demás, luz verde a la segunda fase de la operación. Gracias caballeros —indicó Clark levantándose de la silla y poniendo en orden sus papeles.

Gerber apretó con fuerza el tabaco que había introducido en su pipa con el pulgar. Colin había desviado hábilmente la discusión hacia un problema secundario: el número de unidades recolectoras especiales de información, para lograr la aprobación de la segunda fase de la operación.

3. Noviembre 25 y 26

La mujer continuó hablando imperturbable por el viejo teléfono de baquelita ignorando a Javier, que distraídamente siguió mirando los pocos objetos artesanales de la tienda. Los empolvados escaparates casi vacíos daban la impresión de que las mercancías cumplían más bien una función decorativa. Unas pocas copas de cristal de Bohemia, que habían logrado captar el interés de Javier, eran probablemente los únicos objetos de valor expuestos para la venta, sobrevivientes del cataclismo de la economía planificada.

Cuando la dependienta colgó el teléfono, Javier trató de comunicarle en alemán e inglés que deseaba comprar las cuatro copas de cristal, pero la mujer, que sólo hablaba checo, se encogió de hombros, sin hacer el más mínimo esfuerzo para comprenderle. Solamente cuando Javier por fin recurrió a la mímica, sacando de la estantería las cuatro copas de cristal que puso sobre el mostrador con gesto resoluto, al tiempo que pagaba con las viejas coronas; la mujer, sin decir palabra alguna, las envolvió lentamente en un grueso papel encerado que cubrió con un cordel marrón de extraño y penetrante olor. Javier por pura cortesía, antes de salir de la tienda, le dio las gracias en su idioma, *děkuji*, a lo que la mujer con una sorpresiva sonrisa respondió: *buď zdráv*, adiós.

Al salir a la calle Javier volvió a mirar la pared del edificio de la esquina, cubierta casi total mente por un enorme letrero de la empresa soviética de exportación de maquinaria agrícola *Traktorn export*, descubriendo inmediatamente la raya blanca de tiza que había buscado anteriormente sin éxito. Era la señal que indicaba que Langley había dado la orden de continuar el operativo. Con el enorme paquete encerado con las cuatro copas bajo el brazo se dirigió al hotel cercano. A poca distancia, casi pisándole los talones, los miembros del grupo de seguimiento, como verdaderos sabuesos, continuaron rastreando su recorrido, cerciorándose de que nadie le se guía.

En el interior de la furgoneta-espía, aparcada en un solitario estacionamiento, el técnico recolector preparó los últimos detalles, ajustando los dispositivos electrónicos de escucha. En el interior del vehículo, además de los dos técnicos habituales, se encontraba Rick Malloy, el responsable de campo de la operación. Malloy era un hombre de unos treintaicinco años, atlético y de modales refinados, que contrastaban con su fisonomía. El agente envío un mensaje codificado a la central de comunicaciones, emplazada en una unidad móvil en Alemania Occidental, cerca de la frontera con Checoslovaquia, para indicar que Javier había sido informado, y que la operación estaba nuevamente en marcha.

El centenario reloj de la cervecería U Flekú en la calle Křemencova 11, marcó las nueve de la noche. En la Plaza de San Venceslao, seiscientos mil checoslovacos volvieron a exigir que Dubcek fuera su presidente. Adentro, en la taberna, la gente brindaba alegre mente por la caída del régimen comunista. En la mayor de las salas, bailarines y cantantes finalizaban un vodevil. Los camareros, a un ritmo y velocidad poco comunes en los países comunistas de la Europa del Este, continuaron sir viendo las enormes jarras de espumosa cerveza negra elaborada en los sótanos del emblemático lugar.

Durante sus años en la Embajada de Cuba en Praga, Javier había hecho del U Flekú el centro de su vida social. Allí había conocido al poeta cubano Heberto Padilla, que en aquellos años tenía a Praga de base de operaciones, cuando trabajaba como director gerente de CUBARTIMPEX, la empresa de Comercio Exterior que se dedicaba a la exportación e importación de artículos de arte y cultura; y a otro poeta, el salvadoreño Roque Dalton, que por aquellos años trabajaba en la revista internacional comunista *Problemas de la Paz y el Socialismo,* y que también frecuentaba el U Flekú, provisto casi siempre de su destartalado magnetófono con el cual grababa conversaciones de los parroquianos. De aquellas grabaciones salió su libro *Taberna y Otros Lugares.* Javier, aproximadamente diez años más joven que Padilla y Dalton, se sentía muy bien en compañía de aquellos dos excelentes poetas. Con ellos compartía, además de su afición por la cerveza negra, su pasión por la poesía y por Kafka, cuyas laberínticas narraciones exploraba con Padilla y Mario Paredes en aquellas etílicas tertulias. Praga estaba llena de recuerdos de una época en la que a pesar de todo Javier llegó a ser feliz, y el *U Flekú* era el centro de aquellas remembranzas.

Un sentimiento de vacío se apoderó de él mientras buscaba con la vista entre el gentío a Paredes. Nada era igual a los años de mediados y finales de los sesenta, cuando aún, a pesar de las dudas, quedaban la ilusión y la esperanza. Fue en aquel decisivo 1968, cuando Javier decidió pedir asilo en Estados Unidos después de la invasión de tropas rusas y del Pacto de Varsovia, y que Padilla –que había regresado a La Habana poco antes–, publicara su libro *Fuera del Juego.* A pesar de haber obtenido el Premio Nacional de Poesía, el poemario fue calificado por los cancerberos culturales del régimen como contrarrevolucionario. Fue el primer acto de aquello que después se conoció en todo el mundo como *el Caso Padilla:* otra de las tantas razones que fortalecieron posteriormente su decisión de desertar de las filas de la revolución.

Javier se detuvo en la puerta de entrada de la taberna observando a los parroquianos sentados frente a las largas mesas que cantaban y se mecían de un lado a otro, como un enorme péndulo humano. No veía a Mario por ningún lado. Comprobó la hora con su Omega y el reloj del *U Flekú* y decidió entrar en el local. Sin prisa recorrió los diferentes salones de la cervecería buscando entre el público al segundo hombre de la inteligencia cubana en Praga. Reconoció a dos de los miembros del equipo de seguimiento que habían tomado anteriormente sus posiciones: una mujer de mediana edad con algunos kilos de más y un rostro totalmente inexpresivo se encontraba sentada cerca de la puerta, comiéndose un filete de buey enrollado, acompañado con bolas de *klednike*, albóndigas de harina; y un hombre de unos treinta y cinco años, de gafas pequeñas y redondas que leía tranquilamente el *Rudé právo*, mientras bebía una cerveza. Decidió sentarse en una de las mesas laterales que encontró vacía, cerca de la puerta de entrada, desde allí podía vigilar la entrada y también el local. Un camarero, pálido y delgado como un cadáver, aparentemente tan ebrio como su clientela, se le acercó y Javier pidió una *pivo*, cerveza. Sintió un cierto placer en volver a recordar el escaso vocabulario checo que no había tenido oportunidad de practicar hasta aquel momento. Imaginó ver entre los parroquianos a Roque Dalton: riendo, huesudo, narizón. De piel tan pálida y amarillenta como la cera, armado de aquella vieja grabadora que siempre lo acompañaba, escuchando entre cerveza y cerveza las conversaciones de estudiantes, obreros y soldados que había grabado anteriormente para su libro. «Javier, Europa del Este no es el modelo de socialismo que yo deseo para América Latina. Es un mundo que tarde o temprano reventará por sus propias contradicciones», solía expresar el poeta salvadoreño, cuando se enfrascaban en una de las tantas discusiones políticas que solían tener en aquel mismo lugar y que Javier recordaba mientras esperaba impacientemente a otros de los fantasmas del pasado praguense.

«Roque, el revolucionario, el idealista, seguidor del Che: vilmente asesinado por sus propios compañeros de causa; solo cuatro días antes de cumplir 40 años», rumió Javier posando la vista en una mesa cercana en la que solía sentarse el pequeño grupo de amigos, veintiún años atrás, y confundiendo los rostros de los presentes con los rostros del pasado. El asesinato de Dalton en 1975, había sorprendido a Javier en París. Su crimen lo estremeció, no sólo porque lo recordaba como un buen amigo de los tiempos de Praga, y porque conocía su honradez revolucionaria, sino que porque su muerte horrenda, como la llamó Julio Cortázar, había sido uno de los capítulos más negros de la historia revolucionaria latinoamericana. No volvió a saber de Dalton después de que se fuera a Cuba, decepcionado del socialismo de corte soviético, inspirado por el Che y dispuesto a entregarse a la lucha armada en su país natal; precisamente cuando Javier decidió desertar en Berlín. Un *tribunal* del grupo guerrillero Ejército de Liberación Popular, al cual Dalton se había sumado a su regreso a El Salvador, lo condenó a muerte. «Pobre Dalton, morir asesinado por sus propios compañeros; acusado de ser agente de la CIA», pensó Javier que fue devuelto a la realidad al escuchar la voz ronca y opaca del camarero que le pidió pagar en efectivo la jarra de cerveza negra que acabada de poner sobre la mesa, al lado de un papel doblado que le indicó ligeramente con el dedo índice.

Javier bebió un largo sorbo limpiándose con la mano el bigote de espumas que se formara encima de sus labios. Al poner la jarra de cerveza nuevamente en la mesa tomó discretamente el papel que abrió en su regazo protegido por la mesa. «Toma el primer taxi a la salida y pide ir al Castillo de Hradcany», leyó rápidamente. «Mario ha tomado todas las precauciones posibles», pensó sacando un pañuelo con el que secó su frente: era la señal al grupo de seguimiento de que había hecho contacto preliminar pero no definitivo. Apresuró la cerveza y se puso en pie lanzando una mirada de soslayo a la agente que, sentada cerca de la puerta, ya había puesto en aviso a la unidad de seguimiento que se encontraba en la calle, repartida entre la furgoneta y un Škoda, el otro vehículo perteneciente al grupo.

En la furgoneta-espía el rostro de Rick se tornó rojo por la ira.

—Atención. No perder de vista al cazador, seguramente tendrá que trasladarse nuevamente a otro lugar —dijo.

El técnico repitió las órdenes al resto del grupo de seguimiento.

Javier salió del restaurante. Un chofer de taxi que, aparentemente, como tantos otros habían hecho una pausa en su trabajo para tomar se una cerveza en el U Flekú, le salió al paso.

—¿Taxi, míster?

Javier asintió y entró al coche sin decir palabra.

Desde la furgoneta Rick dio órdenes al Škoda que siguiera al taxi. Ellos en la furgoneta, a su vez, seguirían al Škoda por radio y a distancia.

El taxi se puso en marcha y Javier volvió a leer el papel antes de destruirlo. El chofer, un hombre algo pequeño y regordete, preguntó con tono desinteresado en inglés:

—¿Adónde, míster?

—Al Castillo de Hradcany.

El chofer le miró a través del espejo retrovisor y en sus labios apareció una maliciosa sonrisa.

Javier se dio cuenta de que el chofer le observaba.

El hombre se echó la gorra hacia atrás y dejó al descubierto su negro pelo. Entonces fue que Javier pudo descubrir la cara de Mario Paredes a través del espejo retrovisor.

—¿Qué tal Javier? ¿Cómo te va?

—¡Mario, que cabrón eres! ¿Cómo me haces esto, chico? Casi no te conocí. Estás más viejo y gordo.

—El tiempo no pasa en balde, pero tú te conservas bastante bien —apuntó Paredes y ambos rieron y una mirada mutua de simpatía y amistad se cruzó entre los dos.

—¿Cuántos carros tiene tu gente para seguirnos?

—No sé, creó que dos —respondió Javier.

—Entonces vamos a tratar de deshacernos de estos tipos del

Škoda primero. Esta fiesta es solamente para dos –dijo y dobló rápidamente por una calle contraria, atravesando inmediatamente la siguiente, segundos antes de que un tranvía lograse pasarla. El Škoda se vio obligado a frenar, y cuando el tranvía cruzó, ya el taxi había desaparecido.

–Hemos perdido contacto con el cazador en la parada de tranvía de Dloohá Tridá, en la calle Revolución –comunicó el hombre sentado al lado del chofer del Škoda.

En la furgoneta, Rick dio órdenes de que siguieran tratando de localizar al taxi. Dirigiéndose al técnico colector le preguntó:

–¿Tiene Javier en funcionamiento su trasmisor?

–No, está apagado.

–¿Y su dispositivo de localización?

El técnico colector examinó sus instrumentos antes de mover negativamente la cabeza.

–Le dimos instrucciones de que utilizar al trasmisor únicamente cuando se produjera el contacto físico y el dispositivo de localización sólo en caso de peligro, y eso solamente durante cortos períodos de tiempo. Es evidente que no se encuentra en peligro.

Vamos a esperar un poco más.

Rick movió afirmativamente la cabeza.

–De todas formas, hay algo extraño con ese taxi que desaparece de repente. Trata de obtener información.

La central informó poco después que la matrícula no pertenecía a ningún taxi, pero que era imposible por el momento determinar su origen.

–Se nos adelantó ese hijo de puta del cubano. Ahora todo depende de Javier –dijo Rick.

Madrugada del 26 de noviembre, archipiélago de Estocolmo, medianoche

El Trasbordador que hace la travesía entre la isla de Åland y Estocolmo, pasó el faro de Landsort en la isla de Öja, una de las primeras del archipiélago de Estocolmo. En la discoteca del barco sólo unos cuantos suecos ebrios se empecinaban en seguir bailando, aunque la música había cesado desde hacía más de una hora. En el puente de mando el oficial de guardia y un par de marineros mantenían el curso. El radar del Mariela de la Vikings

Line no había detectado nada anormal. Su haz verdoso mostraba lo que se suponía que tenía que mostrar. Era una noche tranquila, como de costumbre, aburrida. Por ello quizá nadie se percató de que detrás de la estela que dejaba el barco, un periscopio salió apenas unos centímetros sobre el nivel del mar. Estaba precisamente en la sombra del radar del barco y por ello era invisible. Era una noche fría y negra, y el cielo nublado escondía las estrellas y una luna en cuarto menguante. Silenciosamente el submarino se alejó del barco y se adentró en el archipiélago, pero sus movimientos tampoco fueron detectados por el radar del Mariela.

Era un submarino de la clase Whisky, perteneciente a la marina soviética, un modelo bastante antiguo, fabricado durante la Segunda Guerra Mundial, que salió a la superficie entre dos pequeños islotes utilizando el canal que los separaba. Para la marina sueca era muy difícil detectar con sus radares un submarino que utilizaba sus propias islas como camuflaje para esconderse. Esa había sido la técnica que desde hacía mucho tiempo los *Spetsnaz*, las tropas de operaciones especiales del GRU, habían utilizado para introducir sus agentes en Suecia.

Un bote de goma fue lanzado al mar y cuatro figuras vestidas de trajes y máscaras negras, remaron silenciosamente hasta la orilla. Una furgoneta Dodge de color negro y cristales tintados, escondida en un pequeño camino, muy cerca de la orilla, señaló con sus luces al bote de goma que respondió enviando otra señal con una linterna.

Las cuatro figuras ya en tierra convirtieron en segundos el bote en un pequeño bulto y lo enterraron en la arena, detrás de unos pinos, dirigiéndose posteriormente al vehículo.

El submarino volvió a sumergirse desapareciendo en las profundidades del Báltico.

–Bienvenidos a Estocolmo –dijo el chofer en un español con marcado acento chileno.

–Saludos y gracias, compañero –respondió también en español de acento ruso la voz de una mujer. El chileno se sorprendió, pero no dijo nada. Puso la furgoneta en marcha y se dirigió hacia una carretera comarcal. En el interior del vehículo los rusos comenzaron a quitarse las capuchas negras y los trajes de goma. Entre ellos había dos mujeres. Una rubia y bastante esbelta, que había sido la que contestara en español; la otra, de pelo corto y rojizo, de amplios hombros. Los tres hombres se mantuvieron en silencio y sólo el reflejo de las luces del salpicadero ayudó al chofer a descubrir por el espejo retrovisor cuatro rostros duros con mirada vacía.

Praga, 26 noviembre pasada la medianoche

Praga estaba de fiesta y había gente por la calle cantando, bebiendo y celebrando el triunfo de la *Sametová revoluce*, la Revolución de Terciopelo. Un día más tarde, una huelga general daba definitivamente al traste con 44 años de comunismo y dominación soviética.

Javier regresó a su hotel pasada la medianoche en un taxi. Casi no podía caminar y tuvo que apoyarse en el botones para tomar el ascensor.

Rick, que había decidido dormir en la embajada, fue despertado minutos más tarde por el oficial de guardia.

—Su cazador ha regresado al hotel, borracho, drogado o quizás ambas cosas —le dijo el oficial con tono seco.

Rick se fue al baño seguido del oficial que continúo murmurando detalles de la llegada de Javier. Orinó con ganas.

—¿Cuándo llegó? —preguntó cerrando la cremallera.

—Hace unos diez minutos. El portero tuvo que ayudarle porque se estaba cayendo.

Rick metió su cabeza en el chorro de agua fría de la pila para despertarse. —Localiza a Charlie, por favor —le dijo.

Charlie Allen, el segundo hombre de la Estación de la CIA en Praga llegó veinte minutos más tarde y se dirigió rápidamente a la central de comunicaciones en el último piso del edificio donde Rick le esperaba. Aún con sueño sacó un café del automático haciendo un gesto a Rick de que primero necesitaba despertarse con la bebida. Era un hombre de unos treinta años, de gafas con montura de carey y cristales redondos que le acentuaban un cierto aire intelectual.

—¿Cuál es el problema? —inquirió soplando dentro de la taza de plástico que mantenía entre sus bien cuidadas manos.

—Ese café es una porquería, —indicó el oficial de guardia, pero Charlie no le hizo caso.

—Hay que hacer contacto inmediato con el cazador. Ha regresado en mal estado, no sabemos si ha sido drogado. Llegó hace treinta y cinco minutos y según parece está en su habitación –dijo Rick.

Charlie tomó un sorbo y pudo comprobar que el café era terriblemente malo.

–Tenemos que saber qué ha sucedido. Pueden haberlo drogado, haberle sacado toda la información –agregó Rick preocupado.

–No podemos hacer contacto directo con él de ninguna forma, ya sabes, son órdenes –agregó lanzando la taza plástica con café al cesto de basura.

–Todos los contactos con él tienen que hacerse fuera de Checoslovaquia, lo siento, esas son las reglas. No podemos hacer nada, Rick.

–Bien, no tienes que repetirlo, ya lo sé –respondió Rick visiblemente irritado por la posición intransigente de Charlie

–Es necesario informar al jefe de Estación –señaló el oficial de guardia que era miembro del OS, el departamento que en la Agencia se encarga de la seguridad interna.

–No es necesario, soy el responsable directo de esta operación –dijo Rick, tratando de persuadir al oficial de seguridad.

Se hizo un silencio y los tres hombres comprendieron que habían llegado a un punto muerto en la conversación.

–Creo que tengo la solución –dijo Charlie. Rick lo miró con sorpresa.

–Hay un médico checo que trabaja a veces para nosotros, pero no es agente ni talento. Alguien al que usamos de vez en cuando. Él podría ir al hotel y examinar a nuestro hombre sin despertar sospechas y sin violar las reglas. ¿Es posible? –preguntó al oficial de guardia.

–Sí, pero primero necesitamos el permiso del jefe de Estación para activar ese contacto –respondió el oficial de guardia poniendo voz de circunstancias.

–Pues bien, a despertarlo, que para eso gana su buen sueldo –señaló Rick.

El oficial se dirigió a una habitación colindante, entretanto Charlie y Rick quedaron solos, en silencio. Unos minutos más tarde regresó el oficial comunicándoles que el jefe de Estación había dado el visto bueno.

–El médico va a ser despertado en breve y si todo sale bien en media hora estará reconociendo a vuestro hombre.

—Excelente —agregó Rick sonriente.

—Ya se lo había dicho, que era una reverenda porquería —indicó el oficial de guardia a Charlie.

—¿Qué? ¿Quién es una mierda?

—El café de la máquina, venga que le invito a una taza de buen café, señor —señaló a Charlie.

—Se la acepto con mucho gusto —respondió Charlie dándole una palmada en el hombro a Rick.

—Todo se resuelve, lo único que hace falta es esto… —dijo tocándose la sien con el índice de su mano derecha.

Era temprano por la mañana y Praga dormía después de aquella histórica noche en la que los checos volvieron a recuperar su liberad, cuando Rick, acompañado de Charlie, comenzó a interrogar al médico en una casa segura no muy lejos del hotel de Javier.

—Ese señor lo que tiene es una perra borrachera, y nada más, —dijo el médico en un inglés británico casi perfecto.

—¿Ha sido drogado? —preguntó Rick inquieto.

—No, no lo creó, señor. Estuvimos hablando incluso. Su inglés es muy bueno. Me dijo que había cogido una gran borrachera porque estaba celebrando la caída del comunismo con un viejo amigo que hacía muchos años que no veía.

—¿Entonces… no había drogas? —volvió a preguntar Charlie.

—¿Cómo puedo responder a esa pregunta con certeza, señor? —sonrió el viejo galeno con malicia encogiéndose de hombros—. Es mi impresión, pero ustedes podrán saber la respuesta correcta, supongo. Aquí tienen —agregó el médico extendiendo varios pequeños tubos de sangre a Charlie que guardó en su chaqueta.

—Otra pregunta: ¿no puso obstáculos para que usted lo reconociera?

—No, en lo absoluto —agregó el médico con una amplia sonrisa en su rostro—. Tal como fui instruido por la Estación, le dije que venía de parte de Rick. Él comprendió todo, perfectamente.

—Gracias, doctor, eso era todo lo que queríamos saber —agregó Charlie dándole las gracias y un sobre marrón con el dinero al tiempo que caminaban hacia la puerta. Rick se frotó las sienes con fuerza.

«Finalmente, creó que podré dormir unas horas», pensó.

4. Noviembre 27

Las noticias que había recibido Colin durante las últimas horas no eran nada alentadoras. Aunque tenía confianza en Javier, sabía que los que, como Gerber, estaban en contra de la operación, se iban a agarrar de cualquier detalle negativo para hacer de la misma sólo una carpeta más en los inmensos archivos de Langley.

Se levantó temprano y acompañó como de costumbre la lectura del *Washington Post* con un cigarrillo y una taza del café que Pat le había hecho antes de salir para el trabajo. Casi toda la primera página del diario estaba dedicada a los «históricos acontecimientos en el este de Europa». Cerró los ojos y suspiró, como tratando de olvidarse de todo. El teléfono sonó, y con la lentitud de alguien que simula estar enfermo para no ir a trabajar, tomó el auricular diciendo un *hello* casi imperceptible y distanciado.

—Soy yo, Ross. ¿Eres tú?

—Sí, claro. ¿Quién iba a ser, el lechero?

—No te reconocí la voz. Me acaban de comunicar que quieren tener otra reunión contigo. Tengo la impresión de que van a suspender la *fiesta* –replicó secamente.

—¿Diablos, y por qué no tienen los cojones de llamarme directamente? –manifestó Colin, abriendo los dormidos ojos y estirando su pequeño cuerpo como para darle más peso a sus palabras.

—No querían molestarte, era muy temprano, me dijeron, pero debes estar a las 9:00 en el despacho de Clark.

—Son unos maricas –masculló entre dientes y colgó sin despedirse de su segundo.

El reloj de pared de la entrada del antiguo edificio principal de la CIA marcaba las 8:10 cuando Colin entró con la cabeza gacha, con un pitillo apagado a medio fumar entre sus labios, metido en sus propios pensamientos. Ross, que le esperaba, se unió a él y ambos se dirigieron hacia los ascensores.

–Es mejor ir primeramente a tu despacho. Ha llegado algo del Instituto que debes conocer. Creo que esos datos podrían ser interesantes en la reunión con Clark –dijo Ross y Colin asintió en silencio sin escucharle realmente.

Ya en su despacho Ross le extendió una carpeta con varios documentos descifrados y algunas fotos. Colin los comenzó a leer y a medida que avanzaba en su lectura la expresión de su rostro se fue trasformando, de preocupación a curiosidad y finalmente en algo que podría ser alegría. Observó las fotos una y otra vez y releyó algunas partes del informe.

El primero en llegar a la reunión fue Colin que tomó asiento en la gran mesa ovalada, de espaldas a las ventanas, para que el sol no le diera de frente. Aún el reloj no había marcado las nueve. Ordenó los papeles que había recibido de la *Operación Goofy*, escribió algunas notas y volvió nuevamente a analizar las fotos que los servicios secretos de Israel habían enviado desde Tel Aviv.

A las nueve en punto entró James Clark y le pidió que pasara a su despacho privado.

–Va a ser una reunión solo contigo –dijo el jefe de Operaciones y cerró la puerta detrás de Colin, ofreciéndole una cómoda butaca de cuero cerca de su escritorio.

–Ya sé que estás preocupado, yo también. Pero antes de tener otra reunión como la anterior quiero hablar contigo, a solas –explicó Clark y se sentó frente a su escritorio de caoba marrón de esquinas redondas.

–Agradezco tu gentileza –agregó Colin y con los pies juntos, mirándose sus lustrosos zapatos *Bowen*, de color negro con hebillas relucientes. Esperó a que su jefe comenzara hablar.

–Primero quiero comunicarte, que a pesar de los problemas existentes, y de una orden anterior de suspender la operación, he decidido continuar con *Goofy*.

Colin trató de contener su alegría y sorpresa.

–El motivo que me lleva a tomar esta decisión, además de los que tú has enumerado anteriormente, es que de arriba quieren saber lo antes posible, los pormenores del caso del general Ochoa, los mellizos De la Guardia y el general Abrantes –dijo el *DDO* mostrando cierta preocupación–. Después de que Ochoa y Antonio de la Guardia fueron fusilados el pasado 13 de julio, con otros dos oficiales, no sabemos que está sucediendo en Cuba, y es muy probable que nuestro "hombre de Praga" nos pueda dar alguna información.

–Correcto –Colin asintió como un sacerdote que escucha la confesión.

–Sabemos que Castro está reorganizado su inteligencia y contrainteligencia, pero tampoco disponemos de mucha información al respecto.

Colin volvió a asentir rozando los labios con su índice, pero permaneció en silencio, escuchando atentamente las palabras del jefe de Operaciones. Hubiera preferido encender un cigarrillo en aquellos momentos de tensión, pero se conformó con lanzar un profundo suspiro.

–Tenemos que saber más sobre los fusilados y condenados, y sus contactos con Panamá. Sabes mejor que yo que Panamá ha sido y es la tapadera donde Cuba tiene muchas empresas fantasmas, cuentas secretas, y ha servido de cobertura para las reuniones con la guerrilla colombiana, los narcotraficantes, los sandinistas, entre otros. Todo con el apoyo y bendición del hijo de puta de Noriega –hizo una pausa y leyó rápidamente las anotaciones que tenía sobre el escritorio–. Estos hombres que Castro ha condenado al paredón y a cadena perpetua, eran hombres de su máxima confianza que también llevaban los negocios de Cuba en Panamá con los narcotraficantes y la guerrilla y muchas otras cosas… ¿No es cierto?

–Sí, así es. Es correcto, y también quizás nuestro "hombre de Praga" pueda procurarnos esa información y mucho más –agregó Colin inclinándose en su asiento. Esta vez sus ojos no pudieron ocultar la alegría que trataba de contener. Lo extraño era que Clark mencionará en esos momentos la conexión Panamá-Cuba con el narcotráfico y denotará un interés tan especial en el caso Ochoa-De la Guardia–. ¿Pasa algo con Panamá?

–No… ¿Por qué?

–Es por ese interés *de arriba* por tener información sobre los contactos entre Cuba y Panamá, precisamente en estos momentos.

–Noriega se cree que nos tiene cogidos por los huevos y quizá seamos nosotros los que se los trituraremos a él –dijo Clark, indicando con un gesto de las manos que estaba harto del gobernante panameño.

58

Colin sonrió y permaneció en silencio.

–El fusilamiento del general Arnaldo Ochoa, del coronel Antonio de la Guardia, y de otros dos oficiales de la Seguridad del Estado cubana, según los analistas, fue una salida brutal, pero necesaria para Castro –indicó Clark haciendo una pausa artificial, como dándole la oportunidad a Colin a decir algo. Pero este prefirió seguir escuchándole en silencio–. Mató dos pájaros de un tiro. Trató de desembarazarse de las acusaciones internacionales de narcotráfico que pesaban sobre su hermano y él, sacrificando algunas cabezas de turco y eliminando de paso a los hombres que habían fraguado una supuesta conspiración encaminada a provocar cambios políticos dentro de Cuba, influidos por lo que sucede en la Unión Soviética y el resto de la Europa del Este. Eso es lo que creen los analistas…

–Bueno, yo personalmente, creo que hay algo más en ese asunto –repuso Colin rompiendo su silencio–. Difiero de los analistas, aunque sé que O'Neill no se apuntó a ese bando y es el más importante analista del área –hizo una pausa como buscando las palabras correctas–. Hay algo sucio: lavado de dinero, armas… droga. Estados Unidos es el *target* –agregó mostrando cierta reticencia–. Ni Ochoa, ni Antonio de la Guardia, ni el mismo exministro del Interior, el General de División José Abrantes, que como sabes con posterioridad al juicio en que se sentenció a muerte a Ochoa y De la Guardia en junio pasado fue destituido y condenado a 20 años de cárcel por "negligencia", en la causa 2/89, ningunos de ellos eran individuos que jamás se hubieran puesto al frente de una conspiración para derrotar a Fidel Castro –hizo una nueva pausa, como recapitulando en sus pensamientos. Dos años después, en 1991, Abrantes moría en prisión de un infarto en circunstancias extrañas.

» Tanto tú como yo sabemos por qué Castro con toda seguridad montó todo el *show* de los juicios y no tuvo otra alternativa que fusilar a los cabecillas, sus hombres más leales, cuando supo que nosotros íbamos a tomar cartas en el asunto. Tenía que escoger entre asesinarles o aparecer ante el mundo como un vulgar narcodictador, como Noriega –agregó dejando caer las palabras lentamente, casi en un susurro. El *DDO* asintió reflexivamente.

Colin se refería a la frustrada operación que entre los meses de abril y mayo de ese año fue concebida para capturar en aguas internacionales al propio general Abrantes y que había gravitado negativamente sobre el Departamento Cuba, aunque Colin no había sido el culpable de haber planeado y ejecutado la fallida operación.

Para poner en marcha la descabellada operación la CIA sacó de la cárcel, bajo libertad condicional, a Gustavo Fernández «Papito», un narcotraficante cubano que tenía sólidos contactos con La Habana. Con la promesa de reducir su condena, le pidieron a cambio que sirviera de carnada para engañar al mismo general Abrantes, citándolo en altamar para poder apresarlo, llevarlo a los tribunales estadounidenses y acusarlo de tráfico de drogas, armas y *lavado* de dinero. *Papito* aceptó, pero antes de que la operación se realizara, burló la vigilancia a la que estaba sometido en una casa de seguridad en Miami, escapó a La Habana y alertó al ministro del Interior. Es posible que ese fuera el detonante principal por el cual Fidel Castro decidió condenar, fusilar y encarcelar a los que ya habían sido señalados por las autoridades estadounidenses como culpables, incluyendo al propio Abrantes. Pero todo eran suposiciones, hipótesis.

–Se lo debían todo a Fidel. Sin él no eran nada, y lo sabían. Además, esos rumores de que Ochoa y De la Guardia querían provocar en Cuba cambios como los de Gorbachov, son ridículos. ¿Para qué iban a cambiar las estructuras de poder, cuando ellos eran el poder? Cuando podían hacer todo lo que les daba la gana. Eran todopoderosos. No, la razón, que me perdonen los analistas y los *cubanólogos*, es otra –agregó Colin fijando la vista en un punto lejano, a través de la ventana–. Sin embargo, como campaña de desinformación es buena, pero no nos pisemos la cola, y terminemos creyéndonos la desinformación que producimos –agregó y se acarició la mandíbula pensativamente–. El que ha salido fortalecido es Raúl Castro; no nos olvidemos de él. Es el sucesor, y ha comenzado a mover fichas… Ha comenzado a sustituir la gente de Abrantes en el Ministerio del Interior por sus hombres de las FAR, las fuerzas armadas. No, de veras, no me creó esa historia de que Castro los fusiló porque temía que se hicieran con el poder… hay más, mucho más.

–Pero ¿qué?

–No lo sé. Algo turbio –dijo en tono dubitativo–. Hay mucho dinero en juego. No me cabe duda de que los condenados también metieron la mano y se distrajeran algunos millones. Es lógico. Es cierto también que los Castro quieren borrar sus huellas, las evidencias fueron finalmente demoledoras y no les quedó más remedio que cortarle la cabeza a los más señalados, los más expuestos —remarcó Colin con voz suave y casi confidencial—. Recuerda la compra de armas para Nicaragua y El Salvador, fueron financiadas con dinero de la droga. Antonio de la Guardia fue el que llevó a cabo esas operaciones. Eran negocios demasiado grandes, con una carga política y estratégica inmensa para que los Castro no hubiesen metido también los dedos en el pastel. ¡Es obvio!

» Ahora, evidentemente, ha comenzado una nueva etapa. Los países comunistas del este de Europa se tambalean… Eso no entraba en los planes de los Castro, fueron tomados por sorpresa, como nosotros… Se las van a tener que arreglar sin la ayuda soviética, si no quieren caer como Mongolia o Bulgaria… Poco o nada sabemos de lo que está sucediendo realmente en La Habana, y es importante saberlo, y nuestro "hombre de Praga", evidentemente, nos podrá ayudar. Estoy seguro.

—Estoy de acuerdo contigo, pero ¿por qué castigar tan duramente, con el paredón y largas condenas de cárcel a los que le habían servido y seguido?

—Saturno devora a sus hijos —suspiró Colin y arqueó sus cejas en expresión reflexiva—. Las purgas, al peor estilo estalinista, se han ido sucediendo en Cuba a lo largo de los años. No es nada nuevo. Los únicos intocables son el tándem de Fidel y Raúl. Es mejor cambiar a los ciclistas que a la bicicleta castrista. Ahora se trata de sobrevivir y de reagrupar fuerzas, restablecer la credibilidad perdida. Raúl Castro es el más pragmático de los dos hermanos, y los raulistas han fortalecido sus posiciones; de eso no hay duda alguna. El General de Cuerpo Colomé Ibarra, *Furry*, es ahora el nuevo zar de la inteligencia. Ha representado un papel importante en las investigaciones contra De la Guardia y Ochoa. Muchos dicen que no está bien de la cabeza, padece de desmayos, tiene ataques de ira incontrolados, pero es un incondicional de Raúl Castro, su mejor amigo, dicen algunas fuentes. Pienso que Raúl va a desempeñar un papel más importante que el que ha tenido hasta ahora.

—¿Qué quieres decir con eso? —preguntó Clark visiblemente interesado en las conjeturas de Colin.

–Bueno, esto es a título personal. No he hecho ningún estudio o análisis al respecto. Solo es mi opinión. ¿De acuerdo?

–De acuerdo. *Off the record*. Prosigue, por favor…

–Sin el apoyo militar y económico de una Unión Soviética que se desploma, el régimen de Castro se hace mucho más vulnerable. Están conscientes de que el armamento de sus fuerzas armadas se convertirá en pocos años en un montón de chatarra sin la ayuda soviética. Sus megalómanos sueños de disponer de su ejército internacionalista, al servicio de los intereses de Moscú, luchando contra Sudáfrica y su aliado: el imperialismo norteamericano; y la guerrita en Etiopía, en el Cuerno de África; sus escaramuzas en el Oriente Medio, se han ido desmoronando estrepitosamente –los intensos ojos azules de Colin parecieron más pequeños que de costumbre a través de los gruesos cristales de sus gafas–. Mira cómo andan las cosas en Angola… Todos quieren salir de ahí precipitadamente, menos Fidel, pero sin el apoyo de los rusos tampoco podrán seguir ayudando a las guerrillas en Centroamérica. Se acabó el cuento de la Lucha Internacionalista. ¡Finito! –Colin hizo un gesto batiendo las manos como que todo se había terminado–. Ochoa era el Héroe de Angola y regresó exigiendo una parcela de poder que Raúl no estuvo dispuesto a cederle. Los mellizos De la Guardia eran los chicos malos, los Rambos revolucionarios, que tampoco tenían futuro en un país que ahora tiene que reacondicionar todas sus estructuras políticas, militares y económicas. Se habían expuesto demasiado, desde Angola hasta Nicaragua. Así de simple. Fidel lo sabe, y lo único que le interesa es sobrevivir, y para ello, quizá, la única forma sea otorgándole a su hermano más poder y sacrificando algunos de sus peones, que por otro lado ya no necesita, más bien le estorbaban.

–Entonces, ¿qué sucederá con las FAR? –preguntó Clark, echándose hacia atrás en su cómoda silla giratoria, evidentemente, interesado en las opiniones personales del jefe del Departamento Cuba–. ¿Con tantos generales sin ejércitos? ¿No los van a fusilar a todos, como sucedió con Ochoa? –dijo sarcásticamente.

–Claro que no. Además, no hace falta. Por lo pronto los raulistas, que en su inmensa mayoría son militares de alto grado, están tomando posiciones estratégicas fuera de las FAR. Tanto en el Ministerio del Interior como en la economía. Los que no entraban en sus planes eran la gente de Abrantes del Ministerio del Interior y los Rambos revolucionarios.

—¿En la economía? —preguntó Clark visiblemente interesado del giro que había tomado la conversación.

—Sí. Los militares raulistas han comenzado a tomar el poder de algunas empresas e industrias clave con el pretexto de poder financiar el presupuesto de defensa, pero hay más: es el comienzo, creó, de una nueva época en Cuba que pienso se convertirá en una dictadura militar controlada por Raúl y sus acólitos cuando desaparezca Fidel —dijo Colin, casi en un susurro—. Se preparan para lo que pueda suceder si se produce la desaparición de la Unión Soviética y de todos los países comunistas de la Europa del Este.

—¿Tiene miedo quizá de que nosotros actuemos militarmente en Cuba, cuando el comunismo se desploma por todo el mundo? —preguntó el *DDO* examinando la reacción de Colin.

—Evidentemente. Y si se realiza alguna acción militar nuestra contra Noriega, eso producirá seguramente en La Habana un profundo malestar —dijo Colin espulgando detenidamente el efecto de sus palabras en el rostro de Clark que permaneció inmóvil—. Castro es un viejo camaleón que cambia de color cuando se siente acosado —añadió mostrando sus separados dientes en un intento de sonrisa—. Raúl y sus cuadros militares forman parte de la nueva estrategia. Raúl es un buen organizador, todo lo contrario de Fidel, que es un gran despilfarrador —volvió hacer una pausa para agregar finalmente—: Raúl es más pragmático, y a la larga, cuando Fidel desaparezca tendremos seguramente que negociar con él y sus generales, estará dispuesto a negociarlo todo, menos el poder.

—¿Negociar? Que no te oigan los amigos del presidente en Miami —agregó Clark con sorna—. Lo interesante es saber ahora si el "hombre de Praga" nos puede ayudar. Sí va a sobrevivir a la limpieza que Raúl Castro y Colomé Ibarra han iniciado en el Ministerio del Interior. ¿Por qué nos ha contactado, en estos momentos?

—¿Cómo saberlo? Sus razones tendrá, me imagino —respondió Colin encogiéndose de hombros—. Pero, recuerda, nuestro hombre, como esas muñecas rusas que, además de esconder en su interior a otras muñecas, tercamente siempre cae parado. Es un superviviente, un verdadero burocroespía de la nomenclatura

–agregó quitándose las gruesas gafas para darse un leve masaje en su nariz, un gesto más bien mecánico que solía hacer para ganar tiempo y a la vez poner sus pensamientos en orden–; ha sobrevivido a Ramiro Valdés, a Sergio del Valle y José Abrantes, sus antiguos jefes. Ahora sobrevivirá del mismo modo a Colomé Ibarra. Nuestro hombre pertenece a este tipo de agentes que eternamente son necesarios, esté quien esté en el poder. Es un profesional, yo diría que es, más bien, un pragmático, y por ello se ha podido mantener a flote durante tanto tiempo.

Clark asintió pensativamente en silencio.

–Son conjeturas, por ello es necesario saber lo que está sucediendo actualmente en Cuba –añadió Colin–. Paredes es sin lugar a dudas el hombre que puede ayudarnos a resolver esas incógnitas –hizo una pausa como dando a entender que deseaba cambiar de tema–. Hay otra cuestión que debo informarte, claro que lo haré también por la vía oficial, pero quería hacerlo primero personalmente.

Clark le miró extrañado. «Este Colin, nuevamente sacando más conejos del sombrero», pensó.

–Es algo que tiene que ver con Cuba, Praga y el Medio Oriente. Es posible que nuestro "hombre de Praga" esté al tanto de lo que sucede –dijo Colin sacando de su portafolio las fotos y los papeles recibidos de Tel Aviv, entregándoselos a Clark–. Los cubanos están intensificando nuevamente sus operaciones en el Medio Oriente, al parecer...

El jefe de Operaciones de la CIA lanzó una rápida mirada a Colin mientras miraba las fotos.

–En las últimas semanas han llegado varios cubanos a Damasco, provenientes de Praga, como demuestran las fotos –continuó Colin–. El Instituto supone que son instructores de terroristas y que se están agrupando probablemente en uno de los viejos campos de entrenamiento que tenían en Yemen del Sur.

Sorprendido y con una expresión de preocupación Clark volvió a mirar las fotos que el Mossad había tomado en el aeropuerto de Lárnaca, Chipre. En ellas se veía a un grupo de ocho hombres saliendo de un avión de la CSA, la línea checoeslovaca, y otras fotos cuando partían hacia Damasco en un avión de la línea aérea siria escoltados por personal de la Embajada de Cuba en Nicosia.

–Esto, en cierto sentido, contradice tus teorías sobre lo que sucede actualmente en Cuba– dijo Clark escudriñando la reacción de Colin.

–Es posible, pero estamos dando palos a ciegas –respondió Colin encogiéndose de hombros–. Nuestro "hombre de Praga" podría aclarar quizá este asunto también.

–¿Es probable?

–Eso es lo que creó. Puede ser que al mismo tiempo que los Castro nos están haciendo creer que están limpiando dentro de casa, enterrando las operaciones subversivas y paramilitares, los negocios sucios del lavado de dinero y droga, en realidad estén fraguando algo más trascendental y peligroso –dijo Colin dejando caer sus palabras, como si pensara en voz alta–. ¿Salen de África y Centroamérica y reaparecen en el Oriente Medio? No me gusta nada esto.

Clark comenzó a jugar con las fotos moviéndolas de un lado al otro con el dedo índice.

–Te pido autorización para rastrear con nuestros satélites los viejos campos de entrenamiento en Yemen del Sur –agregó Colin.

Clark asintió y apartó las fotos. El jefe del Departamento Cuba bajó la cabeza y comenzó hablar en voz baja, lentamente, casi en susurro, como implorando.

–Ahora, lo importante es sacar a Javier lo antes posible de Praga para poder evaluar la operación y hacer un pronóstico para seguir adelante –dijo colocándose las gruesas gafas nuevamente.

–Sí, pero tenemos un problema aún pendiente –agregó Clark mirando fijamente a los ojos de Colin–. ¿Tienes confianza en Javier?

–Sí.

–He leído el informe de Praga y hay algunas cosas que no están muy claras. La gente del OS ha sacado la tarjeta roja.

–¿Cómo cuáles?

–Como esa desaparición extraña de nuestro agente con el espía cubano. ¿Qué sucedió? ¿Adónde fueron?

–Bueno, los resultados de los análisis no dan que Javier haya ingerido droga –se apresuró a contestar Colin–. Es decir, que sólo fue alcohol, en grandes cantidades, pero alcohol solamente.

–¿Sabemos qué pasó en realidad esa noche? –espetó el *DDO*.

–No, aún no. Esa pregunta te la podría responder después de hablar con él.

—Colin, por favor, arregla ese inconveniente primero. Tenemos que pisar firme antes de continuar y tenemos lamentablemente muy poco tiempo —dijo Clark apretando los labios—. Sácalo de Praga lo antes posible. Ocúpate tú mismo de recibirlo. Quiero un informe detallado, lo antes posible —agregó poniendo ambas manos en el escritorio dando por terminada la reunión.

5. Noviembre 30 y diciembre 1

Yemen del Sur, campamento de entrenamiento terrorista,
30 de noviembre por la mañana

El hombre extrajo su Beretta-92SB y descargó contra el objetivo los 20 proyectiles del magacín. No tendría más de 18 años. Una barba negra y espesa cubría su cara. Dos hombres más aparecieron en pequeñas motos y levantaron una gran polvareda. Se situaron a cada lado del individuo y descargaron sus UZI de igual forma contra el mismo objetivo. De un solo salto el hombre se montó en el asiento trasero de una de las motos y desaparecieron pocos segundos más tarde. Un fuerte olor a pólvora y los casquillos de las balas rodando aún por el suelo fue lo único que quedó. Frente a una puerta en lo que asemejaba la fachada de un edificio, dos figuras de madera con formas de cuerpos humanos, se balanceaban bruscamente, sujetas a un bloque de cemento. El sol que daba a contraluz se filtraba como pequeños hilos de azogue por los orificios que habían dejado las balas en la madera.

El instructor cubano se acercó para inspeccionar los daños causados por el comando. Era más bien pequeño, bastante delgado, aunque se le adivinaba una fibrosa reciedumbre en sus músculos, un diminuto y fino bigote acentuaba severidad en su larga cara de ojos bovinos y pobladas cejas negras.

—No está mal, pero aún algo lentos —dijo mirando el cronómetro de fabricación alemana oriental que llevaba colgado del cuello.

Los tres hombres que participaron en el simulacro se acercaron a él acompañados de un joven muy delgado y nervioso que hacía de traductor. El de la Beretta-92SB asintió de mala gana y dijo algo al traductor.

—Yasmani, dice Aguad al Tbaiti que la pistola Beretta es muy pesada, que quiere su PSM rusa. Que le resta tiempo —tradujo el árabe al cubano en un español con acento ibérico.

–Zuheir, dile a Aguad que no podemos usar armas rusas en los atentados –respondió el cubano–. Tiene que acostumbrarse a la italiana. ¡Es una orden!

El hombre pequeño tradujo de nuevo y Aguad al Tbaiti movió negativamente su cabeza, como diciendo que no había remedio, pero que no le gustaba la idea.

–Está bien por ahora, dile que siga practicando con la Beretta92SB –agregó Yasmani al mismo tiempo que hacía un breve saludo militar y daba media vuelta para alejarse hacia unas tiendas de campaña que se alzaban a pocos metros de distancia.

España, Sitges, costa catalana, 30 de noviembre, 16:45 horas

Dos jóvenes que practicaban el *surfing* de vela continuaron luchando estoicamente contra las olas. El mar, azul horas atrás, tomó el color verde oscuro que precede a la tormenta. Las olas chocaban con ímpetu contra los rompeolas de piedra. Una gruesa línea entre el cielo plomizo y el mar determinó escabrosamente el horizonte.

Algunos tímidos bañistas se protegieron del aire frío tapándose con sus toallas y un par de chicas se unieron en un abrazo que no sólo las protegías del viento, sino del mundo, se introdujeron con gritos y saltitos en las verduzcas aguas de un Mediterráneo que distaba mucho de ser el apacible mar que acogía a los turistas en verano.

Javier pidió una cerveza y se dedicó a contemplar el mar que se enfurecía por momentos, cambiado el verde por el gris oscuro que plagiaba de las nubes que habían cubierto todo el horizonte.

Se había instalado en un pequeño y cómodo ático con amplia terraza, en la mejor zona de Sitges, una pequeña ciudad costeña, cerca de Barcelona, tal como le había ordenado Colin antes de partir hacia Praga. Un día después de su llegada a España había pagado por anticipado los tres meses reglamentarios a la agencia inmobiliaria, una vez firmado el contrato por once meses a nombre de Rigoberto Sánchez.

Sitges era una buena tapadera. Además, la proximidad del aeropuerto internacional del Prat de Barcelona, a 20 minutos del resto del mundo, le hacía sentirse seguro. Seguramente podría visitar Barcelona en los próximos días. Sentía un gran interés por la ciudad en la cual había nacido su padre.

«Media Europa sufría en aquellos momentos un proceso irreversible e histórico, a sólo unos miles de kilómetros, mientras la vida aquí en Sitges continúa como de costumbre», pensó al recordar los primeros años después de Franco cuando la joven democracia española luchaba por estabilizarse y lograr un puesto estable entre las democracias europeas. «¿Quién se acuerda hoy de Franco?». Sus pensamientos siguieron flotando mirando morir las olas en la playa, y de alguna forma, como siempre ocurría que veía el mar, recordó a Cuba, Varadero, aquella playa en que aprendió a nadar de niño. Javier, como muchos otros cubanos exiliados, se pasaba la vida inventándose su Cuba en cualquier rincón del planeta. El extraño encuentro con Mario Paredes en Praga había abierto las viejas heridas que creía cerradas.

En el aeropuerto de Berlín-Tempelhof, donde había hecho escala entre Praga y Barcelona, Rick le había puesto sobre aviso de que en Langley las opiniones sobre su comportamiento en Praga habían levantado suspicacias y estaban divididas. «La gente de la OS ha alzado la tarjeta roja», le había dicho Rick dándole una pequeña palmada en los hombros al despedirse. Casi no había podido dormir en los últimos días, y se sentía cansado, molesto. De nuevo le asaltaron las ganas de mandarlo todo al diablo. «Siempre lo mismo, la desconfianza, las intrigas internas... Nada va a cambiar», dijo masticando las palabras. «Podría haberme retirado hace tiempo y haber enviado al carajo a todos esos buroespías de mierda que se pasan la vida pensando más en su escalafón y en su jubilación que en hacer un buen trabajo», rumió con rabia. Hacía tiempo que deseaba instalarse en una vida normal. La idea de vivir en España, en Barcelona, no le era totalmente ajena. Tenía dinero suficiente para retirarse y vivir una vida apacible y holgada. De su matrimonio, averiado desde hacía más de diez años, lo único que conservaba eran algunos contactos esporádicos con su único hijo que trabajaba en Bruselas como abogado para las Comunidades Europeas. Era tal vez esa soledad la que lo había impulsado a aplazar varias veces su decisión de renunciar definitivamente a sus contactos con Langley, pero era su profesión la que a su vez le impedía llevar una vida normal. Era un círculo vicioso del cual no había podido salir aún.

Se sentía un hombre, humanamente hablando, frustrado, sin

fuerzas para emprender una nueva aventura, una nueva relación. Su condición de espía y el estigma de exiliado lo habían convertido finalmente en un ermitaño, un ser huraño, desconfiado. Se arrepentía de no haber dejado la Agencia a tiempo, cuando aún podía haber hecho de su vida algo normal, sensato; pero el mundo secreto del espionaje era su mundo, el único que conocía, dónde se sentía seguro, útil.

Mario había aparecido de repente en su vida y se alegraba. En el fondo de sus pensamientos albergaba la ilusión de que su trabajo en la Agencia podría contribuir a que Cuba algún día volviera a ser un país normal, libre, y quizá entonces él podría regresar a su Isla. El encuentro con Mario en Praga, de alguna forma, había revivido esos escondidos deseos. Juntos quizá podrían lograr que ese sueño fuera más cercano...

La camarera, que comenzó a recoger una mesa cercana, lo devolvió a la realidad. Pidió la cuenta. La chica sonrió agradecida, era el último cliente y deseaba terminar el trabajo lo antes posible. Javier apuró la cerveza cuando ella le dio el comprobante que pagó inmediatamente, dejando una pequeña propina, ni mucho ni poco, para no llamar la atención, como solía decirle Colin.

Campamento de entrenamiento terrorista, Yemen del Sur,
30 de noviembre, 16:55 horas

Un ejemplar del diario *Granma* del 13 de julio de 1989 en el que se informaba escuetamente sobre la ejecución de la sentencia de muerte dictada por el Tribunal Militar Especial contra el general Arnaldo Ochoa y otros tres acusados de alta traición y actividades de narcotráfico, estaba a medio abrir sobre uno de los catres de la tienda de campaña.

Yuri, el más grueso de los ocho cubanos, yacía con una revista *Verde Olivo*, órgano de las Fuerzas Armadas Revolucionarias, tapándole casi la cara, se hizo el dormido cuando Yasmani entró y se sentó en el borde de su catre alisándose con un evidente signo de cansancio el ensortijado pelo. El sudor corría por su frente y algunas gotas que se habían atrincherado en sus gruesas cejas cayeron, una a una, causándole escozor en los ojos. Trató de borrar el sudor del rostro con la palma de la mano y las pesadas gotas cayeron como una lluvia de plomo, diminutas perforaciones en la árida tierra yemení.

Afuera, una música árabe comenzó a escucharse. Venía probablemente del comedor cocina, una de las pocas instalaciones de ladrillos del campamento, no muy lejos de donde estaban las tiendas de campaña.

El sur de Yemen se había convertido en una especie de república soviética en junio de 1978, cuando Adén, la capital, fue atacada por la fuerza naval soviética y sometida a intensos bombardeos por aviones soviéticos pilotados por cubanos. Entonces se produjo la ejecución del presidente Salem Rubaya Ali. Una década antes, los rusos ya se habían posesionado de gran parte del territorio yemení, un tiempo suficiente para hacer de este pedazo de ruinas árabes un maravilloso paraíso terrorista en los años 70.

Once años después de la invasión soviética al Yemen del Sur, aunque la metrópolis del comunismo se tambaleaba y el muro de Berlín era ya historia, los cubanos habían reaparecido sorpresivamente en el escenario para reforzar los *puntos clave* y continuar la lucha internacionalista contra el imperialismo, como había dicho el jefe del grupo. Se trataba de un individuo de piel blanca, pelo de un rubio quemado y ensortijado, de facciones negroides que respondía al mote de *Jabao*. De unos treintaicinco años, era fornido sin llegar a mostrar una musculatura excesiva. Días antes había arribado con otros siete instructores cubanos al campamento yemení. Durante su breve discurso de llegada *Jabao* repitió las palabras que le había escuchado decir al jefe de los servicios secretos cubanos en Damasco durante su escala en Siria: «Aunque seamos los únicos en llevar la bandera del comunismo a las futuras generaciones en todo el mundo, seguiremos la lucha».

Desde que salieran de Cuba, semanas atrás, Yuri había intentado sin éxito averiguar si su esposa ya había dado a luz su primer hijo. Sabía que faltaban unos días solamente, pero cada vez que preguntaba a sus superiores, la respuesta era la misma: está prohibido hacer contacto con Cuba, estamos en una misión altamente secreta. Él no entendía cómo en uno de aquellos mensajes cifrados que recibían diariamente del Centro Principal, no podían incluir una simple frase felicitándole por el varón o la niña, o informándole escuetamente del parto. Así se lo había dicho a *Jabao* al llegar al campamento, pero este se había encogido de hombros y ni siquiera se había tomado el trabajo de darle una explicación. Era su tercera misión internacionalista y la había aceptado porque era la única oportunidad que tenía para que le dieran el permiso para comprar un Lada usado. Había reunido el dinero durante años. En su anterior misión había podido obtener el permiso para comprar un televisor búlgaro y un refrigerador ruso. Aquella tarde prefirió soñar con su esposa y con aquel hijo que no sabía si ya había nacido, huyendo del hastío y la soledad.

Yasmani se quitó la camiseta y la utilizó para secarse el torso sudado después de pasarla por la cara. Se tiró bocarriba en el catre y miró al techo de la tienda de campaña como tratando de dejar escapar su vista y su imaginación fuera de aquel mundo a través del pequeño orificio que servía de soporte y salida al poste central que mantenía la tienda de campaña en pie.

Sitges, Barcelona, 1ʳᵒ de diciembre, 12:10 horas

El tren de cercanía llegó a la estación de Sitges, como solía suceder, sin tener en cuenta el horario. Colin descendió del tercer vagón encendiendo rápidamente un cigarrillo. En su reloj de veinte dólares eran las 11:34 a.m. El tren le recordaba al suburbano que unía a Berlín oriental con las ciudades y pueblos cercanos al sector soviético que habían quedado prácticamente incomunicados desde que se levantó el muro. El *Sputnik*, como se le conocía popularmente, era un tren también de dos pisos y muy parecido al que unía Barcelona con las ciudades de la costa catalana. En Berlín, Colin, más de treinta años atrás, ya trabajando para la CIA, había hecho a menudo la travesía con el *Sputnik* entre Berlin-Haupbahnhof y Potsdam. Aquellos años berlineses fueron posiblemente los que recordaba con más placer. Eran los años del espionaje *cuerpo a cuerpo*, como solía decir cuando evocaba los buenos tiempos pasados. «Eran los espías, de verdad, los que nos facilitaban la información a riesgo de sus propias vidas, y no como ahora, catalogados simplemente como Inteligencia humana, *HUMINT*, en un mundo en el que casi todo el trabajo lo hacen los satélites, ordenadores, estadísticas inventadas por esos cachorros salidos de las universidades, sin ninguna experiencia», solía decir cuando Ross o cualquier otro joven agente le trataban de convencer de que el trabajo de espionaje era más efectivo y rápido en estos tiempos. «Tonterías, lo único que han logrado es más burocracia, más pérdida de tiempo», respondía. Pero en aquel instante se sintió feliz, era como en los viejos tiempos.

La estación era pequeña. Afuera, un par de taxistas, sentados frente a un quiosco, discutían acaloradamente sobre el último partido del Barça, el equipo de fútbol local. Colin se dirigió a uno de ellos. Sin dejar de discutir, uno de los taxistas se levantó haciéndole un gesto de que ya le había visto.

–Por favor, tenga la amabilidad de apagar el pitillo, no está permitido fumar en el taxi –dijo el taxista en catalán abriéndole la puerta. Colin no entendió, pero comprendió el gesto del chofer y tiró la colilla al entrar al vehículo. No hacía nada de frío a pesar de estar en diciembre. Había dejado Washington con escarcha y una temperatura bastante baja.

Como de costumbre tenía el dinero personal en uno de los bolsillos y el dinero de la Agencia en el otro. «Aquí mi dinero y aquí el de ellos» repetía cada vez que salía a una misión.

El taxi se detuvo frente al Hotel Calipolis, frente al Mediterráneo. En su español con marcado acento panameño, Colin se presentó a la chica de la recepción del hotel como James Whitehouse.

–Habitación 404. Tiene vista al mar, televisión satélite y bar. En la habitación encontrará toda la información necesaria, de lo contrario no dude en llamar a recepción. Bienvenido a Sitges, señor Whitehouse –dijo la chica en español con un fuerte acento catalán al entregarle las llaves.

Una hora más tarde Colin, una vez que salió de las pequeñas callejuelas de la ciudad vieja, bordeó el antiguo ayuntamiento y pasó por detrás de la Iglesia, dándole la espalda al mar convertido en enorme espejo. Una ráfaga de aire frío le asaltó al doblar una callejuela que desembocaba en el pequeño cementerio y se sonrió para dentro. «Al menos el encuentro con Javier no será en un cementerio».

En el puerto cercano había cientos de embarcaciones de recreo de todos los tamaños, desde enormes yates de lujo, hasta pequeñas barcas pesqueras.

Únicamente dos restaurantes permanecían abiertos en aquella época del año. En uno de ellos, tal y como habían acordado, advirtió la figura encorvada de Javier degustando un vino del Penedés.

–Hola. ¿Hace mucho que llegaste? –preguntó sentándose al

tiempo que encendía otro cigarrillo.

–¿Al restaurante o a Sitges?

–Al restaurante

–No hace mucho, vine caminando.

–Yo también.

Javier sonrió levemente. Sentía una gran admiración y respeto por Colin. Tenerlo frente a él le daba confianza, aunque sabía que había muchas cosas por aclarar y no sabía si podría responder a todas sus preguntas.

–¿Ya has comido? –preguntó Colin.

–No, te estaba esperando.

–Bien, entonces primero vamos a comer. Estoy muerto de hambre.

–Y yo también –agregó Javier mientras le hacía una señal al camarero que se acercó a ellos rápidamente con dos menús exageradamente grandes.

Campamento terrorista, Yemen del Sur, 1ro de diciembre, 9:45 horas

Jabao estaba sentado en cuclillas, limpiando sus botas frente a un lavadero cercano a las tiendas de campaña. Había trabajado más de diez años como instructor de terroristas en el Oriente Medio. Comenzó en 1978, ulteriormente a la guerra del Líbano, cuando a finales de marzo fue enviado al sur de ese país para entrenar al grupo islámico *Rejection Front* en el campamento Tiro. Vivía en aquel tiempo con otros instructores cubanos en el Castillo Beaufort, una antigua fortaleza del tiempo de las Cruzadas, con un discreto acceso al mar.

Limpiar las botas en aquel lugar era si no absurdo, inusual. La fina tierra arenosa del Yemen lo empercudía todo; la ropa, la piel, hasta la saliva se volvía pastosa. Los años setenta habían sido otros tiempos, cuando los militares cubanos se habían convertido en la avanzada militar soviética en el Tercer Mundo. «Pero ahora, ¿qué rayos hacemos aquí?», se preguntaba *Jabao* consciente de que cuando el mundo comunista desaparecía rápidamente del mapa político de Europa, «¿Qué podían hacer él y los otros instructores cubanos ahí en Yemen, entrenando terroristas islámicos?». Sus hombres le habían hecho asimismo muchas preguntas parecidas que él no sabía responder.

«Diez años atrás, entonces, era otra época. Sí señor», murmuró

para sí, recordando cuando, en el segundo equipo de instructores cubanos, ingenieros y expertos, él llegó a Tiro a bordo de un buque soviético para instalar rampas lanzamisiles SAM, artillería pesada, trasmisores-receptores y toda la parafernalia que hacía falta para acentuar la presencia militar soviético-cubana en el Oriente Medio.

—Capitán Fuentes, ¿me permite?

Jabao sintió la voz a sus espaldas y se volvió extrañado. Era un hombre más bien corpulento, de manos y brazos velludos. De un rubio que ya comenzaba a encanecer, debía rondar los cincuenta. Sus ojos azules y fríos se clavaron en el instructor cubano.

—Mayor Frank Fiedler —dijo y saludó militarmente a Fuentes.

—Mucho gusto, mayor Fiader —dijo el cubano, de pie y contestando el saludo militar.

—Fiedler… Fiedler —repitió el militar lentamente como si fuera un maestro de idiomas. Su español tenía una marcada pronunciación alemana y su impecable uniforme revelaba al oficial germano oriental que, a pesar de estar en el desierto, seguía mostrando con orgullo que era un militar de corte prusiano y no un terrorista. Miró con satisfacción a Fuentes al darse cuenta de que este limpiaba sus botas y que era un militar como él.

—Mayor… Fiedler, me alegra mucho conocerle —dijo *Jabao*—. Me habían informado que me encontraría con usted aquí y que sería usted el que me daría las instrucciones a seguir.

Fiedler sonrió secamente, acompañado de un pequeño gesto afirmativo con la cabeza. *Jabao* había oído muchas historias sobre el militar germano oriental que tenía delante y que lo convertían en una leyenda viviente. En 1971 Fiedler ya había estado en Cuba construyendo los campos de entrenamientos para los combatientes y guerrilleros que Castro preparaba por aquellos años y había viajado en diciembre del 1973, por primera vez, a Yemen del Sur, juntamente con el primer contingente de expertos cubanos que arribaron a ese país. Los instructores cubanos se habían dispersado por aquellos tiempos por todo el Oriente Medio amparados por el gran arco arábigo que escondía a la resistencia palestina.

Según el informe que anteriormente Mario Paredes había entregado en Praga a Fuentes, Fiedler, con la ayuda de instructores cubanos, había construido a principios de la década del 70 el primer campamento de *combatientes* palestinos dirigidos por Naif Hawatmeh, quien solo estaba por debajo de Habash y Hadad en la dirección del *Rejection Front* en Yemen. La llegada de los instructores cubanos fue coordinada en un momento importante para los palestinos: justamente en 1973, después de la guerra de octubre en el Oriente Medio, cuando los palestinos más intransigentes, oponentes implacables a una paz negociada con Israel, formaron el *Palestine Rejection Front*.

—Creo que nos hemos encontrado anteriormente, en 1978, cuando usted era un joven oficial que entrenaba a los patriotas palestinos del *Rejection Front* en Tiro.

—Efectivamente, fue mi primera misión internacionalista —respondió *Jabao* con orgullo.

—Ahora, estamos aquí, nuevamente, para cumplir con nuestra misión, o mejor dicho, para terminarla —agregó y volvió a clavar sus ojos azules en los ojos oscuros de Fuentes, que sintió cómo aquella mirada penetró en él, tratando de descubrir todos sus pensamientos.

Puerto de Aguadulce, Sitges, 1ro de diciembre, 15:20 horas

Después de la comida, Colin y Javier comenzaron a caminar por el muelle.

—Estamos preocupados —dijo Colin sin rodeos tirando la colilla al agua.

Javier asintió levemente y sonrió.

—Por supuesto. Pero ya estoy aquí, sano y salvo y, además, creó, que el contacto ha sido hecho con éxito.

—¿Qué quieres decir con eso?

—Que está dispuesto a trabajar para ustedes.

—¿Por qué?

—Porque quiere tener algún dinero guardado para el día que cambien las cosas en la Isla, supongo… —indicó Javier con cierta duda.

—¿Solamente por motivos económicos, entonces? —inquirió Colin.

—Está decepcionado, pero no es de los que se exilian en Miami

76

–Javier hizo una pausa y se detuvo un instante, se giró hacia Colin y agregó–: personalmente, creo que es mucho más complicado explicar las razones que tiene. En el fondo sigue siendo un idealista.

–Un idealista que le gusta los billetes verdes... –respondió Colin sarcásticamente.

–No es tonto. Sabe que lo que nos puede vender vale dinero, y no nos lo va a dar gratis –dijo Javier persuasivamente–. Pienso de veras que quiere ayudarnos a terminar con la pesadilla del castrismo, pero teme que la situación se desestabilice.

Colin se quedó pensando en las palabras de Javier. Trataba de despojarse de ideas preconcebidas y quería continuar lo antes posible con la operación. El *DDO* necesita urgentemente información sobre los negocios turbios de Cuba en Panamá. Paredes parecía ser el hombre que estaba buscando, pero no le gustaba que la realidad le sorprendiera. Existía la posibilidad, aunque remota, tal y como lo había expresado Gerber anteriormente, de que Paredes fuera un agente de la inteligencia cubana que trataba de suministrarles información falsa a la CIA. Además, estaba también la orden explícita de Langley: «Antes de continuar tenemos que estar seguros del agente cubano y de que Javier no ha caído en una trampa», le había dicho O'Neill, su viejo amigo y analista cuando lo llevó al aeropuerto.

–¿Y qué está dispuesto a hacer para lograr ese *acercamiento*? –preguntó Colin que comenzó nuevamente a caminar seguido de Javier.

–Colaborar con ustedes, desde adentro...

–¿No quiere desertar? –inquirió Colin algo extrañado.

Javier movió negativamente la cabeza. Fijó su vista en un velero de gran calado mientras escuchaba el rítmico sonido que producían las vergas metálicas al chocar con los mástiles de aluminio. Se volvió hacia Colin lentamente.

–No, está consciente de que, si deserta, será objeto de *estudio* durante mucho tiempo por los paranoicos de la contrainteligencia de Langley y el FBI, que además estarán dudando de él todo el tiempo, hasta que se muera; que se aburrirá en alguna casa segura en la que lo esconderán, que no estará contento con su nueva identidad y la cirugía plástica que le harán –dijo Javier con contenida ironía–. Que al final no le quedará más remedio que acceder a viajar a Miami disfrazado con una peluca, bigotes postizos y gafas oscuras para participar en algún programa de la televisión local en español –agregó maliciosamente–. Además, quiere tener seguridad económica y política para el futuro, y desea quedarse en Cuba. Al fin y al cabo, tampoco le gustaría vivir en los Estados Unidos, me dijo. Piensa, asimismo, que la extrema derecha del exilio de Miami y los sectarios de la gerontocracia en Cuba, son los que de un lado y otro ponen más trabas para lograr un cambio. Ayudar a los inmovilistas de aquí y allá, como los llamó, era simplemente extender aún más el dolor y las penurias de los cubanos. Piensa que hay que romper el círculo vicioso, y por eso nos ofrece sus servicios…

–Interesante –agregó Colin pensativo al tiempo que introducía las manos que comenzaban a enfriarse en los bolsillos del pantalón–.

El viento había arreciado y un enjambre de nubes grises se alineó en el horizonte, preparadas para el ataque. La claridad del día dio paso a una penumbra que anuló prácticamente todos los colores. Javier se imaginó estar caminando por el escenario de una película en blanco y negro.

–¿Podemos confiar en él?

–Sí, lo creo. Lo conocí en mi juventud, y me ha convencido –agregó Javier tratando de encontrar el horizonte que de repente había desaparecido casi totalmente. Estaban como en una esfera metálica de color gris oscuro rodeados de embarcaciones colgadas en el aire, caminando por un largo camino que por momentos parecía llevarlos a otro mundo–. Es un riesgo que merece la pena correr, creó.

–Antes de decidir lo que vamos a hacer, tendrá que darnos algunas pruebas. ¿No te parece?

–Esas pruebas las traigo conmigo. Me dijo que iba por *cuenta de la casa*, que ustedes comprenderían y sabrían que está diciendo la verdad.

«Tu gente y mi gente en el fondo son iguales», apuntó Mario Paredes a Javier sentados en el sofá del piso franco en Praga adonde el espía cubano lo había llevado. «Es posible, pero tanto de un lado como del otro hay gente buena y gente mala, pero lo principal no es eso», objetó Javier. Paredes le llenó nuevamente el vaso de vodka. Estaban totalmente ebrios. El brazo del segundo de la inteligencia cubana en Praga se balanceaba al mismo tiempo que el chorro de vodka que caía en el vaso de Javier Puig se contorneaba como una serpiente venenosa y trasparente. «¡No me vengas con cuentos, coño!». Paredes apuntaló sus palabras con el golpe seco de la botella al colocarla sobre la mesa. «¡No hay libertad en Cuba, cojones! A los Castro y su gente no les importa un carajo, ni Cuba, ni los cubanos, eso lo sabes tú tan bien como yo, les interesa sólo el poder, eso es lo único que les motiva: dinero y poder», respondió Javier batiendo innecesariamente sus brazos en el aire, como tratando de equilibrar un doble salto mortal. Sus brazos cayeron estrepitosamente en la mesa haciendo saltar por los aires el vaso que Paredes había llenado de vodka. «¿No me digas que los yanquis sí se preocupan por los cubanos? ¡No me jodas! ¿Por qué no terminan con el puñetero bloqueo de una vez? Eso solamente le da a Fidel argumentos para seguir apretando la tuerca», replicó Paredes con una rapidez que no concordaba con el grado de su embriaguez. Javier logró verle a través de la cortina de alcohol que nublaba su vista y logró fijarla en él algunos segundos hasta que sus ojos se cerraron y la habitación comenzó a girar; desesperadamente trató de abrirlos nuevamente, pero no pudo y cayó pesadamente en el sofá. Escuchó sus propias palabras como si las hubiera pronunciado otra persona, a miles de kilómetros de distancia: «A mí sí me interesa Cuba. Es lo único que me queda». Paredes se apoyó en la mesa y miró a Javier que yacía acostado en el sofá. «A mí también. Por eso voy a colaborar con ustedes, pero sé muy bien dónde me meto, no espero nada de los americanos, pero lamentablemente es la única solución», dijo Paredes cayendo estrepitosamente al suelo.

Colin se percató igualmente de las nubes grises en el horizonte que se mostraban más y más amenazantes. Volvió su mirada a Javier como diciéndole que continuara.

—Me dijo que unos instructores cubanos que han viajado de Praga a Damasco, vía Chipre, están actualmente en Yemen del Sur, entrenando a terroristas islámicos. Me dijo, además, que el oficial responsable por la parte cubana se llama Rogelio Fuentes, alias *Jabao*, capitán de la Quinta del MININT. La Quinta Dirección, como sabes, es también la encargada de consumar asesinatos, ejecuciones, atentados, actos de sabotaje, terrorismo…

—Sí, correcto —respondió Colin y volvió a encender un pitillo—, es la División más secreta de la inteligencia cubana. Interesante lo de Yemen del Sur y los campos de terrorista islámicos… —agregó Colin exhalando una larga bocanada pensando en el informe del Mossad y del SIS británico.

—Me dijo, además, que el coordinador de la operación y jefe del campo de entrenamiento en Yemen del Sur es un viejo amigo de los cubanos, Frank Fiedler, mayor del ejército de la RDA.

—¿Qué más te dijo? —preguntó Colin deteniéndose nuevamente, con una expresión de sorpresa y curiosidad.

—Me dijo que el propósito no es solamente entrenar terroristas islámicos, que lo usan más bien como cobertura para enmascarar la verdadera operación.

—¿La verdadera operación?

—Sí, eso es lo que me dijo. No tiene mucha información aún, pero algo importante se está tramando, está convencido de ello —agregó Javier reanudando la marcha.

Algunas gotas comenzaron a caer con impertinencia. Javier volvió su mirada al cielo que se había cubierto totalmente por los negros nubarrones. Una secuencia de rayos se desplegó en el horizonte. Habían llegado hasta el final del muelle cuando el sonido de los truenos los alcanzó. Las embarcaciones se mecían con más ímpetu por el viento que comenzaba a golpearle el rostro. Fue Javier el que se percató de un cercano hotel-restaurante, que parecía abierto, aunque totalmente desierto. «Podríamos seguramente guarecernos ahí», pensó, guiando a Colin por el brazo hacia el edificio. Colin no veía nada. Sus gruesas gafas estaban totalmente mojadas por la lluvia.

No hicieron más que entrar en el pequeño hotel cuando afuera rompió a llover con fuerza. En el televisor del bar trascurría uno de los tantos y aburridos programas de preguntas y respuestas. Colin y Javier se sentaron a una de las pequeñas mesas redondas de hierro que daban a un gran ventanal, de espaldas al bar y al televisor, y quedaron por un instante en silencio; Colin limpiando sus gafas y Javier mirando caer la lluvia a través de los cristales. Un camarero se acercó y Javier pidió dos cafés.

«Solo hablaré contigo y tú serás mi control, de lo contrario no habrá negocio. Tienes que tener algo muy claro: no confiar en nadie», dijo Paredes tratando de hablar lo más claro posible sin que los efectos del alcohol le entorpecieran la lengua. Permanecía sentado en el suelo. Desde el sofá Javier recobró poco a poco la visión y sacudió la cabeza, como tratando de regresar a la realidad.

—Nuestro hombre sólo aceptará que yo sea su oficial de control —agregó Javier soplando la taza de café que había traído el camarero.

Colin, que se había puesto nuevamente las gafas, lo miró como tratando de leer sus pensamientos.

—¿Por qué? Él no es quien para decirnos cómo vamos a trabajar —indicó Colin encendiendo otro cigarrillo después de tomarse el café.

Javier se encogió de hombros y volvió a mirar la lluvia que golpeaba fuertemente contra los cristales.

«La cosa está que arde, Javier. No sé qué va a pasar. Han puesto a gente de las FAR en casi todos los departamentos del MININT. Todo anda patas arriba. *Furry* está al frente de la operación de limpieza, Raúl Castro tras bambalinas moviendo los hilos. El DGI ha desaparecido y le llaman ahora DI, Dirección de Inteligencia… El general Jesús Bermúdez Cutiño, que fuera jefe de la inteligencia del Ejército, está al frente del nuevo DI. Es un tipo de cuidado, hombre de confianza de *Furry*», le indicó Paredes, al tiempo que Javier trataba de despejar su cabeza. En un intento de ir al baño derribó una de las sillas. Se tambaleó varias veces y pareció que se desplomaba. Pero en el último momento logró aferrarse al borde de la mesa y balbució unas palabras: «Coño, Mario, pero esa gente que fusilaron eran narcotraficantes, ¡cojones!».

Paredes imitó algo que podría ser una sonrisa. «Ellos solamente recibían órdenes de arriba y quizá se metieron uno que otro milloncito en sus propios bolsillos. No fueron los primeros ni serán los últimos, fueron simplemente los chivos expiatorios. Hay mucho más, créeme», dijo señalando acusadoramente con el índice a Javier. «Eso, pica y se extiende. Raúl ha comenzado a preparar el relevo del poder y este ha sido el mejor momento. Él siempre trabaja así, en las sombras, agazapado. Pero, recuerda, lo único que les interesa a los Castro es mantenerse a toda costa en el poder», agregó.

—No puedo decir ni que sí ni que no —señaló Colin.

—Te estoy informando solamente…

—Dime, honestamente lo que crees. —Colin se volvió mirándole a través de sus gruesas gafas recién limpiadas con aquella mirada suya, penetrante, casi impertinente.

—No creó nada. Solamente te estoy informando —agregó

81

Javier en un tono neutral.

—Pero ¿tú, que piensas? —volvió a preguntarle Colin con cierta insistencia.

—Parece que quiere colaborar. Yo le creo. Está muerto de miedo con todo lo que se ha desatado en Cuba. Nada es igual. Los fusilamientos recientes demuestran que Castro está limpiando a fondo su propia casa, sin detenerse ante los que siempre le fueron leales. No queda títere con cabeza. Entiendo que Mario quiera que el contacto sea a través de mí solamente, y que únicamente unos pocos en la Agencia conozcan su verdadera identidad —hizo una pausa y clavó sus ojos grises en los pequeños ojos azules de su jefe—. Dice, además, que hay un topo cubano en una agencia de inteligencia de Estados Unidos. Que todo lo que pasa en Washington y Miami se sabe en La Habana.

—¿Cómo? ¿Un topo en una de nuestras agencias? ¡Ahora sí que estamos bien! ¿Un topo trabajando para los cubanos solamente, no para los rusos? —preguntó Colin acariciándose dubitativamente la quijada, combinando las afirmaciones con las preguntas.

—Un doble agente que trabaja para ellos. Eso fue lo que me dijo.

Colin hizo una larga pausa apagando el cigarrillo mientras exhalaba una larga bocanada.

—Hay algunas cosas que tienes que hacer antes de que podamos continuar con la operación —dijo Colin esquivando la mirada penetrante y desconfiada—. Tienes que someterte a una investigación a fondo.

—Ya me lo imaginaba. ¡Ah, esos paranoicos! —Javier sonrió con sorna, evidentemente, molesto—. ¿Sabes? A veces me pregunto por qué aún sigo trabajando para ustedes —dijo con aire de cansancio.

—Son órdenes. Debemos partir a Washington lo antes posible. Durante el camino te daré más información.

«Ni los tuyos confían en ti ni los míos confían en mí. Esto es un trabajo para locos, o para idiotas, como tú y yo», le dijo Paredes sentándose en la silla. «¿Qué quieres decirme? ¿Qué yo soy el loco y tú el idiota?», preguntó Javier incorporándose, sujetándose la cabeza entre las manos. «Da lo mismo», respondió Paredes sosteniéndolo para que no se desplomara nuevamente.

—Tonto yo, que pensé que iba a poder descansar algunos días aquí en Sitges —murmuró Javier.

—¿Qué dices? —preguntó Colin poniéndose de píe al ver que había dejado de llover al tiempo que pagaba la cuenta de los cafés.

—Nada, estaba pensando en voz alta.

6. Diciembre 5 y 7

Javier se hospedó en el Ramada Inn de Rosslyn, pero los interrogatorios se llevaron a cabo en el Holiday Inn, Key Bridge de la Fort Myer Dr., cerca de la N Oak St. donde se encuentra una de las escuelas de idiomas del *Foreign Service Institute* (FSI), que la CIA utilizaba para preparar a sus agentes que trabajan bajo cobertura diplomática.

Dos días antes, agentes de la Oficina de Seguridad habían comenzado con los interrogatorios en la habitación 234 del Holiday Inn.

El cambio de clima entre Sitges y Washington había sido algo brusco y Javier tuvo que salir a comprar alguna ropa ya que la que había traído de Praga, con el resto del equipaje, habían sido incautados para ser examinados en los laboratorios del OS.

En sus pocas horas libres, solía pasear por Georgetown y comía a veces en un pequeño restaurante argentino de la Avenida Wisconsin NW, cerca de la Calle M; tenían buena carne y un vino pasable. Se había encontrado con Colin sólo una vez desde que llegaron de España. Fue una reunión breve en la cual el jefe del Departamento Cuba le había pedido que tuviera calma.

Tocó en la puerta de la 234 y un hombre pequeño, medio calvo, de cara ancha y ojos oscuros abrió invitándole a pasar silenciosamente.

La habitación había sido preparada para la prueba con el polígrafo. Las cortinas de las ventanas que daban al Potomac y a la Isla Theodore Roosevelt estaban corridas y una silla había sido puesta de frente a una pared desnuda. A un metro y medio de la silla, en una de las mesas de noche, el técnico había instalado el aparato y un enjambre de cables cubiertos en sus extremos por ventosas de color rojo y amarillo colgaban de la silla. Javier paseó su vista por la habitación sin mucha curiosidad, como si no le importara dónde estaba y qué iban a hacer con él. El técnico del OS le señaló que se sentara en la silla mientras tomaba los cables y comenzaba a ordenarlos sin mirarle.

«Dudan siempre. Nunca están contentos con los resultados que obtenemos. Persistentemente hay siempre un imbécil que trata de joderte y al que siempre las cosas le van mejor que a ti», dijo Paredes en su papel de víctima, poniendo el vaso de vodka vacío encima de la mesa. Javier adoptó una posición meditabunda, que, dado su aspecto físico, y al estado de embriaguez, lucía más bien ridícula: «Puede que tengas razón, pero qué podemos hacer», le preguntó. «Ser más listos que ellos», fue la respuesta de Paredes.

Lentamente, el técnico comenzó a ponerle las ventosas sujetas a bandas de tela sintética por todo el cuerpo. Comenzó por las piernas, siguió por el torso, posteriormente los brazos, las muñecas y finalmente la cabeza. Conectó los cables al detector de mentiras que estaba dentro de una cartera porta documentos y puso en marcha el aparato.

—¿Qué día es hoy?

—Martes —respondió Javier fijando su vista en la desnuda pared de la habitación.

El hombre hizo algunos ajustes con los pequeños botones del polígrafo e hizo anotaciones al margen de la cinta de papel en el que las agujas habían comenzado a imprimir las fluctuaciones de su presión arterial, el ritmo cardíaco, la frecuencia respiratoria y la conductancia de la piel.

—¿Se llama usted Raúl?

—No.

El hombre volvió a ajustar el aparato e hizo nuevas marcas en el papel.

—¿Se llama Javier?

—Sí.

Las preguntas, aparentemente normales, servían al interrogador

para balancear su equipo a las condiciones específicas del cuerpo y la mente de Javier.

—No piense en nada, mire sólo a la pared. Conteste las preguntas con un sí o un no. Nada más.

—Sí

—¿Le gustan las bebidas alcohólicas?

—Sí.

—¿Es usted adicto al alcohol?

—No.

—¿Bebe con los amigos?

—Sí.

— ¿Bebe cuando está solo?

—…No.

—¿Bebe cuando está solo?

—A veces…

—¿Bebe cuando está solo?

—Sí.

—¿Toma usted algún tipo de drogas?

—No.

—Trabaja usted para algún servicio de inteligencia extranjero

—No.

El hombre escribió algo en el papel cuando Javier contestó.

—¿Es usted homosexual?

—No.

—¿Le gusta la música clásica?

—Sí.

—¿Duda usted de su trabajo?

—No.

Nuevas marcas al lado de la cordillera roja que iban dibujando las agujas al mismo tiempo que el interrogatorio continuaba.

—¿Ha sido reclutado por el servicio de inteligencia de Cuba?

—No.

Las preguntas a veces se repetían, a veces eran totalmente inocuas. Durante 45 minutos Javier tuvo que someterse al detector de mentiras. La sección más larga desde que comenzara a trabajar para la CIA 20 años atrás. Finalmente, el técnico le anunció escuetamente, casi en un susurro, que el interrogatorio había concluido revisando minuciosamente los resultados que las agujas habían dibujado en el rollo de papel. Javier abrió los ojos y respiró hondo.

—Aquí está la llave de la habitación. La devuelve simplemente a la recepción. Tómese su tiempo, no hay apuros —dijo el técnico guardando meticulosamente el polígrafo y los cables en su maleta—. Que tenga un buen día —agregó ya en la puerta abierta que cerró silenciosamente detrás de sí.

Javier permaneció sentado, cansado por el esfuerzo. No supo cuánto tiempo realmente estuvo sentado en aquella silla, mirando la pared desnuda con la mente en blanco. Unos leves toques en la puerta finalmente lo devolvieron a la realidad.

—Hola, Javier, soy Felipe Ramos. ¿Te acuerdas de mí? Nos hemos visto hace años. Creo que estuve presente incluso en el primer encuentro oficial durante tu reclutamiento, aquí en Washington a finales de los años sesenta —dijo en voz baja el hombre parado frente a la puerta de la habitación recién abierta.

Javier lo reconoció inmediatamente; además, aquel acento cubano, a pesar de que hablaba inglés fluidamente no podía olvidarse tan fácilmente. Se apartó de la puerta dejando pasar al recién llegado que entró con paso resoluto en la habitación sin dejar de reír amablemente.

—¿Cómo te tratan los muchachos del OS? —preguntó en español al tiempo que con un gesto jovial indicó que si podía sentarse en el butacón al lado de la ventana. Javier asintió mirándolo con cierta curiosidad.

—Espero que bien. Ya sabes cómo son estos controles... —respondió Javier vagamente situándose en el medio de la habitación entre tanto Felipe se acomodaba en el butacón.

Felipe Ramos, alias *El Tigre,* coronel de la CIA, condecorado a mediados de la década de los setenta por George H. W. Bush, entonces director de la organización de espionaje estadounidense, con la medalla *Intelligence Star for Valor,* una de las más altas condecoraciones de la Agencia. No era un secreto para nadie que Ramos era uno de los hombres de confianza de George H. W. Bush desde principios de la década de los años sesenta, cuando el presidente estadounidense era un simple agente de campo y había reclutado para la CIA a Ramos, entre otros cubanos, para el centro de las operaciones contra la Cuba de Fidel Castro en Miami, la llamada Base JM/WAVE al mando de Teodore Shackley, alias *The Blond Ghost.*

—¿Cómo te fue por Praga? —le preguntó manteniendo la sonrisa.

—Bien, espero... —contestó Javier sentándose en la silla que anteriormente usara para la prueba del polígrafo.

—No estoy aquí *oficialmente*, sino que, porque deseo simplemente hablar contigo, en privado —agregó Ramos cruzando las piernas y adoptando una posición distendida, fraternal.

Javier asintió en silencio devolviéndole la sonrisa.

—Tú sabes cómo son los cagatintas de Langley. A veces nos

vuelven locos acosándonos, amordazándonos con las leyes y las prohibiciones: han estropeado más de una operación por pendejos —agregó Ramos en un tono persuasivo, íntimo—. Tengo la impresión de que podrían estropearnos la posibilidad de poder entrar ahora por la puerta grande al santuario de la inteligencia cubana. Mira cómo te tratan ahora, cuando debieran condecorarte por tu labor.

Javier sonrió evasivamente.

—Esa paranoia desmedida ha terminado socavando el verdadero espíritu de la CIA que es la lucha contra el comunismo internacional —continuó Ramos mirando fijamente a Javier—. No sólo dentro de la Agencia, sino que también en el Congreso y el Senado, hay una especie de miedo, que inhibe... para no hablar de la prensa liberal que hace el juego a Castro y a los comunistas. Mira a Carter... el *manisero*... fue un verdadero desastre para la Agencia y para los Estados Unidos, en general —dijo arrebujándose en el butacón—. Con Reagan, pudimos recobrar parte de ese tiempo perdido y poner a esos hijos de puta de los comunistas contra las cuerdas. Ahora tenemos un gobierno que no se anda con mariconería —agregó meneando la cabeza con un gesto rimbombante—. El comunismo se tambalea y está a punto de desaparecer del este de Europa. ¡Tenemos, coño, que aprovechar el momento y terminar con Castro también, de una vez y para siempre! —dio un manotazo en el brazo del butacón.

Javier tenía órdenes muy concretas de Colin de no hablar ni comentar con nadie sobre la *Operación Goofy*. De su propia discreción dependía también, en gran medida, la suerte que podría correr Mario Paredes. Sabía, además, que Ramos era uno de los hombres dentro de la CIA, que junto a George H. W. Bush y Shackley habían creado en 1976, lo que en la jerga de la Agencia se conocía *sotto voce* como *la CIA a la sombra*, o la CIA *dentro de la CIA,* para destruir a Carter, que desde que asumiera la presidencia, había decidido prescindir de los servicios de Bush como director de Información Central, *DCI*, y desmantelar el entramado de las operaciones encubiertas. Fue esa CIA *dentro de la CIA* la que había trabajado en la oscuridad para lograr también años más tarde la elección de Bush, y posteriormente, para lograr la combinación Reagan-Bush.

—Felipe, como comprenderás no estoy autorizado para hablar

sobre ninguna operación si no es estrictamente con mi jefe –dijo Javier lo más amablemente posible.

Javier tenía fresco aún en su memoria el follón del Irán-Contra, el famoso *Irangate,* entre 1985-1986, en el cual Shackley y el propio Ramos, es decir, *la* CIA *a la sombra,* habían representado un papel significativo.

–No, chico, claro que no. Oye, yo conozco perfectamente las reglas… No se trata de eso…

Ramos parecía estar buscando las palabras más apropiadas para continuar.

–Mira, lo que te quiero decir es que *desde muy arriba* –señaló con el dedo índice hacia el techo de la habitación–; ya tú sabes, *allá arriba* –hizo un gesto con las manos que señalaba mucho más allá del techo– tienen todas las antenas puestas en Cuba. Sabemos que tu trabajo, en ese sentido, puede ser muy importante, decisivo. ¿Entiendes?

La CIA dentro de la CIA de Bush y Shackley, que había sido reactivada durante la campaña presidencial, comenzó de inmediato a preparar la nueva estrategia destinada a evadir la incómoda inspección del Senado –que ya desconfiaba de Casey–; y poder operar a sus anchas, a espaldas de las leyes y la contabilidad oficial, incluso dentro del propio territorio de los Estados Unidos.

Casey había muerto, pero la CIA *dentro de la CIA* seguía activa, incluso a pesar del *Irangate,* aunque más discreta desde que George H. W. Bush asumiera la presidencia de los Estados Unidos después de Reagan, el 20 de enero de aquel 1989.

–Perdona, pero no entiendo muy bien lo que me has dicho –dijo Javier levantándose de la silla, un poco molesto.

–OK, –agregó Ramos, levantándose también del butacón y caminando al encuentro de Javier–. Mira, en estos momentos yo soy una especie de enlace entre el exilio y la Agencia, no oficialmente ya que estamos trabajando fuera de los marcos oficiales. Tu trabajo es importante, como ya te he dicho, y por eso vamos a estar muy, pero muy al tanto de lo que suceda. No te preocupes, vamos a ayudarte. ¿Comprendes?

–No exactamente.

–Chico, ya sabes, que aquí hay mucha burocracia… y así no se puede trabajar. Todo hay que consultarlo con el Congreso y el Senado, y ya sabes… ¡Mira lo que pasó con el *Irangate*! De madre.

Un rollo tremendo. No se puede trabajar con las manos atadas y así tampoco se tumba a Fidel —se acercó aún más a Javier y alzó las manos en signo de impotencia—. Te lo digo de cubano a cubano, ¿entiendes? —lo miró fijamente y Javier retrocedió unos pasos hasta sentarse en el borde de la cama—. Lo más importante es prepararnos y trabajar verdaderamente para que aquello se caiga lo antes posible, aprovechando el descalabro de Moscú y sus satélites —agregó inclinándose hacia Javier que tomó un poco de agua del vaso que había sobre la mesa de noche.

Javier no quería entrar en una discusión con Ramos, pero tampoco quería que tuviera la impresión de que era renuente a escucharle.

—Tú eres, ahora mismo, la figura clave. ¿Te das cuenta? Tienes la oportunidad de saber lo que pasa realmente en Cuba, y así podrás ayudarnos a concordar la estrategia para tumbar aquello. ¿Me sigues? —preguntó Ramos sonriendo con una sonrisa amplia que trataba de infundir confianza—. Estamos *conectados* directamente con el verdadero poder de este país, al-más-alto-nivel; con los que deciden realmente, sin intermediarios, ni burócratas, ni políticos liberales. Olvídate de los que trabajan solamente por un sueldo y una jubilación. Una oportunidad como esta no se volverá a dar en mucho tiempo, créeme. ¡Ahora sí está cerca la victoria! Si nos ayudas, campeón, pronto estaremos tomando un *Cubalibre* en el Habana Hilton.

—De veras no sé de qué me hablas Felipe, pero me temo que todo tiene que pasar por Colin, el Departamento Cuba es el responsable, y yo soy un talento que trabaja para ellos —agregó Javier en tono persuasivo.

—Tú eres sobre todo cubano, como yo, chico, y nos hemos metido en este lío para tumbar al hijo de puta de Fidel, ¿sí o no? ¿No fue esa la razón principal por la cual te enrollaste con la Compañía?

—Bueno, claro, pero… en fin… debes de hablar con Colin y no conmigo, porque te repito no sé de qué me hablas —dijo como tratando de poner punto final a aquella conversación que comenzaba a ser molesta.

Ramos suspiró hondamente y bajó la voz para darle más credibilidad a sus palabras:

—Correcto. *No problems,* pero recuerda Javier Puig, yo no estoy solo, y tanto tú como yo estamos en el mismo bando. Lo importante es que llegado el momento podamos trabajar libremente, sin el control de la burocracia o de los liberales del Congreso y del Senado, que lo único que hacen es poner trabas para que Fidel continúe manteniéndose en el poder –dijo y extendió la mano con gesto fraternal a Javier–. No te preocupes, ya volveremos hablar cuando llegue el momento, quería solamente que supieras que estamos trabajando para lo mismo, y que estamos al tanto de lo que haces o dejas de hacer y te vamos a ayudar.

Javier le estrechó la mano y Ramos salió de la habitación pisando fuerte, tal y como había entrado.

Campamento de terroristas, Yemen del Sur, 7 de diciembre

Frank Fiedler se tomó de un golpe la cerveza que quedaba en el vaso y se secó la boca con el brazo. *Jabao* le miró y sonrió. Fiedler le observó de reojo, percatándose de la mirada un poco irónica del cubano.

–¿No te gusta la cerveza?

–Sí, pero no caliente –dijo Fuentes.

–En mi país –dijo el alemán–, en invierno tomamos la cerveza con un clavo ardiendo en el vaso.

–Cada loco con su tema –respondió *Jabao*.

Estaban sentados en una mesa del comedor del campamento. Afuera un grupo de terroristas islámicos se entrenaba corriendo entre alambradas y venciendo diversos obstáculos. Los instructores cubanos gritaban y daban órdenes, a veces se les oía decir una que otra frase en árabe, mezcladas con el español.

–¿Qué vamos a hacer con estos *patriotas* árabes cuando hayan terminado el entrenamiento? –preguntó *Jabao* sin darle demasiada importancia a su pregunta.

–Los gringos se están envalentonando y creen que pueden hacer lo que les da la gana –dijo el alemán enigmáticamente–. Tendremos que quitarles un poco los humos de la cabeza.

–Bueno, eso ya se viene venir –agregó *Jabao* balanceándose, sosteniéndose solamente en las patas traseras de su silla. Sacó un puro y lo encendió ante la mirada de pánico del alemán.

–Esto es para matar a los mosquitos.

–Pero, aquí no hay mosquitos.

–Claro, por eso mismo… –dijo *Jabao* soltando una sonora carcajada que no fue muy del agrado de Fiedler.

–Mata los mosquitos y a todo lo que está a su alrededor, incluyéndome a mí –dijo el alemán con ironía, visiblemente molesto, alejando el humo del puro con su mano abierta.

–… ¿Es decir?… –preguntó *Jabao*, congelando su risa.

–Es decir, que los *patriotas* árabes representarán un papel significativo en la guerra que ya ha comenzado, pero no único –dijo Fiedler indiferentemente, como si estuviera hablando del tiempo–. No vamos a entrenar solamente *patriotas* islámicos, también entrenaremos a nuestra gente que comenzará a llegar en las próximas semanas.

Jabao frunció el ceño y quedó pensativo.

–¿Qué gente? ¿Más cubanos?

–Cubanos, rusos, alemanes orientales, búlgaros, rumanos, nicaragüenses, venezolanos… –respondió Fiedler–. No se preocupe, capitán, todo a su tiempo. Lo único que le puedo decir es que los han escogido a ustedes para esta misión por ser los mejores.

–Mejores ¿en qué?

–En matar y en enseñar a matar –dijo Fiedler en su español gutural arrastrando las eres.

–¿Quién nos ha escogido?

–El Centro.

–¿Qué Centro?

Jabao se le quedó mirando sin comprender al alemán, que dibujó una pálida sonrisa en su rostro acompañándola de una ligera palmadita en el hombro.

–Todo a su tiempo, capitán, todo a su tiempo, pero ahora tengo algo más importante que comunicarle –agregó Fiedler. Su sonrisa desapareció de inmediato y su rostro se tornó duro, como una máscara–. Hay imprevistos. La orden que hemos recibido del Centro es que parte del grupo de instructores que está entrenando a los *patriotas* islámicos debe partir inmediatamente en una misión especial, muy importante. Algo urgente y secreto…

Jabao le miró sorprendido. Habían llegado hacía sólo unos días, y ya iban a mandarle a una misión especial.

–Se llevará usted a Yasmani y a Yuri. El resto se quedará entrenando a los árabes y a los nuevos grupos que llegarán en los próximos días. Yo seguiré a cargo del campamento.

–¿De qué se trata?

—Los gringos lo están complicando todo, camarada capitán. Tratan de tomar ventaja de la situación actual. No nos queda más remedio que actuar –agregó Fiedler.

—¿Entonces?

—Usted y sus hombres serán recogidos hoy por un helicóptero a las 22:45 horas. Volarán ulteriormente hacia París desde Damasco, donde se reunirán con otros camaradas rusos: dos mujeres y dos hombres. Mañana por la noche estarán todos en Madrid, en donde vuestro contacto se reunirá con ustedes. Aquí está el número de teléfono al que tienen que llamar cuando lleguen a Madrid y la contraseña.

Jabao movió la cabeza negativamente y se echó a reír. Fue una risa nerviosa. Pero se recuperó rápidamente.

—¿Eso es todo?

—Sí, por ahora. ¡Suerte, *Genossen* capitán!

Embajada de Cuba, Praga, 7 de diciembre, 15:40 horas

El mayor Mario Paredes sostuvo en sus manos durante varios segundos, sin saber qué hacer, el mensaje en el que se le ordenaba que regresara a Cuba, inmediatamente.

El experto en comunicaciones, o como era conocido el oficial de cifras, OC, apretó sus labios como alguien que debía darle un pésame a una persona que no conoce, pero que sólo por buena educación lo hacía.

Paredes se frotó la cabeza, como quitándose los malos pensamientos, recogió algunos papeles y antes de cerrar el ordenador revisó los últimos documentos. Magali, la secretaria de Miguel Amantegui, el jefe del Centro Legal de Praga, CLP, que oficialmente rezaba como primer secretario de la Embajada, entró en el cuarto.

—Paredes, Miguel quiere hablar con usted, inmediatamente.

Mario miró a la secretaria, una mulata regordeta de gran trasero, pasada de los 40 que, por su actitud, podía aparentar ser la jefa de algún pelotón de fusilamiento. El segundo de la inteligencia cubana en Praga sintió cómo su corazón comenzó a latir con más prisa. Trató de controlarse y sonriendo a Magali le pasó por el lado diciéndole algo que exclusivamente ella pudo escuchar y que funcionó como un bálsamo en aquella mujer de semblante duro, como esculpido en piedra.

–Déjese de gracias, Paredes –dijo y sonrió sonrojada, dejando ver una gran hilera de dientes blancos y parejos. Mario le guiñó un ojo y salió delante de ella.

Amantegui era un cubano bastante atípico: serio y no le gustaba hablar mucho. Era blanco, como la gran mayoría de los altos oficiales de la inteligencia de Castro, descendiente de españoles, posiblemente vascos, aunque él no lo sabía con certeza.

–Magali, por favor, dale un cafecito a Mario –dijo Amantegui mirando con súplica a su secretaria que hizo un gesto de mala gana antes de retirarse y dejar a los dos hombres solos–. Bueno, el Centro Principal te manda a buscar, eso ya lo sabes. Pero lo que no sabes aún es que vas a hacer el viaje de regreso vía Madrid y no vía Moscú como es costumbre. Tienes un trabajito en Madrid antes de continuar viaje a La Habana.

Paredes comenzó a respirar con más calma. «Si me van a *tronar*, no van a darme una misión en Madrid antes de llegar a Cuba», pensó. «Era lógico. ¿No?»

–Café pa' los señores –dijo Magali después de entrar sin tocar. Mario y Amantegui interrumpieron la conversación unos segundos entretanto ella dejaba las tazas encima del buró de su jefe, daba media vuelta, y contoneando su enorme trasero salía suspirando, tirando con cierto desaire la puerta detrás de sí.

Mario sintió que el fuerte café cubano le devolvía el calor al cuerpo. Su respiración se hizo más pausada. Sacó un *Ligeros* y le brindó otro a Amantegui.

–Las órdenes están cifradas, y sólo tú tienes acceso a la clave, es tu clave –dijo Amantegui apurando el café–. Es de máxima prioridad. En realidad, hubiera sido una operación para un agente de enlace, pero debido a que tú tienes cierto conocimiento del operativo, conoces a la gente que vas a encontrar, vas camino de La Habana, y lo principal, como es una operación de alto secreto, te han escogido a ti. Todo lo que tienes que saber está en esa orden que ha enviado el Centro.

Langley, 7 de diciembre, 11:20 horas

Colin tomó el teléfono mecánicamente. Delante de él estaba Ross, sentado en una de las butacas de su despacho. Contestaba únicamente con escuetos sí y no, y escribía algo en su libreta de notas de vez en cuando. Cuando terminó, colgó e hizo otra llamada. Ross sintió cierta curiosidad, pero se contuvo. A veces Colin se comportaba así para molestarle, para recordarle su puesto. Sacó un chicle y lo abrió, se lo introdujo en la boca lentamente y con meticulosidad dobló el papel hasta hacerlo prácticamente invisible y lo tiró en el cenicero de su jefe repleto de colillas y ceniza.

Colin puso la mano en el auricular para que la persona con la cual estaba hablando no lo escuchara dirigiéndose a Ross:

–¿Puedes verificar a quién ha sido designado el número de teléfono 703 647 3291?

Ross escribió el número, salió del despacho y Colin continúo hablando con la otra persona que tenía del otro lado de la línea.

Momentos más tarde Ross volvió a entrar y le entregó un papel sacado del impresor de su ordenador.

–Sí, efectivamente. Es el número, correcto –asintió Colin–. El mensaje ¿puedes mandarlo a mi oficina con un correo, inmediatamente? Es urgente, por favor.

–Este número es, como tú mismo has comprobado, el que Javier le dio a nuestro "hombre de Praga" para utilizar solamente en caso muy extremo –dijo Colin volviéndose hacia Ross al tiempo que encendía un cigarrillo.

Ross asintió y esperó a que su jefe terminara de informarle, pero Colin guardó silencio y escribió unas notas más en su libreta sin hacer comentarios. «Qué diablos estará pasando», pensó el jefe del Departamento Cuba. La central de comunicaciones le había comunicado que *Cándido*, el seudónimo que Paredes debiera utilizar en su comunicación con *Ernesto*, Javier, había enviado un mensaje de urgencia a través del contestador automático en el que le pedía a *Ernesto* que se encontrara con él *hoy* a las 09:00 frente al Museo del Prado en Madrid. En la hora y el día correspondiente a la clave que Javier entregara a Paredes se adelantaban los horarios en dos horas y un día. Ese dato sólo lo conocía, además de Paredes y Javier, el propio Colin. «En este caso el encuentro debe ser mañana a las 11:00 hora local», rumió mientras Ross seguía observándolo, como esperando a que su jefe le dijera finalmente lo que estaba sucediendo.

–Javier tiene que viajar con toda urgencia a Madrid –indicó

Colin escuetamente sin dar más explicaciones.

–Pero, él se encuentra aún bajo investigación –respondió Ross algo molesto. –No puede salir a ningún lugar. ¿Qué está sucediendo?

–Es una emergencia. No te puedo dar más detalles –respondió Colin levantándose de su silla al tiempo que comenzó a dar cortos paseos por la habitación mientras exhalaba grandes bocanadas de humo.

–Compra pasaje y devuélvele el pasaporte americano con el que viajó a Praga y España, no tenemos tiempo de hacer uno nuevo –agregó Colin apagando el cigarrillo.

Ross lo miró con una mirada de incredulidad.

–¡Es una orden! –dijo Colin casi gritando.

–¿Pero?

–No hay peros que valgan, Ross. Yo asumo toda la responsabilidad y me encargo de llamarle. Tú lo llevarás al aeropuerto.

Ross salió de la habitación precipitadamente.

«Es mejor que si Javier se encuentra nuevamente con Paredes, lo más acertado será aceitar un poco la máquina, entregándole una suma de dinero inicial», pensó mientras marcaba el número directo del *DDO*.

Madrid, aeropuerto de Barajas, 7 de diciembre, 21:30 horas

El último vuelo de Air France procedente de París aterrizó sin demoras. Todos los pasajeros cruzaron sin problemas el control de pasaporte y la aduana. La mujer que había desembarcado del submarino ruso en Estocolmo junto con la otra mujer y dos hombres más, salió del brazo con *Jabao* entre los primeros pasajeros. La otra rusa, más corpulenta, de pelo cobrizo y corto, avanzó abrazada a Yasmani, y los dos rusos restantes salieron posteriormente, al igual que Yuri, mezclados convenientemente con los demás pasajeros.

7. Diciembre 8

Lil apagó con pereza el pequeño despertador que insisten-temente había comenzado a sonar. Con los ojos cerrados dio una media vuelta en la cama y continuó durmiendo. El despertador volvió a sonar minutos más tarde con más fuerza e insistencia y lo apagó nuevamente. De repente dio un salto en la cama y se puso de pie. Descorrió las cortinas de la única ventana que había en la habitación, aunque afuera reinaba aún la oscuridad. Eran las seis y media de la mañana.

Abrió la ducha quitándose la pequeña camisa de dormir y el tanga. No era muy alta y tenía un hermoso cuerpo, pelo castaño claro, largo y muy lacio. Se disponía a entrar en la ducha cuando sonó el teléfono.

–*Lil? Es ist shön zu spät! Wacht auf!* –Lil es demasiado tarde, despierta, dijo la voz en alemán.

–*Schön gut, Manfred.* Está bien, ya me estuviera duchando de no haber sido por tu llamada.

–A las ocho en punto en el aeropuerto. ¿Entendido?

–Sí, por supuesto. ¿Cuántos somos finalmente?

–Bueno, sólo cinco personas han dicho que no van. Es decir, que somos 16 ahora.

Se despidió de Manfred y volvió a la ducha. El cuarto era pequeño y estaba desordenado. De la pared colgaba la clásica foto del Che Guevara con la mirada perdida en el futuro, al lado de una reproducción del retrato de Mao Zedong colgado en la Plaza de Tiananmen. Un viejo recorte de periódico pegado a la pared con cinta adhesiva mostraba una desgastada foto de Ulrike Mainhof y Adreas Baader, escoltados por una estrella roja con un Kalasjnikov que en su centro destacaba en blanco las siglas RAF, *Rote Armee Fraktion.* En la pared de la ventana, había otra foto recortada de un periódico donde se la veía a ella y a otros jóvenes ocupando una vivienda deshabitada en uno de los suburbios de Fráncfort enarbolando la bandera con el símbolo de los Okupas.

Cuando terminó de ducharse se puso una blusa blanca sin

mangas, un par de *jeans* de un azul descolorido y unas botas de campaña. Debía tener unos veintiocho años. Revisó y metió en una mochila su pasaporte alemán y un pasaje de avión. Se miró en el espejo puerta del viejo armario y comenzó a peinarse lentamente la larga cabellera. Decidió no pintarse, guardando el pintalabios en el pequeño neceser que fue a parar asimismo a la mochila. Sus grandes ojos color de miel expresaban tristeza.

Tomó una chaqueta negra y el *kufiya* palestino que enrolló a su cuello como una bufanda, cogió la mochila por las tiras y salió del apartamento cerrando la puerta detrás de sí. Todo quedó oscuro. Al cabo de unos momentos se escuchó el sonido de un viejo ascensor que comenzaba a bajar. Afuera hacía frío.

Sobre el Atlántico, entre el 7 y 8 de diciembre,
5:45 hora de Washington

Javier logró abordar el vuelo de las 2:35 PM de Delta Airlines en el Dulles International con escala en Atlanta, que debería llegar al aeropuerto de Barajas, Madrid a las 9:15 AM del día siguiente. Viajaba con su equipaje de mano y un coche de la Estación de la CIA con cobertura de taxi lo estaba esperando en el aeropuerto en la capital española. Horas antes, a través de una línea segura, Colin lo había puesto al tanto de todo.

Los últimos días habían sido agotadores. Una extraña sensación, producto de la inseguridad que produce la duda, se había apropiado de él. Era un hombre acosado. La visita de Ramos, después de la prueba con el polígrafo, le había dejado con un mal presentimiento, aunque no se lo había comentado a Colin por lo breve que había sido la llamada. Quería hablar personalmente con él, lo haría al regreso. Ramos conocía, evidentemente, más de lo que debía saber, sobre la *Operación Goofy* y eso le preocupaba, mucho más ahora cuando iba nuevamente al encuentro de Paredes.

Ross, correcto como de costumbre, lamentándose de las molestias y con una sonrisa contenida, apoyando sus palabras con un ligero golpe en la espalda, le recordó que todo lo sucedido con el OS eran gajes del oficio. «Todos pasamos por eso, es algo que tenemos que aceptar, forma parte del juego», le dijo al despedirse extendiendo su larga y femenina mano que Javier estrechó con desconfianza.

Sabía que, a pesar de todo, Colin nunca lo dejaría colgado. Era su protector y amigo. Sentía una relación de dependencia hacia él, una relación casi familiar. Además, qué importaban en última instancia los trucos y desconfianzas de los sabuesos y burócratas de la CIA, y los juegos políticos entre bambalinas de la CIA *dentro de la CIA*; lo importante era ayudar a terminar con el régimen de Castro, lo antes posible. No podía olvidarse del objetivo principal por el cual había aceptado trabajar para los norteamericanos. Mario necesitaba de él y no podía decepcionarle. Se sentía igualmente responsable de lo que le pudiera ocurrir a su amigo. Sí, porque a pesar de todo, Mario seguía siendo su amigo y no lo iba a dejar tirado.

La azafata le preguntó si quería más café. Él declinó la invitación con una cansada sonrisa y un ligero movimiento negativo de cabeza, pero le pidió en cambio un wiski de malta doble. La película estaba por comenzar y para evitar el parpadeo de las imágenes volvió su cara hacia la ventanilla. Afuera la total oscuridad era interrumpida solamente por los destellos de las luces de posición del aparato.

Viajaba en primera, en el asiento de la ventanilla y el contiguo vacío. La azafata puso en la mesita plegable del otro asiento el wiski y no lo molestó más en toda la noche. Trató de conciliar el sueño, pero no pudo. La película había terminado y casi todos los pasajeros dormían, pero él permaneció despierto. El sueño lo había abandonado totalmente, al menos aquella noche, sobre el Atlántico.

Madrid, 8 de diciembre, 8:30 horas

El mayor Paredes llegó a la hora indicada a la casa franca en donde se habían alojado el grupo de *Jabao* y los rusos. Las dos rusas trabajaban en un ordenador portátil Compaq LTE, uno de los más avanzados de la época, y los otros se entretenían mirando una película de Rambo en la televisión, o simplemente descansaban en el suelo o en algún camastro.

El agente cubano los reunió a todos y Yasmani ofreció café recién colado. Irina, como se hacía llamar la rusa, se dirigió a él y le dijo que hablaba español y que podía traducir a sus compañeros rusos.

101

–Bien, hemos tenido que adelantar un poco los planes y el itinerario –dijo Paredes e Irina comenzó a traducir con voz monótona palabra por palabra–. La realidad del momento así lo reclama. Por eso estamos aquí –hizo una pausa y todos los que componían el pequeño grupo, menos Irina, le miraron con curiosidad–. Compañeros, todos ustedes han sido escogidos para formar el primer comando de una nueva organización internacionalista destinada a realizar y coordinar operaciones especiales fuera de las *vías oficiales* en nuestros respectivos países –tanto los cubanos como los rusos parecían estatuas–. Actualmente, debido a los infaustos sucesos que están viviendo los países hermanos de la Europa del Este, nos vemos ante la histórica necesidad de volver a la *clandestinidad* para garantizar la continuidad de las ideas comunistas y de la lucha contra el imperialismo yanqui. Ustedes son la vanguardia de esa nueva organización internacionalista a la que se ha bautizado con el nombre de *Comandos Internacionales de Solidaridad*, CIS.

Hizo una pausa para que las palabras calaran en las mentes de sus anfitriones. Estaba repitiendo más o menos el mensaje enviado desde el Centro Principal en La Habana.

–El CIS está estructurado en células –continuó en un tono más tranquilo–. Es una organización tan secreta que no existe, nunca se reconocerá su existencia, suceda lo que suceda. Vuestro grupo lleva el nombre de Comando X-20.

Jabao miró seriamente a Paredes y con el rabo del ojo a sus hombres que en silencio estaban como paralizados. Irina volvió a traducir para los rusos.

–A ustedes, además, les toca el privilegio histórico de realizar la primera operación –agregó Paredes–. Se trata de una misión en extremo secreta. El imperialismo yanqui prepara una acción militar contra Panamá. Es lo único que les puedo decir, por ahora –hizo una breve pausa para terminar su café, ya frío, y se inclinó apoyando sus manos abiertas en la mesa–. La jefa del comando X-20 es la compañera Irina y su segundo el compañero Rogelio Fuentes.

Jabao se sorprendió al escuchar su nombre tanto como sus hombres, pero Irina sonrió con una sonrisa estática, como dando a entender que ya sabía de antemano lo que Paredes estaba diciendo.

—Viajarán de Madrid a Bogotá y de ahí a Ciudad de Panamá –agregó Paredes–. En Bogotá se les darán nuevas órdenes y en Panamá se encontrarán con el compañero Mike que les dirá lo que tienen que hacer y cuál es el objetivo. ¿Preguntas?

—¿Vamos a necesitar armas? –preguntó Yasmani.

—Sí, con toda seguridad, pero todo el equipo necesario será entregado en Colombia o Panamá –respondió el mayor Paredes.

—¿Qué equipos son? –preguntó Yuri.

—No lo sé –dijo Paredes y miró su Rolex GMT-Master. Calculaba el tiempo que le quedaba antes de su encuentro con Javier. Hizo un gesto indicando que él tampoco tenía más que decir al respecto.

—Cualquier duda o pregunta diríjanse a Irina –agregó Paredes levantándose de la silla–. Perdonen, compañeros, pero tengo otras cosas que hacer.

Jabao y los demás integrantes del grupo murmuraron algo que Paredes entendió como que se podía ir si lo deseaba. En la puerta se despidió de Irina.

—¡Suerte, camarada! –le dijo.

Madrid, Museo del Prado, 8 de diciembre, 10:45 horas

Javier llegó al Museo del Prado 15 minutos antes que Paredes en el taxi de la CIA. Llevaba consigo el pequeño bolso de su equipaje de mano. Comenzó a caminar hacia la entrada principal del museo observando todo lo que se movía a su alrededor con aparente mirada despreocupada.

Minutos más tarde llegó Paredes en otro taxi que lo dejó al otro lado de la calle. Después de comprobar que Javier había descubierto su presencia, comenzó a caminar lentamente en sentido contrario seguido por Javier a cierta distancia. Continuaron caminando durante unos diez o quince minutos hasta que Paredes entró en un pequeño bar de una de las calles laterales. Javier siguió de largo y luego regresó al bar una vez que se cercioró que el agente cubano no había sido seguido.

El bar, como muchos otros de la capital española, era largo, estrecho y oscuro. Paredes se sentó a una pequeña mesa redonda, al final. Javier llegó momentos más tarde y tras saludarse como si fuesen viejos amigos que se encontraban todos los días se sentó.

Mario parecía desgastado, con grandes ojeras en su cara redonda. La tranquilidad y seguridad mostrada durante la reunión con los agentes cubanos y rusos había desaparecido. Su respiración era entrecortada y sus ojos se movían nerviosos de un lado a otro. Javier trató de infundirle calma mostrándole una amplia sonrisa al ponerle la mano derecha sobre el sudado y rollizo brazo de su amigo.

—No te han seguido. Creo que estamos seguros.

Llegó el camarero y pidieron dos cervezas.

—¿Qué ha pasado?

Mario Paredes le miró profundamente, sus labios temblaban ligeramente. Lentamente comenzó a relatarle toda la historia, primero sin mucha coherencia, después tratando de darle a su relato una continuidad. De vez en cuando Javier hacia algunas anotaciones en una pequeña libreta o le interrumpía para hacerle alguna pregunta.

A pesar de que era un día frío en Madrid, Paredes sudaba. Javier pidió algunas tapas y dos cañas más. A medida que Paredes continuaba con su increíble relato la calma se apoderaba de él, poco a poco, y finalmente dejo de sudar.

Javier sintió pena por él, pero no se lo mostró. Era su confesor en aquel momento, sabía perfectamente que cuando un espía decide pasarse al otro bando, lo principal es que se sienta seguro, escuchado, comprendido. Había seguridad, confianza en su mirada. Era su confesor y su amigo. Solo él podía darle la absolución. Mario Paredes necesitaba desahogarse. Necesitaba, contarle, no solamente todo lo que sabía sobre CIS, y de la misión en Panamá, sino que, además, todas sus dudas, todo su odio al sistema; las veces que se había avergonzado de sí mismo. El hombre que Javier Puig tenía delante de él era en realidad una persona muy distinta a la que había encontrado en Praga. Era un hombre cansado, que se odiaba. Hastiado de la vida que llevaba. Sabía que estaba jugándosela, pero no le importaba. Había preferido encontrarse con él nuevamente y decirle todo lo que sabía antes de regresar a La Habana.

—Tengo miedo Javier, estoy muriéndome de miedo —dijo Paredes apretando los labios—. Si me descubren, me matan. Ni juicio me harán. Estoy poniendo mi vida en esto, coño. Si me pasa algo lo único que te pido es que ustedes se hagan cargo de mi mujer y mi hija. ¿OK?

—Por supuesto, tienes mi palabra, hermano. No te preocupes.

—Javier asintió lentamente y bajó su vista como tratando de buscar las palabras adecuadas—. He estado pensando mucho en todo lo que hemos hablado en Praga. Te confieso que tampoco a mí me recibieron con los brazos abiertos —su voz se tornó confidente. Era él quien ahora necesitaba de Mario—. Nuestra escapadita en Praga me ha costado caro. Interrogatorios, sospechas veladas de la gente de arriba y de los paranoicos del OS —hizo una pausa y miró a Paredes con una mirada dubitativa—. Yo también estoy harto de estos jueguitos, pero no hay otra alternativa.

Paredes alzó la vista apretándose las sienes con ambos pulgares tratando de aliviar el terrible dolor de cabeza con otro dolor.

Javier a su vez trataba de encontrar respuestas a sus propias incertidumbres hablando con Mario. No hablaba solamente con el agente cubano, sino que consigo mismo. Poco a poco comenzó a verlo todo más claro. La valentía que había mostrado Mario había sido decisiva para él, le daba coraje, y, además, sentía un gran respeto por aquel hombre que en aquellos instantes se estaba jugado la vida.

—Sé que haces esto no sólo por dinero, sino que porque estás harto de todo aquello. Estoy de tu lado.

La cabeza de niño grande de Mario Paredes se irguió poco a poco sobre su rollizo y corto cuello. Suspiró y asintió lentamente.

—Yo también quisiera que todo termine lo antes posible para poder ir juntos a Varadero, bañarnos, tomar una cerveza y saber que somos libres.

La voz de Javier adquirió un tono diáfano, firme. Sus manos se alistaron como soldados dispuestos al combate sobre la mesa. Sus ojos grises relucieron en la penumbra. Tomó las manos de Paredes mirándole a los ojos.

—No te voy a dejar solo, Mario. Confía en mí, no en ellos, no en los otros. Confiemos sólo en nosotros mismos y todo saldrá bien —agregó y sacó de su cazadora el sobre sellado que Ross le entregara antes de partir—. Aquí está el número de tu cuenta secreta, la contraseña y la dirección de la agencia del UBS en Zúrich. Grábalos en la memoria y destrúyelos. Se han depositado 50.000 dólares. Son tuyos... Dicen que la cuenta irá aumentando de acuerdo con los informes que vayas entregando. Ya sabes, lo de siempre...

Una pequeña sonrisa amarga se dibujó en sus labios. Hizo un

gesto de gratitud y se guardó el sobre en el bolsillo de su camisa.

–Gracias. Estoy en tus manos, Javier. Espero que todo lo que me has dicho no sea el resultado de uno de esos cursos de mierda para tupir agentes desafectos y que en realidad sea lo que piensas, bueno al menos una parte –dijo con tristeza y malicia. Volvía a ser el Paredes de Praga–. Tenemos que saber cómo vamos a comunicarnos en el futuro. Pero no tenemos tiempo ahora. Mi avión sale para La Habana en unas horas. Es importante que hagamos un plan bien elaborado. No quiero que nadie de tu gente se meta en el asunto. Ya te lo dije en Praga: Hay un agente doble en una de las agencias –hablaba con fluidez, volvía a ser el espía con muchos años de experiencia que era. Miraba con impaciencia su reloj–. ¿Qué podemos hacer? Tenemos que seguir hablando. Coordinar…

Javier exhaló algunos soplidos que interrumpía con el índice situado entre sus labios, al mismo tiempo que frenéticamente, trataba de encontrar una solución. Sabía que en unos minutos tendrían que separarse.

–¿Con qué compañía vuela?

–Iberia.

Pensó rápidamente. Mario le miró con ansiedad.

–¿Ese vuelo hace escala en La Habana, pero también en Santo Domingo?

–Hace escala en La Habana primero, pero el destino final es República Dominicana, correcto.

–¿Y… a qué hora sale?

–A las cinco de la tarde.

–Ahora son las 11:35 –agregó Javier con un brillo de alegría en su mirada al comprobar en su Omega Constellation que aún había tiempo suficiente para viajar con Paredes en el mismo avión–. Usaremos el vuelo Madrid-La Habana para preparar un buen plan de trabajo. Al final, tú te quedas en La Habana y yo sigo viaje a Santo Domingo y de ahí a Washington. Ojalá que haya aún asientos libres.

–Efectivamente, durante el viaje podríamos comunicarnos en el avión de una forma u otra –dijo Paredes–. Ambos sabemos cómo hacer esas cosas.

–No hay alternativa. Es un riesgo que tenemos que correr –abrió el maletín que llevaba consigo y extrajo un pequeño bloque de papel–. Llévate este bloque, es de un papel especial que usamos nosotros, se disuelve inmediatamente al contacto con la saliva o el agua y no deja rastro y, además, no hace daño en caso de tragártelo. Los mensajes que escribamos en el avión, deben de ser destruidos después de ser leídos y para ello este papel es lo mejor –agregó y Paredes se guardó en el bolsillo de su chaqueta el bloque de papel. –Normalmente, van cubanos en ese vuelo, pero la mayoría son turistas italianos y españoles, y algún que otro *gallego bodeguero* –agregó Paredes con sorna–, de esos que ahora han comenzado a viajar a la Isla para hacer negocio y arrimarse a una mulata sandunguera. Quieren estar allí antes de que lleguen los yanquis –dijo con hastío, tamborileando con los dedos la áspera madera de la mesa–. Además, no creó que nos relacionen si nos sabemos comportar.

–Así se habla. Pero primero voy a ver si hay pasaje –dijo Javier Puig–. Nos vemos en Barajas, de una forma u otra, dentro de dos horas, más o menos. Si no puede ser te lo dejaré saber en el aeropuerto. El teléfono al que llamaste en Washington sigue activo, por si no podemos encontrarnos en Barajas seguirá siendo la forma de mantener el contacto. ¿De acuerdo? –Mario asintió–. Ahora debo irme, tengo más prisa que tú. ¡Hasta pronto, campeón!

Aeropuerto de Barajas, Madrid, 8 de diciembre, 16:00 horas

Después de pagar en efectivo un billete de clase turista, y pasar el control de pasaportes y aduana, Javier se dirigió con su equipaje de mano a la puerta de embarque de su vuelo. Los pasajeros habían comenzado la cola que se metamorfoseaba constantemente siguiendo los caprichos y empujones de los ávidos pasajeros.

Mientas repasaba mentalmente la conversación con Mario en el bar, sintió de repente un fuerte empujón que casi lo tira al suelo. Sorprendido se giró y vio a una joven totalmente desconcertada frente a él con la cinta de su mochila rota en su mano.

–*Entschuldigung!* –dijo pidiendo disculpas en alemán.

–*Bitte, bitte* –respondió Javier en su idioma, aún un poco aturdido por el golpe.

–Sabía que esto me iba a suceder. Es que llevo la mochila demasiado cargada –dijo Lil en un español bastante bueno tratando de disculparse–. ¿Se ha hecho daño?

–No, ha sido más el susto que otra cosa –respondió Javier con

una leve sonrisa en aquel español neutral que solía utilizar para ocultar su origen cubano.

Detrás de ella, otros jóvenes que iban en el mismo grupo, se rieron y ella se sonrojó bajando la cabeza apenada.

–Me da mucha vergüenza, realmente. Hemos tenido que correr por todo el aeropuerto para poder llegar a tiempo ya que mi vuelo de Fráncfort llegó con retraso –agregó con una sonrisa amplia y franca.

–¿Os vais de vacaciones? –preguntó Javier deduciendo que ella formaba parte del grupo.

–No, exactamente. Viajamos a Cuba. Somos miembros de la Asociación Alemana de Solidaridad con Cuba. Vamos a trabajar.

Javier sonrió y la miró extrañado, como si su respuesta le hubiera tomado de sorpresa.

–¿Necesitan los cubanos mano de obra extranjera?

–No, vamos a construir una escuela. –dijo ella orgullosa–. Hemos reunido también una parte del dinero para la construcción, una obra de solidaridad internacional, ¿sabe?

–Ya me doy cuenta.

–¿Y usted, va también a Cuba?

–No, lamentablemente, aunque me gustaría conocer Cuba. Voy a República Dominicana –agregó Javier dando unos pocos pasos, acercándose un poco más a la puerta de embarque.

–¿De vacaciones? –preguntó Lil, tomando la iniciativa al tiempo que avanzaba también empujando la enorme mochila con sus pies.

–De negocios. Resido en España y tengo algunos negocios en el Caribe.

–¿Así que nunca ha estado en Cuba?

–No, nunca, aunque me gustaría. Dicen que es un país muy hermoso.

–Sí, Cuba es fantástica.

Javier entregó su billete a la azafata que le devolvió el boleto con el número y fila de su asiento.

–Hasta luego.

Mario Paredes estaba sentado en uno de los cómodos asientos que dan al pasillo en la clase ejecutiva cuando Javier pasó por su lado dejándole caer un pequeño papel doblado. No se miraron.

Aunque su asiento estaba en la clase turística, no estaba muy alejado del asiento de Mario. Había escogido el asiento del pasillo para poder moverse con más libertad. Al sentarse vio a la joven alemana que venía bamboleando su mochila acompañada de la que parecía ser su compañera de viaje. Pasaron por delante de él y ella le volvió a sonreír. Él le devolvió la sonrisa. Su largo muslo rozó deliberadamente con el hombro de Javier que sintió una agradable sensación.

El 747 de Iberia, estaba casi vacío, los asientos al lado de Javier permanecían desocupados. Javier había escogido la clase turista con pasaje de ida y vuelta para no despertar sospechas. Se escucharon las órdenes de la cabina de mando preparando a la tripulación para el despegue y casi seguidamente el cierre de las puertas y el rugir de los motores. La monótona voz de la azafata dándoles la bienvenida a los pasajeros se dejó oír por el sistema de comunicación. Javier puso el respaldo de su asiento en posición vertical y abrió *El País* al tiempo que las azafatas sincronizadas con la voz de una grabación, comenzaron a demostrar cómo funcionaban las medidas de seguridad.

Cuando se apagó la señal de los cinturones de seguridad, un par de pasajeros de primera clase se levantaron y ocuparon los servicios delanteros. Mario, haciendo un gesto de disgusto al ver que estos estaban ocupados, se dirigió a los de segunda. Javier se levantó momentos más tarde y pasó por delante del asiento dónde de Lil con los auriculares puestos se encontraba tratando de buscar un canal de música apropiado. Evitó el contacto visual con la chica. No deseaba hacer amistades en el avión y su objetivo era pasar lo más desapercibido posible.

Delante de Mario aguardaba una señora regordeta, de pelo recogido y pesadas gafas de cristales de gran aumento que hacían parecer sus ojos como enormes peces azules en un acuario. Mario entabló una pequeña conversación formal con la mujer y Javier se vio involucrado en la misma momentos más tarde. Una vez que la mujer entró al servicio Mario y Javier continuaron hablando como si se hubieran conocido en aquel instante. Establecían así una relación casual que les ayudaría en posteriores encuentros durante el vuelo. Mario le entregó un papel doblado y después desapareció cerrando la puerta del servicio que había quedado desocupado por un señor de cierta edad que aún se estaba subiendo la cremallera de la bragueta de los pantalones al salir. Las azafatas comenzaron a repartir las bebidas y los tragos de rigor.

8. Diciembre 9

Bogotá, 9 de diciembre

El hombre fumaba apretando el filtro del cigarrillo entre los dientes. Caminaba balanceándose hacia delante, como si estuviera envistiendo una tromba de viento. Las gafas oscuras ceñidas a la cara le daban la apariencia de insecto. Gesticulaba lentamente con sus largas y huesudas manos como si fuera un prestidigitador de poca monta que trataba de esconder sus trucos entretanto hablaba. *Jabao* e Irina caminaban a su lado sin decir palabra. Unos niños mendigos se acercaron a la rusa, que no podía ocultar su pinta de extranjera, y le pidieron dinero. Irina los empujó a un lado con suavidad, pero con firmeza, al tiempo que les lanzaba una fulminante mirada que los detuvo en seco.

Caminaron un par de bloques más hasta detenerse en un lugar que parecía ser una tienda en ruinas. El hombrecillo sacó una llave y abrió la puerta provisional hecha de madera vieja y latón corrugado, oxidado. Algunas ratas corrieron despavoridas al sentir la presencia humana. La rusa se cubrió la nariz con su mano al sentir un fétido olor que parecía venir de todas partes. Llegaron a la pared final y se detuvieron frente a un hueco cubierto por una pieza medio carcomida de madera prensada. El individuo la apartó y se introdujo por el hueco. Irina y *Jabao* entraron y aquel volvió a tapar la entrada.

Estaba bastante oscuro, pero en la penumbra pudieron distinguir otra vieja puerta cerrada. El hombre tocó tres veces primero, después dos y finalmente tres. Lentamente la puerta se abrió y volvió a cerrarse después que los tres entraran en silencio.

Se encontraron en una habitación sin ventanas, iluminada solamente por una débil bombilla suspendida del techo por un viejo cordón eléctrico. El pequeño hombre que los había acompañado señaló hacia una esquina en la que un individuo envuelto en la penumbra estaba sentado esperándoles.

—Aquí están, jefe —dijo con respeto y cierto temor en la voz.

Retrocedió hacia la puerta y desapareció. Irina y *Jabao* quedaron parados en medio de la habitación; el hombre de raza negra que estaba esperándolos les invitó a que tomaran asiento en un par de sillas medio desvencijadas.

—Soy el contacto entre las FARC y ustedes. Me pueden llamar Porfirio, o como me dicen todos, el negro.

Irina y *Jabao* se apresuraron a presentarse: ella como la jefa de la misión y él como su segundo.

—¿Deben de tener una contraseña, me imagino? —Dijo el guerrillero casi sin mover los labios y sin alzar la voz.

—Nos gusta Colombia, pero no podemos quedarnos —dijo Irina un poco molesta porque el negro Porfirio no le había dejado hacer su presentación hasta el final.

—No importa, ya tendrán tiempo.

—En otra ocasión, cuando esté la luna llena —dijo Irina como terminando aquel estúpido juego de palabras para verificar su identidad.

—Bien, ahora al grano —dijo el enviado de las FARC echándose hacia delante y dejando entrever su largo y sombrío rostro. Tenía el pelo corto y crespo, la piel muy oscura, pero no tenía facciones negroides. Parecía indio-mulato. Un copioso bigote cubría casi por completo el fino labio superior. En la penumbra *Jabao* e Irina pudieron detectar al menos otros dos hombres que empuñaban sus Czech CO, cerca de otra salida que conducía a un oscuro pasillo.

—¿Usted dirá? —preguntó *Jabao* y fueron sus primeras palabras, entretanto Irina quedó en silencio dejando que su segundo tomara la iniciativa.

El guerrillero se mordió el labio superior y su boca desapareció por completo detrás del exuberante bigote.

—Bien, nos reunimos para hablar de dos asuntos importantes. ¿Estoy en lo cierto?

—Así es —afirmó *Jabao* e Irina movió afirmativamente la cabeza. —¿Qué les parece sí hablamos primero de lo que más nos interesa? Irina y *Jabao* asintieron.

—Es decir —precisó el negro—, de la compra de armamentos que les vamos a pagar a ustedes con cocaína. Sobre este particular puedo informarles que estamos en condiciones de poder pagarles inmediatamente, cuando lo deseen, y que, por lo tanto, el armamento deseamos recibirlo lo antes posible.

—Intercambio —dijo Irina.

–¿Cómo dice usted?

–Digo, que preferimos hablar de un intercambio y no de compra y venta –agregó la rusa.

–Bien. Como guste –dijo el colombiano–. Según la oferta que hemos recibido, ustedes nos entregarán en el primer embarque 1,500 fusiles automáticos Kalasjnikov AKM, calibre 7.62, fabricados en Alemania Oriental. El segundo embarque será de 2,000 fusiles de este mismo tipo.

–Así es –contestó Irina.

El negro asintió con la cabeza levemente.

–¿Está claro también –espetó Irina–, que este es un negocio de mayor envergadura y que los negocios que La Habana tenía anteriormente con ustedes y los narcotraficantes, por utilizar la isla como trampolín para introducir la droga en Estados Unidos, y algún otro negocio de armas y de lavado de dinero, han terminado definitivamente?

Irina y *Jabao* miraron al colombiano con detenimiento, como tratando de descubrir lo que realmente pensaba, más allá de las respuestas que les pudiera dar. Pero el negro quedó quieto, sin mover un músculo.

–Está súper claro, camarada –dijo sonriendo de forma tal que su bigotazo se inclinó de izquierda a derecha produciendo una mueca horrible y ridícula en su rostro.

–Cuba no podrá ser utilizada, ni nombrada en el futuro, en este tipo de negocios –no fue una pregunta, sino que una afirmación que *Jabao* dejó caer lentamente.

–Asimismo lo entendemos nosotros –contestó el negro Porfirio–. Muerto el perro se acabó la rabia –agregó riéndose maliciosamente, mostrando los pocos dientes que le quedaban.

–De ahora en adelante los negocios se harán con la mafia rusa y no con los cubanos –indicó Irina resueltamente.

El guerrillero volvió a asentir. Era la primera vez que escuchaba hablar de la mafia rusa. Se rio para dentro y pensó en la cara que iban a poner los del cartel de Medellín cuando se enteraran de que había una mafia rusa que estaba haciendo negocios con las FARC.

–No hay problema, camarada –dijo el negro–, el negocio se hará con la mafia rusa, y punto.

Irina sonrió satisfecha. Tenía clavados sus fríos y azules ojos en el colombiano, como un gato que trata de hipnotizar su presa antes de tirársele encima.

—Pero, ahora señor Porfirio, tenemos otro problema —dijo Irina—, un problema más urgente para nosotros.

—¿Usted dirá? Estamos aquí para ayudarles. Pero antes, una preguntita más, si no le molesta.

Irina asintió.

—¿Cuándo llegará el primer envío?

—No lo sé —respondió la rusa mirando a *Jabao* que se encogió de hombros—. No es de mi incumbencia. Pero supongo que esa pregunta se la podrá responder el compañero Mike, que nos estará esperando en Panamá.

—Bien, entonces, dígame ahora lo que necesitan de nosotros.

—Necesitamos entrar clandestinamente en Panamá, hoy mismo —agregó la rusa—. Según tengo entendido, serían ustedes los encargados de ayudarnos a entrar y salir de Panamá, y de darnos, además, las armas y el equipo que necesitamos.

—Eso es igualmente lo que tengo entendido —respondió el colombiano—. No hay problema alguno. Todo está ya preparado. Partimos dentro de 50 minutos. Yo los acompañaré hasta Panamá.

—Perfecto. Entonces manos a la obra —dijo la rusa levantándose. *Jabao* y el colombiano se levantaron igualmente y este último les indicó con un gesto que siguieran detrás de él por un pasillo a oscuras. Los dos guardaespaldas se echaron a un lado y dejaron pasar al grupo, uniéndose a ellos seguidamente.

Entre España y Cuba, encima del Atlántico, 9 de diciembre

Javier contestaba otro de los mensajes que había escrito Paredes. Casi todos los pasajeros dormían, leían. Las azafatas se habían retirado al final del avión a conversar y comer. No habían detectado durante el vuelo ninguna persona que pudiera parecer interesada en vigilar a Paredes. Al parecer había pocos cubanos en el vuelo, ya que la gran mayoría volaban por Cubana.

—Hola, ¿puedo sentarme?

Javier escuchó la cálida voz que le hablaba en alemán y se sorprendió. Alzó la cabeza escondiendo con la mano el mensaje que estaba escribiendo. Delante de él estaba Lil, sonriente.

—Sí, por supuesto —contestó sorprendido.

—¿Molesto? —preguntó Lil.

Javier negó rotundamente y pensó que había sido un poco exagerado en su negación. «Por supuesto que no eres bien recibida en estos momentos, pero ¿qué diablo puede hacer? ¿Decirte que no, gracias, que debes de regresar a tu asiento?», caviló guardando la respuesta a Mario en el bolsillo de su pantalón al mismo tiempo que se levantaba para dejarla pasar.

—No, por favor. Siéntate.

—A mí me aburren estos viajes tan largos —dijo ella sentándose—. ¿Vuelas a menudo? —Miraba a Javier con curiosidad y cierta ingenuidad. Sus ojos marrones claros eran grandes y redondos. Se había pintado sus labios gruesos y perfectos con un color rosa claro, casi trasparente y brilloso. Descansó su brazo en el apoyo del asiento rozando levemente a Javier. Él se apartó en actitud caballeresca para que estuviera más cómoda.

—No y sí… es por temporadas —respondió Javier—. A veces vuelo poco y a veces mucho. Depende del trabajo…

—¿Ahora, en que temporada estás?

Javier se rio, algo forzado y ella le devolvió una sonrisa cálida, sencilla que puso aún más en guardia al espía.

—No sé aún, espero que no sea una temporada de muchos viajes.

—¿Dónde vives?

—En España, en Barcelona, bueno… cercano a Barcelona… En Sitges.

«Por qué le he dado tanta información. No hacía falta, me estoy comportando de una manera estúpida y poco profesional ante esta joven», pensó tratando de enmascarar su incomodidad con una tenue sonrisa.

Ella movió afirmativamente la cabeza y un mechón de pelo le cayó sobre los ojos dándole el aspecto de niña traviesa.

—Yo he estado en Sitges —respondió ella buscando su reacción un poco provocativa—. Hace algunos años que estuve en Barcelona y desde allí fui a Sitges a visitar un amigo gay alemán que vive ahí. Muy bello lugar, frente al Mediterráneo.

—Sí, es muy agradable, realmente. Es también el refugio de muchos homosexuales, aunque esa no es la razón por la cual vivo allí —respondió Javier con una amplia sonrisa para disipar cualquier duda al respecto. «¿Por qué tengo que seguir dando explicaciones?»–. Yo vivo cerca del mar, muy cerca… solo a unos cincuenta metros. Me gusta el mar, verlo solamente, aunque no me gusta la playa, digo, bañarme en la playa. Tampoco vivir en primera línea. Demasiado jaleo en verano con los turistas y en invierno es mejor estar más protegido del viento y la humedad. «Que tonterías estoy diciendo, por Dios».

Lil rio nuevamente con una sonrisa alegre, divertida. Se apartó el mechón de pelo de la frente moviendo hacia atrás su cabeza. El movimiento hizo que sus pechos se pronunciaran desafiantes debajo de la blusa. Tenía un sostén negro, casi trasparente.

–A mí me gusta mucho la playa… bañarme, tomar el sol, todo. ¡Me encanta España y me gusta mucho comer paellas!

Javier asintió con la cabeza. «Bueno, al fin, algo en común: las paellas… ya tenemos por dónde comenzar. Vamos a ver con los vinos y la comida en general».

–Sí, me gusta mucho las paellas igualmente, en realidad me gusta comer bien, me gusta el buen vino, y disfruto cocinando.

Lil le miró extrañada. «Ahora se pensará que soy un viejo solterón que se pasa la vida invitando a chicas como ella a casa para… cenar».

–A mí no me gusta cocinar –dijo ella.

–¿Te gusta el vino?

–Sí, claro, sobre todo el francés.

«Bueno, sobre eso podríamos discutir mucho», pensó, pero se calló. «¿Por qué me busca esta chica? El cuento de la mochila, ¿fue inventado o real? Además, es guapa, me resulta agradable su compañía. Mario ya se ha dado cuenta, se debe de estar haciendo las mismas preguntas que yo. ¡Mierda!». Evidentemente, lo sucedido tanto en el aeropuerto como en el avión podía ser una casualidad, pero quizá no.

–¿Qué haces cuando no estás ayudando a los cubanos a construir escuelas? –preguntó con cierta ironía. «No hacía falta que fueras irónico Ahora se pondrá en guardia».

–Estudio… Estudiaba. He dejado los estudios hace poco. Quiero estudiar Derecho Internacional, pero no logré entrar con mis notas a la Facultad de Derecho, así que tuve que contentarme con estudiar Historia del Arte. Me gusta, pero no lo suficiente. Ahora, no sé qué hacer con mi vida –dijo y apartó la mirada, como si no le gustara hablar de ello.

–Bueno, a tu edad eso no es un gran problema ya que muchas cosas aún tienen solución.

Ella sonrió con cierta tristeza, agradeció el comentario y aseguró saber que tenía que tomar decisiones muy pronto, después de regresar de aquel viaje, que quizás no era más que un pretexto para prolongar con una misión altruista aquellas postergadas decisiones. Trató asimismo de cambiar el giro que había tomado la conversación.

–¿Sabes que hablas muy bien el alemán? ¿Dónde lo aprendiste?

–Bueno, hace ya muchos años, en Hamburgo y Berlín. «¿Qué voy a decirle? ¿Que soy cubano, que estudié el alemán en cursos intensivos en la RDA, en Leipzig, en el *Herder Institut* cuando era diplomático, antes de saltar el muro y entregarme a los norteamericanos?»

–¿Pero, eres español?

–No, soy estadounidense –respondió Javier que comenzaba a darse cuenta de que no estaba preparado para un encuentro semejante–. Mi padre era puertorriqueño y mi madre española –improvisó–. Se conocieron en Alemania, después de la guerra. Mi padre era militar y estuvo destacado en Fráncfort –lo dijo sin pestañar, inventándolo todo sobre la marcha. Su pasaporte era sólo para viajar, no tenía una leyenda. «Quizá habría que ir pensando también en eso».

–Qué casualidad, yo nací en Fráncfort. Todavía no nos hemos presentado. Yo me llamo Lil, Lil Segal. ¿Y tú?

–Mucho gusto. Mi nombre es Rigoberto Sánchez. Pero no nací en Fráncfort, nací en San Juan, Puerto Rico.

–Yo, aunque nací en Alemania, soy judía, aunque no religiosa –dijo ella sin que se lo preguntara. Quería probablemente decirle que, a pesar de nacer en Alemania, no era realmente una alemana cien por cien.

–Tengo muy buenos amigos judíos, en Nueva York.

–Soy judía, pero muy liberal, en realidad ni siquiera celebro las fiestas judías.

La señal de abrocharse los cinturones de seguridad se encendió y la voz de la azafata anunciaba que estaban entrando en un área de turbulencias. Sus cuerpos comenzaron a balancearse contrarrestando los saltos que daba el avión.

Aeropuerto Internacional Omar Torrijos (Tocumen), Panamá,
9 de diciembre, 13:54 horas

Martín Rodríguez, alias Mike, teniente coronel de la inteligencia cubana, perteneciente a la Quinta División del DI, provisto de un pasaporte argentino falso, pasó sin problemas el control de pasaportes. Vestía de forma deportiva y con buen gusto europeo. No debía tener más de 34 años. De piel blanca y pelo rubio, tirando a castaño claro que peinaba hacia atrás y que de vez en cuando le caía en la frente, dándole un aspecto de chico bien.

Mike era uno de los hombres de confianza del general Jesús Bermúdez Cutiño que meses atrás había sido designado nuevo jefe de la inteligencia cubana.

Llevaba una pequeña maleta de mano y un portafolio como único equipaje. Caminó por el largo y amplio pasillo del aeropuerto donde a aquella hora interrumpían el paso decenas de chicos, de entre 9 y 12 años, vestidos con monos azul marino portando pequeñas cajas negras para limpiar zapatos.

—¿Quiere limpiarse los zapatos, míster? —vociferaban los chicos persiguiendo a Mike y a otros pasajeros por el enorme pasillo del edificio del aeropuerto hasta que se cansaban, como pequeños gatos que trataban de jugar con todo el que pasaba, sin que nadie les hiciera caso. Cada intento era una gran desilusión que se reflejaba en sus pequeños y oscuros rostros.

Mike salió a la calle y tomó un taxi.

Langley, 9 de diciembre, 18:00 horas

Colin estaba sentado en silencio frente a James Clark que leía un documento que él le había entregado minutos antes. Cuando terminó de leer el breve informe, el jefe de Operaciones de la CIA puso las manos sobre su escritorio mirándole con expresión de desconcierto.

—¿Y esto qué quiere decir? —preguntó el *DDO*.

—Quiere decir que Javier se encuentra en estos momentos sobre el Atlántico, en un avión, junto a Paredes, rumbo a Santo

Domingo, con escala en La Habana.

—¿Algo que debas explicar mejor?

—Lo siento James. Todo lo que tenía que informarte está ahí —dijo Colin señalando la carpeta que el *DDO* había terminado de leer—. Pero, contrario a lo que dice la gente de la OS, no creó ni un instante que Javier haya desertado y que va rumbo a Cuba con Paredes para entregarse a los cubanos. Eso es absurdo, por no decir estúpido —agregó Colin elevando las palmas de sus manos con expresión incrédula—. Seguro ha hecho lo que tenía que hacer. Estamos viendo fantasmas donde no los hay, y posiblemente no vemos los verdaderos que están entre nosotros.

—¿No se puso en contacto contigo para decirte que iba a tomar un avión rumbo a La Habana?

—… Y a Santo Domingo —agregó Colin impaciente— No, no llamó. Recuerda que su viaje fue una emergencia. Lo más probable es que no pudiera comunicarse con nosotros. No sé… —agregó encogiéndose los hombros.

—¿Cómo te enteraste de que iba rumbo a La Habana? Él tenía que encontrarse con nuestro "hombre de Praga" en Madrid, y nada más.

—Como sabes, automáticamente recibimos todas las listas de pasajeros que viajan a Cuba o vía Cuba desde otro país, y, claro, se disparó la alarma cuando entre los pasajeros de ese vuelo de Iberia de Madrid a Santo Domingo con escala en La Habana viajaba un tal Rigoberto Sánchez, ciudadano americano, nacido en Puerto Rico. Aunque viajaba con destino final a Santo Domingo y no a La Habana, los ordenadores están programados para eso —dijo Colin como excusándose—. Mucho más si el individuo en cuestión viaja con identidad falsa con un pasaporte hecho por nosotros.

Clark asintió en silencio y volvió a leer el informe.

—Pero tú le diste el visto bueno para que se fuera a Madrid. ¿No es así?

—Efectivamente —contestó Colin—, y todo lo que pueda ocurrir es mi responsabilidad, lo tienes incluso por escrito. Te he tenido informado todo el tiempo. Lo único que te pido ahora es que esperemos, por favor. No adelantarnos a los acontecimientos, no podemos hacer mucho más por el momento. Cuando Javier llegue a Santo Domingo, por favor no hagas nada, déjalo en paz. Estoy seguro de que tomará inmediatamente un avión para acá y así nos evitamos el *show* en el aeropuerto Las Américas de Santo Domingo, que está lleno de agentes castristas, y él, estoy seguro, podrá explicarnos todo lo ocurrido.

–Si es que llega a Santo Domingo –agregó el *DDO*.

Felipe Ramos terminaba su café en la cafetería del segundo piso del edificio principal de Langley cuando el número dos del Departamento Cuba se sentó a su lado con una magdalena de chocolate y una Coca-Cola. Se saludaron formalmente y fue Ramos el primero en hablar.

–Hola, Ross, ¿cómo te lleva Colin?

–Ya sabes, como siempre, al trote –respondió Ross con una sonrisa lacónica.

No había mucha gente en la cafetería a aquella hora y después de intercambiar algunas frases joviales y de cortesía, Ross, siempre con la sonrisa a flote, y tratando de parecer lo más natural posible, puso a Ramos al tanto del repentino viaje de Javier a Madrid para encontrarse nuevamente con el "hombre de Praga", y del giro que había tomado el viaje cuando sin aviso previo Javier tomó un vuelo hacía Santo Domingo con escala en La Habana.

–Ya me habían informado lo del vuelo de Javier, pero no sabía el motivo del viaje a Madrid –espetó el cubano apurando el café–. ¿Viaja solo?

–No sabemos nada; además, Colin lo está manejando todo el sólo y carezco de información al respecto –respondió Ross.

–¿Has logrado saber quién es el espía cubano, y si quiere desertar? Debe de ser seguramente uno de los que están bajo cobertura diplomática en Praga, ¿no?

–Ni idea –dijo encogiéndose de hombros–. Todo el material es *Top Secret*. Tampoco es seguro que sea cubano, puede ser ruso o checo con información ultra secreta sobre Cuba –agregó Ross apretando sus finos labios–. Colin ha dejado entrever que no es cubano.

–¿Has chequeado la lista de pasajeros para ver si hay alguien en el vuelo de Iberia que nos pudiera interesar?

Ross movió la cabeza afirmativamente.

–Sí, fue lo primero que hice, pero no había nadie interesante en la lista de pasajeros. Entre los que viajan a La Habana diez son músicos cubanos que venían de un concierto en Barcelona, un grupo alemán de solidaridad con Cuba, gente joven, y el resto españoles, italianos y un uruguayo, todos hombres de negocio, al parecer. No hay récord de ninguno de ellos en nuestros archivos–dijo haciendo un gesto de resignación.

El mayor Paredes viajaba en realidad con un pasaporte uruguayo, haciéndose pasar por un hombre de negocios de Montevideo.

–¿Reacciones?

–Colin está ahora mismo hablando con el *DDO*.

–Bien, mantenme al tanto de lo que ocurra –agregó Ramos en voz baja–. Saludos al jefe de mi parte –añadió en voz alta para que todos lo oyeran, se levantó de su asiento e hizo un saludo militar en broma a Ross que devolvió el gesto con una sonrisa amable.

Ciudad de Panamá, 9 de diciembre, 19:00 horas

Un helicóptero tocó tierra en el helipuerto del exclusivo Hotel Miramar Inter-Continental, situado en la Plaza Miramar a orillas de la Avenida Balboa, en el corazón del distrito bancario de Panamá. Irina, Tatiana, *Jabao* y el resto del comando X-20 salieron del aparato.

La habitación de Irina y *Jabao* era espaciosa, las puertas-ventana de cristal del amplio balcón daban al Pacífico. Además de camas dobles separadas tenían tres teléfonos, un amplio escritorio de ejecutivo, y todas las demás comodidades de un hotel de lujo. La rusa se quitó la ropa y sin cerrar la puerta del baño se metió en la ducha. *Jabao* se tiró en la cama y cerró los ojos.

Minutos más tarde Irina salió del baño con el pelo mojado y cubierta por una gran toalla de felpa blanca. Se vistió dándole la espalda al cubano, sin preocuparle mucho que este la viera desnuda, se puso un vestido de escote, de color azul celeste, y unas sandalias de medio tacón negras. Se sentó en su cama y comenzó a secarse el pelo con un secador eléctrico. El ruido despertó al cubano que, sin pronunciar palabra alguna, se fue a tomar también una ducha.

Tocaron a la puerta.

–Hola, Irina, soy Mike.

Irina se le quedó mirando con cierta sorpresa. En realidad, no creía que el contacto con el hombre de la inteligencia cubana se produjera tan rápidamente y menos en su propio hotel. «Menos

119

mal que me pude bañar», pensó apartándose para dejarle pasar.

–Hola, bienvenido. No recuerdo haberte visto antes –dijo la rusa haciéndole pasar.

–Así es. Yo no olvidaría una mujer tan linda como tú –dijo Mike y se sentó en una de las butacas que estaban de espalda a la puertaventana que daba al balcón, mirando de arriba abajo a la rusa que se ruborizó a pesar de ser una mujer de grandes agallas, acostumbrada a toparse en el mundo con muchos hombres que la deseaban y otros tantos que la odiaban a muerte.

–¿Dónde está *Jabao*?

–En la ducha.

–¿Cómo fue el viaje y cómo ha sido el trato que les han dado los colombianos?

–Bien. Sin problemas. Lo único es que pretenden que se haga el intercambio acordado lo antes posible.

–Sí, ellos siempre tienen apuros por ese tipo de intercambios. Quizá les podamos enviar todo lo que quieren antes de lo que se imaginan.

La rusa se sentó en la otra butaca frente a él, abrió ligeramente sus piernas como solía hacer cuando quería provocar y dejó ver su tanga negra. Mike sonrió levemente, como agradeciendo la vista que le ofrecía, pero no movió ni un solo músculo de su cuerpo. Irina se dio cuenta de que a aquel hombre no lo podía manipular como solía hacer con muchos otros.

Jabao salió del baño con la toalla cubriéndole la parte inferior del cuerpo y descubrió la presencia de Mike.

–Hola, –dijo medio sorprendido de encontrar a un desconocido en la habitación.

–Es Mike –dijo Irina para tranquilizarle.

–¡Ah! –respondió y se disculpó indicando que prefería vestirse antes de continuar la charla introductoria.

–Ve a vestirte, sin problemas. Yo he llegado un poco antes de lo previsto…

–No, de ninguna manera –se apresuró a contestarle *Jabao* vistiéndose en el baño. Mike e Irina intercambiaron nuevamente escrutadoras miradas, midiendo el terreno, viendo hasta dónde podían llegar.

Jabao salió del baño vistiendo una guayabera panameña, mocasines blancos, medias blancas de nailon, y un pantalón de lino crema. Parecía un verdadero proxeneta panameño y nadie se molestaría en pensar otra cosa. Tanto Mike como Irina se sonrieron y pensaron probablemente lo mismo.

Jabao sacó la Beretta italiana con silenciador, que le habían dado los colombianos, escondida debajo de la almohada, la rastrilló, y le puso el seguro.

—Es mejor estar siempre preparado, estamos en territorio enemigo —dijo riéndose y se sentó en el borde de la cama esperando a que Mike tomara la iniciativa.

—Ya veo que han llegado bien y a tiempo. Ha sido para *Jabao* y sus hombres un viaje bastante largo.

Mike se dirigió lentamente a la mesa de noche que estaba más cerca de la ventana, encendió la radio y buscó hasta encontrar una música estridente. Levantó el volumen y giró su mirada nuevamente hacia Irina:

—Como ustedes saben, hasta ahora, casi todo el lavado de dinero producto del intercambio con las FARC y los otros negocios con los comerciantes colombianos, se hacía a través de Panamá —dijo Mike con tono distendido—. Noriega nos ha ayudado mucho, y bueno... se ha ayudado a sí mismo... pero, las cosas han ido cambiando muy apresuradamente y eso nos obliga a actuar con rapidez y sin perder la cabeza.

Mirando fríamente a Irina, como si estuviera hablando con un soldado de elite, Mike paseó su vista hasta clavarla en *Jabao* que asintió obedientemente.

—En medio de todo lo que sucede en estos momentos en los países socialistas de Europa, el imperialismo trata de ganar terreno y anotarse uno que otro tanto a su favor.

» Panamá ha sido un lugar estratégico para nosotros, tanto desde el punto de vista económico como político en la región, y hemos ayudado en la medida de nuestras posibilidades a Noriega para que se mantuviera en el poder —agregó Mike regresando al butacón que ocupaba antes—. El año pasado, por ejemplo, enviamos un cargamento de armas a Panamá para que, en caso de una agresión imperialista, los Batallones de la Dignidad pudieran luchar contra ellos. Se pensó en una estrategia de guerra de guerrillas en aquel entonces. Pero ahora las cosas han cambiado, radicalmente.

«Hasta ahora Mike no ha dicho nada en concreto», pensó Irina al ver que el cubano le daba la vuelta a la cuestión sin llegar al grano.

—Según la información que tenemos, Estados Unidos prepara un ataque masivo contra Panamá en los próximos días. Una invasión en toda regla —dijo Mike sin preámbulos. Irina y *Jabao* se quedaron sin saber qué decir.

«Finalmente, Mike quizá comenzaba a mostrar quién es», pensó ella.

—Antes de que Estados Unidos ataque, ustedes tienen que limpiar todas las huellas que hemos dejado en Panamá —prosiguió Mike—, y trasferir todo el dinero que tenemos aquí a otras cuentas, en otros bancos, y en otros países, antes de que los americanos las expropien y descubran todos los entresijos de nuestros negocios aquí. Solamente vamos a dejar una empresa que continuará funcionando, su nombre B & C Shipping and Trading Ltd.

» Estoy hablando del dinero que hay en la cuenta de Interconsult, cuyas acciones pertenecen en un 50 por ciento a Manuel Antonio Noriega y Carlos Duque. —Irina se quedó mirándole en silencio. *Jabao* bajo la vista—. Estoy hablando también de todo el dinero que hay en las cuentas de las empresas que Tony de la Guardia creó aquí en Panamá, Caribbean Happy Line, Mercurio y Guamá Shipping Company y también de todo el dinero que queda en la cuenta de CIMEX y sus empresas.

Irina se acomodó en su butacón juntando los pies, sentada en la parte delantera. Con los brazos en los muslos juntó sus manos llevándoselas a la boca pensativamente.

—Entonces, las cuentas de B & C Shipping and Trading Ltd. ni la tocamos. ¿Correcto?

—Correcto. Aparecen junto con los otros papeles en el banco, pero no es una empresa vinculada directamente a Cuba, sino que es una empresa chipriota registrada en Panamá. Hay que dejarla sola. Por ahora está limpia.

—Bien, otra pregunta: ¿quién es entonces el dueño del otro 50 por ciento de las acciones de Interconsult? ¿Cuba? —preguntó la rusa clavando sus ojos azules en el teniente coronel de la inteligencia cubana.

—No es cosa tuya, pero las acciones, están bien guardadas en las bóvedas del Banco Nacional de Cuba —respondió Mike suavizando su respuesta con una amable sonrisa.

Irina devolvió la sonrisa asintiendo levemente.

—El problema es que en la cuenta de Interconsult aquí en

Panamá, a pesar de que hemos podido sacar una parte importante del dinero hace unos meses, a través del HAVIN, quedan aún diez millones de dólares en la misma. Es dinero nuestro ya que Noriega y Duque recibieron sus partes.

—¿HAVIN? —preguntó la rusa.

—Sí, el Havanna International Bank. Es un banco privado que tiene la Revolución en Londres.

—¿Privado? ¿No es del Gobierno de Cuba… un banco privado de la Revolución, entonces? Y es, me imagino, del mismo dueño de la otra mitad de las acciones de Interconsult. ¿Correcto? —preguntó Irina sonriendo levemente, tirándole una rápida mirada a *Jabao*, sentado aún en la cama, que al parecer no entendía nada de lo que estaban hablando y se miraba, aparentando estar distraído, las palmas de sus manos.

—Todas esas empresas pertenecen a las cuentas que maneja directamente el Comandante en jefe. El encargado de coordinar ese trabajo es el Departamento 4 del Consejo de Estado. ¿Satisfecha con la respuesta? —agregó Mike que volvió su vista a la libreta de notas que tenía en sus manos.

Irina asintió levemente.

—¿A qué se dedica o dedicaba Interconsult, si se puede saber? —preguntó la rusa tratando de evitar cualquier tono de curiosidad en su pregunta.

—Era una empresa que tenía oficina en La Habana, dedicada a varios negocios, entre ellos a la venta de visas de Panamá.

—¿Cómo? ¿Venta de visas panameñas en Cuba? —preguntó Irina ladeando su cabeza extrañada.

—Sí, la gente que se quería ir de Cuba y que tenía familia en el extranjero pagaba por las visas y sus familiares viajaban a Panamá legalmente; posteriormente desde aquí los sacaban ilegalmente a Estados Unidos. Era una manera fácil de ganar dinero y hacer las cosas más organizadas. Todo gracias a la Ley de Ajuste Cubano. Al menos más segura para salir de Cuba que en lancha o en balsa, y el dinero no se quedaba en manos de los lancheros de Miami —Mike sonrió con sorna.

—¿Pero esa empresa, Interconsult, nada tenía que ver con el tráfico de drogas? —volvió a preguntar Irina y *Jabao* hizo un gesto discorde desde la cama indicando que la rusa estaba preguntando demasiado.

—Según he leído, durante el juicio Tony de la Guardia explicó al Tribunal Militar que no era difícil para Cuba lograr entre 2,000 y 3,000 millones de dólares anuales en el narcotráfico, pero que para ello era necesario obviar al cartel de Medellín y trabajar directamente con los productores. ¿Correcto? —insistió Irina con una mezcla de interés y socarronería.

Mike se encogió de hombros y los tres quedaron en silencio durante unos instantes. El ruido y las bocinas de los coches afuera en la calle flotó como una densa nube en la habitación mezclándose con la música chillona que continuaba saliendo de la radio.

Panamá había sido utilizado por Cuba como plataforma para el lavado de dinero, creación de corporaciones, compra de tecnología procedente de Estados Unidos, y otros negocios sucios destinados a promover la desestabilización en la zona. Todas las operaciones comerciales de Cuba estuvieron a cargo del Ministerio del Interior, a través de unas ochenta corporaciones que se habían creado para esos fines desde inicios de la década de los años ochenta. Antonio de la Guardia era el hombre que desde su cargo de jefe del Departamento MC llevaba a cabo los operativos con la colaboración y ayuda de Noriega: el narcotráfico, las guerrillas colombianas y los sandinistas, entre otros. Las empresas que tenían que ver directamente con la droga eran Mercurio, Caribbean Happy Line y Guamá Shipping Company.

En 1980, Manuel de Beunza, un coronel de la inteligencia cubana que trabajó en la creación de esas empresas y del Havanna Internacional Bank, miembro del departamento MC, desertó en Canadá y poco después compareció ante el Congreso de Estados Unidos para desenmascarar toda la trama de las empresas cubanas, después de que la CIA lo interrogara exhaustivamente durante meses.

Posteriormente, en julio de 1983, Jesús Raúl Pérez Méndez, un capitán de la inteligencia cubana, desertó también en Estados Unidos revelando una red de agentes cubanos que en la Florida se dedicaban al narcotráfico para La Habana. Pérez Méndez trabajaba para el Instituto Cubano de Amistad con los Pueblos, ICAP; una organización pantalla de la inteligencia cubana que tenía infiltrados agentes en muchos países de América Latina. El círculo se fue estrechando poco a poco y el 7 de agosto de

1984, el secretario de Justicia de Estados Unidos, William Frensh Smith, acusaba públicamente a Cuba de emplear activamente el tráfico de drogas para ayudar a los terroristas.

Cinco años después para lavar su imagen, cuando las evidencias y las pruebas que había presentado el gobierno de Estados Unidos y la DEA fueron tan inobjetables como contundentes, el régimen llevó al paredón de fusilamientos a los cuatro hombres que más se habían expuesto en esa tenebrosa historia del Castrismo.

—Solamente ustedes pueden hacerse cargo de la operación –agregó Mike mirando lascivamente a la rusa–, ya que todos nuestros agentes, tanto los de la embajada como los que trabajan bajo cobertura no pueden participar por razones de seguridad.

Jabao se movió nervioso en la cama cruzando varias veces los pies, sin lograr una posición realmente cómoda. Irina se contuvo mucho más, conservó su cara de póker y guardó silencio, esperando a que Mike desarrollara aún más sus ideas.

—Es una misión difícil y arriesgada –agregó Mike–, porque no sabemos mucho de lo que está sucediendo aquí en estos momentos.

—Además de las armas, los equipos que nos han facilitado las FARC y el plan de fuga, ¿qué más tenemos concretamente para poder llevar a cabo esta misión? –preguntó Irina algo molesta cruzando sus piernas por la lujuriosa mirada de Mike en aquellos tensos momentos.

—Aquí está todo lo que necesitan, *camarada* Irina –dijo Mike extrayendo de su maletín una carpeta y un pequeño disquete que entregó a la rusa–. El disquete está codificado, pero supongo que Tatiana tiene la clave –Irina asintió–. Encontrarás el nombre de la persona que tiene que ser eliminada, dónde se encuentra, dónde está guardada la información que nos compromete, y, por supuesto, el número de las cuentas. La información está en español, pero tengo entendido que ella habla bastante bien el español. ¿Correcto? –Irina volvió a asentir en silencio–. Todo, por suerte, está en un solo lugar, en el Regions Investments Bank. Eso facilitará el trabajo. Tengo algunas sugerencias de cómo llevar a cabo la operación, pero son ustedes los que deciden.

Mike se levantó del butacón y fue por su portafolio que abrió sobre la mesa de centro sacando un mapa del distrito bancario de Panamá que desplegó ante la curiosa mirada de Irina y *Jabao* al tiempo que comenzó a explicarles el plan.

Sobre el Atlántico, 9 de diciembre

El avión de la línea aérea española continuó su curso hacía La Habana a una velocidad subsónica de 913 kilómetros por hora. Según el capitán, llegaría a las 9:30 p.m., hora local, es decir, en menos de una hora y media. Habían pasado la zona de turbulencia y Javier le hizo comprender a la joven alemana que deseaba descansar un poco antes del aterrizaje. Ella entendió y regresó a su asiento. Antes de despedirse se intercambiaron los teléfonos en caso de que Javier pasara por Fráncfort o ella por Barcelona.

–Nunca se sabe. Además, me ha encantado haberme encontrado contigo, Lil –dijo Javier con amabilidad controlada.

–Espero regresar en dos semanas –contestó la joven extendiéndole la mano que él estrechó con cuidado.

Era una chica muy simpática y agradable, además de guapa, pero definitivamente no había tiempo para ese tipo de contactos ni amistades en aquel momento en que tanto estaba en juego.

Paredes pasó por su lado en dirección a los baños de la clase económica del centro de la aeronave, cuatro servicios en total que formaban un bloque compacto con un pequeño pasillo que propició el último encuentro de una manera discreta y segura.

«Todo va bastante bien. Aparte del encuentro con la chica alemana, nadie se ha fijado en mí», pensó Javier. «A pesar de lo incómodo e improvisado en que se habían hecho los contactos en el avión, Mario había entregado información muy importante y juntos habían realizado un buen plan de trabajo para el futuro», pensaba. Paredes había puesto mucho más de su parte de lo que él hubiera podido imaginar durante el primer encuentro en Praga. En realidad, se sentía orgulloso de ser su amigo y su control. La información que le había facilitado Mario iba a poner bocabajo a todo el Departamento Cuba de la CIA. «Vamos a ver cómo me reciben ahora en Langley», pensó y se levantó para ir al servicio para hacer el último contacto con Paredes durante el vuelo.

La situación dentro del servicio del avión era bastante cómica, para no decir absurda. Sentado en el retrete estaba Mario, parado frente a él, de espaldas a la puerta estaba Javier. Era la primera vez

126

que hacían en el avión un contacto directo a puerta cerrada. Así lo había pedido el propio Paredes, aunque fuera el momento más arriesgado de aquel encuentro, consideró necesario hablar frente a frente con Javier antes del aterrizaje. Sentía, además, curiosidad y cierto temor por el contacto del agente de la CIA con la joven alemana.

—¿Quién es esa mujer? —preguntó Mario moviendo su cabeza de un lado al otro, como si no quisiera creer lo que había visto.

Javier le contó lo sucedido en el aeropuerto y cómo la chica había tomado contacto con él durante el vuelo.

—¿Sabes quién es? —preguntó Javier.

—No, por supuesto —respondió Paredes molesto—. Por lo que me dices es una más entre los tantos tontos útiles que viajan a Cuba, que leen los libros del Che Guevara sobre cómo fabricar cócteles molotov bombas y cantan canciones revolucionarias. Son los primeros a los que la DGI trata de echarles el guante para ver si les sirven para algo. ¿Qué te ha dicho?

—No mucho. Que va a Cuba a construir una escuela… Que es un país maravilloso, etcétera…

Mario trató de calmarse. Tenían que estar preparados para ese tipo de incidente.

—Tenemos que estar siempre atentos. Nos pueden enviar cuando menos lo pensemos un torpedo por debajo de la línea de flotación —dijo mirando seriamente a Javier mientras destruía en el lavamanos los últimos mensajes—. Bueno, independientemente de eso, creó que hemos hecho un buen plan. ¿No?

—Toda la información que me has dado es muy importante. La administraré con cuidado, no te preocupes. Sobre todo, debo de protegerte teniendo en cuenta ese doble agente que tú crees existe en una de las agencias de seguridad.

—No es que yo lo crea, es así. Aunque como te había dicho antes, no pienso que sea en la CIA. Yo comenzaría por buscarlo en el Pentágono. Pero, en fin de cuentas, eso va por parte del FBI y no de la Agencia, ¿no?

Javier asintió mirándose en el espejo que tenía a su derecha, encima del pequeño lavabo. Sería una buena idea si se refrescaba un poco. «No tenía buen aspecto», pensó.

—Así es. Es cosa del FBI, aunque existen contactos entre las agencias para ese tipo de problemas —respondió echándose agua fría en el rostro–. Pero ¿por qué crees que sea un agente que trabaja en el Pentágono? –Tomó un poco de jabón líquido y comenzó a lavarse la cara.

–Es más bien algo intuitivo –respondió Paredes–. Por lo poco que sé, el material que suministra esa fuente está relacionado casi siempre con asuntos miliares que tienen que ver con Cuba –quedó en silencio algunos segundos.

Javier se secó con la toalla de papel y apretó el botón para que saliera el agua del lavamanos por succión produciendo ese ruido tan desagradable que tanto le molestaba.

–¿Algo más que se nos queda por cuadrar?

Paredes se frotó la oreja y le pareció que olvidaban algo.

–Bueno… no sé qué es lo que me espera en Cuba.

–No te preocupes. Todo irá bien –bajó la vista y miró a Mario sentado en el retrete. Estaba cansado y necesitaba media hora de sueño–. Bien, este es el último encuentro en el avión. ¡Te deseo toda la suerte del mundo!

Se quedaron en silencio durante algunos segundos. Mario se incorporó y se abrazaron.

–Suerte, muchacho, que de los buenos quedamos poco. –dijo Javier visiblemente emocionado.

Cuba apareció de repente, como una franja negra, salpicada de pocas y mortecinas luces, después que el avión pasara minutos antes las Bahamas, llenas de luz y colorido. Javier se había cambiado para el asiento de la ventanilla para poder ver lo poco que podría divisar de la Isla. El avión inició la secuencia de descenso. A la altura de Matanzas surgieron la península de Hicacos y la playa de Varadero, la única zona iluminada, y minutos más tarde Santa Cruz del Norte y la Central Termoeléctrica que abastece a La Habana. Y en medio de aquella oscuridad, la chimenea de las instalaciones de extracción de petróleo y gas natural, que como dragón antediluviano lanzaba al viento lenguas de fuego y azufre. Los flaps bajaron para reducir la marcha y los alerones tomaron la posición para el descenso, se abrió el tren de aterrizaje, el morro repuntó hacía arriba y el fuselaje comenzó a crujir. Las luces de abrocharse los cinturones se habían encendido antes y la azafata comunicó que dentro de unos minutos aterrizarían en el Aeropuerto Internacional José Martí. Las luces de la periferia de La Habana comenzaron a aparecer tímidamente de la oscuridad y Javier reconoció inmediatamente los destellos intermitentes del faro de El Morro, a la entrada de la bahía de La Habana.

De repente sintió cómo el miedo se apoderaba de él. Durante años había tenido una extraña pesadilla, que, aunque se escenificaba en escenarios diferentes, siempre terminaba con su regreso involuntario a Cuba; o lo que era peor, con su regreso voluntario, pero una vez en Cuba, no lo dejaban salir. Durante más de diez años tuvo aquellos horribles sueños. Y ahora, de repente, al sentir que el suelo de Cuba se acercaba por segundos a sus pies, cuando creía ya sentir el aire de su isla, volvió a sentir aquella terrible sensación que experimentara una y otra vez en aquellas escalofriantes pesadillas. Un frío sudor perló su frente, y sintió cómo todo su cuerpo comenzó a temblar.

Vio las sombras de las palmas reales acercase por la ventanilla. Creyó escuchar de repente el sonido de la noche cubana, los grillos, las ranas. Sintió el aire húmedo y cargado de olores. Fragmentos de su vida de niño, de joven, de adulto, pasaron rápidamente por la ventanilla, mezclados entre las sombras de la noche, las palmas y las macilentas luces del aeropuerto.

El contacto del tren de aterrizaje con el asfalto lo devolvió a la realidad. Las ruedas gemelas del morro tocaron el suelo y el avión comenzó a rodar por la pista.

Era sólo un fantasma, afuera Cuba no le esperaba, aún. Se irguió en su asiento, tenso. La voz de la aeromoza recordó que debían bajar primero los pasajeros que se quedaban en Cuba y que el resto tendría que bajar a la sala de espera hasta que fueran llamados nuevamente a bordo para continuar viaje a República Dominicana.

Javier vio cómo Mario se encaminó hacia la salida dirigiéndole una última mirada de soslayo, vio miedo en sus ojos pero también decisión.

9. Diciembre 9 y 10

Panamá, distrito bancario, 10 de diciembre, 10:30 horas

El Regions Investments Bank estaba situado en la Avenida Central, una vía peatonal en el mismo centro del distrito bancario de la ciudad de Panamá. Se dice que gran parte de este lujoso centro comercial y distrito bancario se levantó con dinero de la cocaína. «Es probable, aunque evidentemente mucho más difícil de probar» solía decir a sus clientes, Alberto López Armas, el director del Regions Investments Bank.

López Armas se acomodó en su amplio y cómodo sillón giratorio, estaba satisfecho. Todo iba viento en popa. De repente el sonido de su intercomunicador sonó insistentemente.

—¿Sí?

—Señor director, tengo aquí a dos damas y un caballero que dicen venir de parte del señor Sifuentes. No han podido hacer reservaciones anteriormente debido a la urgencia de la cuestión.

El banquero miró el reloj, eran exactamente las 10:35. En su agenda no tenía a nadie hasta las 11:15. Sabía que el código Sifuentes correspondía a las cuentas de Cuba que llevaban en su banco; entre otras, las corporaciones a nombre de Antonio de la Guardia. Pero *Tony* estaba muerto, fusilado. Era fácil predecir que Cuba había enviado a alguien para continuar los negocios.

—Bien, señorita Manzano, por favor, dígales que sólo dispongo de menos de media hora. Que tengan la amabilidad de pasar.

Irina, Tatiana y *Jabao*, que había sustituido su guayabera panameña y su indumentaria del día anterior por un traje gris de poca monta, pero menos llamativo, siguiendo la sugerencia que le había hecho Mike el día anterior, entraron en el despacho.

—Buenos días, —habló primero *Jabao*, asumiendo su nueva identidad—. Permítame presentarle a la señorita María Chostakovitch, representante de la corporación CIMEX y todas sus empresas aquí en Panamá, y, además, la nueva representante en Panamá de Interconsult, Mercurio, Caribbean Happy Line y Guamá Shipping Company, y a nuestra economista, Tatiana Samoilova.

130

Mi nombre es Pedro Hernández y trabajo para la Corporación CIMEX —dijo extendiendo una credencial de la corporación cubana con su foto y nombre falso que Mike había entregado con otros documentos anteriormente.

—Por favor, siéntense, siéntense. ¿Desean algo tomar? —respondió el banquero panameño mientras revisaba la credencial que devolvió a *Jabao*.

—No, gracias —se apresuró a decir Irina que tomó asiento en una de las butacas frente a la mesa del director, mostrando como de costumbre sus hermosas piernas y de paso su tanga, que ese día tenía el color rojo de la sangre.

—Bien, ¿en qué puedo servirles?

—Cómo usted seguramente está enterado, nuestro anterior contacto con ustedes ha tenido algunos contratiempos y esa es la razón por la que estamos aquí para poder continuar los negocios con ustedes y poner al día nuestras cuentas —dijo Irina en su español con acento ruso.

El banquero se quedó mirando seriamente sin decir palabra. Naturalmente estaba al corriente de los cambios en La Habana y del fusilamiento de De la Guardia, pero desconocía cómo en la práctica todo aquello habría de incidir en los contactos y los negocios de su banco con Cuba. Su sorpresa fue aún mayor cuando comprobó que era una rusa la que al parecer manejaba la situación, y no se ocultaba para demostrarlo.

—Necesitamos el estado de todas nuestras cuentas, como ha explicado el señor Hernández —dijo mirando de soslayo a *Jabao* que asintió con parsimonia— y, además, ingresos, extracciones, saldo, en fin, usted sabe... Aquí está la lista de todas las compañías, en total 82.

Irina le pasó a López Armas la carpeta con la lista de las empresas y corporaciones, y este la tomó en sus manos con cierto escepticismo y estudiada dejadez.

—Bueno... yo no tengo ninguna razón para dudar de ustedes —contestó el banquero—, pero como saben solamente las personas autorizadas tienen acceso a las cuentas.

—En la carpeta tiene los poderes y todo lo que necesita para su trabajo —adelantó Irina, lanzando una mirada que paralizó al banquero—. Todos debidamente firmados ante notario por el director del CIMEX, y los señores Abrantes, Cienfuegos, Piñeiro, y, además, por el mismo De la Guardia, que antes de ser fusilado se mostró conforme con firmar también un poder en el que nos nombran a mí y a Pedro Hernández, como las personas que jurídicamente tenemos acceso a dichas cuentas.

Tatiana, la otra rusa, sacó de su cartera su ordenador portátil Compaq LTE y el disquete con la lista de las cuentas secretas.

—Aquí están los números secretos de las cuentas y nosotros disponemos de las contraseñas para poder acceder a las mismas. Por favor, tenga la amabilidad de colaborar —agregó Irina señalando la pantalla del portátil en la que se podía ver en un intenso verde con fondo negro los números de las cuentas—. Ni usted, ni nosotros disponemos de mucho tiempo.

—El banco tiene que cotejar primeramente estos poderes y ver su legitimidad —respondió el banquero con voz entrecortada—. Como usted debe saber, eso podría demorar un par de días…

Jabao que había permanecido parado en una esquina, próximo a la puerta, la cerró con el cerrojo suavemente, y sacó su Beretta con silenciador. Irina sacó del mismo modo una pequeña Beretta-Jetfire de su bolso. Los tres se pusieron rápidamente unos guantes de goma, con la misma destreza que suele hacerlo un experimentado cirujano.

—Por favor, señor López Armas —dijo Irina—, no haga las cosas más difíciles de lo que son. Y por favor, no se le ocurra tocar el botón de alarma, no se lo recomiendo…

El banquero tragó en seco y dio algunas órdenes a través de su intercomunicador al vicedirector Pedro Serna.

—Además, tenga la amabilidad de pedir todos los documentos legales y no legales que hay en su poder sobre estas empresas, cuentas, lavado de dinero, y todo lo que concierne a nuestros negocios en este país con su banco. ¡Todo! —exigió *Jabao* con un tono neutral, como si estuviera pidiendo una hamburguesa con patatas fritas.

López Armas asintió, y pidió a través del intercomunicador toda la documentación que se le había pedido, convencido de que, si no obedecía, no saldría con vida de su despacho. Minutos después el vicedirector Pedro Serna entró en la habitación portando una abultada carpeta. Era un hombre pequeño y muy delgado Tenía el pelo muy lacio y engomado, todo peinado hacia atrás. López Armas le dio las gracias y le pidió que la dejara sobre el escritorio.

Cuando el segundo hombre del Regions Investments Bank abandonó la oficina las dos rusas se sentaron con agilidad felina frente el ordenador portátil que acoplaron al del director.

—Por favor, escriba su código de entrada —le dijo Tatiana a López Armas señalando el ordenador.

López Armas titubeó unos segundos, pero *Jabao* apretó el frío silenciador de su pistola a su nuca y el banquero exhalando un largo suspiro entrecortado, con manos nerviosas, tecleó su código secreto. Instantes más tarde, Tatiana comenzaba a vaciar las cuentas de Cuba en Panamá. Rápidamente distribuyó los 1,232 millones de dólares entre las cuentas de la Anglo Caribbean Shipping Company, en Londres; la China Caribbean Shipping, en Hong Kong; la Cariberia, en Madrid; la Taíno Shipping, en Bélgica; la Reimor S.A., en México y la Caribbean Enterprises, en Bahamas. Todas ellas empresas controladas por La Habana, a las que añadió el Havanna International Bank en Londres y media docena más de cuentas secretas en los bancos UBS de Zúrich, y el Santander de Madrid. Para blanquear el dinero enviado a las cuentas de dichas empresas se suministraron a las transacciones facturas electrónicas fraudulentas de cobros e inversiones en la Zona Libre de Colón en Panamá. Los dos millones restantes Tatiana los trasfirió a dos cuentas separadas a nombre suyo y de Irina, cada una de un millón de dólares, a una de las sucursales del UBS de Ginebra.

Una vez concluido el traspaso, la rusa copió en su Compaq LTE portátil la información.

Irina comenzó a revisar los papeles comprometedores de la abultada carpeta. Tatiana desconectó su portátil.

—La B & C Shipping and Trading será la única empresa que continuará como antes, aquí en Panamá, además, nada tiene que ver con las empresas mixtas de Cuba —agregó Irina devolviendo los papeles de esa empresa al banquero.

—Bien, como usted diga.

—¿Esto es todo? —preguntó la rusa guardando el resto de los documentos en su maletín. López Armas volvió a guardar en la carpeta del banco el registro de la B & C Shipping and Trading.

—Sí, es todo lo que tenemos: los registros de las empresas ficticias y reales, el resto de la documentación necesaria.

—Será mejor que sea así, señor López Armas, de lo contrario

es muy posible que le pueda suceder alguna desgracia a usted o a su familia. Ya sabe, en estos tiempos…

–Se lo aseguro, señorita… –quiso decir su nombre, pero no se acordó, seguramente era falso, así que no valía la pena ni siquiera llamarla por algún nombre.

Irina hizo una señal a *Jabao*, quien, sin mover un solo músculo, disparó a la sien del banquero volándole los sesos. López Armas quedó sentado en la misma posición. Sin tiempo para quejarse, tampoco pudo darse cuenta de que iba a morir. Los restos de su cerebro se pegaron a la pared y la sangre comenzó a correr por el impoluto cuello de su camisa.

Tatiana se encaminó rápidamente a la puerta e Irina la siguió en silencio. *Jabao* guardó la pistola y se cercioró de que el banquero estaba muerto. Después abrió una caja de Cohíbas Espléndidos sobre la mesa, manchada por la sangre y la sustancia gris del cerebro del banquero, guardándose en el bolsillo interno de su chaqueta media docena de los codiciados puros. Una sonrisa de satisfacción iluminó su rostro.

Antes de abrir la puerta se quitaron los guantes de goma que Irina guardó en su portafolio. *Jabao* usó un pañuelo para abrir el pomo de la puerta que limpió cuidadosamente para no dejar huella alguna.

La secretaria, de espaldas a la puerta, al escuchar sus pasos se volvió cortésmente para despedirse y ellos contestaron amablemente el saludo.

Abajo, en la calle lateral, en dos coches con cristales tintados, con las armas automáticas preparadas, estaba el resto del comando X-20 listo para intervenir si hubiera sido necesario.

Aeropuerto Internacional José Martí,
La Habana, la noche anterior, 9 de diciembre, 20:25 horas

Javier se sentó en uno de los incómodos asientos de la terminal, cerca de los otros pasajeros. Por lo que pudo apreciar a simple vista la sala de tránsito del aeropuerto no había cambiado mucho en los últimos 20 años, pintada en un azul añil fuerte, más descuidada de la que recordaba. Según había comunicado la azafata permanecerían unos 45 minutos en tierra antes de volver a abordar el avión. En Barajas había reservado pasaje para el primer vuelo de American Airlines a las 9:25 a.m. desde Santo Domingo a Miami. Evitaba así un imprudente vuelo directo a Washington desde República Dominicana.

Miró su reloj, aún faltaba más de media hora para subir a bordo nuevamente. En uno de los bolsillos del pantalón encontró el papel que le había escrito la joven alemana con su teléfono y dirección en Fráncfort. ¿Volvería a verla? Seguramente no. Tampoco pensaba que había sido alguien que tenía la misión de vigilarle. ¿Por qué? No había razón para exagerar, ya bastaba con la paranoia normal de la profesión. Mario había exagerado seguramente por lo nervioso que estaba. Era lógico.

Un inmenso retrato de Fidel Castro subido a la cima de una montaña, vestido con su uniforme verde oliva, con un fusil con mira telescópica al hombro, dominaba el recinto. Era increíble, estaba en Cuba; de repente, sin siquiera haber tenido tiempo para pensárselo. Al parecer las cosas en la Isla seguían igual. Le hubiera gustado salir afuera, estar un par de días de incógnito en su país de origen. Por ahora no era posible. Sentía cansancio, pero estaba más tranquilo, y poco a poco había recobrado el sosiego y la tranquilidad.

La fría luz de los tubos de neón lanzaba extrañas sombras sobre los viajeros en tránsito que en silencio se acomodaron lo mejor posible en sus asientos. Javier decidió permanecer despierto, tratando de ordenar sus pensamientos, recordando los puntos más importantes del plan que había trazado con Paredes durante el viaje. Las horas de trabajo, a pesar de los inconvenientes para poder comunicarse y discutir a fondo una estrategia, habían servido para establecer las bases de una comunicación futura: incluyendo alternativas de emergencia y hasta un plan preliminar para sacar, si era necesario, a Paredes y su familia de Cuba. Paredes le había proporcionado más información sobre CIS y llevaba, además, una prueba irrefutable de que Mario tenía razón cuando les había advertido de que había un topo cubano en una de las agencias de inteligencia estadounidenses. Esperaba que la información fuera suficiente para tranquilizar a los paranoicos de la seguridad de la CIA que en estos momentos, probablemente, estaban pidiendo a gritos su cabeza en bandeja de plata. Toda la información escrita que le proporcionó Paredes la había destruido previamente en el avión y contaba solamente con las notas que había trascrito en clave en el papel auto destruible que llevaba

135

oculto en el doble fondo de su maletín de viajes, y en su mente. Había tomado todas las medidas de seguridad posible antes de descender del avión. Sabía que tanto Paredes como él se estaban jugando la vida en esos momentos.

Una pareja de agentes del Ministerio del Interior, vestidos en sus habituales uniformes verdes oliva se paseaba lentamente entre los viajeros en tránsito. Seguramente, desde las cámaras estratégicamente situadas en el recinto, la policía política también les observaba en silencio. Javier trató de ignorarlos.

Panamá, Hotel Miramar Inter-Continental, 10 de diciembre

Irina y Mike estaban desnudos en la cama. Ella se entretenía en jugar con el mechón que solía caerle a él sobre la frente. Tenían los cuerpos unidos, las piernas trenzadas y los bellos senos erectos de la rusa trataban de seguir provocando al cubano que había perdido su interés sexual en aquel momento y estaba más interesado en saber lo que había pasado con los dos millones de dólares que habían desaparecido de las cuentas del Regions Investments Bank.

—Yo también me sorprendí —dijo Irina— cuando Tatiana me lo contó. Claro que no teníamos mucho tiempo, sólo tomé nota, mentalmente.

—¿Adónde fueron a parar?

—Ni idea —respondió la rusa—. Lo mejor será hablar con Tatiana, ella es la que tiene toda la información —dijo acariciando el cuerpo del agente cubano—. Vamos a disfrutar ahora, y a celebrar el éxito de nuestra primera operación, juntos.

Irina lo abrazó y lo besó con deseo y siguió besándole todo el cuerpo hasta llegar a sus extremidades inferiores. Mike la detuvo con su brazo.

—No, por favor, —dijo parando en seco a la rusa—, tenemos que ver este problema. Nos queda muy poco tiempo.

Irina molesta por la actitud del cubano se levantó rápidamente y se fue a duchar. El agente del DI permaneció absorto en la cama en sus pensamientos hasta que la rusa salió del baño cubierta por una toalla de felpa blanca. Mike se levantó y guardó en su maletín el disquete que Irina le había dado anteriormente con toda la información nueva de las cuentas y las transacciones realizadas que Tatiana ya había manipulado para que no se advirtiera adónde habían ido a parar aquellos dos millones de dólares.

—¿Los papeles comprometedores que había en el banco, y la carpeta que te di, los tienes contigo?

—Eso creo —contestó la rusa que tiró la toalla al suelo y quedó desnuda frente a él.

—Seguramente el Centro querrá saber lo que ha sucedido —agregó Mike—. Fíjate adónde fue a parar Abrantes por tres millones de dólares que decía no saber dónde estaban.

—Lo más probable es que sean esos señores los que también se han robado esos otros dos millones. ¿Crees que Tatiana o yo, realmente, seamos tan estúpidas para hacer semejante locura? Abrantes era uno de los que también tenían acceso a las cuentas de Panamá, como De la Guardia, ¿no?

Mike asintió y la miró con expresión vacía, como si contemplase la pared.

—Tengo órdenes de que viajes conmigo a Cuba.

Irina se volvió sorprendida y se acercó a la cama adonde Mike había regresado.

—¿Cómo que a Cuba? ¿Desde dónde? ¿Para qué? ¿Por esos dos millones?

—Se había decidido antes, pero, claro, que te van a interrogar sobre el tema —respondió Mike—. Por lo demás, no te preocupes, será un viaje tranquilo. Desde Nicaragua. Tenemos un avión que nos está esperando en Managua —agregó como tratando de tranquilizar a la rusa. No quería que ella tuviera que viajar en contra de su voluntad a Cuba, y, por otro lado, el Centro Principal quería hablar con ella y coordinar la próxima operación.

—¿Y el resto de mi gente?

—*Jabao* está a cargo de la operación de evacuación del comando.

—¡Y yo, a La Habana!

—Así es —respondió Mike—. Esas son las órdenes del Centro del

CIS.

Irina hizo un gesto de desaprobación ya sentada en la cama.

—¿Y cómo va a salir el comando de Panamá? Pensaba que

era la jefa.

—Creo que ya están en un barco camino de Costa Rica. Lo siento.

—Este plan lo conocía *Jabao*… y no me dijo nada —agregó Irina evidentemente molesta.

—No, él tampoco lo sabía, ni los tuyos —dijo Mike—. Tenemos que trabajar de esta forma, Irina. No te preocupes, lo vamos a pasar muy bien en La Habana, ya verás. Es la primera vez que visitas Cuba, ¿no es así?

Irina asintió ligeramente y Mike le acarició el rostro. Lentamente, como una gata mimosa, se volvió hacia él mirándole con sus ojos intensamente azules.

Aeropuerto Internacional de Miami, 10 de diciembre

Javier se subió al monorraíl del aeropuerto que lo llevaría a una de las salas de control de pasaportes. «Bienvenidos al Aeropuerto Internacional de Miami. Asegúrense de que llevan su equipaje de mano», se escuchó por los altavoces en inglés y en español. Era la primera vez que se sentía como un extraño en el aeropuerto de Miami. Nunca se había sentido tan solo. Su boca estaba seca. Hubiese dado cualquier cosa por poder irse a la Calle Ocho y pedir una medianoche y un batido de mamey. ¿Quizá en el aeropuerto? Movió su cabeza negativamente y sintió como el monorraíl se puso en marcha. Todo tan organizado, limpio, brillante. Recordó su entrada a la sala de tránsito sucia y pobremente iluminada del aeropuerto de La Habana. Las puertas del tren se abrieron y salió con los demás pasajeros. Se puso en una cola para pasar el control de inmigración para ciudadanos estadounidenses, la que le pareció más corta, aunque sabía que las menores, invariablemente eran las más largas. Esperó pacientemente a que llegara su turno.

10. Diciembre 10

Mario Paredes había dejado el equipaje en la sala de su casa sin abrir y en el pequeño dormitorio su ropa estaba regada por el suelo. Dormido desnudo en la cama, al lado de Lourdes, su esposa, roncaba plácidamente.

Sonó el teléfono y Lourdes lo tomó aún con los ojos cerrados. Logró incorporarse en la cama y escuchó atentamente.

—Está durmiendo. ¿Desea dejar algún recado? ¿No? Bueno, un momentico...

Lourdes dejó el auricular sobre la mesita de noche y comenzó a despertar a su marido

—Papo, te llaman. Quieren hablar contigo. ¡Mario! Despiértate, chico.

Finalmente, Paredes se despertó y ella le tendió el teléfono.

—Sí... Mario —dijo y escuchó en silencio buscando su Rolex GMT-Master que estaba en la mesa de noche, comprobó que eran más de las 11 de la mañana.

—Recibido. De acuerdo, compañero. Estoy en el Chateau en una hora y media. No se preocupen —dijo y colgó.

—¿Quién era? —preguntó Lourdes, sabiendo de antemano la respuesta, con aire de resignación.

—Los compañeros... —agregó Mario disculpándose, al tiempo que siguió restregándose los ojos.

—¿Te vas a quedar mucho tiempo en Cuba? —Lourdes le abrazó y le besó con pasión—. Dime que sí amor, todo es tan difícil cuando no estás aquí.

—No lo sé —respondió mirándola con pena, acariciando su pelo y depositando un breve beso en su boca.

La voz de una niña y la de una mujer mayor interrumpió la conversación de la pareja.

—Mami, déjala entrar, que ya estamos despiertos —gritó Lourdes.

Paredes y su mujer se echaron rápidamente una sábana encima y en ese mismo momento entró al cuarto una niña de unos cinco años. El rostro de Mario se iluminó al igual que el de la pequeña.

Paredes dejó el Malecón y pasó el túnel del río Almendares, saliendo a la 5ta. Avenida de Miramar en el Lada 2107 que le habían entregado a su llegada. Giró a la derecha por la calle 70 y volvió a tomar derecha en la rotonda donde comienza la 1ra. Avenida. El mar le sorprendió de frente con oleaje fuerte y grandes farallones de agua y espuma que se estrellaban inútilmente contra los arrecifes. Tomó el carril que lleva al Hotel Chateau Miramar y comprobó en su Rolex que todavía tenía a su favor diez minutos para la cita. Los altavoces del cercano delfinario del Acuario Nacional lanzaron una andanada de ininteligibles frases anunciado el próximo *show* acuático cuando ya entraba al hotel.

El ascensor se abrió ruidosamente en el último piso y el mayor Paredes se dirigió con paso lento pero decidido hacia la suite, al final del pasillo. Los amplios ventanales a su izquierda exponían la desnuda erosión del salitre y la endémica falta de mantenimiento; los cristales rotos habían sido reemplazados por pedazos de cartón o madera. En el alféizar del amplio ventanal un plato con restos de langosta era atacado impúdicamente por un ejército de moscas de enormes ojos y alas verdes fluorescentes, un olor a marisco podrido flotaba ofensivo en el angosto pasillo entre el ventanal y las habitaciones.

Una mujer de rostro pequeño, pelo encrespado y descuidadamente teñido de un amarillo azafranado; de caderas exageradamente anchas y dientes grandes, separados, de ratón; con voz aflautada, le dio la bienvenida, y con melindrosa atención lo invitó a que se sentara en el ancho y desmesuradamente largo sofá de formas sinuosas: forrado de vinilo, en un color que rozaba vagamente al marrón claro y que el tiempo había escamoteado sin pudor. La sala de estar de la suite servía a la vez de salón de espera y oficina. Mario declinó amablemente la invitación con falsa modestia y salió al largo balcón, pintado en un rosado intenso y chillón, que rodeaba la suite, para sentir el fresco aire salado del mar cercano y desprenderse de la tufarada de los restos de la langosta del pasillo, incrustada abrasivamente en sus fosas nasales.

En una esquina, una secretaria de piel cobriza y cara de cotorra, con falda demasiado corta para sus huesudas y cortas piernas;

vestida con el uniforme verde oliva de las fuerzas de Seguridad del Estado; siguió escribiendo inmutable en su enorme y tosca máquina de escribir eléctrica germana oriental, que generaba un sonido machacón cada vez que tecleaba sobre el papel. La secretaria lanzaba de vez en cuando una escrutadora mirada a Paredes que, de espaldas, apoyado en el balcón, continúo mirando a unos niños que desafiando el fuerte oleaje se lanzaban alegremente al mar desde los arrecifes que se extendían más allá del azulado muro que bordea el hotel; ignorando, o quizá, despreciando, la solitaria piscina que, vista desde lo alto, parecía más bien un innecesario apéndice del mar.

La mujer de cabello azafranado le brindó café en una pequeña taza que Paredes tomó entre sus regordetas manos. A lo lejos, en la bahía de La Habana un barco cargado de contenedores deteriorados por su abusivo uso, avanzaba lentamente entre las robustas olas dejando tras de sí una huidiza estela blanca de espuma.

El Hotel Chateau Miramar, como muchos de los hoteles habaneros servía para diferentes actividades vinculadas, de una forma u otra, a la omnipresente y omnipotente Seguridad del Estado. En aquel edificio, que mostraba tímidamente la languidez de un estilo *Art Deco* en decadencia; otrora refugio de acaudalados turistas estadounidenses; la Quinta División, más conocida como la Quinta, o Comando de Lucha contra la CIA (CLC), había ocupado varias habitaciones, reservadas para el encuentro de agentes, sobre todos aquellos que en la jerga de la inteligencia cubana se conocían como oficiales legales (OL); es decir, los agentes que como Paredes funcionaban en el extranjero protegidos por su condición diplomática, en los Centros Legales de la inteligencia, como se denominaba a las embajadas de Cuba. Pero también el Chateau servía de cobertura para que la Quinta albergara y diera entrenamiento a algunos de los agentes llamados oficiales ilegales (OI), que carecían de cobertura diplomática y que podían ser cubanos o latinoamericanos reclutados por el Departamento de la DI llamado Movimientos de Liberación, o también a través del Instituto Cubano de Amistad con los Pueblos (ICAP), institución de cobertura estrechamente ligada a la Inteligencia Cubana. La Quinta, además de ser la encargada del espionaje contra la CIA y las demás agencias de inteligencia de Estados Unidos, era la división más secreta de la DI, encargada del trabajo sucio y del entrenamiento de los agentes clandestinos con destino a Estados Unidos.

Por su propia naturaleza, la más reservada división de los servicios secretos cubanos no se encontraba en el Centro Principal de la DI, una torre de los años 50 pintada de índigo, situada en la calle Línea esquina A, en El Vedado, un céntrico barrio residencial de La Habana. La extrema confidencialidad de sus servicios aconsejaba instalarla en otro edificio, pintado de blanco marfil, de unas quince plantas, en esa misma barriada, más anónimo, ubicado en la calle 15 número 252, en los altos de Montecatini, uno de los mejores restaurantes italianos de La Habana, y conocido en la jerga de la inteligencia cubana simplemente como *El Edificio*.

Todas las demás Direcciones Generales del Ministerio del Interior (MININT), incluida la Contrainteligencia (CI), continuaban ubicadas en el edificio central de la Plaza de la Revolución, custodiado por una enorme efigie de hierro del Guerrillero Heroico.

La suite del Chateau donde había sido citado el que fuera, hacía solamente unas horas, el segundo hombre de la inteligencia cubana en Praga, era, en realidad, la oficina de Miguel Torres, coronel del DI, jefe de aquella unidad de La Quinta en el Chateau y, a la vez, el control del mayor Paredes y otros oficiales legales.

Paredes sentía angustia y miedo, aunque sabía cómo disimularlo,
más en aquellos momentos de extrema tensión. De vez en cuando su respiración se entrecortaba, produciéndole un fuerte dolor en el centro de su caja torácica. Pensó en su hija, en su mujer. Hacía más de un año que no las veía. Ahora estaban con él. «Cuánto había crecido la niña», pensó. Volvió a sentir las náuseas padecidas en los últimos meses, hastiado de aquel mundo de mentiras en el que se veía forzado a vivir.

—Mario, adelante —dijo con voz fuerte el coronel Miguel Torres, más conocido como agente Jorge, de pie ante la puerta-ventana de la terraza, invitándole a que pasara a su despacho, con un ligero gesto que apoyó en una leve sonrisa.

El agente Jorge era un hombre de unos cincuenta años, blanco, calvo, con algo de barriga y con unas gafas cuadradas, demasiado grandes para su rostro. Tenía la típica camisa blanca por fuera y un pantalón holgado de color azul; en su muñeca el Rolex GMT-Master de rigor, uno de los más sacrosantos símbolos de poder que confería el régimen.

Mario cruzó rápidamente la sala de estar donde la secretaría seguía escribiendo absorta en su máquina y entró en la habitación.

—Que tal, Jorge. ¿Cómo estás?

—Bien *brother*, aquí en la lucha. ¿Y tú? ¿Cómo te fue en Praga? —dijo cerrando la puerta con cautela detrás de sí.

Mario sonrió sentándose en la silla que Torres le señalaba. La habitación era espaciosa y, aunque poco amueblada, conservaba aún en sus paredes los melancólicos restos del lujoso dormitorio que había sido en otras épocas.

—No me puedo quejar —dijo moviendo la cabeza de un lado al otro.

—¿Todo bien? Pudiste encontrarte con la gente en Madrid, he oído.

—Sí, todo salió bien en Madrid.

Se hizo un silencio, como si de repente no tuvieran nada más que hablar. Mario paseó su vista por la habitación convertida en oficina. El escritorio parecía ser otra reliquia histórica de la *Belle Époque* importado probablemente a Cuba a través de Nueva York, a finales de los años veinte. El amplio ventanal estaba cubierto por una vieja y descolorida cortina por donde se filtraba en diminutas cascadas la intensa luz del Caribe, dándole a la estancia un cierto aspecto fantasmagórico.

Torres se sentó frente al escritorio y Mario paseó la vista por la estancia. En una esquina, un par de armarios cerrados eran testigos silenciosos de las conjuras que se habían fraguado en aquella habitación y desde una foto descolorida un Fidel Castro joven, recién llegado a La Habana de la Sierra Maestra en 1959, con mirada inflexible, parecía vigilarlo todo.

—Bueno, como sabrás, ha habido cambios —dijo Torres adoptando una expresión grave.

—A decir verdad, tengo poca información, casi nada —respondió Paredes como disculpándose—. Únicamente lo que sale en el *Granma* y lo que se comenta entre los compañeros… Pero nada oficial.

—Ha habido grandes cambios, podríamos decir —agregó Torres rascándose levemente la oreja derecha, reflexivamente—. El general Jesús Bermúdez Cutiño, que, como recordarás, era el jefe de la inteligencia militar, es ahora nuestro jefe, el MX, como se le llama oficialmente. Además, hemos cambiado de nombre, ahora somos la Dirección de Inteligencia, DI, sin lo de General –dijo y se sonrió de su propio comentario.

Mario escuchó sin decir palabras, Torres continuó:

–Estamos en una fase de reestructuración –agregó e hizo una breve pausa para estudiar la reacción de Mario que no movió ni un solo músculo–. Numerosos oficiales han sido trasferidos, otros retirados. Hay muchos cambios y todavía no han terminado.

Torres había sido toda su vida un personaje extraño, al cual nunca nadie se le había podido acercar lo suficiente. Que era amigo personal y hombre de confianza de Raúl Castro, eso era lo único que se sabía con certeza. Invariablemente ligado a operaciones que la mayoría de las veces permanecían fuera de los radios de acción de los distintos jefes que había tenido la inteligencia cubana.

–Sobre tu futuro no te puedo decir mucho, ahora mismo…
–expuso con un gesto, como lamentándose–. Una cosa si te puedo adelantar –agregó mostrando una tenue sonrisa– ni estás entre los que han sido dado de baja ni regresarás a Praga –hizo una pausa para mirar detenidamente a Paredes–. Creo que hay buenos planes para ti. Por lo pronto, sigues perteneciendo a La Quinta y yo sigo siendo tu jefe y control.

Mario asintió obediente, como un chico al que el maestro le informa que superaba el año escolar.

–Lo de Praga, no lo lamento, todo lo contrario –respondió Mario al ver que Torres había hecho una pausa para saber lo que él pensaba–. Estar de nuevo en mi patria, en estos momentos, es importante para mí, muy importante –agregó mirando a Torres agradecido, con su cara redonda y lisa iluminada por una sonrisa.

–Creo que lo mejor es que vayas al MINREX, donde te darán de baja oficialmente del servicio diplomático, para hacer las cosas bien hechas, y tómate un par de días de vacaciones con la familia en Varadero. Ya te llamaremos –dijo poniendo ambas manos encima de los brazos de su silla y haciendo el gesto de levantarse. Mario reaccionó inmediatamente y se puso de pie primero.

–Muy buena sugerencia. ¿Es todo?

–Así es. Vete a Varadero, en serio, tenemos un buen lugar para descansar, habla con mi secretaria –agregó el coronel Torres.

Javier pasó el control de pasaporte y se dirigió a las consignas para recoger su equipaje antes de ir a sacar la tarjeta de a bordo de su vuelo a Washington. Le quedaba bastante tiempo: su avión no saldría hasta la 1:15 p.m.

Al salir, después de pasar por un pasillo, dos hombres de traje negro con clásicos Ray-Bans Aviator, lo detuvieron mostrando sus credenciales de la CIA.

–Señor, por favor, nos puede acompañar... Por aquí –dijo uno de los hombres y abrió una puerta cerrada al público.

Javier asintió y siguió detrás de ellos sin decir palabra.

Salieron al exterior, aún dentro del recinto del aeropuerto. Un Ford negro con los cristales tintados les estaba esperando. Javier se sentó detrás, con uno de los hombres, y el otro se sentó delante, al lado del chofer.

–¿Y mi equipaje? Tengo que recoger mi equipaje.

–No se preocupe, señor. Lo recogerán –dijo uno de los agentes en tono persuasivo.

El coche se dirigió a un lugar apartado del aeropuerto en el que había varios reactores privados. Se detuvo en el tercero. Javier subió la escalerilla. El día era soleado y el sol reflejaba sus rayos en los cristales de las ventanas del avión cegándole momentáneamente al subir al aparato. Distinguió una figura en uno de los cuatro asientos dispuestos alrededor de una mesa que ocupaba prácticamente todo el centro de la nave, pero no pudo identificar quién era.

–¡Bienvenido a los Estados Unidos! Ven aquí... siéntate... ¿Cómo te fue por La Habana?

Javier reconoció con alegría la voz y se sentó en el asiento más próximo tratando de adaptar poco a poco sus ojos a la penumbra del avión. Colin se acercó estrechándole fuertemente la mano.

–Espero que tengas buenas excusas, porque me temo que las necesitas...

Cárdenas, Provincia de Matanzas, Cuba,

El sol era intenso, tanto que Lil se detuvo y dejó la carretilla cargada de arena a un lado para secarse el sudor. Llevaba una camiseta con las banderas de Cuba y la RFA estampadas sobre un letrero, *Solidaridad con Cuba*, y unas bermudas sucias. Tomó agua de su cantimplora y continuó con la carretilla hasta donde otros jóvenes alemanes atendían una destartalada mezcladora de cemento.

Con una pala se puso a mezclar la arena con el cemento cuando tocó una campana. Era la señal para almorzar.

—¡Finalmente! —exclamó uno de los alemanes tomando a Lil por los brazos.

Ambos se dirigieron hacia el improvisado refectorio donde un par de cubanas mestizas y muy rollizas habían preparado un rancho compuesto de arroz, frijoles negros y picadillo, que servían en unas gastadas bandejas de aluminio. Lil y su acompañante se pusieron en la fila que comenzó a crecer rápidamente. Además de alemanes había jóvenes de Suecia y Finlandia.

Se sentaron con algunos del grupo alemán con el que habían viajado y comenzaron a comer haciendo algunos chistes y una que otra conversación más seria.

Cuando casi habían terminado se acercó a la mesa una cubana, al parecer responsable del grupo, ya que llevaba puesta una camiseta igual a la que tenían Lil y los otros alemanes.

—Compañeros, deseo recordarles que esta noche tenemos un acto de confraternidad con ustedes y de solidaridad con Angola y Nicaragua —indicó la mujer balbuciendo cada palabra que apoyaba con un tic nervioso que la obligaba a mover la cabeza hacía el lado izquierdo. Era más bien delgada y con la cara llena de arrugas, quemada por el sol del trópico.

Lil tradujo. Era la que mejor hablaba el español de su grupo.

Los jóvenes alemanes asintieron, preguntaron la hora y el lugar de la reunión y la mujer dejó un papel a Lil con todos los datos y se fue a otras mesas con el mismo propósito.

—¿Quieres ir, Lil? —preguntó la amiga con la cual había viajado en el avión y que también estaba en la misma mesa.

—Por supuesto —agregó Lil con una amplia sonrisa.

El reactor de la CIA, un Gulfstream, encendió sus dos motores de cola. Javier miró a Colin con sorna.

–¿Qué?, ¿los paranoicos del OS pensaron que me iba a asilar en Cuba? –dijo Puig lanzando una carcajada.

–Así parece... así parece –respondió el jefe del Departamento Cuba de la CIA–. Pero supongo que ahora estarán más tranquilos. Te vine a buscar porque tenemos que hablar antes de aterrizar en Langley. Están deseosos de saber lo que ha pasado, por ello es mejor aprovechar el viaje para prepararnos.

Una azafata se acercó y les preguntó si querían tomar algo.

–Un wiski doble y algo para comer –dijo Javier.

–¿*Scotch*?

–Si tiene wiski de malta, ¿Glenfiddich...? mejor, por favor.

Colin pidió una copa de vino *chardonnay* californiano.

El reactor comenzó a rodar hasta la pista de despegue y todos se ajustaron el cinturón de seguridad.

Colin se quedó mirándole, había en su mirada admiración y al mismo tiempo preocupación. Javier asintió, como adivinando los pensamientos de su jefe.

–Viajamos juntos hasta La Habana para poder trabajar unas horas más... No tuve tiempo para llamarte desde la Embajada, y no me atreví a hacer una llamada no segura desde el aeropuerto –explicó Javier.

–¿De qué parte está?

–De nuestra parte –dijo Javier escuetamente.

La azafata regresó con los tragos

–Les serviré un refrigerio después del *taken off* –dijo la chica en su acento neoyorquino antes de regresar a su asiento de cola.

–Bien, vamos a brindar por tu regreso ¡Salud! –dijo Colin. Javier chocó levemente su vaso con su copa.

El avión llegó al final de la pista y se escuchó el rugido de los motores. Momentos más tarde el Gulfstream despegaba suavemente, alejándose velozmente entre las nubes.

La Habana, Línea y A, Vedado, Dirección de Inteligencia (DI),
10 diciembre, 16:00 horas

Las oficinas del general Jesús Bermúdez Cutiño, el nuevo MX, en el Centro Principal de la DI, estaban situadas en el último piso de un antiguo edificio de apartamentos construido en la década de los cincuenta del siglo pasado, en la esquina de Línea y A.

Directamente bajo las órdenes del MX estaban el teniente coronel Martín Rodríguez, alias Mike, y el coronel Miguel Torres, alias agente Jorge, que había sido recientemente ascendido a responsable de los enlaces entre la DI y el CIS.

Los tres hombres estaban sentados frente a una amplia mesa de reuniones en el despacho de Bermúdez Cutiño, sentado con los pies puestos sobre la mesa; Torres fumando un *Romeo y Julieta* y Mike tomaba tranquilamente un café. Bermúdez Cutiño y Mike vestían sus uniformes verde oliva con sus grados en color negro de general y teniente coronel, respectivamente, en el cuello de las camisas y portando sus Heckler & Kock USP Compact, calibre 45, enfundadas en sus pistoleras negras reglamentarias. Torres vestía de civil.

—¿Dónde está la rusa? —preguntó el MX.

—En el Riviera —respondió Mike.

—¿Y el resto del comando? —inquirió Cutiño.

—Están a bordo de un barco mercante con bandera liberiana rumbo a Puerto Limón, Costa Rica. Permanecerán en ese país esperando nuestras órdenes —añadió Torres—. *Jabao* se quedó en Panamá para concluir el negocio con las FARC.

—Excelente —agregó el MX, Bermúdez Cutiño—. Es decir, ¿puedo informar arriba de que el primer operativo del CIS se ha realizado con éxito y que estamos preparando la Operación Ciguaraya?

—Positivo —dijo el teniente coronel Martín Rodríguez.

—¿Y el mayor Paredes, ya está aquí? —preguntó el MX a Torres, bajando los pies de la mesa.

—Sí, hablé con él esta mañana —respondió—. Le he dado un par de días de descanso en Varadero.

—¿Ya se ha realizado el traslado?

—Se está ejecutando su baja oficialmente del MINREX —respondió Torres.

El MX se paseó por la habitación dirigiéndose a la gran ventana que daba al patio interior. En su mesa había un ordenador y en una mesita, al lado de su escritorio cuatro teléfonos. En la pared principal, un gran mapamundi, y en la otra, un mapa de Cuba. Una caja fuerte negra y sombría estaba situada en un rincón, cerca del escritorio, y un televisor con un reproductor de vídeo en un aparatoso mueble de madera. Por lo demás, la habitación era bastante ascética.

—¿Qué me dices de la rusa? —preguntó el MX a Mike.

—La operación de limpieza en Panamá la manejó de una manera impecable.

—¿Y esos dos millones que faltan?

—Muy temprano para decir algo —respondió Mike rascándose la cabeza—. Vamos a tenerla en la mira, pero lo cierto es que esos dos millones también pudieron desaparecer en tiempos de Tony, incluso Pepe Abrantes podría haber estado comprometido, pero eso es harina de otro costal —respondió Mike y Torres asintió, mientras el MX no parecía muy convencido—. Si resulta que ha sido ella, la otra rusa o las dos... ¡que se preparen!

—Abrantes dice que no sabe nada de ese dinero —respondió el MX mientras hacía un gesto con la mano como no queriendo oír lo que pensaba hacer Mike con Irina y Tatiana en caso de comprobarse que fueran ellas las que se habían robado los dos millones de dólares de las cuentas de Panamá.

—Tenemos que llegar al fondo de ese asunto, compañeros. *Furry* está cabrón por eso —agregó Bermúdez Cutiño—. ¿Tenías algo más? —inquirió dirigiéndose a Miguel Torres.

—Sí, estoy trabajando ahora en la reorganización de los ilegales y, además, tratando de reclutar extranjeros, tanto para nosotros como para CIS.

—¿Qué has logrado?

—Tengo información de que hay un grupo de trabajadores internacionalistas alemanes, suecos y finlandeses que han venido a construir una escuela, y creó que entre ellos hay algunos que nos podrían interesar —agregó Torres mirando de soslayo a Mike que asintió—. Al menos podríamos ver si realmente valen la pena. Hay una chica que me ha informado podría ser lo bastante interesante como para tratar de captarla para la Operación Ciguaraya. Pertenece a una familia judía alemana de mucho dinero, pero con un historial interesante para nuestra operación. Okupa, ha militado en grupos maoístas y anarquistas en Fráncfort... Quizás podría ser la persona que estamos buscando…

–¿Hay todavía judíos con mucho dinero en Alemania? –preguntó Mike con un gesto de guasa.

–Sí, algunos… Estos en realidad no son judíos practicantes, pero tienen dinero –agregó Miguel Torres.

–Me parece bien. Métele mano, compañero. Quizá Mike puede darte una manita, ya que es experto en ese tipo de operaciones de captación con las féminas… Pero tengan cuidado con el Mossad

Los tres sonrieron.

–Bueno, me disculpan, pero tengo cosas que hacer. Lo de Mike, lo dije en serio… –agregó el MX levantando el dedo índice en dirección al teniente coronel Martín Rodríguez.

Entre Miami y Washington, 10 de diciembre 14:05 horas

Colin y Javier estaban sentados uno al lado del otro en unos asientos en la parte trasera del avión conversando en voz baja. Colin jugaba con un cigarrillo sin prender en sus labios, ya que estaba prohibido fumar en el vuelo.

–Todo lo que me explicas es muy importante, pero ¿cuál es esa prueba que dices tener de que existe un topo en una de nuestras agencias? –preguntó Colin visiblemente preocupado.

–Los cubanos saben que Estados Unidos planean dentro de poco una invasión a Panamá –Javier miró a Colin con una sonrisa casi de triunfo–. Esa información según nuestro "hombre de Praga" ha sido facilitada por el doble agente cubano.

–¿Estás seguro de lo que dices? –inquirió Colin sorprendido.

–Por supuesto. Él no tiene pruebas concretas, pero me dijo que personalmente piensa que el topo está en el Pentágono.

Colin no respondió de momento, hizo una pausa y suspiró hondo.

–Me lo imaginaba, pero no lo sabía –dijo esbozando una de aquellas sonrisas que terminaba siempre trocándose en muecas.

–¿Qué cosa?

–La invasión –contestó Colin evidentemente preocupado por lo que Javier le acaba de comunicar.

–Ahora bien, si queremos descubrir al topo, lo tenemos que hacer con mucho cuidado, porque podemos perder a nuestro hombre si damos un mal paso –le dijo Javier a Colin casi en un susurro–. Creo que debes tener al jefe de Operaciones al tanto de todo esto, por supuesto, pero que, a partir de ahí, tú tienes que tener el control absoluto de la investigación. De lo contrario ni él ni yo continuaríamos trabajando con ustedes.

–¿Cómo?

–Así como te lo digo. Le he dado mi palabra y la voy a cumplir. Es un amigo y, además, está arriesgando la vida. Es lo menos que puedo hacer. ¿Comprendes?

Colin asintió y apretó sus finos labios.

–¿Y de la operación en Panamá? ¿Qué más te dijo?

–Él no sabía mucho más, sólo informó al comando del CIS, al que llaman X-20, que pasó por Madrid hacía Panamá, las órdenes que había recibido del Centro Principal de La Habana, me dijo. Ahora bien, lo que sí está claro es que ese operativo será ejecutado, o quizá ya haya concluido.

» Alguien los estaría esperando en Panamá o Colombia para darles más información. Cree que es una operación previa a la invasión estadounidense y que, probablemente, se trate de una operación para sacar todo el dinero que aún tiene Cuba en Panamá; ya sabes, el dinero de la droga, la venta de armas, y seguramente para limpiar las huellas de los contactos de Cuba con Noriega, Pablo Escobar y las FARC antes de que desembarquen los yanquis –hizo una pausa, como recordando–. Según él, Raúl Castro diseñó y ejecutó la purga posterior a la causa 1/89 contra Ochoa y los mellizos De la Guardia, y posteriormente la causa 2/89 contra Abrantes, para salvar así su propia reputación internacional y la de su hermano; pero le ha servido también para concentrar más poder a su alrededor –miró a Colin que le devolvió la mirada acompañada de una sutil sonrisa–: Raúl Castro ha defenestrado a todos aquellos que no comulgan con él, poniendo a sus hombres en los puestos clave, haciéndose con nuevas parcelas de poder – calló para tomarse un sorbo del wiski que la azafata había vuelto a llenar en su vaso después de servir unos sándwiches de jamón y queso–. Todos los fusilados y los que estaban metidos en ese escándalo de la droga eran gente de confianza de Fidel, y, según nuestro "hombre de Praga", también habían metido bastante las dos manos.

–¿Qué más te dijo con respecto al CIS y los comandos que se

están preparando?

–Lo interesante es que el primer comando, el X-20, por cierto, siempre esa obsesión con las X, está compuesto por cubanos y rusos, y, lo más increíble, el jefe del comando es una rusa, secundada por una experta en comunicaciones e informática. Dos rusos hombres, tres cubanos, dos rusas. El segundo al mando del X-20 es un agente conocido por ustedes, *Jabao*, me dijo.

Colin asintió y se frotó las sienes con sus dedos índices.

–¿Confías en él?

– Totalmente, cien por cien ¿Y tú confías en mí?

–Por supuesto. ¡Cien por cien!

–¿Confían en mí en Langley?

–Eso está aún por ver, pero creó que no habrá problemas. Con las muestras que traes no creó que ni siquiera el más incauto podría desconfiar de ti, y de nuestro amigo…

–Eso espero –agregó Javier haciendo una pausa–. Hay algo más que quiero hablar contigo. Antes de salir para Madrid, después de la prueba con el polígrafo, recibí en la habitación del hotel una extraña visita, Felipe Ramos.

Colin se le quedó mirando sin saber qué decir.

–¿Cómo? ¿Y qué coño te dijo *El Tigre*?

–Está al tanto de la *Operación Goofy* y quiere que se le mantenga informado. Dice que es el contacto entre el exilio y la Compañía, y que mi información puede ser muy importante para terminar de una vez y por todas con Fidel.

–¿Y qué le dijiste?

–¿Qué le iba a decir? Que hablara contigo, que yo no estoy autorizado para hablar con nadie sobre las operaciones en las que estaría supuestamente trabajando.

Colin asintió y mordió con rabia el filtro de su cigarrillo sin encender.

–La próxima vez que se aparezca le dices que se deje de intrigas, y que venga a hablar directamente conmigo. Lo único que quiere es poder.

–Ya lo sé, pero está conectado con la gente de arriba…

–Sí, pero este es un país democrático, con leyes, y el que no las cumpla, sea quien sea, va a parar con sus huesos a la cárcel. No te dejes amedrentar ni un segundo.

–Tengo miedo, sobre todo, por nuestro "hombre de Praga". Esa información no puede llegar a ellos, de ninguna manera. Su vida corre peligro. ¿Cómo es que sabe tanto sobre nuestra operación?

–No sé... Voy a ver lo que puedo hacer... –agregó preocupado–. Lo más importante es, diga lo que diga *El Tigre*, que tú te mantengas fuera de ese juego...

Javier asintió recostándose en su butaca dispuesto a descansar, pensando que la conversación había terminado. Se hizo un largo silencio interrumpido por Colin:

–Por cierto, todo concuerda –dijo como distraído, a punto de revelar un pensamiento que le rondaba desde que Javier mencionara la operación de Panamá.

–A qué te refieres –preguntó Javier extrañado.

–Nada... que antes de salir para Miami me llegó un cable de la Estación de Panamá informando de un asesinato al director de un importante banco panameño esta mañana. Según la información fueron dos eslavas y probablemente un cubano los ejecutores. Esto concuerda con el informe que me has dado sobre el operativo del comando X-20 en Panamá.

11. Diciembre 10

Irina estaba en la cafetería del hotel, comiéndose un boca-dillo y tomando una cerveza cuando Mike llegó y se sentó a su lado.

—¿Qué tal el bocadillo? —preguntó Mike con tono despreocu-pado.

—No sé. Está hecho con una pasta que no tiene ningún gus-to... —dijo lamentándose la rusa.

Vestía bluyines y una blusa sin mangas de color amarillo claro.

—¿Tienes noticias de Tatiana y los demás? —preguntó Irina, bebiendo la cerveza.

—No, pero sé que están camino de Costa Rica. Todo parece que va bien. —Mike la miró provocativamente. La rusa estaba sin sostén y sus pezones se marcaban en la ajustada blusa— ¿Cómo la estás pasado? —preguntó con tono de hombre que lamenta ha-berla dejado sola.

—Bastante aburrida, pero he pasado por situaciones aún peo-res —dijo sonriendo lascivamente—. Aún no me has dicho la razón por la cual he tenido que acompañarte a tu querida isla. Pensaba que tenía cosas más importantes que hacer en lugar de estar en este hotel comiendo esta porquería de bocadillo y esta cerveza tibia.

—Perdóname por haberte dejado sola tantas horas— dijo Mike sonriendo con sorna.

—No, si no lo digo por ti. Eres un buen polvo, pero nada más —agregó Irina con ironía—. Lo digo porque me parece un poco absurdo y bastante arriesgado eso de venir ahora a Cuba.

—Irina, fueron órdenes. Nada personal. Desean hablar conti-go. Te quieren encomendar una misión especial, pero han surgi-do algunos problemas y quieren estar seguros. Eso es todo.

—¿Qué problemas?

—Ya sabes... Esos dos milloncitos que desaparecieron de las cuentas de Panamá, por ejemplo.

—¿Qué culpa tengo yo de eso? —dijo con aire molesta al tiempo que miraba a Mike con ojos desafiantes.

—Los compañeros están trabajando en eso ahora mismo. Hay que ver dónde se ha metido el dinero. No hay rastro. Abrantes dice que no tiene nada que ver. Así las cosas…

—Y los otros que pudieran contestar a esa pregunta ya han sido fusilados —agregó Irina, aún más desafiante.

—Si sabes algo, debes decírmelo. Por ejemplo, si confías en Tatiana cien por cien —dijo Mike en tono conciliador, casi confidencial—. Fue ella la que hizo las transacciones con su ordenador, ¿no?

—Las hicimos juntas, claro que no entendí todos los pasos y rodeos que ejecutó con su ordenador. Es muy rápida y no soy, además, una experta como ella. Pero… sí, confió en ella.

—Sería mejor para ti que digas la verdad —dijo en un tono amenazador—. Creo que te van a someter a un interrogatorio, si no te es molestia.

—No, por favor. Es más, te pido que sea lo antes posible para terminar con este incómodo asunto de una vez, y poder dedicarnos a nuestro trabajo, que creó es mucho más importante que estar buscando chivos expiatorios en estos momentos. ¿No lo crees?

—Sí, eso creó también. ¿Me acompañas? —le dijo haciendo un gesto gentil mientras se ponía en pie.

—Por supuesto —dijo ella secamente.

Mike le hizo un gesto al camarero para que pusiera la nota en la cuenta de la rusa.

Mike presentó brevemente a Irina al doctor Vega cuando entraron a una habitación del piso 10 del Riviera, donde el psiquiatra los estaba esperando flanqueado por dos enfermeros. Más que una habitación de hotel, el lugar parecía la sala de un hospital. En un rincón había dos mesas de metal con diversos tubos de probetas, canulillas y jeringuillas. La cama era igualmente de hospital. Todo estaba cerrado y las ventanas cubiertas con gruesas cortinas negras. La iluminación era pobre, sólo una lámpara en un pequeño escritorio le daba luz al lugar.

—Compañera —dijo el médico sonriéndole afectuosamente—, lo que vamos a hacerle no es peligroso, ni duele. Simplemente vamos a hablar con usted en un entorno relajado, sin presiones;

usted se va a sentir muy bien y nos responderá algunas preguntas. Eso es todo. Para ello vamos a inyectarle un sedante. ¿De acuerdo?

Irina miró a Mike, al médico y finalmente de reojo a los dos enfermeros. El médico le indicó que se acostara en la cama. Ella asintió.

Uno de los enfermeros le tomó el brazo derecho y le buscó una vena propicia para ponerle una inyección intravenosa. Irina no parecía nerviosa, todo lo contrario.

—Espero que tengan la autorización de mis superiores para hacer lo que están haciendo.

—No te preocupes, es algo normal por lo que pasamos todos, más tarde o más temprano —dijo Mike, como tratando de restarle importancia a la situación.

Cuando el líquido comenzó a entrar en sus venas, Irina sintió primero un calor abrasivo que le subió por todo el cuerpo hasta el cerebro. Después, poco a poco, cerró los ojos y sus músculos se relajaron. Su respiración se hizo pausada y tranquila. Le tomaron la presión y comprobaron que su corazón latía normalmente.

Entretanto se hacían todos los preparativos, Mike y el doctor Vega se fueron a un extremo de la habitación y conversaron en voz baja.

—No es necesario que estén los enfermeros cuando hagamos el interrogatorio.

—No, por supuesto. Solo permaneceremos aquí usted y yo con la entrevistada.

Diez minutos más tarde uno de los enfermeros se acercó al doctor Vega para anunciarle que la paciente estaba lista.

Irina yacía en la cama con las muñecas y los tobillos sujetos por sendas correas de cuero. El doctor Vega se le acercó y le golpeó ligeramente en el rostro. Ella no reaccionó.

—Irina, ¿me oyes?

Lentamente la rusa movió sus labios. Quiso decir algo, pero no pudo.

—Irina, estás ahí, ¿me escuchas?

La mujer movió la cabeza afirmativamente y balbució algo.

—Dentro de unos minutos se estabilizará y comenzará hablar correctamente. Es el efecto de la psicobilina. Es normal —le dijo Vega a Mike.

Los enfermeros salieron del cuarto a una señal del doctor

Vega, quien agregó que permanecieran en la habitación contigua en espera de nuevas órdenes.

–¿Irina, me escuchas? –dijo Vega pausadamente.

–Sí –dijo la rusa claramente.

–¿Será usted o yo el que haga las preguntas? –quiso precisar Mike.

–Prefiero que sea usted, compañero Mike –respondió Vega.

–¿Irina, me oyes? –preguntó Mike.

–Sí.

–¿Qué pasó en Panamá?

–Todo salió bien. Todo.

–¿Confías en Tatiana?

–Sí.

–¿Confías en *Jabao*?

–Sí.

El médico tomó el pulso de la rusa e hizo una señal a Mike de que todo iba bien, que prosiguiera.

–¿Dónde se metieron esos dos millones de dólares que faltan, Irina? –preguntó Mike en un tono más fuerte, amenazador.

–Yo no lo sé Mike, no lo sé.

–¿Qué no sabes?

–Dónde están –dijo y volvió a tragar en seco, estaba haciendo evidentemente un gran esfuerzo que el doctor Vega no pasó por alto.

–¿Fuiste tú quien los robó?

–No…

–¿Fue Tatiana?

–No.

El médico meneó la cabeza.

–¿Está diciendo la verdad, doctor? –preguntó Mike en voz baja

–Eso creó. Es muy difícil mentir cuando se está bajo los efectos de la droga.

–Irina, ¿hay algo que me ocultas?

–No.

El médico y Mike se miraron. Mike se alisó el pelo y creyó que no podría sacarle más a la rusa.

–¿Quiere hacerle otras preguntas, doctor?

–Sí, me interesa hacerle otras preguntas.

Mike se apartó y fue hasta el otro extremo de la habitación para encender un cigarrillo.

—Irina —dijo el médico—, ¿Quiénes son tus jefes?

—No lo sé. ¿Mike?

—Irina, ¿trabajas para otro país que no sea la Unión Soviética?

—No.

—¿Cómo se llama la organización a la que perteneces?

—CIS.

—¿Quiénes la componen?

—Nosotros.

—¿Quiénes son *nosotros*?

—Nosotros.

El doctor Vega miró satisfactoriamente a Mike.

—Puede hacerme el favor, compañero Mike, de llamar a mis enfermeros. Creo que este interrogatorio ha terminado.

—Sí, doctor —dijo Mike y salió.

El doctor Vega se cercioró de que el agente cerrara la puerta detrás de sí y esperó aún algunos segundos más. Extrajo del bolsillo de su pantalón una grabadora pequeña y la puso en marcha.

—Irina, dime, ¿fueron tú y Tatiana… juntas las que robaron el dinero? No se lo voy a decir a Mike, quedará entre nosotros —le dijo Vega casi susurrándole al oído en tono confidente—. Confía en mí.

—Sí, fuimos las dos. Pero no se lo digas a Mike, por favor —contestó Irina contrayendo el rostro en una expresión de miedo.

—No, por supuesto. Tú sabes que puedes confiar en mí ¿Dónde está el dinero?

—No lo sé.

—¿Lo tiene Tatiana?

—No.

—¿Sabe ella cómo llegar al dinero?

—Sí.

El médico sonrió y se levantó de su silla, guardándose nuevamente la grabadora en el bolsillo del pantalón. Pocos momentos más tarde entraron los dos enfermeros con Mike y comenzaron a despertar a la rusa.

—Tardará media hora o más en volver en sí. Entre tanto podemos ir al bar a tomar una cerveza, ¿no cree? —dijo el médico a Mike y ambos abandonaron en silencio la habitación.

La reunión había sido convocada por el *DDO,* James Clark, con toda urgencia. Estaban en una de las cámaras subterráneas del viejo edificio de la CIA, a prueba de espionaje electrónico. Presentes estaban, además del propio Clark, Phil Gerber, jefe de la División SE, Howard O'Neill, analista para la América Latina, y Colin.

Una luz roja encima de la puerta blindada del búnker indicaba que los dispositivos para evitar cualquier tipo de espionaje electrónico estaban en funcionamiento.

—Señores, nos hemos reunido aquí por cuestiones de seguridad. Todo lo que se hable está catalogado como material de alto secreto. Solamente el director de la Agencia tendrá de mí mismo la información que necesite, y por supuesto, el presidente, cuando lo estime conveniente —dijo sucintamente el *DDO*—. Nadie más tendrá acceso a lo que vamos a informar y discutir a continuación. Para comenzar sugiero que Colin haga un breve resumen.

Colin asintió ordenando rápidamente las notas que había escrito en el avión cuando viajaba un par de horas antes con Javier de Miami a Washington.

—Cuba espera un ataque masivo estadounidense contra Panamá —dijo fijando su mirada en Gerber y en O'Neill que devolvieron la mirada con una expresión de asombro.

—¿De dónde proviene la información? —preguntó Gerber sin ocultar su sorpresa.

—Se la trasmitió el agente cubano de Praga a nuestro agente de campo, hace 24 horas, —contestó Colin lanzando una mirada rápida y escrutadora a Gerber que se arrellanó inquieto en su butaca.

—¿De dónde sacan los cubanos esa información? —volvió a preguntar el jefe del SE.

—Según nuestro "hombre de Praga", la información proviene de un doble agente infiltrado, al más alto nivel, en una de las agencias de inteligencia de Estados Unidos, aunque él cree que hay que buscarlo en el Pentágono, pero dice que no tiene

159

pruebas, aún –respondió Colin.

Gerber se limitó a jugar con su pipa sobre la mesa, como si estuviera pensando, y sin alzar la vista ni la voz agregó con suspicacia:

–Pero no tiene que ser ciertamente una información que haya sido proporcionada por un supuesto doble agente de Cuba, puede ser también a través de una interferencia de la inteligencia electrónica, *ELINT*, que los cubanos hayan obtenido de los soviéticos, por ejemplo, de la estación de escucha y espionaje electrónico que tienen en Cuba, en Lourdes. ¿No?

–No lo sé, pero no creo que ese tipo de información electrónica pueda ser captada por las parabólicas de los rusos en Cuba, así, tan fácilmente –respondió Colin, mirando de soslayo al jefe del SE.–. Si así fuera, bien jodido estaríamos, ¿no crees? –agregó, al tiempo que acariciaba su quijada con sorna.

–Caballeros, si me lo permiten, voy a comprobar eso inmediatamente; es decir, si es posible o no que la base de espionaje electrónico soviética en Cuba pueda procesar y captar ese tipo de información altamente secreta –Clark tomó el teléfono interno y pidió hablar directamente con el jefe de la Agencia de Inteligencia de la Defensa, DIA.

–Por si acaso, no menciones que los cubanos saben de la invasión a Panamá –espetó Colin al *DDO* que asintió levemente mientras esperaba la llamada.

Gerber se volvió hacia Colin y en voz baja, para no importunar al jefe de Operaciones en su conversación telefónica con la DIA, pero también para que no le escuchara O'Neill, dejó caer sus palabras con cierta pedantería:

–También es posible que si los cubanos supiesen que vamos a invadir Panamá, podrían haber utilizado a su agente de Praga para *vendernos* la desinformación de que un supuesto doble agente de ellos, que trabaja en el Pentágono, es la fuente de esa información. Ya sabes que ese es uno de los jueguitos preferidos por Moscú: sembrar la desconfianza entre nosotros usando supuestos *defectors*.

Colin no quiso responderle porque sabía que Gerber, como jefe de las operaciones de la CIA en las *denied areas,* los territorios de la Unión Soviética y sus países satélites de Europa del Este, era todo un experto en la materia y, en particular, en el tema de los desertores soviéticos. Conocía como nadie los entresijos del espionaje soviético.

—Entonces, ¿cómo crees que han obtenido la información los rusos? —le preguntó.

—*ELINT*, en principio… Pero de todas formas los rusos pueden tener otras fuentes…

Colin se limitó a posar su mirada cansada en Gerber, que evidentemente no se daba por vencido en su terquedad de minimizar, por no decir continuar obstaculizando, la *Operación Goofy*, aunque en realidad la SE ya no tenía nada que ver con la operación desde que Javier Puig abandonara Checoslovaquia.

Finalmente, Clark colgó el teléfono y todos miraron expectantes.

—Negativo, no creen que sea posible. La base de Lourdes es muy avanzada, pero sobre todo para detectar los lanzamientos de nuestros misiles intercontinentales, comunicaciones con los AWACS, vía satélite; además de comunicarse con sus submarinos y otros efectivos que se encuentran en este hemisferio, tal como yo creía.

» Ese tipo de información criptográfica de alto secreto, como el de un ataque masivo a Panamá, me han asegurado en la DIA, va a través de redes de comunicación altamente sofisticadas, como las nuestras, para evitar precisamente que instalaciones como la de Lourdes interfieran nuestros sistemas de comunicación. Mucho se ha avanzado desde que en 1969 comenzamos a usar en nuestras comunicaciones la ARPANET. Así las cosas… —dijo apoyando sus palabras con una ligera sonrisa—. Tampoco he querido forzar mucho la cuestión para no levantar sospechas, en caso de que exista verdaderamente un *topo* en el Pentágono. Solamente pregunté si los rusos podrían saber del ataque a Panamá a través de su estación de escucha en Cuba —agregó, mirando a Colin con un gesto de complicidad.

—Entonces, la posibilidad de que los rusos hayan descubierto los planes de invasión a Panamá y pasado la información a La Habana es mínima. ¿Correcto? —preguntó Colin.

—Pero ¿cómo puede saber el "hombre de Praga" que el supuesto doble espía cubano está en el Pentágono? —preguntó Gerber.

—No es que lo sepa, lo intuye —respondió Colin escuetamente.

—¿En qué se basa para sacar esa conclusión? —volvió a preguntar Gerber.

–En que la información clasificada que ha llegado a su poder, siempre, o en la gran mayoría de los casos, es información militar que tiene que ver con Cuba –agregó Colin incómodo.

–Entonces, ¿qué tiene que ver la SE con todo eso? –Gerber hizo

un gesto de incomprensión, como restándole importancia a la información que había suministrado Colin sobre el presunto *topo*–. Nosotros no tenemos nada que ver actualmente con la *Operación Goofy*, o lo que queda de ella, ya que evidentemente es un asunto exclusivo del Departamento Cuba –inquirió, pidiendo una respuesta loable.

–Tu pregunta, Phil, es lógica. Yo me la hubiera hecho igualmente –respondió Colin lentamente, expresando comprensión y paciencia, pero ocultando su irritación–. A pesar de que la *Operación Goofy* continúa, aunque el SE nada tenga que ver con la misma, lo cierto es que hay otros factores que abordaremos a continuación que reclaman que *denied areas* y el Departamento Cuba sigan colaborando, como lo hemos hecho hasta ahora. Por favor, ten un poco de paciencia, y lo comprenderás.

Gerber asintió resignado y cruzó sus manos dando a entender que estaba dispuesto a escuchar, en silencio. O'Neill creyó oportuno intervenir:

–Es sumamente preocupante que los cubanos manejen ese tipo de información, bien si ha sido filtrada a través de un doble agente que opere entre nosotros o a través del espionaje electrónico soviético. Pero como el *DDO* ha informado, las posibilidades de que se haya filtrado a través de las antenas soviéticas de la base de Lourdes, son bastante remotas. ¿Correcto?

Clark volvió asentir y el analista de la CIA para América Latina hizo una pausa para beber un poco de agua del vaso que estaba a su diestra, antes de continuar.

–Como no se puede saber con exactitud cómo esa información ha llegado a manos de los cubanos, lo más importante, creo yo, es saber si tenemos realmente infiltrado un *topo* cubano en nuestras filas –agregó O'Neill–. Eso, me parece, es prioritario. La seguridad contra la inseguridad. ¿No?

El *DDO* agradeció con un gesto breve la intervención del *NIO* y volvió a tomar la palabra.

–Gracias, Howard. Por favor, dejemos a un lado este asunto

del doble espía y de la credibilidad de la fuente por un momento. Es importante que Colin siga con su exposición y nos hable ahora del CIS... Así es como lo llaman, ¿no?

Colin asintió y se ajustó nuevamente las gafas ante la impaciente mirada de Gerber.

—Algunos elementos ortodoxos de los gobiernos de países comunistas con serios problemas actualmente, o en proceso de total desintegración, como la Alemania Oriental, Checoslovaquia, Rumanía, Bulgaria; y también sectores políticos y militares en la propia Unión Soviética adversos a Gorbachov. En Cuba, por supuesto, no faltaba más, han constituido recientemente los *Comandos Internacionales de Solidaridad*, CIS —dijo e hizo una breve pausa para ver la reacción de sus interlocutores que prefirieron guardar silencio—, una organización comunista secreta destinada a ejecutar operaciones encubiertas destinadas a preservar la doctrina marxista-leninista. La decisión formal fue tomada a bordo del *Ostseeland,* el que fuera yate privado de Honecker, a principios de abril de este año, según nuestra fuente. El Centro Principal de la CIS está en La Habana.

—¿Una especie de ODESSA comunista, la organización secreta nazi? —irrumpió O'Neill.

—¡Correcto! Una ODESSA comunista, pero más desarrollada. ODESSA, es decir, la desactivada *Organisation der ehemaligen SS Angehörigen,* la Organización de Antiguos Miembros de las SS —agregó Colin haciendo gala de su alemán—. ODESSA fue una red de colaboración nazi para ayudar a escapar a miembros de las SS hacia Argentina y España, principalmente. Pero el CIS es mucho más —hizo nuevamente una pequeña pausa para que sus palabras anteriores calaran—. Su objetivo es también, por supuesto, ayudar a los camaradas en desgracia, pero, sobre todo salvaguardar el comunismo internacional, y lo más peligroso: provocar desestabilización en el hemisferio occidental a través de acciones terroristas y recaudar fondos para financiarlas. Una verdadera maquinaria de terror y muerte. La Habana, según la información que nos ha proporcionado la fuente de Praga, será la que coordinará las operaciones porque es el único territorio realmente seguro en la actualidad.

—¿Dónde dejamos China, Camboya, Vietnam y Corea del Norte? —preguntó nuevamente Gerber con suspicacia, mientras

163

se limpiaba escrupulosamente las manos con una servilleta de papel impregnada en un líquido antiséptico, algo que solía hacer con desesperante continuidad en los momentos más inverosímiles.

—No sé, es posible que esos países ya estén reestructurando su modelo económico para mantenerse en el poder y no caer en los errores de los rusos —respondió Colin, restándole importancia a la pregunta—. Además, desde la década de los años 70, después de la bronca de Pekín con Moscú, en el contexto de la Guerra Fría, los chinos dejaron de ser un enemigo peligroso para nosotros, y sí un adversario ideológico para Moscú.

Clark tomó la palabra nuevamente:

—Es decir, que, en medio del desastre del este de Europa, estos señores están ya preparándose para el futuro. ¿No se dan por vencidos? ¡Increíble! —dijo reflexivamente, como pensando en alta voz.

—Así es…; pero no me sorprende, en lo absoluto —dijo O'Neill—. Es una vieja táctica comunista. Cuando reciben un reverso se repliegan, se esconden debajo de las piedras y se preparan para continuar la lucha. Creo que es algo muy predecible y, además, peligroso. Así son…

Gerber le miró tirando la servilleta de papel en un cesto cercano. «¿Adónde nos quiere llevar O'Neill ahora?».

—¿En qué sentido peligroso? —preguntó Gerber con curiosidad.

—En varios sentidos —respondió el analista—. Los comunistas, en general, cuando no pueden lograr sus objetivos, se disfrazan, se esconden, cambian el discurso, se hacen *más democráticos*, se pliegan, se reorganizan para golpear la próxima vez más duro. Es su naturaleza. Ya vemos a los partidos comunistas de Europa Occidental, Italia, España, Suecia, entre otros… ¡Dicen que son eurocomunistas! Que ellos son distintos: *comunistas democráticos*, que no tienen nada que ver con el comunismo soviético y del este de Europa, dicen que *siempre* estuvieron contra el estalinismo. *Nonsense*. Una aberración histórica y filosófica, porque el comunismo asume como destino histórico la Dictadura del Proletariado, y por ello nunca podrán ser demócratas, pero siempre habrá algún tonto útil que trague el anzuelo.

» Y mientras los partidos comunistas de occidente se disfrazan de *democráticos,* los duros de verdad, se repliegan para sobrevivir y reproducirse en un nuevo orden internacional –hizo una pausa antes de proseguir, adoptando una actitud más bien pensativa–: Tienen muchos recursos que pueden manejar a su antojo. Están a la desbandada, es cierto, pero tienen seguramente mucho dinero escondido, además, acceso a las armas nucleares, a las armas biológicas, o saben cómo llegar a ellas. ¡El CIS es su nuevo escudo y espada! –agregó O'Neill refiriéndose al viejo lema del KGB–. Dejan en manos de Castro la misión de mantener y defender el *verdadero* comunismo, el puro. Y Castro, con mucho gusto, acepta el relevo. Para Fidel, no es sólo una cuestión de principios, sino que la única forma de sobrevivir.

» Los chinos –para contestar a tu pregunta–, son más pragmáticos; además, nunca se han llevado bien con los rusos, ni con Fidel – añadió mirando a Gerber que le escuchaba interesado–. Los trágicos sucesos en la Plaza de Tiananmen, el pasado 4 de julio, cambiaron el curso político y económico del país. En mi opinión, China ha recobrado su estabilidad política, y los informes que tenemos, como ustedes bien saben, son que Deng Xiaoping se ha decantado por acelerar el ritmo de las reformas económicas y aislar a los conservadores comunistas que secundaban a Li Peng y Chen Yun. Además, el acercamiento entre ellos y Gorbachov confirma que a los chinos no les interesa salir en ayuda de los seguidores de Honecker, Ceauşescu o Fidel Castro en esa aventura del CIS. China tampoco arropó nunca las ideas rocambolescas de la revolución universal de Castro y Guevara –hizo nuevamente una pequeña pausa como tratando de comprimir sus pensamientos–: Hay que recordar que China tiene una historia de más de cinco mil años, y que la época de Mao fue un breve paréntesis en esa historia. Los camboyanos, no creó realmente que cuentan, políticamente hablando y Vietnam es aún un país dividido entre un norte pobre y agrario y un sur cosmopolita que se adapta, pero no se repliega. No nos olvidemos de Irán. Ahora bien, los norcoreanos pueden ser un problema: hay que tenerlos en la mira. Tienen acceso a la tecnología atómica y un historial agresivo, corrupto, aunque siempre han actuado como un eslabón suelto. Además, es un régimen cerrado, aislado, como el de los Castro. Su forma de gobernar es el nepotismo: todo el poder en manos de una sola familia, y la sucesión va de padre a hijo. En el caso de Cuba, de hermano a hermano, sustentado por los *apóstoles revolucionarios del Granma y la Sierra Maestra*, los llamados *históricos*; es decir, la inamovible gerontocracia en el poder. En ambos casos es la *familia* y los incondicionales a esa familia los que gobiernan, no el *partido*. Una de las tantas variantes del llamado centralismo democrático, ¿quizá? –concluyó con sorna.

–*Nepotismo democrático,* diría yo –añadió Colin, arrancando un leve murmullo de risas entre los presentes.

–En realidad, no es una táctica nueva. Desde los años 60 Cuba ha venido realizando un gran número de operaciones similares de secuestros, asaltos, subversión, extorsión, tráfico de armas y drogas con la ayuda de los llamados movimientos de liberación de América Latina; que hacen parecer al *Irangate* como un jueguecito de niños –agregó O'Neill–. Ahí está Colombia, desgarrada, en manos de las narcoguerrillas y los corruptos paramilitares. Incluso en territorio estadounidense: recordemos el robo del depósito de la *West Fargo*, en Connecticut, en el 83, un robo consumado por una organización separatista-terrorista puertorriqueña estrechamente ligada a Cuba, los *Macheteros*. Sabemos que de los 7.2 millones de dólares del botín, al menos cuatro millones fueron directamente a Cuba. También los secuestros y asesinatos de los *Montoneros* en Argentina, los *Tupamaros* en Uruguay… Millones de dólares fueron enviados a Cuba para financiar la *lucha armada* –agregó O'Neill haciendo gala de sus vastos conocimientos como *NIO* para América Latina–. En fin, la lista es larga, caballeros. El tráfico ilegal de diamantes y marfil del general Ochoa para financiar la guerra en Angola, otro ejemplo… además del negocio de la droga. No nos olvidemos.

» Bajo la tapadera de los llamados movimientos de liberación y las guerrillas se desestabilizó también a Centroamérica. 'Uno, dos, tres, más Vietnam…' fue el grito incendiario de Guevara –O'Neill juntó sus manos y suspiró pensativamente–. A veces me pregunto: ¿cuál hubiera sido el desarrollo de América Latina actualmente si Cuba no hubiera interferido, como ha hecho, y sigue haciendo, en los asuntos internos de ese continente? –preguntó reflexionando–. Ahora la situación es diferente para La Habana, pero los objetivos siguen siendo los mismos.

» Recordamos la triste y sangrienta historia de las dictaduras militares de América Latina, asesoradas, hay que decirlo, aunque no nos guste, por nosotros mismos. Pero, lo que se olvida a menudo es que Cuba con la OLAS, la Tricontinental, el Departamento América, la ayuda económica y militar a los movimientos de liberación y las guerrillas, con el Che Guevara, como mascarón de proa, fueron los que provocaron la desestabilizaron y el colapso de las endebles estructuras democráticas en América Latina, y el surgimiento de esas dictaduras militares en Argentina, Uruguay, Bolivia, Brasil… El caso de Chile, aunque parece que ahora, en unos días, el próximo 14 precisamente, la época Pinochet habrá terminado y Aywin será elegido presidente, democráticamente.

» Por ello, creó, que el CIS puede convertirse en un asunto muy espinoso y serio para las democracias occidentales; no solo para los Estados Unidos, mucho más si además de tener dinero suficiente y acceso a las armas de destrucción masiva, disponen de algún *topo* en nuestros propios servicios de inteligencia –hizo una pausa como ordenando sus conclusiones–. No debemos tampoco olvidar el creciente problema del terrorismo islámico… Según el Mossad, como reza en el informe del Departamento Cuba que hemos leído anteriormente, instructores cubanos se han desplazado al Yemen del Sur para entrenar a terroristas árabes. Es muy probable que se preparan para la Yihad, la guerra santa, y los cubanos sean sus instructores.

Todos quedaron en silencio. Las palabras de O'Neill se clavaron en los pensamientos de todos y de momento no supieron qué decir.

Colin dibujó una leve sonrisa de agradecimiento a O'Neill y Gerber estrujó sus cejas por debajo de las gafas, acentuando la preocupación que había provocado en él las palabras del analista. Gerber era un hombre, que a pesar de sus rabietas era, ante todo, un buen oficial y comprendía que lo que O'Neill había dicho era cierto. Él lo sabía muy bien, porque había estado lidiando con los comunistas desde los años 50.

El *DDO* aprovechó el corto silencio para retomar la palabra:

–Tal como ha señalado Howard, el problema del extremismo islámico es un asunto a tomar muy en cuenta, también nos ha recordado con el caso de Irán que es un río con varios afluentes. En efecto, el CIS ha vuelto a poner en marcha algunos de los antiguos campos de adiestramiento que usaban para entrenar terroristas islámicos en Yemen del Sur. Es una información que ha sido corroborada, como ya saben por el Mossad, así como por fotos recientes captadas por nuestros satélites, pero también por nuestra fuente, el "hombre de Praga". Según esta fuente, el entrenamiento de terroristas islámicos en esos campos es una tapadera para ocultar la preparación y entrenamiento de los verdaderos comandos del CIS. De todas formas, terroristas islámicos son entrenados en estos momentos en esos campos por instructores cubanos. Al frente de esa operación se encuentra un viejo conocido: el mayor Frank Fiedler, un militar germano oriental que ya a comienzos de la década de los 70 se dedicaba a construir campos de entrenamiento para terroristas en Cuba y el Líbano, y un agente cubano altamente peligroso, Rogelio Fuentes, alias *Jabao*, capitán de la Cinco del MINIT, con un expediente bastante abultado: entrenamiento a los terroristas palestinos del *Rejection Front* en el campamento *Tiro* del Líbano; asesinatos y operaciones de captura a varios agentes cubanos que se pasaron a nuestro lado en España en los 80… Varias misiones en América Latina, Uruguay, Argentina y Venezuela, siempre dejando a su paso un rastro de sangre. Fuentes es actualmente el segundo al mando del comando X-20, el primer comando ya operacional del CIS. Sobre la rusa que llaman Irina y que es la jefa operacional del comando, aún no tenemos información alguna…

—Perdón, pero no he entendido bien —interrumpió Gerber al *DDO*—, ¿cuál es la razón por la cual los comandos del CIS van a entrenarse a Yemen del Sur? ¿Hablas de cobertura, si he escuchado bien?

—Bien, será mejor que Colin responda a esa pregunta —respondió Clark.

—De acuerdo. Según nuestro "hombre de Praga", ellos saben muy bien que nuestros satélites siempre están buscando, rastreando ese tipo de campos de entrenamiento —dijo Colin disfrutando de la situación—. Si encontrásemos esos campos en Cuba, entonces saltaría la luz roja de alarma, y eso es precisamente lo que quieren evitar. Han tenido mala suerte en que tengamos ahora una fuente que nos ha facilitado la información y que también el Mossad esté al tanto de esa operación. Esto no estaba en sus planes —dirigió a Gerber una mirada sugerente—. Pero si no hubiésemos tenido la información que ahora disponemos, al descubrir nuestras fuentes *GEOINT*, inteligencia geoespacial, que algunos campos de entrenamiento en Yemen del Sur han sido reactivados, y que en los mismos se entrenan terroristas islámicos, nos hubiera sido muy difícil, por no decir imposible, relacionar la actividad en esos campos de entrenamiento con Cuba y, menos aún, con el CIS, al que suponen desconocido para nosotros. Eso era precisamente lo que querían: desviar nuestra atención hacia el terrorismo islámico en Yemen del Sur y no hacia el nuevo proyecto cubano.

–Correcto –dijo Gerber–, tiene lógica.

–No voy a extenderme sobre el tema, porque ustedes conocen mejor que yo los pormenores de esa historia, pero creo que debemos incluir, independientemente de las razones que ha expuesto Colin, el tema del creciente terrorismo islámico en el perfil del CIS –dijo Clark retomando la palabra–. Aunque no sea su máxima prioridad, el hecho de que se entrenen actualmente terroristas islámicos en los campamentos del CIS en Yemen del Sur; incluso aceptando que sea una tapadera, es muy posible que el CIS también tenga como propósito entrenar, utilizar, promover y dar apoyo logístico a terroristas islámicos con el fin de desestabilizar las democracias occidentales y recrudecer la crisis en el Oriente Medio. Lo uno no quita lo otro, y si pueden usar en sus planes desestabilizadores a los terroristas islámicos estoy seguro de que lo harán. El enemigo de mi enemigo, es mi amigo –concluyó el jefe de Operaciones de la CIA, que invitó a Colin a continuar con su exposición.

–El primer comando del CIS, según nuestra fuente –dijo Colin revisando rápidamente sus notas–, es ya operativo, y con toda seguridad ha terminado o está concluyendo en Panamá su primer trabajo. Es un comando integrado por cubanos y rusos, como ya saben, pero según nuestra fuente también hay una conexión con antiguos miembros de la Stasi y HVA de Alemania Oriental.

–Ya percibo adonde querías llegar –indicó Gerber a Colin haciendo un gesto con sus manos de que intuía por qué el SE y el Departamento Cuba iban a trabajar juntos–: el CIS está compuesto por cubanos, rusos y alemanes orientales. Elemental, querido doctor Watson –agregó sonriendo–. Seguramente que también se le sumará algún búlgaro o rumano, además de los terroristas islámicos y quién sabe, quizá algún otro de los llamados *luchadores internacionalistas*.

Colin miró complacido a Gerber, y Clark se mostró satisfecho al comprobar que el jefe del SE, al parecer, se subía al mismo tren.

—Creo que lo más lógico —agregó el *DDO*, retomado el tema— es crear un grupo de trabajo que se encargue de seguirle los pasos al CIS, y, además, que Colin podría comenzar a trabajar en la búsqueda del topo cubano con la ayuda de "el hombre de Praga". Por nuestra parte no vamos aún a contactar a la DIA ni al FBI. Antes tenemos que tener más pruebas e información…

—¿Quiénes formarían ese grupo? —preguntó Gerber.

—En principio, tú, Colin, Howard y yo. Ya, después, sobre la marcha podremos ver si hace falta más gente. Ahora ese grupo, que contará con todo el apoyo logístico de la Agencia, estará exclusivamente a las órdenes mías y del director de la Agencia. Nadie debe conoce de su existencia, incluyendo, claro, está, toda la información que nos proporcione nuestro "hombre de Praga" —hizo una larga pausa clavando sus ojos en Colin—. Hay otro asunto, sumamente delicado, que debo informarles —todos le miraron con extrañeza, menos Colin—. Felipe Ramos está al corriente de la *Operación Goofy,* y anda por ahí metiendo sus narices donde no debiera. Ha tratado de establecer incluso contacto directo con Javier, para lo cual no está autorizado. El director Webster me ha asegurado que no tiene directiva oficial alguna del presidente sobre ese supuesto contacto de Ramos con el exilio cubano.

Clark estaba en una situación muy difícil como *Deputy Director of Operations.* Desde la muerte de Casey, aun siendo Ronald Reagan presidente de los Estados Unidos, salpicada por el escándalo del *Irangate,* la CIA trataba de mejorar su imagen, y a pesar de que George H. W. Bush como presidente continuaba beneficiando, como de costumbre, las operaciones encubiertas, se había establecido un mayor control por parte del Congreso y el Senado hacia la CIA. Es en ese contexto que el hombre que relevó a Casey del cargo de director de la CIA, William H. Webster, trataba de mantener un perfil bajo ante los medios de comunicación; y, dentro de lo que podía, había encausado a la Agencia por el camino institucional y legal, abriéndole nuevamente al Congreso y al Senado las puertas que Casey había cerrado. Lo menos que necesitaba la CIA en aquellos momentos era un nuevo escándalo mediático en el que volvieran a salir Shackley y Ramos en los titulares del *Post* y del *Times.* Hasta el mismo presidente Bush, parecía estar de acuerdo con Webster. No era tampoco una labor fácil, y aunque Casey se había llevado a la tumba los mayores secretos de las más osadas operaciones encubiertas que la Agencia había realizado en décadas, aún su fantasma seguía rondando por Langley.

Los tres hombres asintieron conformes sin agregar una sola palabra.

—Bien, señores, demos por terminada la reunión —dijo Clark—. Colin, ¿puedes quedarte algunos minutos más?

O'Neill y Gerber salieron del recinto y Colin quedó sentado al lado de Clark.

—Querías decirme algo a solas, ¿no es cierto?

—Gracias por haber tratado en la reunión el asunto de *El Tigre* —Clark asintió levemente—. Sí, hay otro asunto que tengo que comunicarte. Nuestro hombre dice que va a trabajar solamente con Javier. Con nadie más. Te lo había dicho anteriormente, creó; pero ahora se ha concretado, es oficial. Esa es su única condición. Ambos han elaborado un plan de trabajo, esa fue la razón por la cual Javier voló en el mismo avión que hizo escala en La Habana y después en Santo Domingo. Yo le he dado el visto bueno al plan.

—Correcto. Por mí no hay ningún problema —dijo resolutamente el jefe de operaciones de la CIA—. Otro asunto, no pases información importante sobre Javier o cualquier otro tipo de información clasificada sobre lo que hemos hablado aquí a tu segundo Ross, y en particular nada sobre Ramos.

Colin asintió en silencio y sus pequeños ojos azueles se hicieron aún más pequeños detrás de sus gruesas gafas.

—¿Has hablado con la gente del OS sobre los resultados de su investigación anterior? —espetó el *DDO*.

—Sí, tengo el mamotreto que nos enviaron. No han encontrado nada anormal en el encuentro de Javier y Paredes en Praga, como era de esperar. Javier está limpio. Eso ya lo sabía, pero hay que tener cuidado, el OS puede estropearlo todo, y ahora con Felipe Ramos metiendo el dedo en el pote de mermelada... Javier está cansado de todo eso, y no me tomaría por sorpresa si un buen día nos manda al diablo. Si continúa ahora es por esa extraña relación de amistad con Paredes. Pero si decide no continuar, eso significaría que también desaparecerá Paredes de nuestro escenario. Es un lujo que no nos podemos permitir, y mucho menos ahora. Creo que debes hablar con esos paranoicos del OS para que lo dejen tranquilo. Y sobre *El Tigre*, mantenme al tanto, por favor.

–Bueno, haré como dices –dijo Clark–. Pero te advierto, toda la responsabilidad con respecto a la relación y los contactos entre Paredes y Javier es tuya.

–Sí, por supuesto, pero igualmente quiero todas las menciones especiales y los elogios.

12. Diciembre 10, 11 y 12

Cárdenas, Cuba, acto de solidaridad,
10 de diciembre por la noche

Las banderas de Cuba, Nicaragua y Angola estaban exten-
didas en la vieja pared de madera de la escuela donde se
iba a realizar el acto de solidaridad. Las primeras doce filas eran
para los extranjeros de las brigadas de trabajo voluntario que estaban construyendo la nueva escuela. Entre ellos estaba Lil que
sonreía y miraba a su alrededor con curiosidad. Sendas fotos del
Che Guevara, Sandino y Agostino Neto colgaban de las paredes
laterales. Cómo había llegado Neto al *santuario de los héroes* era algo
que nadie en aquellos momentos se preguntó.

Una mujer regordeta, con unos senos tan grandes que chocaban estrepitosamente contra el pie del micrófono, produciendo
extrañas interferencias en los altavoces, comenzó a hablar. Movía
sus brazos como si braceara, huyendo de algún monstruo marino. Sudaba copiosamente y sus ojos relampagueaban, llenos de
fervor revolucionario. Habló sobre la solidaridad, sobre los pueblos de Nicaragua y Angola. Sobre los internacionalistas, sobre
la victoria final. Todo lo decía atropellando las palabras, adelan-
tándose a sus propios pensamientos, quizá temerosa de que se
perdieran en su cabeza antes de expresarlos al auditorio. Ninguno
de los extranjeros la entendió. Tampoco los cubanos, pero no
importó. Todos aplaudieron y gritaron «Viva Cuba, viva Fidel».

Cuando los gritos disminuyeron entró un grupo de niños al
improvisado escenario. Vestían de pioneros. Tres se adelantaron:
una niña blanca, un niño negro y otro menor de color oliváceo.
La niña comenzó a declamar un poema que hablaba de las grandes epopeyas de la Sierra Maestra. Invocó varias veces los nombres de Fidel, Camilo y el Che, y terminó saludando con la palma
de la mano en medio de la frente y el pulgar entre las cejas.

–¡Seremos como el Che! –gritó.

Se repitieron los aplausos y los niños entonaron una canción
revolucionaria, y otra, hasta que, finalmente, salieron disciplina-
damente como pequeños soldaditos del escenario bajo los gritos

de «Fidel, seguro, a los yanquis dale duro» y «Hasta la victoria siempre».

Lil, como el resto de los extranjeros reía, se le salían las lágrimas. Cantaban con los niños las canciones revolucionarias, aplaudían, se abrazaban solidariamente con sus compañeros de aventura.

Desde una esquina, apartado del grupo, el teniente coronel de la inteligencia cubana Martín Rodríguez observaba a los presentes con una ligera sonrisa de satisfacción entre los apretados labios.

Le tocó el turno a Manfred, uno de los alemanes. El joven extrajo del bolsillo de sus bermudas un papel doblado y lleno de sudor. Llevaba gafas y era muy delgado, calzaba sandalias ortopédicas. Estaba nervioso y le dio primero por sonreír, después por mirar a todos con los ojos bien abiertos. Se hizo silencio y finalmente comenzó a leer un breve discurso, emotivo, lleno de gratitud al maravilloso pueblo de Cuba y a sus niños felices, paraíso terrenal en donde la educación es gratuita.

Lil lo aplaudió más que a los anteriores oradores, a excepción de los niños. Cuando el alemán bajo del escenario fue aclamado y abrazado por sus coterráneos. Lil lo felicitó y le dio un beso.

Finalmente, llegó el momento en que el responsable del Partido de la zona debió decir su discurso, citando, como era costumbre, al Comandante en Jefe Fidel Castro y finalizando con un severo «Socialismo o Muerte», hacía poco lanzado por Castro, advirtiendo que Cuba no se rendiría aunque desaparecieran los países comunistas del Este. El acto finalizó coreando la *Internacional*, las manos enlazadas y los brazos en alto.

Afuera soplaba una suave brisa que venía del mar. La responsable de los extranjeros, Hortensia, que constantemente los acompañaba, se había situado muy cerca de Lil y entabló conversación con ella. Algunos comenzaban a regresar al campamento; otros se quedaron charlando con los cubanos. Mike se acercó a ellas y sonriendo, interrumpió a la responsable de los extranjeros.

—Compañeras, ¿se quedan o se van?

La mujer sonrió y se apresuró a hacer las presentaciones.

—Mira, Lil, el compañero Mike, ha venido de La Habana para conocerlos. Trabaja en el ICAP, el Instituto Cubano de Amistad con los Pueblos.

—Mucho gusto —dijo Mike.

–Lil Segal –respondió la chica con una sonrisa amplia y amable.

Los tres conversaron durante varios minutos y la joven alemana le explicó a Mike el objetivo de su viaje a Cuba. Este se mostró muy interesado por la labor de Lil y sus compañeros, y con simpática espontaneidad las invitó a tomar un refresco.

Lil y Hortensia subieron al automóvil de Mike, un Lada 2107 de color púrpura y cristales tintados; una enorme antena que se contoneaba altaneramente sujeta a la tapa del maletero revelaba su naturaleza oficial.

Pocos minutos más tarde, Hortensia percibió que no se dirigían al centro de Cárdenas, sino que iban en dirección a la cercana playa de Varadero. Mike sonrió y les dijo que mejor era tomarse un refresco o una cerveza en Varadero. Además, Lil no conocía la playa más famosa de Cuba y estaban tan cerca que era una lástima perder esa ocasión para mostrársela, aunque fuera de noche.

Llegaron a la Dársena, una especie de club que había sobrevivido a las épocas más ortodoxas del castrismo, aunque hipotecado el *glamur* de otras épocas. El local estaba casi desierto a aquella hora. Pidieron tres cervezas y Mike le contó que Varadero había sido antes de la revolución de los capitalistas y de la burguesía cubana, y que ahora era para el pueblo.

Hortensia estaba más interesada en saber cómo se vivía en Alemania que en hablar de las playas del pueblo.

A Lil le gustaba el tono amable y simpático de Mike. Se dio cuenta de que no era un cubano como los que había conocido anteriormente. Era más sofisticado. Un hombre inteligente y bien parecido. En un momento en que Mike fue a la barra a pedir otras cervezas, Hortensia le preguntó qué tal le parecía el *compañero* Mike.

–No está mal –dijo Lil y se rio. Hortensia le guiñó un ojo cuando este se les acercó con tres cervezas más.

La luna estaba en cuarto menguante y proyectaba su luz sobre el mar, produciendo miles de destellos en el agua. Mike señaló la playa.

–¡Esto es Varadero!

Lil asintió sin decir palabras.

–Nunca he visto en el mundo una playa igual –dijo Mike, girándose hacía ella.

–¿Viajas mucho?

–A veces… Ya sabes que el ICAP es un organismo para promover las relaciones de Cuba con el mundo. Eso implica que de vez en cuando tengo que viajar.

–¿Has estado en Alemania Occidental? –preguntó la joven.

–No, pero me gustaría.

Continuaron hablando un buen rato los dos solos; Hortensia, por su parte, había utilizado ese tiempo para hacer amistad con los camareros. Mike la invitó a caminar por la playa. Se quitaron los zapatos y el teniente coronel de la Seguridad del Estado se remangó el pantalón. Las olas hurgaban sus pies al caminar, mientras sus huellas desaparecían lentamente borradas por el mar. La música de un viejo bolero que venía del club se arrastraba por el aire, confundiéndose con el sonido de las olas al morir en la playa.

–Qué arena más fina –dijo Lil cuando se agachó para tocarla.

–Sí, cuesta semanas sacársela del cuerpo.

–Como Cuba.

Ambos rieron.

–¿Te gusta Cuba?

–Mucho, es un país extraordinario, fascinante. Tan diferente a todo lo demás. Me gusta su pueblo altivo que no se doblega ante nada. Ni Mc Donal's ni Coca-Cola.

Mike la miró sonriente.

–Sí es un país muy especial, fantástico, pero en peligro. Estamos viviendo momentos muy difíciles, Lil –dijo Mike mirándola seriamente–. Gorbachov ha comenzado a disminuir la ayuda que es tan importante para nosotros. Sin la ayuda soviética el bloqueo americano será aún peor… –hizo una pausa y miró el mar cercano–. El campo socialista de Europa ya casi no existe. El imperialismo norteamericano se ha envalentonado. Ahora creen que pueden hacer en el mundo lo que les dé la gana. Quieren barrernos de la faz de la tierra. Eso es lo que desean. Pero vamos a resistir, aunque se hunda la isla, como ha dicho Fidel –Lil le miraba seriamente–. Ahora necesitamos toda la ayuda que podamos obtener de nuestros amigos. Cuba y las ideas socialistas están en peligro, Lil.

–Debe de ser muy traumático para ustedes todo lo que está sucediendo.

–¿Traumático? No… Se han cometido enormes errores en la Unión Soviética y los países socialistas –respondió rápidamente–.

Pero, los países socialistas de la Europa del Este no tuvieron nunca una revolución como la nuestra. El socialismo fue impuesto por los tanques soviéticos. Nosotros somos distintos. Por eso Cuba resistirá hasta el último hombre…

—Y hasta la última mujer, ¿no?

Ambos se rieron nuevamente. A Lil le disgustaba la actitud machista de los cubanos. Esperaba que aquel cubano tan diferente, al menos no se comportara como un machista más.

—Sí, tienes razón. ¿Sabes? El problema del machismo está muy arraigado en nuestra cultura. Algo de lo que poco a poco tendremos que desprendernos. Algunos compañeros hablan del machismo-leninismo —agregó sonriéndose con una expresión de pena.

—El llamado al hombre nuevo debería serlo también a la mujer nueva, ¿no crees? —dijo Lil sonriendo con picardía y Mike sonrió a su vez con mesura.

Hortensia los llamó desde el club. Les hacía señas para que regresaran, y señalaba su reloj de pulsera como indicando que era tarde.

—Sí, debemos regresar. Me quedaré unos días por aquí. Me gustaría seguir charlando contigo. ¿Qué te parece si mañana te invito a comer?

—Me gustaría mucho —respondió Lil algo sorprendida, pero halagada por la invitación.

Ambos regresaron lentamente al club, donde Hortensia los esperaba. La luna se escondió detrás de unas nubes. Las olas volvieron a borrar sus huellas.

Arlington Virginia, edificio Randolph Towers,
10 de diciembre por la noche

El Randolph Towers, situado en el número 4001 N. de la calle 9, en Arlington, Virginia, era un edificio de apartamentos adónde horas antes Javier había sido llevado en coche por un agente de la CIA desde el aeródromo de Langley. Más tarde le llevaron el equipaje. Era una tranquila zona residencial cercana a Washington.

El apartamento, situado en el piso noveno, estaba amueblado con lo indispensable: un televisor, una cama, una tabla de planchar, una plancha, aún sin estrenar, algunos vasos, platos y cubiertos. En la enorme nevera encontró agua mineral, latas de conserva y bebidas; en el refrigerador, un paquete de Corn Flakes, un litro de leche, mantequilla, mermelada de fresa y pan de molde.

Javier abrió una lata de cerveza, se tiró en el sofá de la sala y encendió con el mando a distancia la televisión. En la CNN un reportero informaba en directo desde ciudad de Panamá cómo las ya malas relaciones entre los Estados Unidos y el país centroamericano se habían deteriorado en los últimos días. La administración del presidente George H. W. Bush acusaba al presidente Noriega de ser narcotraficante y de sus contactos con Cuba, y el reportero ofrecía algunas de las pruebas que había dado a conocer el Departamento de Estado y la Casa Blanca. Terminó la cerveza y quedó totalmente rendido en el sofá, entretanto los corresponsales de la cadena de noticias seguían hablando de la caída del comunismo en Europa.

Despertó al escuchar que llamaban a la puerta. Al principio no supo dónde estaba. Poco a poco recordó, poniéndose en pie con trabajo. Con los ojos aún casi cerrados apagó el televisor. Antes de abrir miró a través del ojo de pez de la mirilla de la puerta y vio que era Colin.

—Buenas noches, —dijo el jefe del Departamento Cuba de la CIA y entró cigarrillo en mano, sonriendo de lado a lado.

—Perdona, me he quedado dormido mirando la televisión. ¿Qué hora es?

—Las nueve y treinta y cinco de la noche —contestó Colin mirando su barato reloj pulsera—. ¿Tienes hambre?

—No recuerdo cuando fue la última vez que le eché algo al estómago —respondió Javier.

—Te invito a cenar en un magnífico restaurante iraní —dijo ya adentro en la sala—. El mejor de Washington.

Javier asintió y se excusó unos minutos, entrando al baño.

—Hay algo de beber en la nevera, si quieres —dijo a través de la puerta cerrada del baño a Colin. —No, gracias.

El restaurante resultó realmente fastuoso. Era como entrar en la máquina de tiempo y viajar nuevamente al Irán del Sha Reza Pahlevi, antes de 1979. Estaba repleto, pero había una mesa apartada, reservada para ellos. Un trío tocaba una música que de iraní tenía poco, más bien parecían húngaros. Otra nota disonante, además de los músicos, eran las guirnaldas y objetos navideños que colgaban del techo.

Javier aceptó las recomendaciones que le hizo Colin: *Chelo ke-bab*, acompañado de *babari*, una torta fina de bordes romos de harina blanca; Y de primero, *Ash*, la sopa tradicional que aquel día era de yogur y *Abgusht*, un cocido de carne de cordero y garbanzos, considerado como el plato nacional, le informó Colin. Pero, aunque los iraníes prefieren el té, Colin eligió un vino blanco Zinfandel de California.

—He hablado hoy con la gente y todo va viento en popa. Seré el encargado de comenzar la investigación sobre el topo. Eso era lo que querías, ¿no?

—Sí —dijo Javier visiblemente contento por la noticia—. ¿Y sobre cómo llevar los contactos con nuestro amigo? —preguntó.

—Tal como lo acordamos nosotros —dijo Colin encendiendo un cigarrillo—. Tú harás los contactos y únicamente tienes que rendirme cuentas a mí. Nadie conocerá su identidad. Solo Clark, que es el jefe de operaciones; Gerber, el jefe del SE, quien estuvo metido desde el comienzo en la *Operación Goofy* por haberse hecho el primer contacto en Praga, y, O'Neill, el NIO para América Latina. El nombre clave para Paredes es el "hombre de Praga". Mi jefe está al tanto de lo que se trae entre manos *El Tigre*, y va a tomar directamente cartas en el asunto. La gente del OS te dejará tranquilo y, por lo demás, luz verde.

—El "traidor de Praga", sería lo más correcto —repuso Javier con ironía.

—Depende de cómo se mire —agregó Colin, mostrando una de aquellas sonrisas que siempre se convertían en una mueca, como si el alma le doliera.

El camarero le dio a probar el vino a Colin que, después de catarlo, asintió. Llenó las dos copas y se marchó silenciosamente. Colin levantó su copa y brindaron por algo que no dijeron, pero que ambos sabían muy bien porqué.

—Puedes disponer del apartamento que te han dado. Es tuyo mientras estemos trabajando en este asunto. También debes mantener el de Sitges como tu residencia fija. Prepararemos los papeles necesarios para que puedas tener una leyenda con esa identidad con la cual estás viajando ahora. ¿Cómo era? ¿Hijo de española y puertorriqueño, ciudadano estadounidense? Joder, ¿cómo se te ocurrió esa historia?

—Fue un caso de urgencia –dijo y saboreo el vino–. Está bien el vino, aunque yo sigo prefiriendo los vinos blancos alemanes –agregó Javier.

Colin se sonrió ligeramente, disculpándose con falsa modestia.

—Otra cosa– dijo Colin, asumiendo una actitud seria– ¿Quién es esa chica que está en tu informe que se sentó a hablar contigo en el avión? –le miró como si fuera un padre que quería saber sí su hijo pretendía casarse sin que él lo supiera–. Con ella estrenaste tu *leyenda familiar*

—¿Lil? Lil Segal. Es una chica alemana que está buscándose a sí misma aún. Dice que es judía. Confundida como muchos otros que idealizan a Cuba y la imagen del Che, y embrollan todo eso con su propio proceso de rebeldía personal con sus padres, maestros… la sociedad.

—La gente de la contrainteligencia de la RFA tiene una idea más concreta de ella. Es de familia judía de mucho dinero. La *Verfassungsschutz* nos ha enviado un *dosier* bastante completo. Yo solicité información a los alemanes porque es mejor tener todos los cabos atados: okupa, militante de varios grupos maoístas y anarquistas. Admiradora del Che Guevara… Evidentemente, se dedica a más cosas que a construir escuelas en Cuba. Debes de tener cuidado. Los cubanos se valen mucho de agentes que utilizan el sexo como la mejor arma para infiltrarnos –dijo Colin con tono de sabelotodo–. Lo aprendieron de los alemanes orientales, y de su gran maestro, Mischa Wolf.

—Lo sé. Pero si es así, entonces nuestro "hombre de Praga" ha sido descubierto, si es que ya me han puesto detrás a un agente suyo. ¿No?

—Es una posibilidad, remota, pero que seguramente no se les escapará a los chicos del OS. Quiero tapar todos los huecos posibles. ¿Entiendes? Quizá debas continuar de alguna forma el contacto con ella para asegurarnos de que no es una de ellos, o, si lo es, desinformarla y saber lo que se traen entre manos. Es posible que haya sido una coincidencia, aunque sabes que en nuestra profesión no hay coincidencias –dijo encendiendo otro de sus eternos cigarrillos.

—Es posible que la llame a su regreso de Cuba, además, es una chica muy atractiva –dijo con tono de pesar–, pero muy joven para mí, creó.

Dos camareros se acercaron con la cena. Los músicos interpretaban el *Danubio azul*. «No había duda», pensó Javier. «Estos músicos son tan iraníes como yo alemán». La comida tenía un aspecto apetitoso y olía muy bien; se dio cuenta de que tenía hambre, mucha hambre.

Varadero, 11 diciembre, mediodía

Mario Paredes y su familia llegaron a la zona residencial del Hotel Internacional de Varadero en el Lada 2107 que le habían facilitado. La urbanización había sido construida antes de la revolución castrista, en la década de los años cincuenta del siglo pasado, y era uno de los más discretos y apreciados lugares de veraneo de la nomenclatura cubana. Mario aparcó el coche a la entrada del complejo residencial, custodiado día y noche por un equipo del Ministerio del Interior, vestidos con sus habituales uniformes verdes oliva de manga corta y portando con agresividad contenida los reglamentarios AK47. Después de identificarse, el sargento de la garita le entregó las llaves, señalándole con gesto que recordaba más bien a un policía de tráfico la casa que había sido reservada para ellos.

En el centro de la exclusiva urbanización de construcciones de piedra blanca, cada una de cuatro apartamentos independientes de dos plantas, se encontraba una glorieta redonda con un rellano de ladrillos rojos y un reloj solar de bronce que descansaba sobre una rosa de los vientos; incrustada en gastados mosaicos de un verde pálido, que apuntaba desafiante el cielo azul, desde donde se avistaba un cercano y apacible mar turquesa, ribeteado de blanca arena. Los flamboyanes se mezclaban con las palmeras y las amapolas en los descuidados jardines que rodeaban las construcciones con techo invertido a dos aguas, custodiadas por tinajas que recordaban a los grandes y ventrudos tinajones de barro de la ciudad de Camagüey. Escondidos entre la vegetación y los tinajones, se veía de vez en cuando, a uno que otro guardián del Ministerio del Interior, dispuesto a impedir con premura y arrojo el paso a cualquier curioso que se atreviera a penetrar en el exclusivo residencial desde la cercana playa. Un gato se lamía las patas al sol con indiferencia y el sonido de las olas al morir en la cercana playa se confundía plácidamente con el susurro de las hojas de los árboles y el choque de las colgantes vainas de los flamboyanes que resignadamente se mecían al compás de la ligera brisa.

Acompañado de su esposa e hija Paredes llegó a la casa, una de las mejor situadas, en primera línea, con vista al mar, a unos metros de la playa, pero disimulada casi totalmente por la espesura que la rodeaba.

–No lo puedo creer. Que estés aquí con nosotras, en Varadero. Qué lindo, que lindo mi cielo –dijo Lourdes, abrazándole y besándole, henchida de alegría.

–Papi, papi, ¿cuándo vamos a la playa? –preguntó llena de alegría Maribel desde la puerta entreabierta, dando pequeños y nerviosos saltitos.

–Primero hay que desempacar, poner las cosas en orden y colgar la ropa en los armarios antes de ir a la playa; y olvídate de bañarte Mari, que estamos en pleno invierno –sentenció la madre, alzándola en sus brazos y besándola, al tiempo que Mario entraba el resto del equipaje, abriendo las persianas y descorriendo las cortinas de las ventanas: dejando entrar la pujante luz del sol en la sala-comedor.

El Lada 2107 de Mike, era similar al que le habían prestado a Paredes: caja de cinco velocidades, motor de 1600 cc, carburador de dos bocas, aire acondicionado y cristales tintados, también importado directamente desde Panamá. El teniente coronel de la inteligencia cubana aparcó suavemente el vehículo en una de las calles laterales en el mismo centro de Varadero. Vestía una camiseta deportiva azul marino, *jeans* negros y mocasines. El sol era implacable. Se ajustó sus Ray-Ban polarizados de policarbonato, *silver* metal, que había traído también de Panamá; acomodó en su espalda la Heckler & Koch y caminó unos quinientos metros, bordeando un destruido inmueble que treinta años atrás había sido el emblemático y moderno edificio del Banco Núñez –un banco cubano, que en aquella época se encontraba entre los 500 más importantes de todo el mundo–, hasta llegar a una furgoneta rusa Guaz de color gris, con el rótulo en rojo de la empresa CUBALSE. Mike tocó ligeramente con los nudillos en la puerta trasera del vehículo que rápidamente se abrió para dejarle entrar.

–Maribel, no te metas en el agua, niña. Mira que está muy fría, mi amor –gritó Lourdes sentada sobre una toalla playera al lado de Mario, no muy lejos de su hija que jugaba alegremente con balde y paleta en la arena, tratando de construir lo que ella había bautizado como su castillito de arena. A pesar de estar en diciembre, el sol quemaba y Lourdes había estrenado el traje de baños azul marino que su marido le había traído de regalo de Praga; entretanto, él, con el torso desnudo y sus *jeans* remangados hasta el tobillo, yacía tirado de bruces sobre la toalla, soleándose la espalda.

El viento soplaba a sotavento y jugaba con el largo y negro pelo de Lourdes observada por su esposo con una mirada de amor y tristeza.

—¿Cuánto tiempo hacía que no teníamos vacaciones, cariño? —preguntó volviéndose hacía él.

—No sé, más de cuatro años —contestó vagamente.

La niña corrió hacia ellos con el balde lleno de agua que arrojó con picardía sobre la espalda de su padre que pegó un grito, simulando haber sido tomado por sorpresa. Lourdes y Maribel rieron burlonamente, al tiempo que Paredes se incorporaba secándose la mojada espalda.

Media hora más tarde, la furgoneta gris de seguimiento con el rótulo intercambiable de CUBALSE de los *kajoteros*, como llaman en la jerga de la Seguridad del Estado de Cuba a los miembros del Departamento K-J, departamento de seguimiento y vigilancia de la contrainteligencia cubana, se detuvo silenciosamente en el extenso parqueo del Hotel Internacional, debajo de un inmenso cocotero, para, además de protegerse del fuerte sol, poder pasar más inadvertida ante la mirada de los curiosos. Estaba a unos doscientos cincuenta metros de la casa que ocupaban Paredes y su familia en el residencial aledaño al hotel. En el interior de la furgoneta los técnicos comprobaron las balizas electrónicas acopladas al coche de Paredes confirmando su posición y activando así mismo los micrófonos ocultos en el apartamento.

Al timón de su Lada, Mike se dirigía a más de 120 kilómetros por hora hacia la cercana ciudad de Cárdenas por la Vía Blanca. Le gustaba correr, sentir el aire entrar por las ventanillas a medio abrir. Aquel tramo era el mejor, no tenía baches ni surgían vacas en la vía. Nadie se atrevería a pararle. Era dueño y señor de la autopista. Por los cuatro altavoces del ostentoso equipo a todo volumen, Madona interpretaba a dúo con él *Like a Prayer*. Minutos antes había abandonado la furgoneta espía. Después de trasmitirles sus órdenes a los *kajoteros,* se comunicó vía radio con el coronel Torres que le trasmitió en clave las órdenes a seguir: Paredes debería regresar urgentemente antes de 12 horas a El Centro. «El susto que se va a llevar», pensó con malicia después de terminar de recibir las órdenes.

Se sentía satisfecho. La operación de seguimiento a Paredes, ordenada por El Centro, se desarrollaba sin contratiempos, estaba en Varadero disfrutando, y aquella noche iba a cenar con Lil para tratar de convertirla en su *vínculo útil*, como solían llamar a los que habían sido captados por la inteligencia cubana. Quizá se la podría llevar a la cama aquella noche. ¿Por qué no? Tenía autorización de *arriba*. «Es un bomboncito», caviló con malicia. «Todo por la Revolución, coño», se dijo y rio, al tiempo que continuó acompañando a Madona en su canción.

Lourdes iba enganchada del brazo de su esposo que llevaba a la niña montada sobre sus hombros. Caminaban por la arena, cerca del mar, dejando que el agua lamiera sus desnudos pies. Maribel pidió bajarse y salió corriendo delante de ellos.

–No tan lejos, Mari, no tan lejos –advirtió la madre con tono cariñoso pero firme.

Paredes se volvió hacia ella mientras seguían a cierta distancia a la niña que buscaba conchas y caracoles entre la húmeda arena.

–Te voy a dar, después, en casa, sin comentario, un papel que debes leer y memorizar todo lo que está escrito en él: una dirección y los números de una cuenta bancaria. No me hagas preguntas. Cuanto menos sepas, mejor para ti –dijo Paredes con una mirada de súplica que ella comprendió al instante.

–¿Y qué voy a hacer con esa cuenta?

–Si me sucede algo, es un dinero que hay para ti y la niña –ambos guardaron silencio cuando Maribel se acercó con sus manitas llenas de conchas que dio a su madre y que esta metió en el pequeño balde de plástico.

–¿Estás metido en lo de Ochoa…?

–No, no, absolutamente no. Es otra cosa –hizo una breve pausa y tragó en seco–. No aguanto más –apretó los labios–. Si me sucediera algo, ya tienen ustedes ese dinerito y, además, alguien que dirá llamarse *Ernesto*, se pondrá en contacto contigo, cuando menos lo esperes, para sacarlas fuera del país. Todo está arreglado. No les faltará nada –sonrió ligeramente.

Lourdes, casada con Paredes por más de diez años, conocía muy bien a su marido. Sabía que desde hacía muchos años este vivía desengañado, como ella, de la revolución. Ahora había llegado evidentemente el momento que sabía tendría que llegar más tarde o más temprano y, aunque sintió miedo, también sintió un profundo alivio.

—No hables nada en la casa ni en el carro, tienen *técnica*. Es posible que nunca pase nada, y que todo siga como está, al menos durante un tiempo, pero si pasa algo, ya sabes lo que tienes que hacer.

Ella asintió silenciosamente y la brisa volvió a cubrir su rostro con su largo pelo, que recogió con un gestó rápido en un gracioso moño. Estaban próximos a la entrada que daba a la playa del Hotel Internacional. La niña regresó con nuevas conchas y caracolas reclamando un refresco con pequeños gritos y saltitos. Mario indicó que podrían tomar algo en el bar del hotel y hacía allí se dirigieron.

Después del refrigerio regresaron al residencial, atravesando el parqueo del hotel, en diagonal, cortando camino para entrar por el frente donde estaba la garita y la barrera con los guardias. Fue entonces cuando Paredes descubrió bajo el cocotero la furgoneta gris con el rótulo de CUBALSE. Sintió cómo su corazón se paralizaba. Sabía muy bien que aquella era una de las unidades de escucha y seguimiento de los *kajoteros,* y que, con toda seguridad, él era el objetivo. Trató de que Lourdes no se diera cuenta y para disimular comenzó a columpiar a la niña entre sus piernas mientras caminaban, pero ella también se había percatado de la presencia de la furgoneta espía.

—¿Tenemos *chequeo*? —preguntó sonriendo, como si estuviera bromeando.

—Sí, eso parece —contestó él, lanzando también una sonrisa despreocupada mientras Maribel pedía a gritos y risitas que la balanceara con más fuerza.

Varadero, Xanadú, 11 diciembre, noche

Lil estaba encantadora. Vestía un simple vestido de lino color negro y unas zapatillas plateadas sin tacón. Tenía el pelo recogido y se había maquillado muy levemente, pero lo suficiente para resaltar sus ojos color miel, sus bellas y grandes pestañas y sus carnosos labios. Mike estaba sentado a su lado en la terraza de Xanadú, la antigua mansión de Irénne Dupont, un multimillonario estadounidense de origen francés, que la Revolución había incautado a principio de los años sesenta, convertida ahora en exclusivo restaurante para altos jefes de la nomenclatura y selectos visitantes extranjeros.

–¿Sabías que el millonario Dupont, el antiguo dueño de esta mansión, murió el mismo día en que la abrimos como restaurante Las Américas? La huésped de honor ese día fue la primera mujer cosmonauta del mundo, la soviética Valentina Tereshkova.

Lil movió negativamente sin parecer muy interesada en el relato.

–El 12 de diciembre de 1962, para ser más exacto –agregó el teniente coronel de la Seguridad del Estado, con cierto orgullo–. Hemos llegado con un día de anticipación para celebrar el aniversario –añadió, apoyando sus palabras en una sonrisa juguetona.

–¡Excelente! Si quieres venimos mañana también –respondió Lil con ironía–. Seguro que te has aprendido el sermón para impresionar a tus huéspedes extranjeros del ICAP –espetó.

Mike sonrió levemente, esquivando la mirada.

–Antes de convertirse en restaurante, la revolución la había trasformado en escuela –agregó Mike.

–¿En escuela de golf? –preguntó Lil con mirada de burla.

–No, en una escuela de primaria, el campo de golf pertenecía a la mansión de Dupont desde el comienzo.

–Y ¿por qué convirtieron la escuela en restaurante?

–Es que casi la destruyen, y hubiera sido una lástima. Además, no creó que se presta para escuela. Está mejor como restaurante, ¿no crees? Fue uno de los tantos errores que se cometieron en aquella época.

Lil se encogió de hombros. No se sentía a gusto. Percibía un ambiente que no estaba a tono con sus ideas de lo que debía ser la Cuba revolucionaria adonde había viajado para construir una escuela y no para visitar un restaurante de lujo para visitantes VIP. Sin embargo, como mujer se sentía halagada que aquel simpático y apuesto cubano la hubiese invitado a cenar.

Mike vestía un jersey negro y una americana de color beis, que jugaba con los jeans y unos mocasines sin medias de piel negra y fina.

—Te recomiendo el cóctel de camarones de primero y langosta a la plancha de segundo —dijo mirando el menú. —¿Qué deseas tomar?

—Me gustan muchos los mariscos, aunque los judíos no comen mariscos si son religiosos.

—¿Eres judía? —dijo Mike fingiendo sorpresa.

—Sí, soy judía, pero no religiosa. Quisiera vino blanco, si hay.

Mike asintió y llamó a la camarera, una mujer delgada y de mirada iracunda, pero contenida, que apenas se movía para caminar.

—Sí, hay un vino blanco chileno, muy bueno —dijo la mujer y Mike asintió.

—¿Cómo se llama el vino?

—Ay, compañero, no me acuerdo, pero si quiere se lo averiguo —respondió la camarera ligeramente turbada por la pregunta.

—No se preocupe, compañera —respondió Mike—. Traiga una botellita de ese vino blanco chileno, que seguro está muy bueno.

Lil sonrió levemente, con cierta coquetería cuando la camarera se alejó. Mike la observó con mirada provocativa y juguetona. Ella bajó la vista y no quiso darse por enterada. Él cambió inmediatamente y adoptó de nuevo la actitud seria y medida del funcionario cubano al servicio del ICAP que había asumido al principio

El mar batía afuera entre las rocas de los arrecifes dejando estelas de espuma que brillaban bajo la luz de la luna que apareció de repente entre unos densos nubarrones, arrancándole a las voluptuosas columnas negras de jiquí y sabicú destellos de plata. Las gruesas cortinas verde esmeralda continuaron meciéndose rítmicamente empujadas por la brisa marina.

Estaban sentados en una mesa para dos con vista al mar en la amplia terraza.

—Claro, para una revolucionaria como tú estas historias de millonarios americanos no tienen mucho interés —dijo Mike, dejando caer sus palabras lentamente, con calculada elocuencia.

Ella sonrió con cautela.

—Lil, sólo quería invitarte a un buen restaurante, pero te comprendo. Créeme. Yo tampoco me siento muy a gusto aquí. Pero, lo hice por la comida, se come muy bien y hay vino… Es una invitación privada.

Lil asintió silenciosamente y lo miró fijamente. Él le devolvió la mirada y le tomó su mano. Quedaron mirándose unos instantes, posteriormente, poco a poco, Lil le retiró su mano.

–Gracias. ¿Sabes? Eres diferente a los otros cubanos que he conocido.

–¿Sí? ¿Diferente…? ¿Cómo?

–No sé. Se puede hablar contigo más fácilmente. Se ve que has vivido más intensamente. Has viajado, tienes mundo… –Mike sonrió halagado.

–No sé. Es posible que mi trabajo… –se detuvo y la miró como tratándole de decir con la mirada algo que no podía decirle con palabras–. Trato de ayudar a la revolución lo más que puedo, aunque mi familia haya pertenecido a la burguesía cubana, yo estoy del lado de Fidel, que es lo mismo que estar al lado de los pobres y de los oprimidos.

–Yo también –dijo ella y le miró con dulzura–. Mi familia tiene dinero, pero quiero vivir de otra forma, luchar contra las injusticias en el mundo, por eso estoy aquí.

–Tú y yo, tan diferentes y, sin embargo, tan iguales. Me hubiese sido mucho más fácil haberme ido con mi familia para Miami. Pero aquí estoy, luchando por nuestra revolución.

Ella le tendió la mano y él la tomó fuertemente entre las suyas.

–Tenemos que ayudar a la revolución, Lil. Tenemos que defender a Cuba, no sólo construyendo escuelas, sino que trabajando activamente para que este país maravilloso no caiga nuevamente en manos de los imperialistas y la contrarrevolución de Miami.

–Sí, hay que luchar por Cuba, al menos eso es lo que quiero, Mike. No sólo construir una escuela, sino que ayudar a construir todo este fantástico país, a su maravilloso pueblo y a su revolución.

–Lo sé, y sé, además, como puedes ayudarnos.

Un camarero trajo el cóctel de camarones y les sirvió más vino.

Habían sacado al patio interior dos sillones mecedores de aluminio con asiento y respaldo de plástico, probablemente los únicos muebles que resistían la erosión del salitre marino que todo lo destruía. Mario había abierto una botella de ron Varadero añejo cinco años y le brindó a su mujer mientras seguía disfrutando de su Romeo y Julieta. Estaban casi en penumbra, y solamente la luz de una lámpara en la sala-comedor les llegaba débilmente. Maribel se había dormido rápidamente, totalmente extenuada. La escuálida luz de una luna en creciente menguante, permitía que las estrellas pudieran lucir sus magnitudes en todo su esplendor. Mario se detuvo en observar la Vía Láctea, el Camino de Santiago, como su madre le había explicado de pequeño. Venus ya casi desapareciendo en el horizonte del oscuro mar, y la Osa Menor con su Estrella Polar, señalando hacía el norte, hizo que Mario desviara sus pensamientos a la capital estadounidense, dónde sabía que se encontraba Javier Puig en aquellos momentos. «¿Cómo lo habían recibido en Langley? ¿Cuándo volverían a verse?» Eran muchas las preguntas que en aquellos momentos se hacía sobre su futuro. Aquella furgoneta del departamento K-J, descubierta esa tarde, cerca del residencial, solamente podría significar que le estaban siguiendo los talones. Pero ¿por qué? ¿Quién? ¿La contra inteligencia o los suyos del DI? Quizá ambos. También fuera posible que quisieran saber más de él, sobre su vida privada, cómo pensaba, cómo actuaba en su vida familiar. Un seguimiento de rutina, para poder completar la investigación que siempre precedía a un ascenso. Lo mejor era continuar actuando naturalmente ante los micrófonos de los *kajoteros* como si nada, y disfrutar aquellos cortos días de vacaciones con su mujer y su hija. No podía hacer otra cosa en aquellos momentos.

–¿Has visto *Casa Blanca*, la película? –preguntó Lil sentada con un mojito en la mano, mirando despreocupadamente las olas chocando contra los acantilados.

Estaban en el mirador de Xanadú, convertido por la revolución en bar, rodeados de negras columnas torneadas que, como diosas de ébano, parecían sostener el techo de cedro labrado. Mike, recostado al alféizar de mármol que hacía de mostrador jugaba con un cenicero atrapado entre sus largas manos, pensando en el Cohíba que le hubiera gustado fumarse pero que, por delicadeza o simplemente para hacer el momento más cálido y mágico, había desistido de encender.

–¿Por qué lo preguntas? Será porque todo esto te parece como si estuvieras en una película. ¿No?

–Bueno, quizá demasiado romántico para mi gusto… pero no, te lo preguntaba por el nombre que le han dado al mirador… Casa Blanca.

–No, es decir, no sé por qué le han puesto ese nombre… tampoco he visto la película.

189

—Es una lástima. Deberías verla.

Mike dejó el cenicero y bebió un sorbo de su wiski. Miró a Lil fijamente, sacando del bolsillo interior de su chaqueta una foto de Mario Paredes.

—¿Has visto alguna vez esta cara?

Lil se quedó mirando la foto sin saber qué responder —Su cara me es familiar. ¿Dónde la he visto?

—En el avión, cuando viajabas de Madrid a La Habana. Estaba en el mismo avión que tú.

—Sí, creó recordarlo… vagamente. Viajaba solo. ¿Por qué me lo preguntas?

—Por nada. Hablaste con él o con cualquier otro pasajero, bueno, no me refiero a los de tu grupo.

—Con él no. Pero hablé con un hombre que viajaba a Santo Domingo, nunca había estado en Cuba.

—¿Era español?

—No… bueno, medio español. Su madre, creó que era española y su padre puertorriqueño. Era americano.

—¿De qué hablaron?

—Lo empujé con mi mochila en el aeropuerto. Creo que le dolió bastante el golpe en la espalda, pero no dijo nada. Se portó muy cortésmente. Era un hombre muy simpático y muy bien educado. Me dijo que le gustaría visitar Cuba algún día.

—¿Cómo se llama?

—Me dijo que se llamaba… Rigoberto Sánchez, nacido en Puerto Rico, creó recordar. ¿Por qué?

—Nada, sólo por curiosidad, curiosidad solamente.

El bar estaba casi desierto, como el resto de Xanadú. Al poco tiempo de estar en el bar llegaron un alto militar con una mujer joven y un hombre vestido de guayabera con otra mujer.

—¿Estarías dispuesta realmente a trabajar para Cuba? —le preguntó Mike y se le quedó mirándola seriamente.

—Claro.

—¿Aunque fuera un trabajo arriesgado?

—¿Cómo arriesgado?

Mike hizo un gesto que se arrepentía de haber hablado demasiado.

—No, no me hagas caso.

Lil se mostró molesta y tomó un trago de su mojito.

—Si me vas a decir algo, dímelo por favor. No me dejes colgada así, de esta forma.

—Perdona —dijo él tratando de disculparse—. Pero, es que no tengo ningún derecho a pedirte sacrificios.

—¿Por qué no? —respondió ella con brusquedad—. Claro, nosotros, los jóvenes europeos, sólo servimos para venir aquí y hacer turismo revolucionario. ¿No es así?

—Claro que no, por supuesto, pero no tengo ningún derecho… sólo fue una idea que me cruzó por la cabeza, pero fue una idea… olvidémonos de esta conversación Lil, por favor.

—Por favor, Mike, te lo pido, ¿por qué no puedes decirme lo que estabas pensando?

—Porque puede ser peligroso para ti, y no me gustaría que te metieras en problemas por culpa mía.

Lil le miró con mucha seriedad y le tomó las manos, suplicante.

—Soy lo bastante mayorcita para saber lo que es malo y lo que es bueno, lo que me conviene y lo que no me conviene. Así que, por favor, continúa…

Mike suspiró hondamente, arqueó sus cejas y apretó sus labios, fue un gesto un poco teatral, pero ella no se dio cuenta y surtió el efecto deseado.

—Bueno, en realidad quizá podrías ayudarnos de una manera más concreta.

Los ojos de Lil brillaron de alegría y al mismo tiempo de miedo.

—¿De qué forma?

—Ayudándonos en Europa para hacer algunos contactos.

—¿Concretamente, de qué se trata, Mike?

—Necesitamos tu colaboración. Es algo importante. Pero no puedo decirte más, por el momento. Si te interesa ayudarnos, te pondría en contacto con alguien que puede explicártelo con más detalles. Yo, en realidad, no sé tampoco mucho. Pero sólo ha sido una idea que me vino a la mente ahora.

Mike se le quedó mirando con una tristeza fingida, como apenado. Ella bajó la vista. No sabía qué responder. El vuelco que había tomado la conversación la había tomado por sorpresa. Pero, claro que era una posibilidad de hacer algo concreto por Cuba… y por sí misma: salir de aquella crisis existencial que arrastraba. Algo de lo cual podría sentirse orgullosa, que otros pudieran sentirse orgullosa de ella.

—Sí, me gustaría ayudar a Cuba. Aunque sea arriesgado. Ustedes se arriesgan todos los días por el solo hecho de existir. ¿Por qué no me puedo arriesgar yo?

Mike la miró con agradecimiento y le besó la frente. En una esquina del bar el militar besaba frenéticamente a la joven y la otra pareja se había ido hacia el mirador para contemplar el mar.

Varadero, zona residencial del Hotel Internacional,
12 diciembre, madrugada

Volvieron a tocar a la puerta, esa vez con más fuerza. Paredes fue el primero en despertarse, sobresaltado. Lourdes abrió los ojos y sintió miedo. El apartamento tenía dos dormitorios y un baño en el piso superior, en uno dormían ellos dos y en el otro la niña

—¿Quién puede ser a esta hora? —preguntó ella, encendiendo la lámpara de la mesa de noche. Bajó a saltos la escalera con expresión de pánico en el rostro. En Cuba, cuando llamaban a la puerta de tu casa después de las 12 de la noche era mal presagio.

Mike apareció sonriendo en el marco de la puerta abierta, frente a Paredes que le recibió en calzoncillos, con una expresión de asombro.

—Perdona *brother* que te despierte a esta hora. Órdenes del MX. Tenemos que salir pitando para La Habana —agregó como disculpándose—. Puedes dejar a la familia aquí, disfrutando. En un par de días estarás de vuelta, creó —agregó.

Aún aturdido Mario le hizo pasar y se restregó los ojos. Lourdes se había puesto una bata y se había asomado por la escalera, cerrando antes la puerta de la habitación de Maribel para que no se despertara.

—¿Qué pasa, Mario? —preguntó ella desde la escalera casi en un susurro con un nudo en la garganta que trató de disimular lo mejor que pudo.

—Nada, es que me llaman de El Centro y tengo que irme ahora mismo para La Habana. Ustedes se quedan aquí y yo regreso tan pronto pueda —dijo repitiendo lo que le había dicho Mike, mirándole, como buscando su afirmación.

–Positivo, compañera. Así es, órdenes de arriba. Tenemos que regresar a La Habana, pero seguro que en un par de días estamos de regreso.

–¿Quieres que te haga un cafecito mientras te duchas, Mario? –dijo ella bajando la escalera y dándole la bienvenida a Mike con un ligero movimiento de su cabeza, ajustándose la bata.

–Metemoquenotenemostantotiempo–dijoMikelamentándose.

13. Diciembre 12

La Habana, Hotel Chateau Miramar,
12 de diciembre, 9:00 de la mañana

Miguel Torres mostró la foto de Lil a Mario Paredes que reconoció inmediatamente a la chica alemana. Había llegado a las oficinas de la Quinta en el Hotel Chateau hacía dos horas. Iba por su tercer café cuando Torres, que le había recibido minutos antes, sin más preámbulo le preguntó poniendo su índice en la foto de la joven alemana:

–¿Has visto a esta persona anteriormente?

Paredes fingió lo mejor que pudo.

–No sé… Déjame verla nuevamente –dijo tomando la foto del escritorio y simuló estudiarla con detenimiento.

–Me parece que la he visto recientemente… quizás en el avión cuando volaba de Madrid a La Habana, ¿puede ser?

Torres asintió en silencio.

–Es alemana, de origen judío, y, efectivamente, viajaba en el mismo vuelo que tú con un grupo de estudiantes alemanes que han venido a construir una escuela en Cárdenas.

–Sí, ahora que lo dices, escuché algo durante el viaje. ¿Por qué?

–Solo quería saber si sabías quién es –dijo Torres recogiendo la foto que colocó lentamente en el escritorio y la guardó en una carpeta. Sacó otra carpeta y después de leer algo le mostró a Mario otra foto. Era de Javier Puig en la terminal de espera del aeropuerto José Martí.

Una foto seguramente tomada por las cámaras de seguridad.

–Y este señor, ¿sabes quién es?

Mario sintió como el piso se abría debajo de sus pies. Tragó en seco e hizo un gran esfuerzo por mantenerse sereno. Las piernas casi no le respondían.

–No… no creó. Espera. Sí, ahora creó que lo recuerdo, ¿también iba en el avión?

Torres quedó mirándole sin decir palabra alguna.

Mario sintió como su garganta se secaba y deseó salir corriendo, pero se contuvo.

La Habana, Hotel Riviera, vestíbulo,
12 de diciembre, por la mañana

Irina se levantó temprano aquella mañana y solo desayunó un café. Al pasar por la recepción lanzó una curiosa mirada al titular del *Granma:* «Resistiremos, aunque se hunda la Isla». Sumida en sus pensamientos en torno al titular del órgano del Partido Comunista Cubano no se percató de que el doctor Vega casi choca con ella.

—Hola, Irina, ¿cómo estás?

La rusa se sorprendió al ver al médico que no reconoció a primera vista ya que estaba vestido con una guayabera color crema claro y pantalón blanco, y no con su habitual bata de médico.

El psiquiatra le abrió la puerta de cristal cortésmente para que saliera.

—Buenas, doctor. No le reconocí.

Vega se sonrió y la dejó pasar haciendo una pequeña reverencia, pero cuando la rusa se dispuso a tomar el taxi que la esperaba se volvió hacia ella:

—Ah, Irina… Perdone, pero ahora que la veo, me he acordado de algo importante.

Irina se detuvo y volvió su cabeza lentamente hacía el médico.

—¿Cómo?

Vega se le acercó y habló en voz baja, amable, pero con un tono amenazador.

—¿No se acuerda de nuestra pequeña conversación privada el otro día?

Irina le miró extrañada, casi perpleja.

—No entiendo, doctor, disculpe.

—Ah, que tonto soy, me había olvidado que quizás usted no estaba totalmente consciente de nuestra breve, pero agradable conversación.

—¿Sobre… qué?

—Su confesión, Irina —pronunció lentamente las palabras, entornando los ojos, como si fuese a caer en trance.

Irina le devolvió la mirada, molesta. No le gustaba que Vega hablara de esa forma con ella, ahí, en la misma puerta del Hotel Riviera.

—Irina, Irina, por favor. Me refiero a su… nuestro *pequeño secreto.*

Irina volvió a clavar sus fríos ojos en el médico, moviendo negativamente su cabeza.

—No tengo la más mínima idea de lo que está hablando, doctor.

Vega mostró una sonrisa provocativa y sus ojos brillaron extrañamente.

—Una pista de cómo encontrar esos dos milloncitos de dólares, *extraviados.*

Irina dio un par de pasos hacia atrás, pero Vega avanzó y se puso aún más cerca de ella. «¿Olía a cloroformo o era naftalina?», pensó ella automáticamente a pesar del momento de tensión.

—No se preocupe, en realidad Mike no se ha enterado de nada porque estábamos solos usted y yo cuando me lo contó todo… ¿recuerda?

Irina trató de contenerse, de no mostrar reacción alguna, pero sintió pánico.

—No sé de qué me habla, doctor Vega, de veras.

El psiquiatra se rio con sorna y se le acercó aún más. Irina sintió su aliento desagradable mezclado con aquel olor a desinfectante de su ropa.

—Su amiga Tatiana y usted son muy arriesgadas. Si se descubre todo, no creó que la pasarán muy bien. Pero, no estoy interesado en molestarlas. Me parece muy bien que tengan iniciativa propia. En estos tiempos no podemos confiar en nadie, sólo en nosotros mismos. Pero mi silencio, *tovarish* Irina, tiene un precio… Digamos, unos 500.000 dólares.

Irina quedó paralizada. Le dijo al taxista que la esperara un momento y cerró la puerta del coche que se alejó unos metros, dejando libre la puerta de entrada del hotel.

—Se puede saber ¿de qué está usted hablando?

—No, no se preocupe. Es algo entre ustedes y yo, solamente. Nadie se enterará.

—¿Qué diablo le he dicho?

—Todo, querida Irina, todo. Guardaremos el secreto a Mike. Aunque usted misma no sabe dónde está el dinero, al parecer, eso lo sabe sólo su amiguita Tatiana… Fueron ustedes dos las que se robaron ese dinerito. Eso fue lo que me dijo, y le aseguro que si le vuelvo hacer el tratamiento delante de Mike sé cómo desbloquear su mente. Ha sido usted muy profesional a la hora del interrogatorio con él, pero... Vega la miro con una mirada amenazadora.

—Aquí esas cosas se pagan en el paredón. ¿No lo sabía?

Irina trató de recuperar el aplomo.

—¿Podemos hablar con más tranquilidad sobre este asunto, más tarde?

—Por supuesto, Irina. Así es... así me gusta. Mañana, nos podríamos ver en el Prado, junto al león de la izquierda. ¿Sabe dónde está? ¿Qué le parece a las ocho de la noche? Prado y Neptuno. En el corazón de nuestra querida Habana.

—No sé dónde es, pero lo averiguaré. Me parece bien a las ocho de la noche. No se haga muchas ilusiones, doctor Vega.

—No, en lo absoluto. Usted tampoco, Irina. Tuve la precaución de grabar la conversación en caso de que me suceda algo. Ya sabe, hombre precavido vale por dos...

Una risa burlona y nerviosa se le escapó a Vega al mismo tiempo que se despedía de ella, ya caminando hacia el taxi.

El *almendrón*, destartalado artilugio producto del ingenio y la imaginación cubana, construido con motor y piezas rusas con carroza de coche norteamericano de la década de los cincuenta, se puso en marcha expeliendo una densa humareda y brincando como un penco moribundo.

El vehículo dobló hacia la derecha y tomó la avenida del Malecón. Era un día gris, las nubes corrían a gran velocidad, como si tuvieran prisa, y de vez en cuando el cielo azul abría una brecha entre ellas. Las olas llegaban hasta la mitad de la avenida y venían en rachas, como ataques coordinados. El deteriorado vehículo traspasó la fina cortina de minúsculas partículas de agua producidas por las olas que obstinadamente se desintegraban contra los arrecifes y el muro del Malecón. El cristal de la puerta trasera del taxi estaba roto, así que la rusa tuvo que echarse hacia el otro extremo del coche para no quedar expuesta a un chapuzón de agua salada de fuerte olor a mar revuelto que parecía inundarlo todo. Sintió náuseas. Las palabras del doctor Vega resonaban en su mente y se mezclaban con el sonido que producían las olas al estrellarse contra los arrecifes. «¿Qué se podía hacer?». Dentro de un cuarto de hora se iba a encontrar con Mike y con otros agentes cubanos. Querían hablar con ella. ¿De qué? Todo eran preguntas. Ella sabía que siempre existía un riesgo durante los interrogatorios con drogas. Se había entrenado para resistir. Pero Vega eludió el bloqueo para que no pudieran entrar a su mente. Ahora tenía que sopesar muy detenidamente la situación.

La Habana, Hotel Chateau Miramar,
12 de diciembre, 9:05 horas

–Estuvo conversando con nuestra chica durante el vuelo, por eso te lo preguntaba. Fue ella la que tomó contacto con él, según nos ha dicho –precisó Torres señalando la foto de Javier, haciendo un gesto como que no importaba mucho el detalle antes de guardarla nuevamente en la carpeta.

–¿Nuestra chica?

–La chica de la otra foto. La hemos reclutado.

–Ah, sí –Mario se mostró interesado. «Qué te había dicho, que siempre lo primero que hace esta gente es tratar de captar a estos tontos útiles que vienen a hacer turismo revolucionario», recordó la conversación en el retrete del avión con Javier.

–Esa chica nos va a hacer falta ahora, *brother*. Y tú vas a ser su control –agregó Torres.

Mario asintió mientras trataba de recuperar la confianza en sí mismo. Todavía tenía presente, y sin aún saber el porqué del seguimiento del que había sido objeto en Varadero por parte del equipo de *kajoteros*, apenas 24 horas antes.

–Debido a que estamos muy escasos de tiempo y que necesitamos comenzar a trabajar de inmediato, hemos reclutado en estos días a varios *vínculos útiles* de países occidentales, sobre todo de Europa. Suecos, finlandeses y la chica alemana. Todos van a trabajar bajo cobertura para CIS –dijo lentamente Torres–. La alemana, judía como te dije anteriormente, aunque no profesa la religión, se llama Lil Segal, la hemos bautizado con el nombre de Sara. Ese será el seudónimo con el que los demás la conocerán. Tú serás su control. Más adelante, durante la reunión regresaré al tema de tus funciones dentro del CIS. Ella te conocerá como el agente Pablo. Estará relacionada además con Mike, que ha sido quién la reclutó, y con Irina, la rusa, que es la jefa del Comando X-20 que ya conociste en Madrid. Después de la reunión te daré más información sobre la operación que estamos preparando en la que Irina y Sara, estarán bajo tus órdenes.

Mario Paredes sintió cómo poco a poco volvía a recuperar la ecuanimidad y confianza en sí mismo.

—Y esa otra foto, de ese hombre, ¿por qué me la mostraste? —preguntó sin mucho énfasis.

—No sabemos quién es. Dice Lil que fue el único que habló con ella en el avión que no pertenecía a su grupo. Se llama Rigoberto Sánchez, medio español y puertorriqueño, aunque viaja con pasaporte estadounidense. Parece que se dedica a negocios… —dijo echándole un nuevo vistazo a la foto de Javier antes de volver a guardarla en el expediente—. Queremos tener todos los datos del perfil de Sara.

Mario asintió y sintió como la sangre volvió a recorrer sus arterias y su corazón comenzó a palpitar pausadamente.

—*Sorry*, te partimos por el eje las vacaciones, pero no te preocupes, es posible que puedas disfrutar un par de días más con la familia antes de comenzar la nueva operación que te hemos asignado. Si no ahora será a tu regreso. Es que las cosas se han complicado, y tenemos poco tiempo. De todas maneras, está lloviendo en Varadero. Vamos a tener una reunión contigo y con Irina.

—¿Irina?

—Exacto.

—Parece competente la rusa.

—Sí, además, está durísima —agregó Torres haciendo una broma—. Creo que ya Mike la tiene controlada. Bueno, eso es lo que dice él.

—Bien, tendré que quitar a la camarada Irina de mi lista —respondió Mario con sorna, sin mucho convencimiento.

Mario Paredes era un hombre feliz en su matrimonio, adoraba a su hija y era fiel a su mujer, algo no muy corriente entre sus compañeros de trabajo, los altos jerarcas y los Rambos revolucionarios que vivían una vida bastante promiscua, de bacanal en bacanal; lo que en la jerga llamaban la *dolce vita*.

Alguien tocó a la puerta y Torres pidió en voz alta que pasara. Era Mike acompañado de otro oficial de la seguridad.

—Jefe, ¿ya de pelea? —dijo dirigiéndose a Paredes en tono de burla, dándole unos golpecitos en la espalda.

—Más o menos… vamos tirando.

—Perfecto, ya estamos todos aquí. Entonces podemos comenzar

–dijo el coronel Torres levantándose de su silla.

Irina se había sentado frente a una pequeña mesa redonda de la cafetería-bar del Hotel Chateau adonde había llegado poco antes. El camarero trajo un jugo de guayaba bastante aguado y de un raro color, entre marrón y verde, del cual casi ni probó. Trató de quitarse de la cabeza al doctor Vega y parecer lo más natural posible. Sus músculos estaban tensos y sentía como un pequeño temblor sacudía sus piernas. «¿Tendría el médico realmente la conversación grabada?», se preguntaba una y otra vez. «Si Vega la había grabado, quizás había otros micrófonos en la habitación del hotel». Las dudas y los pensamientos le daban vuelta en la cabeza y no la dejaban pensar con claridad. «La única solución era quitar a Vega del medio, aunque fuera arriesgado».

Miró hacia fuera a través de las ventanas que daban a un patio donde unas pocas palmeras estoicamente resistían el embate del viento frío del Norte. No se había vestido con la ropa adecuada para ese día: blusa ligera y falda corta. «Si pudiera al menos ponerme en contacto con Tatiana» pensó, cuando un hombre vestido de civil se le acercó, pidiéndole que le acompañara señalando los ascensores de la entrada.

–Hola, Irina. ¿Hace mucho que llegaste? –preguntó Mike, que le dio un beso en la mejilla al abrir la puerta de la habitación dónde estaban.

–No, hace unos minutos –respondió la rusa tratando de parecer lo más tranquila y relajada posible–. ¿Qué tal, Paredes? –agregó al ver que Mario se encontraba en el grupo.

–Bien, Irina, gracias. ¡Felicitación, parece que la operación ha sido un éxito!

–Sí, eso creó… –dijo sonriendo mientras paseaba su vista por la habitación. Mike la invitó con un gesto cortés a que se sentara en la larga mesa donde ya Torres estaba sentado leyendo unos papeles.

Cuando todos se hubieron sentado, Torres levantó su vista de los papeles y se quitó sus gafas de lectura.

–Gracias a todos por venir. Irina, soy Jorge, los demás ya me conocen –dijo en voz baja, casi en un susurro sin especificar su rango o posición–. Como ya saben, el operativo de Panamá ha sido un gran éxito. Pero no podemos dormirnos en los laureles. La principal prioridad del CIS en estos momentos es asegurar las bases económicas de la organización. Sin dinero poco podemos hacer. El único comando operativo por ahora es el X-20 y tenemos una situación de emergencia, parecida a la de Panamá. Es en territorio de la RDA. Será el primer operativo de este tipo en Europa Oriental, pero seguirán otros. En unas semanas otro comando estará operativo. Regresaré más tarde a ese tema, pero antes prefiero hablar sobre la organización del CIS y los cargos y posiciones que ustedes ocuparán, o ya ocupan en la organización.

» El Centro Principal del CIS, por asuntos prácticos y de seguridad, como ustedes sabían anteriormente, está en Cuba –agregó revisando rápidamente las notas que llevaba en su carpeta–. Vamos a disponer de nuestro propio edificio y personal. Nuestra cobertura será la Corporación Mar Azul; pero, debe quedar claro que más que una tapadera, Mar Azul, funcionará, efectivamente, como un grupo de empresas con ramificaciones internacionales a través de las cuales canalizaremos la financiación de los Comandos Internacionales de Solidaridad y los diferentes operativos de nuestra red. Los locales de la corporación estarán funcionando en unas semanas y todos los que tienen que ver directamente con el CIS se trasladarán a las nuevas instalaciones para impedir cualquier tipo de infiltración o duplicidad con la DI o el Ministerio del Interior. En principio, me refiero a Mike que va a ser uno de los vicepresidentes de la corporación y Paredes que tendrá el cargo de consultor agregado o algo así. Ni la propia inteligencia ni la contrainteligencia cubana conoce que existen. Ustedes son, a partir de ahora, la Corporación Mar Azul, y punto. Solo unas cuantas personas fuera de CIS tienen conocimiento de su existencia: un círculo muy reducido de compañeros al más alto nivel político, tanto en Cuba como en el extranjero. ¿Entendido? –volvió a hacer una pausa y se dirigió a Mike para que le pidiera al ordenanza que estaba afuera que encargara algunas botellas de agua y algunos vasos.

–El dinero que podamos recaudar, ya sea a través de transacciones, negocios o traslado de efectivos desde las antiguas repúblicas socialistas de la Europa del Este, será invertido en nuevas corporaciones que ya hemos comenzado a crear tanto en Cuba como en el extranjero. Aquí en Cuba, vamos a comenzar a invertir en el sector turístico. Otras corporaciones que ya existen, como CUBALSE, etc., solamente tendrán con nosotros contactos estrictamente de negocios. Nada más.

Llegaron el ordenanza y una secretaria con unas botellas de agua mineral y unos vasos de plástico que dejaron sobre una bandeja. Torres abrió una de las botellas y bebió con apuro seguido de Irina y Paredes.

–En lo referente a cómo estará organizado el CIS, no voy a entrar en detalles, solamente en lo que concierne a ustedes ahora –agregó secándose la boca con el antebrazo–. Primero los enlaces: son los compañeros que servirán de *puente* entre el coordinador del CIS y los comandos –que llamaremos Unidades Especiales–. Los enlaces darán cobertura y serán, además, los responsables logísticos de las operaciones de los comandos bajo su responsabilidad. Serán asimismo los controles de los *vínculos útiles* relacionados con una operación determinada.

–Perdón –dijo Irina– ¿qué son los *vínculos útiles*?

–Excúsame, Irina. Es, en nuestra jerga, los *talentos* o agentes encubiertos. Pueden ser ilegales activos o dormidos –dijo Torres, disculpándose.

–El mayor Paredes será el agente Pablo y será el enlace entre el CIS y el Comando X-20 bajo el mando operativo de Irina. El agente Lázaro –señaló al hombre que había acompañado a Mike–; será el enlace del próximo comando, el Comando X-45, que estará operativo en unas semanas y que estará formado por exsoldados de elite de la RDA, miembros de la Quinta, de Cuba, y la participación de algunos compañeros palestinos y dos compañeros venezolanos.

Paredes miró a Irina y al agente Lázaro. Mike fijó su mirada en el techo, un poco aburrido, quizá demostrando que ya conocía de antemano el contenido de aquella reunión. Torres continuó:

–El coordinador entre CIS y los enlaces, el agente Pablo y el agente Lázaro, es Mike, quien actuará como vicepresidente de Mar Azul –y señaló hacia el agente cubano que asintió en silencio tratando de simular una modestia que no tenía–. O sea, que Irina rinde informe a Paredes y él a Mike. ¿De acuerdo?

–De acuerdo. Una pregunta: –dijo Paredes. Torres asintió–. ¿Quién será entonces el presidente de Mar Azul, si Mike es el vice?

–Al frente de Mar Azul pondremos a un economista de verdad, que no tiene que ver directamente con el CIS, aunque está por supuesto al tanto... Su nombre es Roberto Rangel, viene del sector bancario.

Paredes asintió y Torres volvió a revisar sus papeles.

–Yo seré el contacto entre el CIS y el MX de la DI y puedo tomar contacto con todos ustedes directamente. Eso es lo que necesitan saber sobre la organización del CIS, por ahora. Trabajamos, como es costumbre en estos casos, con información estrictamente confidencial y compartimentada. De más está decir que rigen las mismas reglas que en el DI o el Primer Alto Directorio del KGB –hizo una pausa–. Sobre el próximo operativo del X-20 en territorio de la RDA, le informaré a cada uno de ustedes, por separado, después de esta reunión. ¿De acuerdo?

Todos asintieron y se escuchó un ligero murmullo. El coronel Miguel Torres recogió sus papeles y los devolvió a su carpeta.

–¿Preguntas? –todos permanecieron en silencio–. OK. Mike y Lázaro pueden irse, Irina, por favor, ten un poco de paciencia, voy a despachar primero con Paredes y después estoy nuevamente contigo. Dame unos minutos. ¿De acuerdo?

Irina sonrió al agente Jorge parpadeando varias veces con gesto coqueto. Torres invitó a Paredes a que le acompañara a una habitación contigua. Mike y Lázaro desaparecieron rápidamente e Irina quedó sentada frente a la larga mesa.

Washington, 12 de diciembre, 19:34 horas

Se suponía que durante los dos últimos días en Washington, Javier se los pasara descansando; al menos era lo que Colin le había sugerido. Pero la realidad fue muy distinta. En efecto, pudo finalmente recuperar el sueño, pero con el sueño se recrudecieron las anteriores pesadillas. Cuba volvía a ser el centro de sus alucinaciones: Paredes, abandonado a su suerte, fusilado. Volvía a soñar con su niñez. Estaba profundamente deprimido y no sabía cómo salir de aquel atolladero. Lo peor que le habían podido hacer en aquellos momentos era dejarlo solo, así de pronto. Primero, la misión en Praga, después los interrogatorios, la desconfianza, y por último Madrid, las revelaciones de Paredes, el regreso a Washington. «Si al menos volviera ese tío con su endiablado detector de mentiras para entretenerme, para hacerme pensar en algo diferente».

Se levantó lentamente de la cama en la cual había estado prácticamente todo el día, no se había levantado ni para desayunar. Eran más de las cinco de la tarde. Los pies y la cabeza le pesaban. Pensó que no podía sostenerse. Se sujetó al marco de la puerta del baño. Tenía una barba de varios días y su aspecto era terrible.

Sonó el teléfono y le pareció que había sonado una alarma aérea. «Siempre el teléfono». Tomó el auricular y dijo un hola neutral, lejano. Era una equivocación. «¿Fue una equivocación o no?» ¿Cómo saberlo? «Tómatelo con calma, van a ser meses de mucho ajetreo», le había dicho Colin, pero en aquellos momentos hubiese preferido cualquier cosa, menos aquella calma, aquella soledad, aquellas llamadas equivocadas.

Estaba harto de ir a comer solo. Había decidido no ir al restaurante argentino, al menos por unos días, y pensaba ir al Clydés de la calle M aquella noche. Era un lugar adonde iba todo el mundo, cercano a uno de los centros comerciales que más le gustaba. «Mata tus depresiones comprando. Esa es la regla de la sociedad de consumo», solía decirse cuando no sabía qué hacer.

Se metió en la ducha más tiempo del que necesitaba y dejó que el agua tibia corriera por su cuerpo, tratando de quitarse la tristeza, como si fuera una costra de suciedad. Poco a poco, con la lentitud de un dinosaurio se vistió y comenzó a sentirse mejor.

El Randolph Towers parecía un lugar extraído de una película de misterios. Nunca había visto a nadie, ni en los ascensores. Solo oía voces, pasos en los pasillos, a veces. Una puerta que se abría o cerraba. Eso era todo. No le importaba, pero en aquellos momentos hubiera sucumbido a cualquier jubilado que tuviera ganas de hablar en el ascensor del tiempo, de la criminalidad, de la lotería, de lo que fuera… Cualquier cosa con tal de romper aquel silencio que lo lapidaba. Se había cansado de ver en la televisión las mismas caras, diciendo más o menos lo mismo en aquellos aburridos e interminables informativos, que se hacían aún más interminables con aquellos comerciales. «Se empeñan tanto en atiborrarte de noticias que termina importándote un comino lo que pasa en el mundo».

Salió a la calle y recordó que debía pedir un taxi. «¿Adónde iba?» Vivía bastante lejos de la calle M que estaba en Georgetown. Aquello era Virginia. «Por Dios, que imbécil».

Regresó al apartamento, nadie en los pasillos, nadie en el ascensor. Pidió el taxi y volvió a bajar. No se atrevió a salir y permaneció en el vestíbulo, sentado en una butaca, de frente a la puerta de cristal de la calle, esperando al taxi.

Finalmente, subió al coche del cual salía una música que a él se le ocurrió era hindú. Al ver al chofer con turbante, barba y piel cobriza no le quedó duda. Tuvo pánico que de repente aquel hombre comenzara hablar con él. No, ahora no, no quería ser sociable. Todo lo contrario. El taxi lo dejó en la esquina del Clydés como había pedido. El último tramo lo caminó lentamente, mirando los escaparates de las tiendas, mirando de reojo a los pasantes. Hacía frío, pero no tanto.

Se sentó en el bar, esperando una mesa disponible y pidió una cerveza. Estaba sentado de forma tal que podía observar a la gente que pasaba por la calle, por eso no se percató de que un hombre se le acercó y se situó detrás de él.

—Javier Puig, ¿eres tú?

Javier vio detrás de él a través del espejo del bar a un hombre que no reconoció inmediatamente. Se dio media vuelta y se le quedó mirando sin saber qué decir.

—Coño, ni te acuerdas de mí —dijo el hombre en español con fuerte acento cubano y le dio un golpe amistoso en la espalda.

—¿Ricardo?

—Claro, ¿quién iba a ser?

—¡*El Topo*, Ricardo Villafranca!

Javier se levantó y se abrazaron; se miraron nuevamente y se volvieron a abrazar.

—Cuánto tiempo, por lo menos diez años —dijo Javier.

—Sí, exactamente diez años.

Javier le pidió que se sentara a su lado y Ricardo accedió gustoso y pidió un Jack Daniel's.

—¿Qué haces por acá? —preguntó Ricardo con fingida curiosidad.

—De paso —contestó Javier, mostrando una fingida sonrisa.

—Igual que yo, de paso… —dijo Ricardo y ambos rieron—. Siempre de paso.

Ricardo Villafranca, alias *El Topo*. Exmiembro de la CIA en muchas operaciones encubiertas, hombre de acción. Perteneció a *Recursos Latinoamericanos,* cuando Colin era el jefe. Tenía un cuerpo atlético y bien entrenado, pelo muy corto y canoso, una piel curtida por el sol, ojos verdes y una mirada de águila.

—¿Vienes a Washington a menudo? —preguntó Javier.

–No, hacía tiempo que no venía, pero un antiguo amigo me llamó porque necesitaba mi ayuda y por eso vine a darle una mano.

–Javier asintió pensativo y quedó callado.

–Creo que tú también lo conoces, se llama Colin.

Javier rio a carcajadas y le dio un golpe suave en el estómago como amagándole.

–Así que Colin. ¿Qué problema tiene?

–Es que tiene un amigo que necesita ayuda…

–Y ese amigo…

–Ese amigo eres tú.

–Yo no necesito ayuda –dijo Javier y se puso serio.

–No, aún no, pero puede que la necesites pronto –dijo *El Topo*.

La camarera se acercó y le dijo a Javier que la mesa estaba lista.

–Te invito cenar, paga la Compañía –dijo *El Topo*.

14. Diciembre 13

El Hotel Presidente, al igual que el Riviera eran hoteles en los que la Seguridad del Estado había preparado habitaciones para realizar experimentos e investigaciones sobre parapsicología e hipnotismo. La Sociedad Cubana de Hipnosis (SCH), creada en 1985 con fondos secretos, era la tapadera que utilizaba la DI para estos fines. Además del uso de drogas como la psicobilina y el LSD en la obtención de información, este departamento de la Quinta Dirección, se dedicaba también a la preparación de agentes a los cuales se les modificaba la conducta bajo hipnotismo y drogas con la finalidad de corregir y moldear la personalidad para realizar con mayor eficacia sus misiones. La mayoría del personal científico, como el doctor Vega, había trabajado anteriormente como agentes o informantes de la Dirección General de la Contrainteligencia (DGCI).

El mayor Paredes, que inmediatamente comenzó a ejercer su nuevo cargo de enlace entre el X-20 y CIS, bajo el seudónimo de agente Pablo, llegó temprano a las habitaciones de la quinta planta del Hotel Presidente. El doctor Vega lo recibió y le dio una breve información sobre los propósitos y ventajas de los *tratamientos*. Mario debía encontrarse con el *vínculo útil* Sara antes de que fuera sometida a un examen para evaluar su capacidad y verificar si trabajaba para otro servicio de inteligencia. Si superaba satisfactoriamente los exámenes, sería sometida a un tratamiento destinado a reforzar los aspectos de su personalidad que, según los psicólogos, fuera necesario para poder realizar con éxito su misión.

—Se trata, compañero Pablo, de modificar la conducta del futuro agente mediante el hipnotismo —dijo Vega acentuando cada sílaba.

Mario le miró con desconfianza.

—¿Cómo se le puede modificar la conducta a una persona a través del hipnotismo?

—Son métodos practicados con éxito en la Unión Soviética.

Tomemos el caso de la agente Sara. Según el perfil psicológico que le hemos hecho, es una mujer que necesita fortalecer algunas partes de su personalidad. Debe ser más agresiva, sentirse más segura de sí misma. Tenemos que entrenarla para que pueda aprender a ocultar su doble personalidad.

–¿Y eso es posible?

–No siempre, pero digamos que se han observado cambios en la personalidad de muchos de los agentes tratados con este método; los resultados han sido suficientemente satisfactorios como para proseguir con el proyecto.

Mario asintió nuevamente como diciendo que no necesitaba más información. Se hizo un silencio que Vega aprovechó:

–Según me han comunicado, compañero Pablo, usted es el responsable de las comunicaciones entre Irina, la agente Sara y nosotros.

–Correcto.

–Así, pues, la rusa está bajo sus órdenes.

–Si, así es.

–Pues, perdone usted. Resulta que tengo que entregarle, precisamente, al jefe de Irina un análisis que he realizado después de haberla sometido a un interrogatorio, días atrás, y supongo que es usted la persona a la cual debiera entregar ese análisis.

–Es correcto, doctor Vega, soy yo el responsable de la agente Irina.

–Entonces, podrá recoger mañana a las 10 de la mañana el análisis. Lo terminaré hoy por la noche.

–Como guste.

–Le dejaré a mi secretaria un sobre para usted.

Vega hizo un gesto con la mano e invitó a que Paredes entrara en un cuarto aledaño. Sentada frente a la ventana que daba a la Avenida de los Presidentes estaba Lil. Tenía puesta una bata blanca y unas zapatillas amarillas. Estaba sola y al sentir voces se volvió curiosa con algo de miedo en la mirada.

–Compañera Sara, le presento al compañero Pablo.

Lil sonrió y le saludó extendiendo su mano que Mario estrechó con cuidado.

–Encantada, usted es… ¿cómo le dicen? ¿Mi control?

–*Jawohl, aber du kannst Pablo zu mir sagen*, sí pero puedes llamarme Pablo –respondió él–. Eso de *control* suena a película de espionaje. ¿No es así? –continuó en alemán.

—*Ja, stimmt*, sí, es cierto —respondió ella en su lengua al tiempo que le miraba con curiosidad al oírle hablar alemán

—Creo que nos conocimos de vista en el avión. Viajamos juntos de Madrid a La Habana me han dicho.

—Sí, me lo han dicho a mí también. Sí, ahora que le veo le recuerdo.

—Me puedes tratar de tú —le dijo Mario, sonriente en español y Lil asintió—. Ya te recuerdo. El doctor Vega me ha dicho que van a someterte a un tratamiento intensivo después del interrogatorio de rigor para prepararte psicológicamente para tu misión. Según tengo entendido ese tratamiento se realizará en varias sesiones.

Lil le miró con curiosidad, escuchándole, pero dando la impresión de que estaba en otro lugar, muy lejos de ahí.

—Tendremos tiempo para conversar durante estos días, después de tus sesiones aquí. Me gustaría hablar contigo, en fin… llegar a conocernos… ¿Qué te parece si te vengo a recoger después de la sesión de hoy?

—Sí, me parece formidable —respondió ella saliendo de sus pensamientos y mirando al doctor Vega buscando su aprobación.

—Yo no seré el responsable de tu curso, Sara, será la doctora Alina Aguirre, una excelente compañera y una cercana colaboradora del comandante Ordaz, que es nuestro director —dijo y se dirigió a una puerta que abrió seguido de Lil y Mario.

—Alina, mira, te presento a la compañera Sara…

El doctor Vega terminó de escribir una carta de dos folios dirigida «Al compañero Pablo, control y enlace de la agente Irina». Otra carta también dirigida a Pablo reposaba a su izquierda ya terminada. Ambas decían más o menos lo mismo al principio y relataban cómo había sido realizado el interrogatorio a la rusa. Pero en la segunda carta al evaluar el grado de credibilidad que el interrogatorio había arrojado en un análisis posterior, Vega escribió que Irina había mentido durante el interrogatorio, pues se apreciaba que estaba entrenada para bloquear su mente a drogas como la psicobilina. Según su experiencia, la rusa debería de ser sometida a otros análisis, incluso con preparados más fuertes, sin excluir el LSD. En su segundo informe Vega deslizaba que su vida podría correr peligro, ya que, en una conversación con la rusa, le había advertido que le iba a proponer un nuevo interrogatorio y que Irina le había contestado que de hacerlo podría ocurrirle algo desagradable.

Vega tomó las dos cartas y las introdujo en sobres diferentes, dirigidos ambos al compañero Pablo. A la carta en la cual culpaba a Irina de haber mentido le hizo una pequeña cruz en una esquina para distinguirla de la otra. Guardó la carta no marcada, la que exoneraba a la rusa de toda culpa en su escritorio, y la marcada la puso encima del escritorio. Llamó a su secretaria por el intercomunicador.

–Magda, esta carta es para el compañero Pablo –dijo y se la entregó–. Si yo no he llegado antes de las ocho, se la das cuando él llegue mañana a las 10, no antes. ¿Entiendes?

–Claro, –respondió la mujer tomando la carta.

Vega permaneció sentado, mirando caer la impertinente lluvia a través de la ventana. Pensaba que, si Irina quería asesinarle, ella tampoco sobreviviría. Era arriesgado lo que estaba haciendo, pero 500.000 dólares en aquellos momentos podrían ser su salvación, ocurriera lo que ocurriera en el futuro. A veces valía la pena correr riesgos y una oportunidad como aquella no se presentaba todos los días. Sacó del bolsillo de su pantalón el pequeño casete de audio que guardó inmediatamente en la misma gaveta.

Langley, 13 de diciembre, por la tarde

Ross entró en el despacho de Colin. Traía material fotográfico de los satélites que mostraban actividad en el campamento de entrenamiento de Yemen del Sur, donde se entrenaban los miembros de CIS.

–Hay mucha actividad. Evidentemente, han llegado varios grupos. Esta vez no han sido detectados por el Instituto en Lárnaca, pero no cabe dudas que están recibiendo entrenamiento. Eso es lo que muestran las fotos.

Extendió ante Colin las fotos que el jefe del Departamento Cuba analizó algunos momentos.

–Villafranca, *El Topo,* te ha llamado, pero no quiso decir para qué.

–Ah, creó que quiere que cenemos con los viejos miembros de Recursos –respondió Colin haciendo referencia al *UCLA*–. Si vuelve a llamar puedes darle el teléfono de casa, y que me llame por la noche.

Ross salió de su despacho en silencio y Colin llamó por la

línea segura a Javier al apartamento del Randolph Towers.

–¿Cómo está, señor? –dijo en su español con acento panameño.

Del otro lado de la línea escuchó a un Javier bastante seco, con pocas ganas de hablar. Sabía que lo había dejado colgado un par de días, pero tampoco había visto a Pat despierta en esos días. Por eso le había prometido a su esposa que iría a cenar a casa, aunque era consciente de que debía ocuparse de Javier más de lo que estaba haciendo.

–¿Tienes algún compromiso para esta noche?

–Sí, una rubia despampanante que me ha atacado prácticamente en medio de la calle y que me ha declarado su apasionado amor –respondió Javier con sarcasmo.

–Bueno, que lástima, te pensaba invitar a casa. Pat ha hecho una comida exquisita, especialmente para ti –mintió disimuladamente. Seguramente Pat pondría el grito en el cielo cuando viera a Colin llegar con Javier. Mejor sería llamarla y prevenirla de que tendría un invitado.

–Está bien, si es así, desistiré de mi encuentro con esa monada.

–Te paso a recoger a las siete de la noche…

Virginia, diciembre 13, por la tarde

«Conducir cuando oscurece es lo peor que puedes hacer», le había dicho en repetidas ocasiones su oculista. Colin lo sabía y era consciente de que cada día su vista empeoraba. Por eso se marchó de la oficina cuando aún el sol no se había ocultado totalmente entre los árboles que rodean los edificios de la CIA en Langley.

Condujo con precaución el viejo Karmann-Ghia por la I-495, el tráfico aquella hora no era tan agobiante. Posiblemente llegaría antes de las siete al apartamento de Javier.

Mientras conducía se dedicó a ordenar sus pensamientos. Todo había ido con demasiada rapidez durante los últimos días. Aún no se había reunido con O'Neill ni con Gerber. Tendría que hacerlo lo antes posible. Javier se desesperaba, estaba inquieto; su trabajo en aquellos momentos era esperar, esperar y sólo esperar. De repente saltaría la alarma y tendría que hacerlo todo en un segundo. Sabía que a Javier no le gustaba la idea de que *El Topo*, estuviera cerca de él, pero era necesario. Javier era un intelectual, un agente de influencias, había trabajado en operaciones de infiltración, pero casi siempre con la cobertura de periodista. Nunca se había visto frente a frente con los *chicos malos*. *El Topo* era un hombre de gran experiencia en operaciones de campo. Era astuto, y seguramente iba a ser necesario una vez que el operativo entrara en su fase superior o, como O'Neill solía decir, en su fase roja. Colin sabía que se trataba de una misión difícil y arriesgada, no solo para Paredes, sino que para Javier.

El viejo coche siguió deslizándose por la carretera y el jefe del Departamento Cuba volvió a concentrar sus pensamientos en el doble espía cubano agazapado en alguna de las agencias. «¿Tendría Paredes alguna posibilidad de descubrir su identidad? No. Solo Castro y un par de personas más sabrían quién era. Lo importante sería reunir toda la información, analizarla, y estudiarla, una y otra vez. Crear un círculo donde, poco a poco, se podría ir acorralando a ese hijo de puta».

¿Qué sabían hasta ahora? No mucho. Solo que Paredes había dicho que había un espía cubano en una de las agencias de inteligencia. Que probablemente estaba escondido en el Pentágono. Todo era muy difuso, y sentía que caminaba sobre hielo y que podía resbalar en cualquier momento.

Javier conducía el Karmann-Ghia de Colin, mientras este estaba sentado a su lado. Media hora antes lo había ido a recoger al Randolph Towers. Un aire frío casi helado entró por las hendiduras de la capota del viejo descapotable.

—¿Cuándo vas a cambiar de coche o al menos ponerle una capota nueva? Quizá Santa Claus te traiga otro en estas Navidades.

—No habrá más coches. Este es el último. Tiene que aguantar unos meses más y ya está.

—¿Qué pasará más tarde?

—Es muy posible que no pueda seguir manejando. Mi vista… —encendió un cigarrillo.

Se hizo un silencio interrumpido solo por el batir del viento contra la capota del coche.

—¿Y qué vas a hacer con tu trabajo en la Agencia?

Colin suspiró profundamente, exhaló una larga bocanada mirando hacia fuera.

—Voy a retirarme —fue casi un susurro, pero Javier lo escuchó perfectamente—. Pero antes vamos a concluir nuestro trabajo; no quisiera terminar sin haber encontrado a ese hijo de puta que le está pasando información secreta a La Habana, aunque a veces lo dudo. A veces dudo si realmente existe o si es un cuento de Paredes.

–No es un cuento, pero el solo ha sacado conclusiones, no tiene pruebas. Creo que tiene razón. Lo de Panamá es una prueba ineludible de que hay una filtración importante.

–Sí, eso parece –se mordió los labios–. Espero, al menos, solucionar esos problemas antes de que mis ojos me obliguen a vivir en un mundo en tinieblas, más oscuro que en el que vivimos ahora.

15. Diciembre 13 y 14

La Habana, paseo del Prado, 13 de diciembre, por la noche

El doctor Vega llegó a la cita con evidente nerviosismo. Se situó rápidamente al lado izquierdo de uno de los leones de bronce que flanquean el paseo del Prado, frente al Parque Central en el cruce con la calle Neptuno. Mientras, Irina lo observaba como el depredador que avista y olfatea su presa antes del ataque, oculta en la penumbra de las viejas columnas de un edificio en ruinas, cerciorándose de que el psiquiatra había llegado solo a la cita y comprobando que no hubiera movimientos extraños en los alrededores.

La rusa extrajo de su cartera unas pastillas que tragó en seco y comenzó armar lo que parecía ser un delgado atomizador de unos cinco centímetros de largo. Lo ocultó en la palma de su mano y cruzó la calle. Los inmensos y centenarios jagüeyes de espectaculares troncos y raíces parecían gigantescos y sombríos guardianes, inmersos en la oscuridad de la alameda, antaño uno de los bulevares más famosos de La Habana, convertido ahora en solitario y hostil paraje, donde, protegidos por la noche y la mortecina luz de las vetustas farolas, se daban cita toda suerte de extraños personajes.

—Bien, muy bien. Me gusta la gente puntual —dijo Vega al verla cuando ya estaba a su lado.

Irina no le contestó, sino que quedó mirándole con esa mirada fría, impersonal, con la que solía contemplar a sus víctimas.

—Necesito pruebas antes de darle el dinero.

—¿Qué clase de pruebas?

—Una copia de la grabación que dice que me hizo, por ejemplo.

—Mire, Irina, no me provoque. Sabe muy bien que no tiene otra alternativa. Yo sé cómo desbloquearle, así que va a cantar usted como un pajarito todo lo que sabe sobre esos dos milloncitos que ha hurtado a Cuba con esa otra golfa de Tatiana.

Irina calló, mirando sus alrededores, comprobando que nadie les observaba. Comenzaron a caminar por el paseo hasta que

Vega se detuvo, indicándole uno de los bancos de frío mármol que bordean el ancho bulevar.

—Si no me muestra las pruebas no le daré ni un centavo, doctor —dijo Irina sentándose también en el banco.

—Bueno, ese es su problema. Ya sabe lo que va a pasar si no me da el dinero —cruzó sus huesudas piernas.

—Mire, doctor, la vida de por sí es ya un gran riesgo. No me asustan sus palabras.

Irina sacó el vaporizador y apretó el minúsculo detonador que hizo explotar la cápsula de ácido prúsico. Vega sintió un ligero olor a almendras amargas y no le dio tiempo siquiera para pensar.

—Mañana será otro día y usted no estará vivo para saber qué va a ocurrir —dijo la rusa desapareciendo rápidamente en la oscuridad. Vega quedó sentado en el banco sujetándose el pecho y con una angustiosa mueca reflejada en el rostro.

Cuando media hora más tarde Vega llegó al hospital Hermanos Ameijeiras estaba muerto. Los médicos dictaminaron que su muerte se había debido a un paro cardiaco.

Virginia, Falls Church, 13 diciembre por la noche

Pat era una mujer silenciosa que se movía rápidamente sin dejar rastro. Tendría ya más de 60 años, pero parecía más joven por la forma en que miraba y se movía. Era menuda y su pelo corto mostraba las canas que no trataba de ocultar y que le daban una apariencia más sobria.

Después de las presentaciones en el vestíbulo, Colin y Javier entraron a la sala y Pat continuó viendo un programa de preguntas y respuestas en el pequeño televisor de la cocina mientras siguió preparando la cena.

Colin sirvió sendos vasos de wiski y brindaron. Con el vaso aún en la mano, el agente veterano de la Agencia Central de Inteligencia comenzó a señalar los diferentes objetos que llenaban la sala de su casa, explicándole a Javier la historia de cada uno.

—Esta alfombra persa la compré en Irán, en tiempos del Sha; esta lámpara en Lisboa, cuando la Revolución de los Claveles. Aquí guardo mis trofeos, sólo yo sé que son trofeos, para el resto de la gente son simplemente objetos.

Siguió hablando de la historia oculta detrás de cada objeto. Historias que tenían que ver con su vida de espía. Eran las claves de toda una vida dedicada al espionaje que sólo compartía en parte con su esposa Pat.

—Este mantel lo compré en Honduras. Mira las pequeñas esculturas. Son de casi toda América Latina. Perú, México, Chile, Panamá, Guatemala, Brasil, Argentina… Cada una tiene una historia. Cada una representa una misión, aunque no esté muy orgulloso de algunas… Javier asintió y se detuvo frente a un gran samovar.

—¿Y este samovar, representa una misión en la Unión Soviética?

—No, era de mis padres. Un recuerdo de familia. Mis padres eran lituanos. Vinieron a Estados Unidos antes de que los rusos ocupasen nuestro país. Yo nací en Nueva Jersey.

Javier se le quedó mirando algo sorprendido. No sabía que Colin fuera de origen lituano. De repente comprendió por qué había dedicado tantos años de su vida a la lucha contra el comunismo.

—Ven, vamos a sentarnos –le dijo y se sentaron en dos cómodos butacones, frente al sofá.

—Esta noche no vamos a hablar de trabajo. A Pat no le gusta que hablemos de cosas que ella no entiende. Aborrece que hable de Cuba –dijo Colin bebiéndose casi la mitad del vaso de wiski–. Cuéntame algo que no me hayas dicho aún.

—Soy un hombre bastante aburrido y cansado, eso ya lo sabes. No hay mucho más que contar –respondió Javier.

—Nos conocemos hace más de diez años y eres uno de los mejores agentes de influencias que hemos tenido, pero siempre has mantenido una distancia entre tu trabajo y tu vida privada.

—Quizá. No había pensado en eso. En realidad, Colin, no hay mucho que contar de mí –dijo y permaneció en silencio algunos momentos–. Yo pienso como tú poder retirarme cuando termine esta operación. No me siento tan motivado como antes. A veces trabajo con el piloto automático puesto.

Colin se rio al escuchar lo del piloto automático.

—¿Y qué piensas de Paredes? ¿Querrá también retirarse y dejarlo todo?

Javier se encogió de hombros.

—No creo que la gente en Cuba piense o razone de la misma

forma que nosotros. Viven en otro mundo, y sus acciones y pensamientos están sujetos a otro tipo de realidad. De todas formas, Mario se está jugando el pellejo, y seguramente tendrá sus razones. Personalmente pienso que es un ajuste de cuentas consigo mismo.

Javier vació el vaso de wiski y Colin hizo lo mismo.

—Es difícil saber los motivos por los cuales un oficial de inteligencia comienza a colaborar con el enemigo —agregó Colin.

—En el caso de Mario creó que es una lucha que quiere librar, con mi ayuda, contra ellos. Que se sirva de ustedes, es algo necesario, desde el punto de vista logístico, pero no es su principal objetivo.

—Es cierto, es lo que yo he pensado.

—¿Vez? Ya hemos comenzado hablar de cosas del trabajo —dijo Javier y rio.

—No, estamos hablando solamente de un amigo —agregó Colin y se sonrió mirando su vaso de wiski vacío. Desde la cocina Pat anunció que la comida estaba lista y que los señores fueran a poner la mesa.

La Habana, Heladería Coppelia, 13 diciembre, por la noche

Lil saboreó el helado de chocolate y vainilla y Mario la miró sonriente con su copa ya vacía. Estaban sentados en una de las mesas de la gigantesca heladería, bajo enormes sombrillas, rodeados de extranjeros. Los cubanos esperaban, al otro lado, en silencio, haciendo enormes colas para poder entrar.

La heladería *Coppelia* y lo que se conoce como La Rampa, unas cuantas calles desde la calle 23 hasta el Malecón, eran probablemente los lugares de más movimiento a aquella hora en toda la ciudad. Del otro lado de la calle, colas por doquier: para entrar al cine, en las paradas de los autobuses, para tomarse un helado, para entrar a un restaurante, a un bar. Las *guaguas*, como le dicen en Cuba a los autobuses, venían ya repletas y solo podían recoger uno que otro pasajero, pero por lo general seguían de largo ante las protestas de los que esperaban. Lil miraba las interminables y múltiples colas sin entender, pero no preguntó. Seguramente Paredes tendría alguna respuesta lógica: «Ahora el pueblo tiene más dinero para ir al cine, tomar helados o viajar en autobús», pensó.

—¿Qué te pareció la sesión de hoy? —le preguntó en alemán.

—Realmente, no sé qué decir. Nada… Eso, no me ha parecido nada —respondió ella también en alemán.

—¿Por qué has dado este paso? Contéstame como a un amigo, porque soy tu amigo. Estoy a tu lado para ayudarte. ¿Entiendes?

Lil bajó la vista, tomando una gran cucharada de helado de chocolate, saboreándolo: una forma de esquivar la pregunta, o al menos prolongar la respuesta.

—No tienes que contestarme si no quieres. Solo te lo pregunté por curiosidad —dijo Paredes como tratando de darle un aspecto más distendido a la conversación.

—Mike me convenció. Mi vida en estos momentos no es, digamos, algo de lo cual pueda estar muy orgullosa. Ahora, me parece que voy a hacer algo bueno, ayudándoles.

—¿Te parece? No estás segura.

—Sí, me parece. Claro que no puedo estar segura. ¿No querías que te fuera sincera?

Mario asintió. La lluvia de la tarde había hecho bajar la temperatura. Lil llevaba un jersey y Paredes su americana.

Comenzaron a caminar por la calle 23 hacia la Rampa. Pasaron por el cine Yara, aún con una cola enorme. Javier lo seguía llamando Radiocentro, que era el nombre que tenía todo aquel complejo de edificios, que incluía varias emisoras de radio y televisión, antes del triunfo de la revolución en 1959. Exhibían una película americana. Siguieron bajando hacía el Malecón.

—Siempre se sincera conmigo. Yo lo seré contigo. Soy tu amigo, no tu *control*. Esto te lo digo en serio. Van a ser tiempos difíciles para ti y para mí —le dijo con toda sinceridad y ella así lo comprendió.

—Bien, Pablo, está bien… ahora, quizás lo que más necesito es un amigo. Me siento a veces muy sola. Voy a confiar en ti. No me decepciones.

Siguieron caminando calle abajo. Una ráfaga de aire frío les sorprendió al cruzar la calle en dirección al Hotel Habana Libre, el antiguo Hilton, y siguieron unas cuadras más hasta que Lil dijo sentirse cansada y regresaron al coche de Paredes.

—Gracias, Pablo, por todo —le dijo cuando Mario detuvo el carro frente al Hotel Presidente, dónde la habían hospedado.

Paredes se le quedó mirando hasta que desapareció detrás de la puerta de entrada y sintió una gran pena por aquella joven.

¿Pero qué podía hacer él? Solo seguir el juego.

Para el postre Pat hizo un exquisito pastel de ciruela que a Javier le gustó tanto que repitió dos veces.

–¡Pat, la cena ha sido fantástica! No sólo porque ha sido extraordinaria, sino que porque he pasado con ustedes un rato inolvidable. Finalmente, he llegado a conocerte. Colin me ha hablado mucho de ti, de ustedes… Somos buenos amigos, él y yo, ¿sabes? Creo que no tenemos muchos secretos, algo difícil de decir en nuestra profesión –dijo y se rio algo nervioso, entretanto Pat y Colin le miraron complacidos–. Pero la acogida que me habéis dado en vuestra casa, será algo que recordaré siempre –levantó la copa de vino.

Brindaron e hicieron varios chistes y Pat recogió más tarde los platos con la ayuda de Javier. En la sala Colin había preparado un par de copas de brandi. Pat entró con la cafetera y se sentó junto a Javier. –¿Estás casado? –preguntó ella con curiosidad femenina.

–No, divorciado. Hace años. Tengo un hijo en Bruselas, con el cual no tengo muchos contactos. Es un joven en medio de una gran carrera, donde no hay tiempo para nada más.

–Eso es una lástima.

–¿Lo extrañas?

–Claro, mucho, a veces. Estar solo no es aconsejable.

Pat sirvió el café, Colin tomó un sorbo del brandi y Javier lo imitó.

Estuvieron hablando de todo, hasta de política, y cuando el reloj de la sala marcó las doce Javier comprendió que era hora de llamar un taxi. Hacía mucho tiempo que no se había sentido tan bien, en familia, hubiese podido prolongar aquella noche mucho más, pero no quiso abusar de la hospitalidad de Pat y Colin.

Afuera en la calle, tomando un poco de aire y esperando el taxi Colin le dijo:

–Sé que no te gustó que te pusiera a *El Topo* a tu lado, pero créeme, lo he hecho porque sé que te va a cuidar, y necesitas alguien en quien confiar allá afuera, cuando estés solo. Villafranca es uno de mis mejores amigos. Ya no pertenece a la Agencia, lo hemos contratado. Así que tiene las manos libres y eso es mucho mejor que una docena de agentes cuidándote, como en Praga. Confía en él, como confías en mí.

El taxi llegó unos minutos más tarde. Se despidieron con un fuerte abrazo.

—Gracias por esta noche, y gracias por tu amistad. Buenas noches.

El taxi desapareció por la primera calle trasversal y Colin entró a su casa. Pat le esperaba sentada en el sofá todavía tomándose el café, en silencio.

—Es un gran chico, me ha gustado mucho —le dijo y le dio un beso en la mejilla.

—Ya te lo había dicho. Ojalá que no lo echen a perder.

—A ti no te ha echado a perder esa gente.

—No, aún no —dijo Colin dándole un largo beso en la boca.

La Habana, Hotel Presidente, 14 de diciembre, 10:00 horas

Paredes entró en la oficina del doctor Vega y pudo comprobar inmediatamente que algo había ocurrido. Magda, la secretaria del psiquiatra estaba hablando por teléfono y tenía los ojos rojos de llorar. En una esquina dos médicos y varios enfermeros hablaban entre sí.

La secretaria colgó y miró a Mario con curiosidad.

—Soy Pablo, el doctor Vega tiene un sobre para mí —Magda sacó de una de las gavetas de su escritorio el sobre que Vega había dejado para él y se echó a llorar nuevamente.

—¿Qué sucede? —preguntó Paredes introduciéndose rápidamente el sobre en el bolsillo interno de su americana.

—El doctor Vega ha fallecido —dijo uno de los médicos ante la mirada de sorpresa de Paredes.

—¿Cómo?

—Un paro cardiaco —respondió el médico.

—¿Cuándo?

—Anoche. Cuando al parecer daba un paseo cerca de su casa. Una patrulla de la policía lo encontró en el paseo del Prado.

Mario apretó el sobre que había recibido de la secretaria por debajo de su americana y bajó la cabeza.

—No sabía que el doctor Vega estuviera enfermo del corazón.

—Nosotros tampoco —agregó el médico.

Paredes subió al coche sin saber a ciencia cierta adónde ir. Dio varias vueltas por la ciudad, sin rumbo fijo. La carta de Vega le quemaba en el bolsillo de la americana. Quería saber lo que decía antes de entregarla a sus superiores. Finalmente, aparcó en una calle cercana al Hotel Riviera, frente al Malecón. Con cierto nerviosismo, sacó la carta, la abrió y comenzó a leerla.

No comprendió totalmente lo que Vega había escrito después de una primera lectura, así que volvió a leerla, una y otra vez. Finalmente, no tuvo dudas: Vega había descubierto que Irina estaba metida en algo que no debía. ¿Doble agente? ¿De quién? Debe de tener que ver con el operativo de Panamá. Mario no tenía todos los detalles.

«¿Qué hacer?». Se guardó la carta en el bolsillo interior de la americana y tomó una decisión: no informar a sus superiores, al menos por ahora. Vega estaba muerto. Nadie sabía que Vega había escrito aquel informe para él. ¿Era realmente una muerte natural o habría sido Irina? Todo era posible. Era arriesgado acercarse a la rusa en esos momentos. Sí lo hacía tendría que hacerlo con mucho más cuidado que Vega, evidentemente. No había respuestas, solo preguntas. Quizá la respuesta estaba en el despacho del doctor Vega. Al menos, debía agotar esa posibilidad. Miró su Rolex y comprobó que aún le quedaba dos horas antes de la próxima reunión a la cual había citado Miguel Torres.

Quince minutos más tarde Javier entraba en el despacho de Vega en el Hotel Presidente. La secretaria se había ausentado por el choque. En su lugar estaba una enfermera. Una mujer joven, pero con poco pelo, casi calva. Delgada, más bien huesuda. Tenía las manos largas y las uñas tan largas que se doblaban. Daba una apariencia poco real. Mario se presentó mostrando su carné del MININT y dijo que tenía que hacer un registro en el cuarto de trabajo del doctor Vega. La mujer miró con recelo la identificación de Paredes, pero no le quedó más remedio que dejarlo pasar.

Mario cerró la puerta detrás de sí y comenzó a hurgar entre los libros y las carpetas sin saber a ciencia cierta lo que estaba buscando. Se sentó en el escritorio y trató de abrir las gavetas, pero estaban cerradas con llave. Tomó un cortapapeles y lo utilizó para violar la cerradura que saltó sin gran esfuerzo.

Registró metódicamente, poco a poco, y no encontró gran

cosa. En una caja Vega escondía algunas prendas femeninas, un sostén… pinta labios, maquillaje. Había, además, algunas fotos vestido de mujer. Primero le costó trabajo identificarlo, pero finalmente se dio cuenta. No supo qué hacer con las fotos. Era algo muy privado, se sintió avergonzado por su conducta. No estaba bien que estuviera registrando entre las pertenencias privadas de una persona que había muerto.

Finalmente, vio la otra carta dirigida a él. La abrió y pudo comprobar que era una carta con un contenido totalmente contrario a la que le había entregado la secretaria. «Si hubiera vivido me hubiera entregado esta carta. Entonces, ha sido un asesinato», pensó. Sus dedos tropezaron con el pequeño casete oculto en una esquina. Buscó la grabadora y no la encontró. Era uno de esos casetes que se usan en los dictáfonos y grabadoras pequeñas.

Siguió registrando, pero no encontró más que otras prendas de vestir femeninas. Cerró cuidadosamente las gavetas, trató de reparar la cerradura sin conseguirlo, se metió la carta y el casete en el bolsillo de la americana y salió cerrando nuevamente la puerta del despacho detrás de sí. Entregaría a Jorge ese otro informe que Vega había escrito, así daría por terminado el asunto y mientras buscaría la forma de saber lo que Irina se traía entre manos.

16. Diciembre 14 y 15

La habitación había quedado en penumbras. El ruido de los altavoces prorrumpió en música ensordecedora y altisonantes consignas revolucionarias, violando la protección de las ventanas cerradas y traspasando impetuosamente la almohada con la cual Lil cubría sus oídos, tratando desesperadamente de conciliar el sueño.

Abajo, la música y las consignas revolucionarias se confundieron con el griterío de decenas de personas que bailaban sincopadamente en una cola esperpéntica al lado de un destartalado camión cisterna para comprar cerveza.

Lil había observado, antes de ir a acostarse, desde la ventana de su cuarto, primero con curiosidad, después con interrogación y finalmente con desesperación, la extraña fiesta callejera. Cada día que había pasado fuera del campamento de entusiastas extranjeros que viajaron a Cuba, para ayudar a la revolución, descubría una nueva y desconocida realidad; muy lejana de la imagen que se había construido de la revolucionaria isla en Alemania; o la que había creado durante sus anteriores visitas: siempre en campamentos de solidaridad, junto a otros extranjeros, o en visitas guiadas a lugares históricos o de interés propagandístico del régimen.

Había comenzado a entender que Cuba no era lo que se creía en los círculos de estudiantes radicales de Europa Occidental. Sin embargo, la isla ejercía en ella un misterioso y seductor poder de atracción, difícil de entender, pero, del mismo modo, difícil de ignorar. Aunque reconocía que estaba a punto de enrolarse en una loca e insospechada aventura por un país que apenas conocía y por motivos no muy claros y convincentes, también era cierto que sentía una gran curiosidad y la necesidad de probarse a sí misma si era capaz de hacer algo útil con su vida.

La última sesión aquel día de *lavado de cerebro*, como ella había bautizado la terapia a la que la doctora Alina Aguirre la sometía, la había debilitado mentalmente. Según la psiquiatra, antes de su regreso a Europa, en los próximos días, tendría que efectuar un entrenamiento especial fuera de La Habana.

Estaba preocupada por lo que pensaran sus compañeros de la brigada de trabajo internacionalista alemana. ¿Se habrían creído el cuento de que ella se había enrolado emocionalmente con el apuesto revolucionario Mike y que se había ido con él para La Habana? «Es una buena cobertura», le había dicho Mike.

Los gritos y la música monótona y chillona de los Van Van continuaron perforándole, no sólo los tímpanos, sino que su propia razón.

Finalmente, quedó dormida, extenuada por el esfuerzo y rendida por el cansancio. Afuera los altavoces continuaron su estruendo hasta bien entrada la madrugada.

La Habana, Hotel Riviera, 14 de diciembre, por la noche

Mario tocó levemente en la puerta de la habitación de Irina. Esperó algunos segundos y volvió a tocar.

–Hola, Paredes –dijo la rusa que estaba en bikini y descalza al abrir la puerta –entra por favor.

Paredes entró un poco despistado por el recibimiento. Irina le señaló cortésmente una de las butacas cercanas a la puerta-ventana de cristal que daba al balcón con vista al mar.

–Perdóname, acabo de llegar de la piscina. Suelo ir de noche, me gusta más porque no hay nadie. Regreso enseguida, voy a ponerme algo por encima.

Mario paseó su vista por la habitación. Ropa interior de calidad tirada sobre la cama y en la alfombra: sostenes con encajes, tangas trasparentes; un desorden organizado, como el que aparecen en las fotos de algunas revistas eróticas. Un par de sandalias con tacón de aguja frente a la cama, tiradas descuidadamente. Irina tomó un corto vestido blanco, que estaba sobre una de las butacas, se fue al baño y regresó segundos más tarde con el vestido puesto. Se sentó en la butaca, cerca de Mario. Cruzó las piernas. No llevaba bragas. Mario no se dio por enterado. Sabía de las costumbres de la rusa y de sus actos extravagantes de provocación al sexo masculino.

—Perdona el desorden –dijo sonriendo.

Mario hizo un gesto con la mano de que no le importaba y se quedó mirándola con seriedad. La rusa le sostuvo la mirada algunos momentos, pero optó por mirar a la noche y al mar oscuro que se presentía más allá del Malecón.

—¿Qué te parece si salimos un rato? –preguntó con un tono seco y distante. La rusa se extrañó, pero se contuvo y le sonrió ligeramente con una expresión indolente.

—Si, por supuesto –agregó, mientras se calzaba unas sandalias rojas que sacó del armario.

Paredes no sabía si la habitación de la rusa estaba bajo el control de los *kajoteros* y por ello lo más seguro era hablar con ella fuera del alcance de sus micrófonos.

—Irina, tengo que hacerte algunas preguntas –le dijo Mario sentado en una de las incómodas butacas del bar del hotel mirando distraídamente el vaso de *highball,* ron y Ginger Ale, entre tanto Irina a pico de botella bebía una cerveza. El rostro de la rusa se tornó iracundo, pero se contuvo y hasta trató de forzar una sonrisa. Mario supo, sin embargo, que ella había comenzado a perder el control–. Posiblemente se trate de algo sin importancia, puras coincidencias, pero como soy el enlace con X-20 y tú eres su jefa, me toca a mí hablar contigo.

Irina se revolvió inquieta en la butaca y descruzó las piernas.

—¿Dónde estuviste ayer entre las siete y las diez de la noche?

La rusa simuló recordar primero y después arqueó sus cejas imprimiéndole a su rostro eslavo una expresión de desconcierto.

—No sé… Creo… Sí, aquí en el hotel. Antes estuve caminando… No llevaba reloj, así que no recuerdo exactamente la hora. ¿Por qué?

—Es que hay una duda, alguien te ha visto cerca del paseo del Prado a esa hora, ayer –mintió–. Creyó verte hablando con alguien. Estaba oscuro y no pudo ver quién era…

—Yo, en el paseo ¿de qué…?

—Del Prado.

—Es que ni siquiera sé dónde está ese *paseo.* No conozco La Habana –volvió a tomar un trago de la cerveza.

Mario asintió y guardó silencio. Fue un silencio largo, exasperante para ella, pero guardó silencio. Dejó que fuera Paredes el que siguiera el ritmo del interrogatorio, porque se trataba de un interrogatorio, evidentemente.

—Bueno, quizás fue algo sin importancia —dijo y sonrió como dándole confianza.

Irina suspiró levemente y cuando creyó que todo iba a terminar Mario le preguntó directamente:

—¿Qué te parece la repentina muerte del doctor Vega?

—¿Qué? ¿El doctor Vega? —un frío le recorrió la médula dorsal y trató de aparentar sorpresa—. ¿Qué ha pasado?

—Murió supuestamente de un paro cardiaco. Nadie se lo explica. Era un hombre sin problemas aparentes de salud.

Volvieron a guardar silencio. Irina sintió cómo Mario se le acercaba peligrosamente, ahora sin rodeos.

—Era un hombre que sabía mucho, un gran experto, seguramente una gran pérdida para ustedes.

—Sí, es probable —agregó Mario—. Dime, ¿no tuvieron ustedes ningún problema?

—¿Problema? No. ¿Por qué?

—Me parece que me dijo que ustedes habían tenido una discusión… ¿O fue una conversación?

—No, que recuerde. —hizo un gesto como si tratara de recordar—. Bueno, él preparó el interrogatorio que hizo Mike y posteriormente me lo encontré en el *lobby* del hotel, hace unos días y hablamos unos minutos. Nada sin importancia. Esas han sido las dos únicas veces que me he encontrado con Vega.

—Pues yo tenía la impresión de que habían tenido una discusión.

Eso fue lo que él me dio a entender.

—¿Cómo?

—Con una carta.

—¿Una carta? —preguntó Irina manoseando nerviosamente la botella de cerveza que patinó sobre el círculo de agua que había creado en la mesa de formica y que Mario agarró a tiempo antes de que cayera al suelo. Ella sonrió agradecida.

—Sí, una carta. Una extraña carta que me dejó después de morir, precisamente.

—No entiendo —Irina se movió nerviosa en la butaca.

—Yo tampoco, Irina. Yo tampoco. Bien, trataré de ser lo más explícito posible.

La rusa asintió silenciosamente, apoyando los codos en la

mesa y sosteniendo la cabeza con las manos.

Mario sacó la carta y deliberadamente dejó caer el pequeño casete que recogió sin decir nada, mirándola fijamente con una expresión más bien de hastío. Irina miró sorprendida el casete, pero guardó silencio.

—Pues, según esta carta, Vega tenía dudas sobre la prueba que te habían realizado. Según él, tú sabes cómo bloquear la mente y por ello el interrogatorio no tiene validez alguna. Al parecer tú llegaste incluso a amenazarle, todo según lo que él mismo ha escrito de su puño y letra.

—Sigo sin entender. Claro, que está en todo su derecho profesional, bueno, estaba… de escribir esos informes —manoteó ligeramente como restándole importancia a la carta de Vega—. Puesto que de eso se trata, ¿No? De un informe…

—Sí, pero hay más…

Irina le miró con miedo, no lo pudo ocultar.

—Este casete. ¿Sabes el contenido de ese casete?

—No.

—¿Estás, segura Irina? Te pido que seas cuidadosa con lo que me dices. Aún no he pasado ningún informe a mis superiores. Solo yo conozco el contenido de la carta de Vega y del casete. Por ello he venido a hablar contigo. ¿Entiendes?

Irina suspiró hondamente y extendió sus pies que estaban tensos. Se pasó la mano derecha por el cabello y miró nuevamente hacia el oscuro mar más allá de los cristales de los ventanales del bar.

—Vega quiso sobornarme —dijo en un tono lagrimoso, de *femme fatale*—. Según él, yo sabía dónde están los dos millones de dólares que se perdieron en Panamá.

—¿Qué dos millones, Irina?

—Dos millones de dólares de las cuentas que Cuba tenía en Panamá y que desviaron a otros bancos y países. Esa fue nuestra misión en Panamá. Salvar el dinero antes de que los americanos invadan. ¿No lo sabías?

—Entonces, de ese dinero desaparecieron dos millones, sin rastro —indicó Paredes obviando la respuesta a la pregunta un poco capciosa de la rusa de sí tenía conocimiento o no del verdadero motivo del operativo en Panamá.

—Así es. Vega quiso echarme la culpa. Quería… acostarse conmigo. Quería sexo y dinero —agregó con lágrimas en los ojos—.

Yo le dije que me importaba poco lo que hiciera, que con esas amenazas no iría muy lejos…

Mario la miró con sonrisa burlona y sus ojos resplandecieron inquietamente. Aquella historia que acaba de escuchar no tenía ni pies ni cabeza. La rusa mentía desenfrenadamente. Eran el gato y el ratón; él era el gato.

—Pero… y el casete, Irina. ¿Sabes lo que dice ese casete?

—Sí, me dijo que había grabado un casete en el que yo le contaba, bajo los efectos de la droga, que Tatiana y yo nos habíamos robado el dinero —bajó la vista—. Seguro ha manipulado la grabación que hizo cuando me sometieron al interrogatorio, qué sé yo…

—Irina, a Vega no le interesaba las mujeres… era homosexual, travestí.

La rusa le miró con pánico, pero rápidamente trató de contrarrestar la aseveración de Paredes.

—Eso no importa, Mario. Yo misma soy bisexual. ¿No lo sabías?

Mario se encogió de hombros, restándole importancia a las palabras de la rusa.

—Lo mejor para ti es que me digas toda la verdad. Pienso que no tenemos mucho tiempo.

La rusa quedó en silencio. Sin saber qué decir. Era una persona abatida, enlazaba nerviosamente sus manos mientras miraba un punto distante, perdido. Mario terminó su trago y suspiró cansadamente.

—Me dijo que me iban a fusilar si se sabía —dijo rompiendo el silencio—. No quiero morir, Paredes, no quiero morir.

—¿Qué pasó con Vega, Irina?

—¡No sé! Me encontré con él anoche en el paseo del Prado, quería hablar conmigo, me pidió dinero a cambio de su silencio. Le dije que me dejara en paz, que, si no lo hacía, yo se lo contaría todo a Mike y entonces él también quedaría mal parado.

—Seguramente si todo esto se sabe tendrás que responder por el dinero que falta y, además, por la muerte de Vega.

Irina apretó los labios y clavó con fuerza las largas uñas en la palma de sus manos, tratando de que el dolor adormeciera el miedo. Se había puesto pálida, estaba a punto de perder el control. Mario lo sabía. Por eso la miró como el benefactor que ha venido en su ayuda. Como el sacerdote que ofrece el perdón y la absolución a cambio de la confesión. No como su verdugo o su delator, sino que su salvador.

De repente aquella mujer temerosa, fría y calculadora se había convertido en una persona insegura, con miedo. Temblaba y sus labios se apretaban para no dejar salir el doloroso sonido del llanto.

—Vamos a ver… ¿Tienes el dinero?

—Está en dos cuentas en Suiza, una a mi nombre y otra a nombre de Tatiana. No pudimos resistir la tentación. Era tanto dinero… Nos estamos exponiendo tanto en esta operación, no tengo adónde ir, no sé lo que va a pasar mañana. En la *Rodina* se comenta que pronto la Unión Soviética también desaparecerá. No sabemos siquiera si nos pagarán por este trabajo. Todo es un gran caos. ¿Te das cuenta? Queríamos tener únicamente un poco de dinero para nuestro futuro. Un seguro. ¿Entiendes? Si quieres compartimos ese dinero contigo. ¡De veras!

—¿Y Vega? ¿Fuiste tú quien le asesinó? ¿Fuiste tú, Irina?

—No, no… no…

—¿Quién fue, Irina? ¿Quién mató a Vega?

La rusa guardó silencio. Temblaba refugiándose en la penumbra del bar.

—No lo sé, quizá murió de muerte natural, o se suicidó —dijo sin mucho convencimiento.

—No me interesa el dinero, Irina. Te puedes quedar con ese dinero. Tampoco me interesa seguir investigando la muerte de Vega —Irina lo miró extrañada—. Lo único que te pido que hagas a cambio de mi silencio es ayuda y confianza. Necesito de tu ayuda, y me darás la ayuda que necesito a cambio de mi silencio —dijo con seguridad, escuetamente.

» Tengo dos cartas de Vega, una en la que dice que eres inocente y otra culpable. Seguramente para protegerse escribió ambas misivas —hablaba lentamente—. Si aceptas mi ofrecimiento entregaré a Jorge la carta que te exonera, pero si me traicionas haré llegar el casete y la carta que te acusa a sus manos, directamente. No te quede la más mínima duda. Y ni se te ocurra intentar asesinarme como has hecho con Vega porque con mi muerte estarás firmando la tuya y la de Tatiana.

Irina sintió que la sangre comenzaba a recorrer su cuerpo

nuevamente. «Entonces, Paredes no estaba detrás de su dinero», quería *ayuda* a cambio de su silencio. «¿Qué clase de ayuda?»

–¿Estás dispuesta a ayudarme? –la miró fríamente–. ¿Sí o no?

–Si no me delatas y no me pones en manos de ellos, claro que te ayudaré. No tengo muchas alternativas.

–Eso es también lo que creó. No hay alternativas para ti. Te podrás quedar con los dos millones después, pero por ahora tendrás que darme toda la información que tienes del traslado del dinero de Panamá y el número de las cuentas privadas tuya y de Tatiana, agencia bancaria, y todo lo relacionado con esas operaciones. Yo me voy a hacer cargo de ese dinero por ahora, es más, no te prometo nada, pero es posible que al final de esta aventura, la suma que tendrás en la cuenta sea mayor. Desde ahora en adelante vas a hacer todo lo que te diga, sin chistar, y sin preguntar. ¿De acuerdo?

–Toda esa información está en un disquete del cual Tatiana te puede dar una copia tan pronto nos encontremos con ella –respondió Irina.

–¿Incluyendo las cuentas adónde ha ido a parar el dinero de Panamá?

La rusa asintió ligeramente y levantó su mirada hasta chocar con la de Paredes. No tenía otra opción. Estaba en sus manos, y era imposible evitarlo. Ahora, lo más importante era saber ¿qué es lo que Paredes se traía entre manos? ¿Para quién trabaja? Evidentemente, no es solamente para el DI y el CIS.

Washington, Georgetown, 15 de diciembre, noche

El espíritu navideño engalanaba la ciudad. En el distrito comercial de Georgetown las calles y las tiendas se abarrotaron de gentes que iban de un lugar a otro, cargadas de paquetes, niños exaltados esperando su turno para hablar con Santa Claus; regordetas mujeres enfundadas en sus caros abrigos de pieles, acompañadas de sus dóciles maridos, cargados de regalos como camellos; solitarios hombres cincuentones vestidos con elegantes trajes de marcas europeas que se detenían de vez en cuando frente a los escaparates de ropa interior femenina, pensando quizá en algún regalo para sus jóvenes amantes y mendigos haciéndole la competencia a los soldados del Ejército de Salvación.

Javier caminaba lentamente rumbo al centro comercial cercano a la calle M. Miraba de soslayo los escaparates y se detenía una que otra vez pensando que debía comprar algo para sí mismo.

En las Navidades solía sentirse más solo que de costumbre. De vez en cuando le daba algún que otro ataque de sentimentalismo y llamaba por aquella época a Grisel, su exmujer. La alegría duraba siempre muy poco, ya que ella, que seguía viviendo en la casa de ambos de Coral Gables, en Florida; era una persona que casi todo el tiempo se la pasaba hablando de dinero, y de su *precaria* situación económica. «No sé si tendré dinero en el futuro para seguir viviendo en esta casa». «Este año no sé cómo pasar las Navidades, ni siquiera he tenido dinero para mis vacaciones de verano», solía decirle. Con su hijo era todo lo contrario. Tenía que sacarle las palabras de la boca cuando le llamaba por teléfono. Años atrás fue a visitarlo a Bruselas, y estuvieron sentados en un restaurante dos horas y media casi sin hablar.

Siguió caminando por las calles abarrotadas hasta que se cansó y regresó a su apartamento del Randolph Towers. Encendió mecánicamente el televisor. Pediría una pizza y tenía media botella de vino tinto californiano barato abierta en el refrigerador, pensó al tiempo que comenzó a quitarse la ropa para ponerse el nuevo chándal que había comprado horas antes, convencido que sería el único regalo de Navidad que recibiría: su propio regalo.

Estaba probándoselo frente al espejo cuando sonó el teléfono. Era Colin que le llamaba por una línea segura.

—Nuestra gente en Berlín ha descubierto un movimiento extraño en la Embajada de Cuba en Pankow —dijo escuetamente. Pankow era el barrio de Berlín Este donde se encontraba la Embajada de Cuba. Mario quedó esperando a que Colin continuara—. Han fotografiado a ese tipo que llaman *Jabao* entrando a la embajada. Fue una operación de rutina y lo han descubierto de pura casualidad. A veces tenemos suerte. —Javier tomó el teléfono en su mano y se sentó en el sofá, presintiendo que la conversación no iba a ser breve.

—No han podido localizar dónde se esconde, pero si ese tipejo está en Berlín significa que el Comando X-20 está preparando algo allá. ¿Correcto?

—Correcto.

La presencia de Rogelio Fuentes, alias *Jabao,* en Berlín oriental, era sin lugar a dudas algo que debería de ser tomado muy en serio. –Creo que debemos estar preparados. Voy a hablar con *El Topo*. Debes de tener la maleta hecha y dispuesto a salir con la mayor brevedad posible. Tenemos un *jet* de la Agencia que os trasladará inmediatamente adonde sea necesario.

17. Diciembre 16 y 17

La casa estaba muy cerca del mar, rodeada de un muro alto por la parte sur y de pinos por el este y el oeste. No era muy grande, aunque estaba situada en un gran terreno, alejada de las otras casas. La piscina estaba vacía; en su interior piñones, hojas y ramas secas alfombraban el fondo. Al igual que muchas de las casas vecinas, estaba bastante deteriorada. El salitre, los huracanes y el desgaste producto del descuido y de la falta de mantenimiento, habían convertido la otrora codiciada zona de veraneo, a sólo unos 20 minutos de La Habana, en un deprimente lugar.

El alcantarillado de la avenida, en las mismas condiciones deplorables que las viviendas, cruzaba detrás de la casa y el hedor procedente de las aguas estancadas y de los residuos de algas podridas, cargaban el aire, haciéndolo prácticamente irrespirable.

Lil estaba sentada en lo que pudo haber sido el porche en un viejo sillón de rejilla, medio desfondado, pero que aún conservaba la nobleza del más bello y tradicional de los muebles cubanos. Lo único que la erosión política no había logrado destruir aún en aquel lugar era el mar, la arena blanca, y las palmeras que continuaban meciéndose suavemente, ignorando la tristeza y la desolación.

Mike la había traído en su Lada la noche anterior a aquel lugar.

El sonido del mar cercano la calmaba. A lo lejos un barco cruzaba el horizonte. Había dejado de sorprenderse, de ver todo aquello que no comprendía. Por ejemplo, aquel mar: ¿Por qué no había barcos de pesca o de recreo? ¿Por qué la playa estaba desierta? Era como un pueblo abandonado después de alguna catástrofe.

–Hola, ¿cómo dormiste? –le preguntó Mike, apareciendo de repente en la puerta que daba al porche.

–Bien, gracias.

Lil se extrañó que aún estuviera allí, aunque no dijo nada;

últimamente evadía su presencia sin saber por qué.

–Yo regreso a La Habana, pero la doctora Aguirre y los compañeros del MININT te ayudarán en todo. Es mejor que te concentres en tu preparación –Lil asintió ligeramente–. Si deseas hablar conmigo, la doctora sabe dónde localizarme. No lo dudes. ¿Eh?

Lil movió negativamente su cabeza y su pelo le volvió a cubrir parcialmente el rostro. Mike salió de la casa con paso apresurado y ella se volvió hacía el mar aferrándose a la baranda despintada. Una suave brisa le rozó el rostro y, sin poder evitarlo, sus ojos se humedecieron.

Autopista Vía Blanca entre La Habana-Varadero,
16 diciembre, por la mañana

Mario Paredes conducía a velocidad moderada el nuevo coche que El Centro le había prestado, un Fiat 128 Sport rojo vivo. Se hallaba extenuado, incluso con una extraña sensación de indolencia y repulsión. Se sentía inseguro ante la apresurada decisión de haber puesto a Irina contra las cuerdas la noche anterior. Todo había sucedido con tal rapidez que no había tenido tiempo siquiera para calcular los riesgos. La imprevista irrupción de la rusa en el teatro de operaciones, convirtiéndola en un *elemento manejable* para sus propósitos, tenía, evidentemente, su parte positiva, pero también podría convertirse en un problema de incalculables dimensiones. Estaba convencido de que Irina había tenido que ver con la muerte de Vega. ¿Cuánto tiempo demoraría para que la DI llegara a la misma conclusión?

El fuerte sol le daba de frente, quemándole las pupilas mientras aquellos pensamientos irrumpían desordenadamente en su espoleada mente. La desolada autopista se extendía paralela al mar; a la altura de Santa Cruz del Norte.

Aprovechando que Lil estaría un par de días aprendiendo las más variadas y elementales técnicas de espionaje en una casa de seguridad del MININT en Guanabo, regresaba a Varadero para continuar las interrumpidas vacaciones con su familia.

Torres había sido, como de costumbre, muy parco durante la conversación que habían sostenido un par de horas antes, y solamente, al despedirse, dándole unas palmaditas en la espalda le indicó: «Prepárate, *brother*, porque vas a estar afuera un tiempecito y, además, vas a sudar la gota gorda. La primera escala será París. Viajarás en compañía de la rusa». Mario trató de saber más sobre el operativo, pero Torres esquivó sus preguntas con un muro de silencio flanqueado por su enigmática sonrisa.

El coronel Miguel Torres, protegido siempre por su impasibilidad, era una de aquellos oficiales que aún seguían creyendo en sus ideales revolucionarios. Creía firmemente que, aún con sus errores, la Revolución debía ser protegida. Precisamente simpatizaba con Paredes porque nunca se había plegado a ninguna fracción o grupo por oportunismo o para escalar una posición más alta dentro del Ministerio del Interior. Lo consideraba un revolucionario íntegro. Había sido por su recomendación que Bermúdez Cutiño había situado a Paredes de enlace entre el CIS y el Comando X-20.

–Ten cuidado con Irina, todavía no sé de qué pata cojea y sobre todo de su amiguita Tatiana –dijo dirigiéndose hacia la puerta del despacho y agregó: –Tatiana será la responsable de las comunicaciones entre el Centro y ustedes durante el operativo. No les pierdas ni pie ni pisada a ninguna de ellas.

Durante aquella conversación Torres le había informado que Lil participaría con ellos en el próximo operativo bautizado como Operación Ciguaraya. «Se reunirá con ustedes, más tarde, en Berlín. Recuerda, Mario, coño: eres su control y tienes la responsabilidad de ella. Suceda lo que suceda». Paredes asintió, al tiempo que con un gesto de haber olvidado algo importante, sacó del bolsillo de su chaqueta el sobre de Vega. «¡Casi me olvidaba! Vega escribió, al parecer la noche antes de morir, este informe sobre un interrogatorio a Irina», dijo entregándole el sobre que Torres abrió y leyó en silencio. «Bien, ¿ya lo habrás leído?», preguntó. «Sí, claro. Evidentemente, es un informe de rutina, me imagino; no estoy muy al tanto de ese interrogatorio», respondió evasivamente, sin aparentar mucho interés. Torres frunció el ceño y guardó nuevamente el informe en el sobre que colocó cuidadosamente sobre el escritorio. Preguntó si sabía la razón por la cual Vega decidió entregárselo a él y no a Mike. «No tengo ni idea. El día antes me preguntó si yo era el contacto entre El Centro e Irina y yo le contesté que yo era su jefe inmediato. Entonces me dijo que dejaría a su secretaria un informe sobre la rusa y que, por favor, yo personalmente, lo recogiera al día siguiente por la mañana. Eso fue todo», agregó Paredes encogiéndose de hombros

Se hizo un breve silencio.

—¿De dónde salieron esos rusos? —preguntó Paredes rompiendo el silencio, haciendo un último esfuerzo para ver si su jefe soltaba prenda. Torres arqueó las cejas cavilando la respuesta: calculando lo que le iba a responder.

—Los rusos son miembros de la 16 Brigada Spetsnaz del GRU, la mejor durante las operaciones de limpieza en Afganistán, antes de la retirada. En el caso de Irina y Tatiana, ambas vienen del KGB. Tatiana del 16 Directorio, ya sabes, intercepción de comunicaciones y experta en informática; Irina, por su parte, era una de las mejores agentes del 1.er Alto Directorio, en el área de las operaciones exteriores, según nos han dicho. Pero no fuimos nosotros, fue la *gente* de Moscú la que escogió el grupo ruso para formar el X-20. Nosotros seleccionamos a nuestra gente y ellos la suya», contestó con mirada cansada.

—¿Por qué insistes en que tenga cuidado de las rusas? —inquirió Paredes. Torres alzó los brazos como diciendo que él mismo tampoco lo sabía a ciencia cierta.

—No tengo pruebas, pero ha habido algunos problemas con Irina, y quizá también con Tatiana —volvió a encender el *Cohíba Espléndido* que colgaba indolente de sus labios mientras hablaba— Esa es la razón por la cual Vega sometió a Irina a la prueba de la psicobilina —exhaló una larga bocanada —pero dio negativo, como se puede leer en el informe que te entregó. Mike me dijo que confía en ella, pero cuando él se encama con una hembra, no es objetivo.

Se despidieron con un fuerte apretón de manos. Con respecto al informe en el cual Vega exoneraba a Irina de toda culpa, Torres no había hecho ningún comentario adicional. ¿Sabía algo más de Irina de lo que le había comentado? ¿Estaba ya sobre la pista?

«¿Cómo podré comunicarme con Javier para decirle que estoy en camino de París?», se había preguntado una y otra vez durante el viaje. Todas las posibilidades que había barajado estando aún en Cuba eran demasiado peligrosas. Pero era necesario contactarle antes de salir de viaje para que su amigo y control se encontrara con él en París. Tenía que alertarle sobre la Operación Ciguaraya. Lo que Mario Paredes no sabía era que ya la CIA había descubierto que *Jabao* se encontraban en Berlín, y que algo importante se estaba tramando.

Felipe Ramos llamó a la puerta del apartamento del Randolph Towers. A pesar de que Javier lo reconoció a través de la borrosa imagen circular del ojo de pez de la puerta, decidió que era mejor escucharle que ignorar su presencia y optó por dejarle pasar.

El Tigre sonrió de oreja a oreja, mostrando unos dientes demasiado blancos y parejos para que fueran reales, y pidió que le perdonara por no haberle adelantado por teléfono su visita, pero que le urgía hablar con él, cara a cara.

—El presidente ha decidido aumentar la ayuda económica para acelerar el final de la dictadura castrista —espetó, sentándose en el sofá sin que Javier le invitase—. Y necesitamos tu ayuda, —agregó reafirmando sus palabras con algunos manotazos en el aire.

—Ya te he dicho anteriormente que no puedo hablar de ninguna operación de la Agencia con nadie más que con Colin. Si él me autoriza a hablar contigo no tendré inconveniente alguno, pero de lo contrario, lo siento...

Ramos quedó mirándole. La sonrisa se trasformó rápidamente en una mueca.

—¿No te das cuenta, Javier? Esos de Langley son unos chupatintas. Buroespías. Maricones castrados por el Congreso. ¡Liberales de mierda! —dijo con desprecio.

Javier volvió a guardar silencio y finalmente agregó:

—¿Por qué no hablas con Colin?

—Porque Colin dice lo mismo que tú, que él recibe órdenes, bla, bla, bla.

—¿No dices que tienes la aprobación del presidente?, entonces, que sea él quien hable directamente con la Agencia.

—Eso no funciona así, Javier. Tú lo sabes muy bien, chico. No te hagas el chivo loco. El presidente no puede oficialmente *meterse* en esas cosas, para eso estoy yo...

—*Sorry*, Felipe, de veras, lo siento, pero no puedo hacer nada.

Hotel Internacional de Varadero, parqueo,
16 de diciembre, medio día

Antes de llegar a la zona residencial de veraneo adonde días antes había dejado a su esposa e hija, Mario Paredes se detuvo en el Internacional de Varadero para reservar una mesa en el restaurante del hotel para esa noche. Después comprobó que la furgoneta espía había desaparecido del parqueo. La conversación con Torres aquella mañana había disipado en cierta medida sus dudas. Seguramente el *gardeo* había sido realizado para tener más información sobre su vida íntima, familiar. Si no tuvieran confianza en él no le habrían asignado aquella importante misión. Pero siempre quedaban la duda y el miedo.

Durante la última media hora de viaje había comenzado a fraguar un plan para contactar a Javier Puig desde Varadero, antes de viajar a París. Era un plan osado, pero no le quedaba otro remedio.

La Habana, Hotel Chateau Miramar,
16 de diciembre por la tarde

Después de leer cuidadosamente el informe de Vega exonerando a Irina de toda sospecha, Mike se lo devolvió a Torres.

—No entiendo por qué Vega tuvo que escribir ese informe y, además, entregárselo a Paredes el día antes de morir —dijo Mike con tono preocupado comiéndose nerviosamente la uña del dedo pulgar de su mano derecha.

—Yo tampoco —agregó Torres buscando entre sus papeles. Estaba sentado en su escritorio y Mike permanecía de pie, al lado de la ventana.

—Además, tampoco entiendo por qué Paredes te entregó el informe. Le correspondía entregármelo, puesto que soy el coordinador entre él y el CIS. ¿No?

—No considero que eso sea lo más importante. Tú eres el coordinador entre los enlaces y el CIS cuando están en operaciones, pero Paredes es miembro del DI y yo soy su jefe —dijo Torres, restándole importancia a la observación subrepticia de Mike, que evidentemente se sentía algo molesto, o quizá celoso por el rápido ascenso de Paredes—. Lo más importante es esto

–agregó y le extendió el resultado de la autopsia realizada a Vega.

Mike leyó en silencio.

–Vega no tenía problemas cardiacos conocidos... –señaló, alzando la vista a su jefe–. El informe de la autopsia atribuye, sin embargo, la muerte probablemente a una infección viral con crisis cardiaca. ¿Qué coño significa eso?

Torres se encogió de hombros.

–No sé, una muerte un poco extraña, llena de interrogantes. ¿No te parece?

Mike asintió.

–¿Qué sugieres?

–Por lo pronto he dado órdenes de seguir examinando el cuerpo de Vega, en busca de sustancias tóxicas, ácido prúsico, es decir, ácido cianhídrico, por ejemplo, ya sabes, el viejo invento que han usado durante muchos años los *camaradas* del KGB para eliminar a sus enemigos.

–¿Hay algún indicio de que Vega haya sido asesinado por el KGB? –Mike miró sorprendido a Torres–. ¿Se ha encontrado algo?

–No, pero solamente se le ha realizado una autopsia normal, no se pensó que pudiera ser un asesinato –agregó Torres, levantándose de su silla–. Ahora bien, no entiendo eso del informe que le entregó Vega a Mario. ¿Para qué? ¿Por qué? ¿Hacía falta realmente un informe escrito?

–Yo tampoco lo entiendo. Cuando hicimos el interrogatorio a Irina, Vega me dio un informe oral, como ya sabes. Realizamos juntos el interrogatorio, y fui yo quien hizo las preguntas. Él se limitó a que todo trascurriese correctamente, desde el punto de vista médico.

–Eso es lo que pienso –respondió Torres–. Pero, si el informe no era necesario y tú sabías el resultado, ¿para qué diablos lo escribió

–No sé. Y a Paredes, ¿dónde lo dejamos?

–Afloja, Mike, Mario no tiene nada que ver con todo eso. Hemos investigado. Un enfermero escuchó cuando Vega le preguntaba a él si era el jefe de Irina porque debía entregarle un informe sobre la rusa. Hemos hablado también con su secretaria, quien confirmó que Vega le había dejado el sobre para que el compañero Pablo lo recogiera al día siguiente, a las 10 de la mañana. Ella misma le entregó el sobre a Paredes. Pienso que lo escogió a él porque no quería entregarte el informe –dijo Torres clavando sus negros ojos en su subalterno–. Quizá pretendía que otro oficial, además de ti, tuviera conocimiento del resultado del interrogatorio a la rusa…

–¿Pero, por qué? No entiendo.

–Yo tampoco. Tal vez quería tener la seguridad de que el resultado del interrogatorio llegara a otras *instancias* además de la tuya, por escrito –respondió Torres con cierta ironía y quedó en silencio.

Hotel Internacional de Varadero, 16 de diciembre, noche

El cielo estaba muy oscuro. Había luna nueva. Las estrellas brillaban en lo alto, y enormes nubarrones grises ribeteados de un rojo naranja corrían apresuradamente, perdiéndose en el lejano horizonte, devorados por el negro mar. Los relámpagos de una lejana tormenta eléctrica irrumpían la oscuridad de la bóveda celeste, iluminando macilentamente los rostros de Mario y su esposa que lentamente caminaban por la playa, bordeando el tramo que separaba el residencial del hotel. La niña iba de la mano de Lourdes, cantando una canción infantil, mientras ellos casi en un susurro hablaban protegiendo sus labios con la palma de la mano. Mario sabía muy bien, que más de un alto funcionario de la nomenclatura cubana había sido destituido deshonrosamente de sus cargos o lanzado con sus huesos a la cárcel, después de que los sabuesos del K-J con sus gemelos de visión nocturna hubieran leído en sus labios algún comentario crítico; o alguna frase de burla o desilusión sobre el Máximo Líder, cuando los confidentes micrófonos no eran capaces de recoger el sonido de las traicioneras palabras. Lourdes al principio se mostró renuente; finalmente, accedió no de buena gana, pero sabiendo que a su marido no le quedaba otro camino que recurrir a ella para establecer contacto con aquella persona, la cual él llamaba simplemente Ernesto. Acordaron que primeramente irían a cenar al restaurante del hotel, tal y como él había reservado aquella tarde.

Mario, Lourdes y la pequeña Maribel terminaron de comer el aguado helado de vainilla que había de postre. Después de pagar la nota Mario se sentó con la niña en uno de los butacones blancos de mimbre de la terraza y pidió un café, encendiendo una panetela Partagás. Sin intercambiar palabra alguna entre ambos, Lourdes se alejó hacia la recepción.

—¿Adónde va, mami? —preguntó extrañada la niña.

—Viene enseguida, mi amor.

—Yo quiero ir con ella —dijo la niña, mirando como su madre se alejaba.

—Maribel, deja a tu mamá que tiene que hablar con una compañera. Mira, si quieres vamos a ver dónde se ha escondido la Luna, que no la veo por ningún lugar.

La niña comenzó a observar el cielo en busca de la Luna. Mario bebió de un sorbo el café y volvió a encender el puro que se había apagado, contemplando con cariño y tristeza a su hija que revoloteando en la terraza, como una mariposa, seguía buscando la ausente Luna. La sintonía estridente de la interminable presentación del Noticiero Nacional de Televisión llegó desde el cercano vestíbulo volviéndolo a la realidad.

Lourdes se acercó a la regordeta mulata que estaba sentada en la centralita, en una esquina del mostrador de la recepción, y explicó con cara afligida que necesitaba urgentemente llamar por teléfono a un familiar en Estados Unidos para anunciarle la muerte de su madre. Una recepcionista de mirada adusta y enormes gafas que colgaban de su largo y enjuto rostro dejó de escribir en una vieja y gastada libreta e ignorando a la telefonista, casi sin levantar la vista respondió:

—El teléfono es solamente para los huéspedes del hotel. Además, aquí los cubanos no pueden hacer llamadas al extranjero sin autorización.

La mujer de la centralita miró con comprensión a Lourdes e hizo un gesto de no poder hacer nada.

—Es una urgencia, compañera —respondió suplicante Lourdes a la mujer de la recepción que empinó el cuello y estiró sus manos como si se dispusiera a cantar un aria en medio de un gran escenario:

—Las llamadas al exterior, *compañerita*, las tienen que autorizar directamente el compañero administrador si no es turista extranjero, aunque esté hospedado en el hotel. Y él no trabaja por las noches —agregó con tono triunfal—. Tendrá que venir mañana, después de las diez de la mañana. Pero le digo, desde ahora, que-lo-

241

veo-muy-difícil porque, como debe de saber, esas llamadas tienen que ser pagadas, además, en moneda libremente convertible – concluyó volviendo mecánicamente a su libreta una vez que encajó con aire desdeñoso las enormes gafas en su larga y torcida nariz.

Lourdes asintió en silencio y se dirigió hacia la puerta de salida. No valía la pena discutir con aquella arpía. No quería llamar la atención y levantar sospechas. Incluso se había maquillado la cara de una manera diferente que la hacía parecer mayor, y un pañuelo azul ocultaba su larga y negra cabellera. Cuando hubo caminado unos diez metros sin saber qué hacer, volvió nuevamente su mirada hacia la recepción. La mujer de la centralita le hizo una seña y se percató que la antipática recepcionista había desaparecido. Se acercó a la mulata de cara afable y redonda que le sonreía, mostrando sus grandes y blancos dientes.

—Es que ella es así. No te preocupes –dijo refiriéndose a la recepcionista ausente. Movía sus gruesos labios, pintados de un llamativo rojo carmesí, rítmicamente, articulando con exageración cada palabra–. Ella ya se fue para su casa, y yo estoy sola en la recepción, hasta las doce de la noche, gracias a Dios, –movió graciosamente sus manos como ahuyentando los malos espíritus–. Mira, aquí puedes llamar solamente si eres extranjero, y pagas-al–contado-en-moneda-libremente-convertible –entornó sus ojos–. ¿OK? Ahora bien, si tienes dólares, yo te hago la comunicación como si fueras una visitante extranjera y así puedes resolver –le dijo en voz baja, y a Lourdes se le iluminó el rostro.

Lourdes le explicó que ella tenía dólares y le dio el número de teléfono de Washington que la mujer copió en su libreta.

—Ve para la cabina y espera allí, mijita –le señaló una pequeña cabina cerca de los ascensores.

La espera se extendió más de lo que los nervios de Lourdes podían soportar. Cada segundo le pareció una eternidad. Temblaba ligeramente y sentía cómo el sudor cubría su frente. De repente sonó el teléfono y ella contestó.

—Ya está comunicando –le dijo la voz de la señora de la centralita mientras en el fondo se escuchaba el timbre de un teléfono algo distante.

«No estamos en casa en estos momentos, por favor deje su mensaje. Gracias por la llamada», dijo una voz de mujer en español cuando el contestador automático fue activado.

–Deseo dejar un recado para Ernesto, de parte de Toti –espetó Lourdes en español–. Por favor, dígale que su mamá ha fallecido y la van a enterrar en París. Yo soy la hermana de Angelito. Muchas gracias –dijo y colgó. Ernesto era el nombre en clave de Javier y hermana de Angelito significaba que era la esposa de Paredes. El fallecimiento de la madre significaba en el código que habían acordado un encuentro personal muy importante y de parte de Toti, que el lugar de la cita sería informado posteriormente por la misma vía. Lo único que no había sido codificado en el mensaje era el lugar de la cita: París.

Regresó a la centralita y la mujer le dijo que eran cinco dólares. Lourdes sacó un billete de 10 dólares y se lo entregó haciendo un gesto de que se quedara con el cambio. Las piernas le flaqueaban y la respiración era entrecortada. En el pequeño televisor del solitario vestíbulo Fidel Castro volvía a repetir desde una tribuna lo que había dicho incesantemente en las últimas semanas: «Primero se hundirá la Isla en el mar antes de que abandonemos el marxismo-leninismo». Lourdes quiso salir corriendo, como si tuviera detrás de sí al mismo Satanás, pero se contuvo y cuando llegó al lado de Mario sonrió lo más distendida que pudo, asintiendo ligeramente al sentarse. Él supo que el mensaje había sido trasmitido y le dio un beso en la frente.

–Vamos, es hora de acostar a la niña y tú y yo necesitamos un traguito y quizá algo más –le dijo levantándola suavemente del butacón al mismo tiempo que la niña alzaba sus brazos para que él la cargara, cansada de buscar la Luna.

En el pequeño televisor la imagen de Castro había sido sustituida por la del meteorólogo que anunciaba señalando en un mapa de la Isla la entrada de un norte.

Virginia, Falls Church, Estados Unidos, 16 de diciembre, noche

El teléfono sonó varias veces antes de que Pat, casi dormida, contestara. Necesitó zarandear varias veces a Colin para que despertara de su profundo sueño.

–Es para ti –dijo y regresó al interrumpido sueño.

Colin encendió la lamparita de la mesa de noche y tomó el teléfono. Era la central de comunicaciones de Langley que por una línea segura le trasmitía el mensaje urgente que Lourdes había

243

enviado un par de horas antes.

Colgó el teléfono y encendió un cigarrillo, dirigiéndose a la cocina. Cerró cuidadosamente la puerta del cuarto para no despertar a Pat que ya había vuelto a conciliar el sueño.

Desde el teléfono de la cocina llamó a Javier también a través de la línea segura y le informó sobre el mensaje de Paredes.

—Es algo urgente. Evidentemente, aún está en la Isla, pero viaja a París —dijo Colin y escuchó cómo Javier respiraba sin contestarle.

Colin no dejó cabos sin atar. Relacionó la presencia de Rogelio Fuentes, alias *Jabao*, en Berlín oriental con el dramático mensaje que la esposa de Paredes había enviado desde Cuba. Ambos, Puig y *El Topo*, se encontraban en máxima alerta, con las maletas listas, y uno de los *jets* de la CIA a su disposición en el aeropuerto de Langley

Javier quedó en silencio sin contestarle.

—¿Estás ahí? ¿Me escuchas? —preguntó Colin exhalando una larga bocanada.

Javier le respondió que le había escuchado perfectamente, pero que tenía algo también muy importante que decirle. Lentamente, con mesura, le relató, con lujo de detalles, la inesperada visita de Felipe Ramos a su apartamento horas antes y la conversación que habían sostenido ambos. Concluyó comunicándole su irrevocable decisión de abandonar el operativo y su trabajo dentro de la CIA si el director, personalmente, no le asegurase que no habría más intromisiones de Ramos en la *Operación Goofy*.

—De acuerdo, pero ¿no podemos discutir eso después de que sepamos por qué nuestro hombre quiere que viajes a París? —preguntó Colin nervioso.

Javier fue muy escueto. Hablaba en voz baja, sin alterarse. Antes de partir hacia París, necesitaba una respuesta clara y concisa. No iba a poner en peligro la vida del "hombre de Praga", ni aventurar la operación. No había otra alternativa.

—De acuerdo, dame 12 horas. Mientras, por favor, dile a *El Topo* que el viaje es a París y no a Berlín.

—De acuerdo. Doce horas, ni un minuto más —respondió Javier y colgó. Colin quedó sentado en el borde de la cama. Eran las 3:15 de la madrugada. Volvió a llamar por la línea segura a la central de Langley y pidió que le pusiera urgentemente en contacto con el jefe de Operaciones, James Clark.

James Clark citó a Colin a su despacho a las 10 de la mañana y, aunque el jefe del Departamento Cuba de la CIA ya había llegado unos 10 minutos antes, la puerta del despacho del *DDO* no se abrió hasta la hora indicada. Colin se sentó frente al escritorio, agradeciendo la invitación de Clark que tomó asiento frente a él, en su butaca.

—El director Webster, se encuentra en estos mismos instantes en el Despacho Oval, informando al presidente. Me llamará tan pronto salga de la reunión. Te he llamado antes para repasar algunos asuntos.

—De acuerdo.

—Ya sabes que no me gusta estar metido en esos bretes de política —dijo el *DDO* con sequedad.

—Lo mismo para mí. Pero no ha sido nuestro hombre el que ha iniciado este embarazoso asunto —agregó Colin a la defensiva.

—De acuerdo, pero eso no hace las cosas más fáciles. ¿Qué puede haberle pasado a nuestro "hombre de Praga"?

Colin volvió a repetirle lo que ya le había dicho por teléfono, que no tenía ni la más pálida idea sobre los motivos de aquella llamada. Era obvio que Paredes había corrido un gran riesgo para avisarles, involucrando incluso a su esposa. Era una emergencia, no cabía duda.

Se hizo un breve silencio que fue interrumpido por el zumbido del teléfono especial que tenía el *DDO* directamente con el director Webster. Colin sintió cómo sus músculos se tensaban cuando Clark tomó el auricular y, después de unas palabras iniciales, quedó en silencio, escuchando.

Hablaron quizá unos minutos, pero para Colin fue mucho más.

—El presidente se cabreó. Está echando leches... —hizo una pausa para ver la reacción de Colin—, pero no con nosotros, sino que con Ramos.

El rostro de Colin se iluminó y una leve sonrisa, que rápidamente truncó en aquella mueca que nunca se sabía si era de dolor o de placer, apareció en sus labios.

—Le ha dado a Webster todas las garantías. Además, está sumamente preocupado por lo del doble agente que dice nuestro "hombre de Praga" existe en una de las Agencias. Evidentemente, ese al parecer fue el argumento que más pesó para que el presidente le quitara su mano protectora a Ramos.

—¿Qué garantías, concretamente? –inquirió Colin y sus pequeños ojos brillaron inquisitorialmente como centellas detrás de las gruesas gafas.

—Que Ramos va a dejar en paz a Puig.

—¿Con respecto a mantener en secreto la identidad de nuestro "hombre de Praga"?

—Sí, ni el presidente sabrá su verdadero nombre. Solamente nosotros tres lo sabemos –hizo una pausa–. Hay otro pequeño problema, que no te había planteado aún porque pensé que las cosas podrían resolverse de otra manera, pero, lamentablemente, tal y como están ahora es mejor cortar por lo más sano.

Colin le miró extrañado y se ajustó las gafas con cierto nerviosismo.

—Ross –dijo el *DDO* e hizo una pausa. Los ojos azules de Colin casi se cerraron–, es seguramente la fuente que Ramos ha utilizado para saber lo que sucede en el Departamento Cuba y en específico sobre la *Operación Goofy*.

—¿Cómo lo sabes?

—La gente del OS lo tenían en observación después de que descubrieron que *El Tigre* había llamado varias veces a Ross por una línea interna. Yo los había alertado después de tu primer informe. Además, se han encontrado en la cafetería… Muy poco profesional, diría yo.

Colin se quedó pensativo. ¿Qué había motivado a Ross para facilitarte información a Ramos sin su consentimiento? ¿Respeto?

¿Dinero? ¿Promesas?

—¿Qué piensas hacer?

—Lo vamos a enviar a la Embajada de Estados Unidos en Uagadugú… bien lejos…

—¿Burkina Faso? –preguntó Colin irónicamente, aunque visiblemente tocado por la falta de lealtad de su segundo–. ¿A quién vamos a poner en su cargo? –agregó como cambiando de conversación.

—Pienso que tenemos a una candidata excelente. Tú la conoces,

Abigail Thompson, que actualmente trabaja en la Oficina de la Agencia de Naciones Unidas, en Nueva York.

–La rubia Abigail, de acuerdo, me gusta la idea. Pero ahora, perdona, tengo que hablar con Javier y *El Topo*. Queda poco tiempo y deben salir hacia París lo antes posible. Gracias por tu ayuda.

18. Diciembre 18 y 19

La sesión semanal del Grupo de Trabajo Interagencias sobre Cuba que reúne a los mejores especialistas y analistas del tema cubano de todas las agencias federales estadounidenses, comenzó puntualmente a las 13 horas en la oficina de Ana Belén Montes, analista de inteligencia militar de la DIA, y ese día la anfitriona del encuentro. Ana Belén Montes era la analista principal de asuntos cubanos del Pentágono.

Como de costumbre estaban presentes Colin, representando a la CIA, Steven D. McCoy, al FBI, y Danny Casuso al Servicio de Guardacostas. Los representantes de la Casa Blanca y del Departamento de Estado rotaban, siendo representados ese día por Betty Mineli y Robert Schneider, respectivamente. Bob Atkenson de la DEA no había podido asistir por estar de viaje oficial en Europa del Este.

Ana Belén, 32 años, delgada de pelo negro y muy corto, de madre norteamericana y padre puertorriqueño; nacida en Alemania Federal, considerada como la analista más importante sobre cuestiones militares de Cuba, dio la bienvenida a todos sus colegas y comenzó haciendo una breve exposición de los últimos acontecimientos en el mundo comunista y las posibles repercusiones que estos cambios pudieran tener en Cuba.

–La pregunta que todos nos hacemos en estos momentos es: ¿qué pasa en Cuba? Y, además, ¿qué sucederá en Cuba? Por supuesto que no es una pregunta fácil de contestar. Ni los cubanos mismos podrían responderla en estos momentos, creó –dijo Ana Belén y miró a los presentes uno por uno escrutando cuidadosamente sus reacciones.

Colin le respondió la mirada frunciendo su entrecejo.

–De una cosa podemos estar seguros, sí los rusos no siguen brindando su *generosa ayuda* militar a la isla, Castro tendrá que reducir muy pronto sus fuerzas armadas al mínimo. Entonces, Cuba no será más una amenaza para el hemisferio occidental y para nuestra seguridad nacional, al menos militarmente hablando

—dijo la analista, lentamente, con el peso de quién sabe que sus opiniones siempre eran escuchadas con atención.

Danny Casuso del Servicio de Guardacostas indicó que deseaba decir algo. Ana Belén le hizo un gesto de que le cedería la palabra en unos instantes y continuó:

—Esto en lo referente a la parte militar. Pero seguro que ustedes tienen otras cuestiones significativas que plantear —dijo Ana Belén invitando con un leve gesto al representante del Servicio de Guardacostas—. Danny, por favor, me parece que tienes algo que decir:

—Sí. Gracias, Ana. Por nuestra parte, y no es ningún secreto, lo que más tememos en estos momentos, es que se produzca en Cuba una rebelión o un golpe militar y que eso devenga en otro gigantesco Mariel; es decir, en una inmensa e incontrolable ola de refugiados cubanos a Florida.

Esa era realmente la preocupación de muchos norteamericanos, incluyendo la del propio presidente. Si algo les aterraba era una avalancha de pequeños botes y balsas con miles y miles de cubanos huyendo de Cuba. Era un escenario sobre el cual se habían tejido muchas hipótesis y ahora volvía al tapete cuando los regímenes comunistas de Europa del Este caían de manera imparable.

—No creó, realmente, que eso pueda suceder —dijo Colin y todas las miradas se volvieron rápidamente hacía él—. Castro tiene cogida la sartén por el mango. La limpieza que ha realizado en la Seguridad del Estado recientemente lo demuestra. Está preparándose para resistir. Lo que más le preocupa en estos momentos es la economía, y coincido con Ana en que en estos momentos, Cuba no representa ningún peligro militar para nuestra seguridad.

Ana le miró y sonrió para sí misma. Era una mujer que nunca reía, pero la respuesta de Colin, apoyándola, algo que raras veces ocurría, era algo que no podía despreciar.

—Gracias, Colin —agregó e insistió en que el jefe del Departamento Cuba continuara su exposición.

—Fidel Castro es un camaleón político, y trata de sobrevivir. Es decir, su problema en estos momentos no es aupar la *revolución mundial,* o destruir al *Imperio del Norte*, sino que resolver el problema económico, ahora que la Unión Soviética limita el vital subsidio. Seguro que va a apretar más las tuercas adentro, mientras, sin duda, enviará señales de apertura para los que lo quieran escuchar afuera. Probablemente habrá alguna flexibilización para la inversión extranjera…

—¿Por qué la CIA está tan segura de que será así? —preguntó Steven D. McCoy del FBI.

—Hasta hace poco era la Unión Soviética la que pagaba la expansión militar cubana en África y en algunos enclaves del Oriente Medio —dijo Colin y miró de soslayo a Ana Belén que asintió—. Ahora, cuando los rusos no pueden, o no quieren seguir pagando, es obvio que los intereses de Gorbachov están muy lejos de pretender nuevas conquistas militares en África, por ejemplo. Ni siquiera pueden seguir manteniendo la guerra en su traspatio, Afganistán… Entonces a Castro no le quedará más remedio que convertir en chatarra todo el armamento ruso y tratar de sobrevivir —agregó Colin y miró a través de sus gruesas gafas a la analista del Pentágono—. El comandante tiene otros problemas más inmediatos que nuevas conquistas o batallas internacionales.

McCoy levantó su dedo índice como pidiendo permiso a Ana Belén para responder a Colin.

—Sí, todo eso me parece bien, pero que de buenas a primeras bajemos la guardia con respecto a Castro… no creó que sea lo más indicado.

—No, no se trata de bajar la guardia; creó que el FBI debe de seguir su trabajo de contrainteligencia, como siempre. Nosotros también seguimos trabajando activamente, pero evidentemente Cuba no está en estos momentos en condiciones de expandir sus acciones militares —agregó Colin.

—¿Qué tipo de información tienen ustedes para hacer ese análisis? —preguntó Ana Belén y tomó de sorpresa a Colin.

—Me temo que ninguna, Ana. Igual que ustedes en el Pentágono —respondió devolviéndole la pelota—. Son conjeturas, no le daremos siquiera la categoría de análisis.

Ana Belén asintió, dándole la razón a Colin que continuó:

—Es más… no hemos registrado actividad alguna en Cuba que nos haga suponer que están tramando nuevas acciones *revolucionarias*. Es, si se quiere, la falta de actividad o información, lo que hace que me incline a decir lo que he dicho.

—La información que tenemos en el Pentágono viene de la Unión Soviética —dijo persuasivamente la analista del Pentágono—.

Sabemos que los rusos le van a cortar la ayuda, no sólo militar, sino que toda la ayuda, incluyendo el petróleo y muy pronto… Castro lo sabe, y evidentemente tienen una situación económica muy difícil.

Betty Mineli, de la Casa Blanca, estaba concentrada en escribir todo lo que se decía, mientras Schneider, del Departamento de Estado, miraba fijamente al techo como si estuviera en trance.

—Es decir, ¿que la CIA no tiene información sobre lo que sucede en Cuba actualmente? –preguntó Ana Belén.

—Bueno… tengo que decir que la información que tenemos en estos momentos, es poca… Se han detectado algunos pequeños movimientos en París, seguramente están trasladando el Centro de la DGI de Praga a la capital francesa… supongo. Pero no mucho más.

—¿Y qué saben de la presencia de agentes cubanos en el aeropuerto de Chipre, en los vuelos de la CSA? –preguntó la analista. «Así que Ana Belén había recibido también una copia del informe del *Radio Security Service* británico»; rumió Colín. Sin embargo, la analista de Cuba del Pentágono no había hecho referencia al informe posterior del Mossad en el que se especulaba que se trataban probablemente de instructores cubanos que viajaban a Yemen del Sur vía Damasco. Colin optó por reconocer solamente el informe del *Radio Security Service*.

—Sí, hemos recibido un informe de los primos de Chipre en el que nos comunicaron que han detectado a un grupo de cubanos rumbo a Damasco. ¿Saben ustedes algo más que nosotros no sepamos? –preguntó Colin con una mirada de sorpresa a la analista del Pentágono.

—No. Pensaba que quizá la Agencia tenía más información –agregó Ana Belén, como si restara importancia a la pregunta.

—Pero ¿qué puede tener eso que ver con la discusión de sí Cuba será en un futuro inmediato un peligro o no para la seguridad de Estados Unidos? –preguntó Colin y se sintió satisfecho de su intervención–. Aunque nuestra área es Cuba, el ojo del huracán no está en La Habana en estos momentos, sino que en los países de la Europa del Este, y en Moscú…

—Yo pienso que el tema de la droga y del narcotráfico ha quedado totalmente olvidado. Es posible que la ausencia del responsable de la DEA en las últimas reuniones tenga que ver con este *olvido* –dijo el representante del FBI apoyado por Casuso.

–Es cierto, Castro ha fusilado a cuatro de sus hombres más cercanos por hacer negocios con los narcotraficantes colombianos –espetó Casuso–. ¿Pero, ahora qué pasa? ¿Todo se ha quedado ahí? Sabemos que Castro está involucrado directamente.

¿Quién iba a responder a esa pregunta? Colin no tenía intenciones de participar en esa discusión, demasiado peligrosa en esos momentos. Pensó en Javier que acompañado de *El Topo* seguramente ya había arribado a la capital francesa aquella misma mañana.

Se hizo un silencio que interrumpió Robert Schneider, del Departamento de Estado, que al parecer había recibido de repente un mensaje celestial. Bajó su vista del techo y entornando los ojos como si comenzara una plegaria musitó:

–Castro ha matado dos pájaros de un tiro. Se ha quitado de encima que le arrojemos en cara su confabulación con los carteles de la droga y, al mismo tiempo, ha eliminado a varios de los que podrían hacerle sombra en estos momentos de cambios y *Perestroika*.

«Vaya, el tío se ha leído el informe de los analistas nuestros de cabo a rabo. ¡Bravo!», pensó Colin suspirando, mientras se encogía de hombros como indicando: «He ahí la respuesta, señoras y señores. Schneider tiene razón. ¿Vamos a otro tema?».

Continuaron hablando los 23 minutos restantes de cuestiones pendientes. No había sido una reunión que hubiese dado mucho de sí. En cualquier caso, Colin salió satisfecho del Pentágono por haber plantado tanta desinformación y confiaba en que, de una forma u otra, llegara a Cuba. Colin sabía –como viejo espía– que la desinformación por la vía directa al enemigo, a través de un doble agente, era la mejor forma de ganarles la batalla. Y eso era precisamente lo que estaba haciendo, aunque no supiera aún quién era el doble agente cubano y si la desinformación llegaría a sus oídos o no, pero era el comienzo de una estrategia para al menos minimizar los daños. Consultó su reloj que marcaba exactamente las once de la mañana. Había convenido con Clark que esa misma mañana Ross abandonaría su puesto de segundo del Departamento Cuba, para evitar más filtraciones a Ramos. Tampoco, por esa misma razón se le había informado a Ross del inesperado viaje de Javier y Ricardo Villafranca a París.

Lil estaba sentada en la mecedora en el porche de la casa de la playa. Había desayunado y tenía la mochila lista a su lado. El mar estaba revuelto; enormes nubarrones presagiaban lluvia y ella sentía cómo el bochorno de los últimos días le seguía produciendo aquel sudor pegajoso que tanto la asqueaba. De repente sintió unos deseos enormes de regresar a Fráncfort, continuar sus estudios, y mandar al diablo todo aquello.

Aquellos días le habían parecido una eternidad. Según sus profesores había aprendido todo lo que tenía que aprender, por ahora. Claro, que tendría que pasar otros cursos más adelante, por supuesto, le había adelantado la doctora Aguirre que se sentía satisfecha de los resultados alcanzados por Lil, que había aprendido rápidamente cómo utilizar códigos y nombres claves codificados para comunicarse con el Centro durante el operativo. «Las comunicaciones serán realizadas a través de un localizador electrónico usando el sistema de códigos numéricos que te hemos dado», le había explicado su instructor con gran parquedad. En su mochila llevaba el localizador electrónico. «En La Habana te darán las instrucciones que necesitas y después partirás a Berlín, que será el lugar donde harás contacto con tu control», le había informado escuetamente la doctora Aguirre. «Tengo que regresar a Fráncfort. Hablar con mis amigos, establecer contacto con mi familia; de lo contrario pensarán que me ha pasado algo», había dicho Lil a la psiquiatra. «Alina, tienes que hablar con ellos sobre esto. Es una equivocación mantenerme aislada de ésta forma».

Al menos había aprendido a revelar fotografías, y de eso se alegraba especialmente: «Es lo único que podré utilizar si logro salir sana y salva de todo esto», se había dicho a sí misma, persuadida de que se había metido en algo sumamente peligroso del cual no sería fácil desasirse. Se sentía como una mosca atrapada en la tela de araña del espionaje cubano. «Ahora, tienes que seguir adelante. Tú misma te has metido en este lío», se reprochaba a sí misma.

La doctora Alina Aguirre salió al porche silenciosamente.

–Bien, ya veo que estás lista para partir.

—Sí, estoy lista —dijo Lil, levantándose de la mecedora.

—Yo misma te llevaré. He hablado con el Centro. Me comunicaron que podrás hacer contacto con tus amigos y familiares desde Berlín. Luego, en unas semanas podrás ir a Fráncfort de visita. Les dirás que has conseguido trabajo en una empresa naviera. No des más detalles. Los compañeros hablarán contigo en La Habana sobre eso y como hacer los contactos con tu control en Berlín. Te llevaré al Hotel Presidente.

Lil asintió agradecida. Agarró su mochila como si fuera un bolso y bajó al lado de Aguirre los cuatro peldaños de la pequeña escalera del porche en dirección a la calzada donde la doctora tenía aparcado su Lada.

—¿No se te olvida nada?

—Eso espero —dijo mirando al mar. Lo que no le dijo a su guardián fue que en aquella casa, posiblemente había dejado para siempre su ingenuidad.

La Habana, Corporación Mar Azul,
18 de diciembre, 13:00 horas

El coronel Miguel Torres vestía una guayabera de lino blanca, un pantalón de gabardina azul claro y mocasines negros. Estaba recién afeitado y olía a *Suchel,* un barato perfume cubano. Algo incómodo por la espera, sentado en un amplio sofá de piel marrón del salón recibidor del recién reconstruido edificio de la flamante Corporación Mar Azul, ubicado en la Quinta Avenida de Miramar, encendió su segundo cigarrillo. Colocó la cerilla aún encendida en un cenicero artesanal de güira, situado en la mesa de centro de estilo rústico, como el resto de la decoración, frente al sofá. Miró cómo la cerilla se fue consumiendo, dejando una pequeña y oscura marca en el cenicero y alzó su vista atrevidamente hacia una joven secretaria que se esmeraba en dar la impresión de ser la profesional que aún no era.

En la pared colgaba el emblema de la Corporación: un velero surcando el mar, hecho de láminas de hierro y pintados en chillones colores azul, amarillo y rojo. Había una ausencia total de símbolos, fotos y eslóganes revolucionarios en todo el edificio.

—Señor, por favor, tenga la amabilidad de pasar —indicó la joven secretaria.

Torres se levantó y la chica le señaló la puerta izquierda con su índice terminado con una larga uña pintada de nácar. Otra chica abrió la puerta por dentro invitándole a que pasara.

—Tenga la bondad de seguirme… —dijo la nueva secretaria que caminó delante de él a través de los interminables pasillos, moviendo rítmicamente su bien torneado trasero, mientras su largo pelo negro ondulaba en sentido contrario al de sus caderas. Abrió finalmente una segunda puerta y Miguel Torres entró, cerrándola detrás de sí.

—Coño, te has tomado en serio lo de vicepresidente de la corporación. Te voy a tener que mandar a una escuela del Partido para que te rehabiliten ideológicamente —dijo Torres riéndose, pero con algo de suspicacia en la voz que hizo que Mike le mirara un poco extrañado y con algo de temor.

—No he podido siquiera dormir —dijo excusándose—. Paredes y la rusa están ya camino de París. Salieron vía Nassau-Londres-París, según lo acordado anteriormente. Lil está de regreso en el Hotel Presidente esperando órdenes.

—Muy bien, así que todo está ya en marcha —apuntó Torres sentándose en la butaca del escritorio de Mike, manifestándole de esa manera que era él quien mandaba.

Mike se replegó en silencio, sentándose en el marco de la ventana que daba a la Quinta Avenida.

—Entonces, Operación Ciguaraya ya está en marcha. ¿Cuándo partes a París?

—Estoy esperando tus órdenes.

—Lo antes posible. Envía la alemana a Berlín con un custodio, ya. Está un poco desubicada me ha dicho Alina. Cuando llegue a Berlín le pones chequeo las 24 horas. La necesitamos. Ya sabes, es una pieza clave.

—De acuerdo, saldré vía México, aunque ya sé que la CIA me va a tomar la foto de rigor en el aeropuerto a mi llegada, pero como viajo con cobertura de argentino no les va a resultar tan fácil reconocerme —sonrió con malicia.

—¿México-París? —preguntó Torres asintiendo levemente, como contestando su propia pregunta.

—Correcto.

—Bien. Ahora escucha: la primera fase de la operación, como ya sabes, es trasladar el dinero de los alemanes, pero antes en Berlín tienen que hacer el traspaso de la B & C Shipping and

Trading Ltd. a nombre de Lil, pero los detalles te lo comunicaremos posteriormente.

–¿B & C Shipping? Esa es una de las empresas registradas en Panamá. ¿Será entonces la tapadera de la Operación Ciguaraya?

–Exactamente y Lil con su nombre y apellidos verdaderos le dará solvencia a la tapadera. Ella será el *fusible* de la B & C Shipping. En estos dos disquetes codificados están las órdenes y la información que necesitas, por ahora... –le indicó, extendiéndole un pequeño sobre.

Mike tomó los disquetes e hizo una breve pausa.

–¿Cómo va la corporación Mar Azul? –preguntó Torres en un tono desinteresado.

–Creo que bien... Parece funcionar como se había previsto. Rangel, está haciendo bien su trabajo de presidente, hace todo lo que le ordeno, sin chistar.

–El responsable de los contactos entre los compañeros alemanes y el CIS ya está en La Habana. Será el responsable de coordinar la operación del dinero, el traslado y envío de la *mercancía*. Lo llamamos camarada Thelman –informó escuetamente Torres a su subalterno–. He hablado extensamente con él, pero tienes que encontrarte con él antes de salir hacia París. Es importante –Mike comprobó la hora en su Rolex.

–Sí. Concertaré una cita lo antes posible.

–Aquí está el teléfono dónde se encuentra. Llámalo lo antes posible –agregó Torres mientras se dirigía hacia la puerta–. Bonito despacho, que lo disfrutes... cuando tengas tiempo. Tus secretarias también –agregó con sorna.

Mike fingió una sonrisa observándose pensativamente los nudillos mientras su superior desaparecía tras cerrar la puerta. Estaba satisfecho a pesar del rapapolvo que le había propiciado Torres, pero lo mejor era no bajar la guardia. Tomó el teléfono y llamó al camarada Thelman.

Langley, 18 de diciembre, Departamento Cuba, 13:00 horas

Abigail Thompson, la nueva número dos del Departamento Cuba tomó posesión de su cargo aquella misma tarde. Colin estaba en la reunión del Pentágono y así lo había decidido, ya que no deseaba siquiera despedirse de Ross. Era una mujer que rondaba los 40 años, alta y algo rolliza, de grandes pechos que le daban un aspecto maternal. Tenía los ojos verdes y el pelo rubio teñido, casi blanco. Ross le explicó con cierta suficiencia los entresijos propios de su trabajo y ella tomó nota mentalmente asintiendo de vez en cuando, como si en realidad estuviera al tanto de todo. Ross estaba visiblemente molesto y no lo ocultaba, pero ella ignoró su malestar, mostrándole una sonrisa comprensiva y algo maternal que lo neutralizó.

—Este mensaje ha llegado recientemente de la Estación de París. Es lo último que ha llegado sobre Cuba. Se ha notado en los últimos días un aumento de actividades y comunicaciones en el Centro de la DI en la Embajada de Cuba. Según la información que tenemos los cubanos están trasladando a la carrera el Centro de Praga a París —dijo Ross entregándole la carpeta a Abigail—. Si estás de acuerdo, me dejas una hora para recoger mi escritorio y mientras puedes tomarte un café —agregó Ross forzando una sonrisa.

París, 18 de diciembre, 20:50 horas

El Topo se situó en la esquina de la rue Greuze, desde dónde podía ver la salida del Metro de Trocadero; entre tanto, Javier se había sentado en el café que se encontraba cerca de la salida Avenida del Presidente Wilson. La herradura del complejo arquitectónico que alberga el Palacio de Chaillot, el Museo de los Monumentos Franceses, el Museo de la Marina y el Museo del Hombre, más allá la Torre Eiffel, servía de telón de fondo a aquel encuentro.

Javier y Villafranca habían llegado aquella mañana a París y poco después Langley había informado que Paredes, ya en París, había pedido un encuentro en ese lugar a las 21:00 horas.

El aire frío y pegajoso que venía del Sena le golpeó ligeramente. El camarero, un hombre de gran estatura, que hablaba incesantemente consigo mismo y que repetía todo lo que decían sus clientes, al menos dos veces en voz baja, casi en un murmullo, se le acercó a Javier preguntándole sí deseaba algo. Javier pidió un café doble expreso y estuvo a punto de añadir un coñac, pero se contuvo. «Podría necesitarlo más tarde». El camarero se retiró dando zancadas y balanceando sus largos brazos, sumiéndose nuevamente en los vericuetos del monólogo. Desde su mesa podía Javier ver a *El Topo* y este a él. Había pocas personas en el café. Miró los pasteles de la nevera anaquel y sintió unas ganas inmensas de comer algo dulce, pero rechazó también esa idea hundiendo la mirada en la tasa de café que le había traído el camarero.

A las nueve en punto Mario Paredes apareció en la esquina de Trocadero y miró hacia el café. Desde la acera de enfrente, *El Topo* se puso en alerta y verificó si Paredes era seguido. Mario se dirigió hacia la estación del Metro y desapareció escaleras abajo. Nadie le seguía, según pudo ver *El Topo*. Al cabo de unos minutos Paredes reapareció por la boca del Metro y fue directamente al café donde Javier le esperaba.

Pidió un expreso al camarero que tomó rápidamente, fue al baño y posteriormente salió del café sin mirar a Javier. En la calle, *El Topo* comenzó a caminar hacia la cercana Avenida de Nueva York.

Momentos más tarde Javier salió dirigiéndose hacia la avenida. Al llegar a la acera donde comienza el Puente d'Iela, que conduce directamente a la parte posterior de la Torre Eiffel, torció a su izquierda aminorando el paso. Cuando Mario apareció caminó unos cien metros hasta un Peugeot 606 negro que, con las luces apagadas, estaba esperándole con el motor en marcha.

Javier entró por la portezuela derecha trasera y Mario lo hizo por la izquierda. *El Topo* que estaba al volante puso en marcha el vehículo subiendo en dirección al Arco del Triunfo por la Avenida d'Iena.

Mario y Javier se estrecharon las manos y, a pesar de la situación, sonrieron contentos de volverse a ver.

–¿Qué tiempo tenemos? –preguntó *El Topo*.

–Este es *El Topo*. Él nos protegerá.

Mario saludó y *El Topo* respondió el saludo levantando su mano derecha sin girarse, mirándole por el espejo retrovisor del coche.

–No creo que sea bueno ausentarme más de cuarenta minutos.

–Entonces, tienen veinte. Es mejor que se queden en el coche para que puedan hablar sin problemas. Voy a buscar un lugar donde aparcar cerca del Metro de la Opera. Yo estaré afuera vigilando.

—Me parece bien —dijo Mario.

El Topo no encontró lugar tan cerca de la Opera como hubiese querido, pero finalmente logró aparcar en un lugar tranquilo y de poco tráfico. Mario hablaba rápidamente, a sabiendas de que el tiempo era limitado y tenía que darle la mayor cantidad de información a su *control*. *El Topo* salió del coche para dejarles hablar en tranquilidad y comprobar que no los seguían.

—Hay otra cuestión que tengo que informarte —dijo Paredes ya concluyendo la conversación. Javier lo miró aún sorprendido por todo lo que el doble agente le había informado.

—¿Recuerdas a la chica alemana del avión?

Javier asintió con un gesto monótono, absorto en sus pensamientos.

—¿Lil? Sí…

—Pues ahora se ha convertido en agente de Cuba, o lo que es peor, en una agente ilegal de CIS.

Javier quedó rígido. Sin saber qué decir.

—Es solo para tu información, yo soy su control —dijo Paredes mientras hacía un gesto como si lo lamentara—. He visto en este trabajo muchos extranjeros que han caído en las redes igual que ella. Ya te lo había dicho en el avión ¿Recuerdas?

Javier asintió pensativo.

—¿Y ahora?

—Nada. Tienen grandes planes para ella, aunque aún no sé de qué se trata. Creo que tiene que ver con todo eso del lavado de dinero que están haciendo, la misión más importante del CIS en estos momentos, según entiendo. Debe viajar en estos días a Berlín, donde nos encontraremos.

—¿Es que le faltan agentes?

—Sí. Además, el CIS necesita de sus propios agentes. Ella es una de los primeros agentes reclutados, aunque ha sido bajo bandera falsa ya que cree que trabaja para ayudar a Cuba y no tiene ni la más mínima idea de lo que es el CIS.

—Espero que las rusas no te traigan problemas. Trata de obtener lo antes posible los disquetes de Panamá —dijo Javier concluyendo.

El Topo abrió la puerta delantera del coche y se sentó advirtiendo que era hora de concertar una nueva cita y terminar la conversación. Así lo hicieron.

—Nos encontraremos en Berlín en un par de días. Estaremos

en el Hotel Berolina. Buena suerte –dijo Javier dándole una palmada en la espalda a Paredes que se apresuró a salir del coche dirigiéndose con paso rápido y seguro al Metro de la Opera. El Peugeot se puso en marcha alejándose en dirección al Boulevard des Capucines.

–¿Entonces, a Berlín? –preguntó *El Topo* al volante, echándole una mirada a Javier a través del espejo retrovisor.

Javier asintió levemente. Como en cámara lenta, París siguió mostrándose a través de la ventanilla.

–Lo antes posible. Es conveniente que lleguemos primero. Él va en tren y nosotros seguimos en nuestro *jet* –aclaró Javier mientras el coche se perdía entre el denso tráfico parisino.

París, 18 de diciembre, Hotel Best Western 23:10 horas

Irina estaba terminando de descifrar un mensaje que había recibido de Tatiana desde Berlín, donde se encontraba con el resto del comando, cuando Paredes entró en la habitación del Hotel Best Western au Trocadéro de la Avenida Raymound Poincaré, cercano al lugar donde se había encontrado con Javier poco antes. París se había previsto como una escala para borrar cualquier pista antes de seguir viaje a Berlín por tren.

–¿Noticias?

Irina asintió, al tiempo que anotaba las últimas letras del mensaje que repasó rápidamente antes de entregárselo a Paredes que lo leyó lentamente para después quemarlo con una cerilla en el cenicero del escritorio frente a la ventana de la pequeña habitación.

–Yo estoy listo y ¿tú?

–Estoy lista también.

–Entonces, tomaremos el primer tren a Berlín. Por lo que entiendo Tatiana y el resto de la gente nos están esperando.

–Así, es… –respondió ella, quemando también el mensaje original codificado.

Nueva York, 19 de diciembre, 21:30 horas

Una fina aguanieve caía lentamente sobre Manhattan. Con la

melancólica pretensión de alcanzar el esplendor de Broadway y las otras calles centrales de la metrópolis, adornadas con guirnaldas y objetos navideños, la calle 42 este se hundía aún más en su atmósfera lúgubre y triste; con sus prostitutas minifalderas que soportaban el frío y las ráfagas de aire helado que acechaban en cada esquina, con un estoicismo casi heroico; sus vendedores de droga; y sus policías de paisano, reconocidos y esquivados por los delincuentes y proxenetas.

El hotel Continental, situado en la 42, entre la Séptima Avenida y Broadway no es el mejor lugar de Nueva York para que una mujer caminase sola, menos aún, por la noche. Pero eso no desanimaba a Ana Belén, quien, con paso rápido, envuelta en una capa negra, pantalones oscuros y botas de tacón alto, se dirigió a la entrada del hotel, dio un paseo por el vestíbulo, se cercioró de que nadie la seguía y entró en la cafetería contigua donde pidió un café solo. El dependiente, un hombre grueso, de cara cuadrada y vientre ampuloso le sirvió el café en silencio, observando de reojo la cartera negra que ella había dejado descuidadamente encima del mostrador.

Tomó el café, pagó y se levantó. Olvidaba la cartera. El dependiente la tomó y con gesto rápido la abrió, sacó un pequeño sobre y segundos después alzó la mano. Con una voz de pito que no encajaba con su físico, llamó la atención de la mujer para que no olvidara su cartera.

La analista de Cuba del DIA se volvió simulando sorpresa y tomó la cartera de manos del dependiente dándole las gracias enfáticamente.

Ana Belén caminó hasta la Gran Estación Central. No era muy cerca, pero así podría comprobar si era seguida.

En la estación compró un billete de ida a Washington. El tren salía en media hora.

Un cuarto de hora después Oscar Machín, miembro de la delegación oficial de Cuba ante la ONU, y en realidad, como casi todos los otros integrantes de la delegación, oficial de la inteligencia cubana, se sentó en el mismo mostrador y pidió una cerveza. El dependiente al servirla, puso debajo de la servilleta el sobre que había extraído del bolso de Ana Belén. La operación se realizó ante los propios ojos del agente del FBI que, sin percatase, seguía rutinariamente todos los movimientos del miembro de la delegación cubana ante Naciones Unidas.

Machín introdujo con rapidez el sobre en uno de los bolsillos de su chaqueta al mismo tiempo que veía la última edición de la noche del noticiero de la NBC en el viejo televisor del bar.

Berlín, Hotel Berolina 19 de diciembre, por la tarde

En el bar del viejo Hotel Berolina de la Karl Marx Allé, en el centro de Berlín Este, a unos pasos del Cinema Kosmos, y casi frente al mal venido Restaurante Moska, Javier Puig saboreaba una cerveza viendo la televisión que mostraba las imágenes en directo desde Dresde del canciller Helmut Kohl y del primer ministro de Alemania Oriental Hans Modrow, coreados por una gran masa que gritaba:

«¡Helmut, Helmut!» y «¡Alemania, patria unida!».

Javier tomó un sorbo y miró discretamente su reloj. El televisor mostraba a un Helmut Kohl, con rostro sonriente de tío bueno y generoso, que, al lado de Modrow, dejaba saber que estaba muy satisfecho con las conversaciones que había sostenido con el primer ministro germano oriental. Momentos más tarde los dos políticos anunciaron a bombo y platillo que la Puerta de Brandeburgo sería abierta antes de Navidad y que todos los presos políticos de la RDA serían puestos en libertad antes de las fiestas navideñas.

Javier no lo podía creer: estaba ahí, en el Berolina, tomando una cerveza y viendo por la televisión cómo el canciller de Alemania Federal y el Primer ministro de Alemania Oriental anunciaban que la Puerta de Brandemburgo sería abierta nuevamente y que todos los presos políticos también serían puestos en libertad antes de las Navidades, es decir, en unos días... Sin habérselo propuesto, sumergido en el torbellino de la *Operación Goofy*, se había convertido en testigo presencial de la caída del comunismo en Europa del Este.

A fines de los sesenta él visitaba con frecuencia el Berolina, uno de los pocos hoteles modernos del Berlín Este de aquellos años, donde se hospedaban muchas delegaciones oficiales cubanas que viajaban entre La Habana y Berlín Este. Era parte de su trabajo diplomático.

El hotel había tenido sus días de esplendor durante los setenta, y ahora en los inicios del cambio –*Die Wende*–, era solamente una lastimera reminiscencia de los mejores días de la RDA. La Karl Marx Allé, otrora centro neurálgico de Berlín oriental, se había convertido en una avenida desolada, flanqueada por pesados bloques prefabricados semidestruidos. Javier dejó errar su mirada de la realidad a los recuerdos, confrontando las imágenes borrosas de su mente con las que el entorno le obligaba a contemplar. Apuró el último sorbo de la cerveza cuando la presencia de *El Topo* en el umbral de la puerta de entrada lo sacó de sus reflexiones.

Después de pedir al aburrido camarero una cerveza para él y otra para su amigo, *El Topo* le informó que había enviado el informe altamente secreto que él había escrito para Colin la noche anterior, donde le explicaba los pormenores del encuentro en París y la llegada a Berlín.

–¿Has vuelto a tener contacto con nuestro hombre? –preguntó, tomando un sorbo de la cerveza.

–No, aún no. Hemos quedado que me llama al vestíbulo del hotel el 21 a las 19:00 horas.

–Bien, ¿qué vamos a hacer mientras?

–Disfrutar de todo esto. Me parece increíble estar aquí contigo, tomándonos una cerveza en Berlín oriental, en el mismo Berolina de antaño. El mundo ya no es lo que fue, *Topo* –dijo riendo, mientras alzaba el vaso de cerveza y movía negativamente su cabeza.

–*Prosit!*

–¡Salud! –Contestó *El Topo* y se encogió de hombros.

19. Diciembre 20 y 21

Panamá, Operación Causa Justa, 20 de diciembre

La invasión norteamericana a Panamá comenzó a las 01:00 horas del 20 de diciembre. Aviones de la 82 División de la Fuerza Aérea Estadounidense lanzaron dos batallones de paracaidistas del 504 Regimiento de Infantería sobre varios puntos clave del país, como Río Hato y el Aeropuerto Internacional Torrijos, y un tercer batallón en tierra se les unió rápidamente. Durante las primeras horas de la mañana lograron dominar gran parte de la Ciudad de Panamá y sus alrededores.

12,000 soldados estadounidenses habían partido horas antes de los Fuertes de Bragg, Benning y Steward en Estados Unidos, siguiendo los planes de una invasión que habían comenzado a idear diez meses atrás, en febrero de 1988. Tres días antes, el 17 de diciembre, el presidente George Bush había dado la orden de ejecutar el PLAN902. JTFSO al *National Command Authority*. El alto mando militar estadounidense puso entonces en marcha la *Operación Causa Justa*. Los motivos aducidos por Washington para invadir fueron, entre otros, respaldar el cumplimiento del Tratado Torrijos-Carter que autorizaba a Estados Unidos a intervenir militarmente si la operación del canal se viera afectada y la detención de Manuel Antonio Noriega, autoproclamado jefe de gobierno, para enfrentar delitos de tráfico de drogas.

Tanto los Batallones de la Dignidad, integrados por fuerzas paramilitares afines al dictador, como las propias Fuerzas de Defensa de Panamá, no hicieron mucha resistencia a las tropas norteamericanas. Durante el primer día de la invasión, Guillermo Endara, el presidente electo, que no pudo asumir su cargo tras el fraude electoral de mayo de 1989, se puso al frente del gobierno, ocupando el Palacio de las Garzas después de que Noriega se refugiara en la Nunciatura del Vaticano.

Los soldados norteamericanos utilizaron una táctica especial para obligar al narcodictador a que saliera de su retiro en la Nunciatura vaticana: instalaron potentes altavoces alrededor del edificio, y durante dos días y dos noches hicieron sonar un concierto ininterrumpido de música *rock* con canciones tan horribles como *Fought the Law* y *Voodoo Child*.

La embajada estuvo estremeciéndose durante 48 horas consecutivas, hasta que al final un soñoliento y ojeroso monseñor Sebastián Laboa, enviado de la Santa Sede en Panamá, suplicó el fin de la serenata militar. Noriega, sin embargo, no se entregó a las tropas estadounidenses hasta el 3 de enero de 1990, siendo trasportado a Miami ese mismo día. Meses más tarde el juez William Hoeveler, le condenó a 40 años de prisión por, entre otros cargos, crimen organizado, tráfico de drogas, contrabando, asesinato y lavado de dinero.

Noriega había sido un verdadero rufián, un auténtico presidente de república bananera. Cobraba enormes cantidades de dólares de la CIA, al tiempo que hacía fabulosos negocios de drogas y lavado de dinero con Fidel Castro. «Este castillo no tiene escalera de incendios. O nos salvamos todos o morimos todos abrasados»; solía vociferar cuando trataba de convencer a sus adeptos y Colin gozaba contando la anécdota al amparo de algunas copas de más y lejos de la mirada severa de su esposa Pat. «Cara de Piña nunca me infundió respeto ni confianza, pero Bill Casey le tenía mucha estima, no me pregunten por qué», confesaba añadiendo un tono confidencial. «Bill decía que Noriega era el perfecto agente de inteligencia. "*He's my boy*"», me dijo una vez», solía añadir Colin antes de darse cuenta de que había hablado más de la cuenta, o simplemente, se hartaba de contar la historia de un personaje del cual no estaba nada orgulloso de haber sido su control durante dos años y medio.

Veintiséis mil soldados norteamericanos armados con todo tipo de equipamiento, desde bombarderos *Stealth* hasta *M-16s* participaron en la *Operación Causa Justa*. Unos trescientos soldados y paramilitares panameños, 300 civiles y 23 soldados norteamericanos murieron en los combates. Noriega ni siquiera se quemó la yema de los dedos y si utilizó la escalera de incendios fue para pasar muchos años en una prisión de Miami. Mejor preso y vivo que no libre y muerto. «¿Un policía corrupto, deshonesto y malvado que se apresuró a vender su uniforme al cartel de la cocaína de Medellín?», según el fiscal Miles Malman o ¿un aliado de la guerra contra las drogas que se ganó el *profundo agradecimiento* del director de la DEA, Jack Lawn?

Cientos de curiosos se arremolinaban alrededor del improvisado mercadillo de la Calle 17 de Junio, cerca de la Puerta de
Brandemburgo para comprar fragmentos del muro, uniformes,
órdenes, chamarretas y medallas del *Volksarme* y del Ejército
Rojo. Una densa niebla había caído de golpe sobre la ciudad que
volvía a reencontrarse. La enorme armazón de cemento y acero
de la torre de televisión de Alexanderplatz, símbolo del primer
Estado Alemán de los Obreros y los Campesinos, parecía escin-
dida por la bruma, como gigantesca astilla que se alzaba sin sentido ni gloria.

Berlín, esperando impacientemente la primera Navidad de la
Reunificación, no alzó la vista hacia la torre decapitada por la
bruma, sino que continuó mirando prendada las excavadoras que
continuaban abriendo enormes brechas en el Muro de la Vergüenza por donde en interminables colas desaparecían los *Trabis,*
trasformados en luciérnagas en busca de luz y de libertad.

Paredes caminaba al lado de Irina que hurgaba entre los pedazos de muro pintados de grafitis sin decidirse a comprar alguno.
Los restos de la *Muralla Antifascista*, como habían bautizado el
muro los dirigentes de la RDA, se habían convertido en el nuevo
souvenir de Berlín.

–¿No te decides a comprar un pedazo del muro, de recuerdo?
–le dijo Mario, señalando a uno de los pedazos del muro.

–Aún no.

Siguieron caminando entre la gente mirando de reojo los símbolos del destruido imperio comunista desparramados entre las
mesas del insólito mercadillo.

–La Central de Pankow ha dado luz verde a la Operación Ciguaraya –dijo Paredes, tomando entre sus manos una enorme
medalla de plástico con la imagen de un Lenin de perfil, custodiado por la bandera de la hoz y el martillo–. También nos
han comunicado que dos alemanes llegarán mañana con nuevas
órdenes.

Irina resopló con aire de hastío.

–Eso quiere decir que se nos acabó el descanso.

–Así parece…

La rusa miró de soslayo un uniforme de Mayor del KGB que se vendía por 75 marcos mientras continuaron caminando.

—¿No te preguntas cómo han llegado estos uniformes aquí?

Irina no contestó y siguió caminado.

—Es increíble cómo todo el campo socialista se ha desintegrado en unas semanas. Nadie lo pudo predecir. ¡Nadie! ¿No sientes nada por ello? —le preguntó incisivamente, pero Irina se encogió de hombros.

—¿Si no te vieras obligada por las circunstancias, es decir, por mí, cooperarías de todas formas? —preguntó mirándola con firmeza.

—No sé Mario, no sé, realmente. Lo único que sé es que una vez que Tatiana y yo podamos tener el dinero sin riesgo, vamos a mandarlo todo al diablo.

—¿Por qué?

—Porque todo es una porquería, porque no hay futuro. Ya lo estás viendo. La guerra se acabó, la ganó el otro bando sin tirar un tiro, y punto. Tampoco tengo muchas ganas de pasarme al otro lado. Prefiero independizarme.

—Entonces, ¿por qué trabajas para el CIS?

—Me ofrecieron el trabajo. Estoy sumamente cualificada, me dijeron. Me hacía falta dinero, salir de Moscú… Tatiana y yo deseamos vivir en paz, lejos de Rusia. No te lo había contado, pero somos una pareja.

—Ya me había dado cuenta.

Irina asintió, sonriendo levemente.

—¿Es tan obvio?

—No.

—¿Cuánto dinero necesitan ustedes para mandarlo todo al diablo?

—Es posible que el dinero que tenemos sea suficiente, pero de todas formas no hay otra alternativa en estos momentos —sonrió con desdén—. Si puedo ganar algo extra durante el tiempo que me tengas a tus órdenes, no diré que no, por supuesto.

Paredes asintió y continuó caminando. Ella le siguió unos pasos detrás cabizbaja, como si meditara en lo que acaba de decir.

—Si nuestro pacto se extendiese unos meses más, ¿podrías continuar trabajando para el CIS también?

—No sé… no me fuerces, Mario Paredes. No me fuerces, por

favor. Es difícil saber lo que va a suceder. En la situación en la que estamos Tatiana y yo no podemos escoger, eso tú lo sabes. Pero si fuese viable, dejaríamos todo esto lo antes posible. Hoy mismo, de ser posible. Pero no lo es. ¿A qué vienen todas esas preguntas, Paredes?

Se pararon frente a una de las mesas y Mario se entretuvo en examinar otras medallas hasta que finalmente compró una con el perfil algo desgastado de Stalin. La cogió en sus manos, le tomó el peso, y se puso a jugar con ella en la palma de la mano hasta que finalmente se la guardó en el bolsillo de la americana.

–Simplemente quería saber tu opinión.

Continuaron caminando en silencio hasta que Paredes volvió al ataque:

–¿Y si los cubanos te dijeran que se olvidan del dinero robado con tal de que tú los ayudes a tenderme una trampa?

Irina se paró en seco y soltó una carcajada en el rostro de Mario que se sonrojó y dio un par de pasos hacia atrás.

–No seas ingenuo, Paredes. ¡Nunca aceptaría eso! ¿Sabes por qué? Porque al final yo correría la misma suerte que tú. No creó en las palabras y promesas de esa gente; no creó en las promesas de nadie, pero mucho menos en las promesas de ellos.

A Paredes no le quedó más remedio que reír igualmente. Ella se prendió de su brazo como si fuera una vieja amiga y comenzaron a caminar en dirección a Berlín Oeste, perdiéndose entre la niebla.

Berlín, Kempinski Hotel Bristol, Kurfürstendamm,
21 de diciembre, 8:00 horas

Lil Segal, utilizando su propio nombre y apellido se hospedó en el conocido y lujoso hotel berlinés. Su verdadera identidad sería su mejor cobertura, le habían dicho en el Centro en La Habana.

El viaje a Berlín había sido largo: La Habana, Moscú, Helsinki y finalmente Berlín. Todo para limpiar las huellas. Un custodio de la Quinta le había acompañado, tal como lo había ordenado el coronel Torres. A su llegada a Berlín, el Centro Legal de Pankow se hizo cargo del seguimiento. Debía de llamar a sus amigos y a su familia, pero cuando se dispuso hacerlo no supo qué decir y colgó el teléfono. Abrió su agenda y trató de intentarlo de nuevo, pero no llamaría a su madre primero. Claro que no. Quizá a Susy, la amiga que había viajado con ella a Cuba. Ya estaría de regreso, así le podría contar todo lo sucedido en el campamento en su ausencia, preguntar si terminaron la escuela… No, lo mejor quizá fuera oír primeramente las llamadas que tenía en el contestador, pero tampoco tuvo el ánimo para hacerlo. «Lo dejaría para más tarde», pensó metiéndose en la ducha.

Berlín, Hotel Berolina, Karl Mark Aleé, Berlín oriental,
21 de diciembre, 19:05 horas

Según lo acordado en París, Mario Paredes llamó a Javier. El doble espía cubano necesitaba encontrarse con su control aquella misma noche. «¿Hay noticias?», le preguntó. «Sí, algunas», respondió Mario. Hablaron poco; la línea no era segura y estaban en Berlín, donde quizás la STASI aún tuviera cierto control, a pesar de que la Normanstrasse había sido ocupada por los movimientos cívicos y se estaban ultimando los trabajos para desarticular la enorme red de escucha telefónica de la policía política germano-oriental. Ambos conocían Berlín, así que no les resultó difícil decidir encontrarse en un café en los bajos de la estación de S-Bahn de Friedrichstrasse.

El Topo los cubriría como de costumbre y finalmente acordaron encontrarse allí a las 21 horas.

Prossen, Suiza Sajona, frontera entre Alemania del Este y
Checoslovaquia, 21 de diciembre, 20:00 horas

El hombre descendió del Wartburg 353 y hundió sus botas en el blando barro mezclado con nieve. El resplandor rojizo de las nubes que presagiaban más nieve era la única iluminación. El lugar parecía deshabitado. «LPG Rosa Luxemburgo», indicaba el viejo y maltrecho cartel, sujeto a un poste a la entrada del camino. Después de ocultar el automóvil en un viejo granero, el hombre comenzó a caminar en dirección a una casa al parecer deshabitada, como si conociera el lugar. A lo lejos se presentían las cimas del macizo de la Suiza Sajona, aunque aquella noche los picos de las montañas habían buscado refugio entre las nubes y la niebla que bajaba de la sierra para arremolinarse por último frente al visitante.

El hombre encendió por un instante una pequeña linterna para localizar la cerradura de la puerta; introdujo la llave y la puerta cedió, crujiendo sordamente, como si estuviera de acuerdo con él para hacer el menos ruido posible. El desconocido caminó hasta la cocina, pasando por la sala a oscuras, deteniéndose finalmente frente al mugriento lavadero. Se volvió y comenzó a contar sus pasos; cinco en total hasta llegar al centro de la habitación. Corrió la mesa a un lado y golpeó con sus botas el piso de linóleo. Donde sonaba más hueco se detuvo y se arrodilló. Golpeó de nuevo el piso con los nudillos dibujando mentalmente un círculo de medio metro.

Sacó un afilado puñal que llevaba oculto en su pierna izquierda y cortó el linóleo dónde el sonido había sido diferente, más hueco. Comenzó a mover las tablas que había debajo con la ayuda del puñal hasta dejar al descubierto un hueco, negro, profundo. Inspeccionó el orificio con la linterna e introdujo primero sus pies, después, poco a poco, todo su cuerpo y posteriormente se sintió el golpe seco de sus botas cuando tocaron la tierra y las rocas.

La Habana, Corporación Mar Azul,
21 de diciembre, 14:00 horas

El alemán que se hacía llamar Thelman, y que en realidad se llamaba Ernst Muller, exmayor del *Haupverwaltung Aufklärung,* HVA, la organización de espionaje de Alemania Oriental que dirigió durante muchos años el célebre Markus Wolf. Hasta la desaparición del muro, Muller había pertenecido al Departamento XVII de la HVA, el departamento de Sabotaje contra la RFA, antiguo departamento 4 del Ministerio de Seguridad del Estado, *MfS, al* mando del mayor Schramm, y asimismo miembro del comité de la Seguridad del Estado del Comité Central del *Sozialistische Einheitspartei Deutschlands,* SED, Partido Socialista Unificado de Alemania. Se había incorporado al CIS semanas antes de la caída del muro de Berlín por órdenes directas del nuevo jefe de la HVA, el teniente general Grossmann,

Muller era más bien alto y delgado. Todavía no había cumplido los 55 años. Sus largas y huesudas manos palparon con cierta intranquilidad los bolsillos de su elegante traje de corte inglés y finalmente sacó un paquete de Navy Cut. Prendió un cigarrillo y exhaló una larga bocanada. Mike, sentado frente a su escritorio, esperó con una sonrisa de cortesía a que este terminara con el ritual.

Ernst Muller era otro viejo amigo de la inteligencia castrista y de los sandinistas. A finales de los años 70 había sido enviado a La Habana y con posterioridad a Managua para organizar en Nicaragua la policía política sandinista con la ayuda de varios vascos miembros de ETA, previamente reclutados por la HVA a finales de los 60 en la Universidad Libre de Berlín Oeste. Muller había acompañado a Wolf a La Habana durante aquella misión para introducir personalmente sus agentes vascos a la inteligencia cubana que los envió a Nicaragua poco después de que los sandinistas tomaran el poder en 1979.

Mike se acordaba de aquellas operaciones, aunque no había participado en las mismas. De haber participado en aquella misión posiblemente no tendría en esos momentos el cargo que ostentaba, ya que el hombre que organizó la policía política sandinista e introdujo a los etarras a Tomás Borge, el ministro del Interior de Nicaragua, había sido el difunto Antonio de la Guardia.

—Hacía años que no nos visitaba, compañero Thelman.

—Creo que no he estado en Cuba desde mediados de la década —respondió el contacto entre el CIS y el SED mirando contenidamente a Mike—. Mucho ha cambiado desde entonces…

El cubano asintió automáticamente, pasando por alto la referencia de Muller a los cambios.

—Bien, pero ahora tenemos una gran operación en nuestras manos. Se podría decir que es el preludio de una nueva época —indicó, devolviendo la mirada al exagente de la HVA que la recogió con un mohín, casi indistinguible, pero punzante.

—O el final de una época que no volverá… —Muller acomodó sus palabras lentamente mientras apagaba el cigarrillo—. Mire usted, no me hago ilusiones, no es bueno hacerse ilusiones en este trabajo. Le voy a ser sincero, así no le hago perder su tiempo, ni usted me puede culpar posteriormente de haberle engañado.

Mike se estiró en su asiento detrás de su flamante escritorio de vicepresidente de la Corporación Mar Azul, pero no dijo nada, dejó que Muller continuara.

—En estos momentos tenemos que salvar lo que podamos. Lo más importante es el dinero en moneda occidental que tiene guardado el Partido en la RDA y, además, enviar las armas a las FARC. ¿Correcto?

Mike asintió sin mirarle.

—La segunda parte del operativo que ustedes han bautizado con ese extraño nombre que nadie puede pronunciar…

—Operación Ciguaraya… –agregó Mike, armando con sus diez dedos un arco apoyado por los codos de sus brazos firmemente afincados en el escritorio; como protegiendo el rostro y la mirada que se había tornado algo insegura.

—Bien, esa operación no es de mi incumbencia ni deseo saber ningún detalle, como ya se lo he hecho saber a sus superiores.

Mike tragó en secó. Muller se comportaba de una forma bastante esquiva con la operación que lo iba a catapultar a la posición que había querido tener durante muchos años dentro de la inteligencia cubana.

—Pero, compañero Thelman, ¿no es usted el contacto entre el Gobierno de la RDA y el CIS?

—¿Gobierno de la RDA? En estos momentos, mi querido camarada, no tenemos gobierno socialista, como usted quizá sabe. Es muy probable que en unos meses la RDA deje de existir totalmente como estado libre y soberano. Está de más decirle que también la HVA ha dejado de existir. El propio Mischa trata de salvar su pellejo y está negociando con el Mossad en Viena; en fin de cuenta, los judíos entre ellos siempre se entienden. Mi misión es servir de enlace entre el SED y el CIS, solamente.

Evidentemente, el mayor Muller se refería al máximo jefe de la HVA, Markus «Mischa» Wolf, hijo de un médico comunista y judío, que había emigrado a la Unión Soviética en 1934 y que en 1987 había abandonado la organización de espionaje que él mismo creara en 1951, no para escribir solamente un libro con su hermano Konrad Wolf, un conocido director de cine germano oriental, como había dicho a la prensa, sino que por sus divergencias con Mielke y sus desavenencias con la gerontocracia que gobernó hasta el final la RDA. Mischa Wolf, siempre más leal a Moscú que a Berlín, trató al principio de acomodarse a los cambios que soplaban desde la metrópolis comunista, pero Honecker y el resto del Politburó decidieron enfrentarse a Gorbachov y por ende sucumbir bajo el estruendoso desplome del muro y de la ideología comunista, así que terminó negociando su libertad con las agencias de inteligencia de occidente a través del Mossad. Nunca fue a prisión y vivió hasta su muerte en Berlín en noviembre del 2006.

–Sí, comprendo, compañero Thelman; pero el CIS es algo más que un entramado para sacar dinero y hacer negocios con armas. ¿No cree?

–Por supuesto, por supuesto. No me malinterprete. Ya veo que mis palabras han dejado más dudas que aclaraciones –dijo Muller con un tono conciliador–. No estoy, personalmente, en contra de la operación que van a realizar con posterioridad al traslado de nuestro dinero y de las armas. Usted sabe que incluso parte del dinero va a ser destinado a financiar la Operación Ciguaraya. Pero ahora, si lo prefiere, para nosotros es un problema de prioridades. En estos momentos tenemos que dedicar toda nuestra fuerza y tiempo a crear nuestras propias infraestructuras y salvar lo que podamos de nuestro país. Además, usted sabe, que hemos enviado a varios de nuestros mejores hombres para adiestrarles y también en los próximos comandos del CIS habrá camaradas alemanes.

Muller, alias Thelman, no se hacía ilusiones: era un hombre que a pesar de haber sido leal al Partido y a la HVA hasta el final, comenzaba a tener sus dudas de cuál era el camino a seguir.

Egon Krenz, que había sustituido a Erick Honecker en la Jefatura del Estado de la RDA y en la secretaría general del SED el 18 de octubre de 1989, obligado por las movilizaciones y protestas contra el régimen, dimitió también por las presiones populares el 7 de diciembre, dos semanas antes de aquel viaje de Muller a La Habana. Días más tarde Honecker, Mielke, Krenz, y todo el buró político del Comité Central del SED fueron expulsados del Partido bajo la presión de Moscú y del grupo pro-*Perestroika* del SED, al frente del cual se encontraba el abogado Gregor Gysi. Sin embargo, el núcleo de los duros, encabezados por Honecker y Mielke, seguía manteniendo sus contactos secretos con el CIS y La Habana, a espaldas de Moscú y de la fracción de Gysi.

Muller, el responsable máximo ante el SED de la operación conjunta con el CIS para poner a salvo las reservas económicas

del Partido, había llegado a la conclusión de que independientemente del resultado de las luchas intestinas por el poder dentro
del SED, lo más importante era llevar a un lugar seguro el dinero.
Solamente el comando del CIS podía en aquellos críticos momentos llevar a cabo tan delicada y peligrosa misión. No había
otra alternativa.

–Bien, ¿vamos al operativo, entonces? –sugirió y el alemán
sacó del bolsillo interno de su cazadora unos papeles que consultó antes de comenzar a describir los detalles de la operación que
Mike iba a llevar a cabo en Alemania con la ayuda de Mario, Lil,
el comando X-20 y dos agentes alemanes.

20. Diciembre 21 y 22

Berlín, café en la estación de S-Bahn de Friedrichstrasse,
21 de diciembre, 21:00 horas

El café, situado en la esquina de una las entradas de la estación de S-Bahn de Friedrichstrasse, estaba repleto a esa hora de la noche. Berlineses del este y el oeste hablaban, discutían y hacían bromas. Los camareros con amabilidad, pero con firmeza rehuían aceptar el marco oriental, aunque seguía siendo la moneda oficial en el Berlín Este. Todo era un gran caos, pero un caos atemperado por la sucesión de pequeñas y grandes emociones.

Javier se sentó en una pequeña mesa desde donde podía ver la calle. Pidió un pastel de queso y un café. Pagó la nota y dejó la propina en marcos occidentales, algo que la coquetona camarera de grandes pechos agradeció con amplia sonrisa. Mario no había llegado aún. En otra mesa, *El Topo* se había instalado con un café, un pastel de manzana, una edición del *The Times* de Londres y su Heckler & Koch–USP debajo de su cazadora de pana.

Paredes entró minutos más tarde y quitándose el sobretodo paseó su mirada cautelosa por el local hasta descubrir a Javier y a *El Topo*.

—Hola, ¿qué tal te trata Berlín? —preguntó Javier mientras Mario ponía su abrigo en una silla desocupada y tomaba asiento—. Es increíble estar aquí en estos momentos. Realmente fascinante.

—¿Imagínate que los cubanos pudieran ver en las pantallas de sus televisores lo que está sucediendo ahora mismo en Rumanía? —añadió Paredes.

—Hubiera dado cualquier cosa para que se hubiera visto en la televisión cubana, solo unos minutos, cómo el canalla de Ceaușescu salió huyendo cuando la misma multitud que había convocado se volvió en su contra —completó Javier.

—Por lo que he visto en la CNN el pueblo se ha tirado a la calle como en Timisoara, dónde comenzaron las protestas. Parece que le ha llegado la hora a Ceaușescu —agregó Paredes.

Todos los canales de televisión mostraban en esos momentos las imágenes de la revuelta en Bucarest y cómo los jóvenes estudiantes de la Universidad de Bucarest ondeaban banderas rumanas con el escudo comunista cortado, tal como habían hecho en Timisoara. Un par de días más tarde, el 25 de diciembre, Ceauşescu y su esposa Elena serían ejecutados sumariamente por un tribunal militar.

Llegó la camarera, aún con la sonrisa alegre que había despertado en ella la propina en marcos occidentales que Javier le había dado. Una vez leído el breve menú, Mario se decidió por una salchicha con ensalada de papas y una cerveza.

–Tengo hambre. Me he pasado horas caminando con Irina por la Puerta de Brandemburgo –dijo como disculpándose.

–No te preocupes, el tío Sam paga –agregó Javier con sorna. Pero Mario no le celebró la broma y con gesto rápido le pasó el ejemplar del *Berliner Zeitung* que traía consigo.

–Irina y yo ya estamos junto al resto del comando en una casa segura en Karlshorst. Aquí tienes la dirección y cómo llegar. Tatiana es la que se encarga de descifrar los mensajes que llegan vía radio. Le exigí que me hiciera copia de todos los mensajes que recibiera. Espero que lo reunido por la rusa sea suficiente para que ustedes puedan sacar algunas conclusiones. El material está aquí, dentro del periódico –Javier retiró el diario de la mesa y lo guardó en un maletín de cuero que tenía en su regazo.

–Buen trabajo, Mario, buen trabajo. ¿De dónde vienen las órdenes?

–De la Embajada de Cuba en Pankow, aquí en Berlín Este. Es el Centro Legal que van a utilizar durante toda la operación, según nos han informado.

–¿Y qué sabes de este tipo… Mike? ¿Ya llegó?

–Está al caer, si no ha llegado ya. Así que lo más lógico es que también Lil aparecerá de un momento a otro.

–¿Cuándo te va a entregar la rusa los disquetes con los números de las cuentas del dinero que sacaron de Panamá?

–Me dijo Irina que ya Tatiana había hecho la copia, seguro que los tendrás la próxima vez que nos encontremos…

–Perfecto ¿Qué más sabes de la operación?

–No me han dado mucha información, lo único que sé es que Lil va a representar un papel significativo en el operativo y que mañana 22 llegarán dos alemanes en una furgoneta con placa de Hamburgo a la casa de Karlshorst. Uno de ellos, Klaus Schumann, que se hace llamar *Professor*, me traerá las órdenes que debemos seguir.

—Todo parece indicar que es un operativo de los alemanes, pero que confían más en los cubanos y los rusos que en su propia gente.

—Sí eso parece. Tal y como están las cosas es lógico…

Javier tomó su café y esperó a que la camarera sirviera a Mario la salchicha y la cerveza.

—Otra cerveza para mí —dijo Javier a la mujer que asintió con responsabilidad, como si sus palabras fuesen órdenes.

—Esa chica, Lil… ¿crees que nos podría ser útil en algo?

—No sé… Es algo que he estado pensando. Sí va a representar un papel importante en la operación, lo lógico sería que tratásemos de captarla, o al menos, desactivarla estratégicamente.

—Hablas como si fuera una bomba de tiempo.

—Y podría serlo.

Javier respiró hondamente y agradeció con un guiño a la camarera la cerveza que trajo inmediatamente.

—Eso mismo opina Langley. O al menos que debo establecer contacto con ella.

—¿Por qué no la llama?

Javier quedó pensativo mientras observaba a la camarera que se alejaba.

—Sí, ¿por qué no?

Siguieron hablaron por más de media hora. Los tópicos fueron desde cómo organizar el trabajo en Berlín en los próximos días, hasta sus impresiones personales del cambio. Hubo tiempo incluso para algunos comentarios picarescos sobre la noticia de las relaciones amorosas entre Irina y Tatiana, y Javier aconsejó a Mario que no forzara más a la rusa. Personalmente, él no creía que Irina y Tatiana fueran muy necesarias en el futuro, pero se calló ese comentario.

—Es mejor que cuando terminemos con todo esto las dejas en libertad de hacer lo que deseen —dijo mirando con el rabo del ojo a *El Topo* que ya se había leído *The Times* un par de veces y parecía algo aburrido.

—Sal tú primero. No creo que debemos permanecer mucho más tiempo juntos, aunque en estos momentos esos hijos de puta seguramente están más ocupados en esconder sus esqueletos en los armarios que en seguirnos la pista. Nos mantendremos en contacto. Ya sabes dónde estoy, en el Berolina. Aquí está la lista de los horarios para los contactos telefónicos –dijo pasándole el papel a Mario que lo escondió en su chaqueta.

Paredes se despidió con una palmada sin decir palabra alguna. El agente de la CIA notó que su amigo había adelgazado algunos kilos. Su cara se veía más larga, menos mofletuda.

Alemania del Este, carretera entre Dresde y Prossen,
Suiza Sajona, 22 de diciembre, 02:00 horas

La distancia entre Dresde y Prossen era solamente de unos treinta kilómetros, pero debido a lo accidentado del terreno, el mal estado de la carretera y la niebla, el viaje se hizo más largo. Hasta Pirna había ido bien, pero después comenzaron las curvas, los baches y la maldita niebla. Conrad Hacks debería haber llegado a la casa abandonada del LPG Rosa Luxemburgo hacía más de una hora. La furgoneta, un Mercedes 308, con matrícula de Hamburgo, iba cuesta arriba, sorteando los obstáculos, con el motor a toda marcha, mientras Hacks miraba nerviosamente el reloj del salpicadero y el cuenta kilómetros que no lograba sobrepasar los 50 kilómetros por hora.

Al tiempo que conducía iba repasando todo lo que guardaba en su memoria desde que había sido contactado por la *Zentrale*. La identidad de Conrad Hacks la había robado cinco años atrás de un hombre enfermo que al morir no había dejado familiares ni amigos.

Los casi quinientos kilómetros entre Hamburgo y Dresde los había recorrido sin ningún problema. Su pasaporte de la RFA era legítimo, así como su dirección, su trabajo y su furgoneta. Tenía una pequeña empresa de mudanzas: Hack Möbler Transport y el motivo de su viaje al este de Alemania era mudar a un tal *Professor* Klaus Schumann.

Berlín oriental, Hotel Berolina,
22 de diciembre, 02:10 horas

Javier despertó sobresaltado y bañado en sudor. Había vuelto a tener una de aquellas recurrentes pesadillas que hostigaban sus sueños desde que desertara de Cuba, precisamente en Berlín, veinte años atrás, y en las que de repente se encontraba en Cuba y no lo dejaban salir del país; acosado y perseguido por agentes de la Seguridad del Estado que se le tiraban encima, le golpeaban, y le maniataban de pies y manos.

Al regresar del baño abrió las tres diminutas botellas de agua mineral que había en el minibar y se las bebió una detrás de la otra, casi sin respirar.

Sin proponérselo tomó su libreta de direcciones y marcó el número de Lil Segal en Fráncfort. Del otro lado se escuchó la amable voz de la muchacha grabada en el contestador automático diciendo que no estaba y que dejara, por favor, el mensaje. Javier titubeó por unos segundos al escuchar el punzante sonido que indicaba que podía comenzar a hablar. Finalmente, y aún con cierta indecisión en la voz, se presentó diciendo su nombre y dónde la había conocido y que estaba de paso por Alemania, en Berlín, para ser más exacto, y que le gustaría que ella le devolviera la llamada, si ya había llegado de su viaje a Cuba. Dejó el teléfono del *Berolina*. Se quedó con el aparato en la mano, sin saber qué hacer, hasta que finalmente colgó, apagó la luz y se volvió a acostar.

Trató de conciliar el sueño, pero no fue fácil. Afuera el tráfico de la Karl Mark Allé se colaba como un lamento lejano pero persistente por las ventanas mal aisladas por donde penetraba el fino polvo del quemado *Braunkohle,* con el cual casi toda Alemania Oriental se calentaba, empercudiendo sus fosas nasales y oprimiendo sus pulmones.

Le parecía un poco forzado aquel contacto con Lil, pero Mario tenía razón. Y mientras esperaba a que el cansancio le rindiese, dejó que su mente comenzara a errar sin rumbo fijo, huyendo de sus pesadillas.

Washington, 21 de diciembre, 20:00 horas

Ruiz había cumplido 28 años. Fue reclutado en la Universidad de Princeton antes de terminar su MBA en Cibernética. Aunque esa sería posteriormente su especialidad en la Agencia Central de

Inteligencia, el joven había pedido pasar un par de años trabajando como agente de campo. Había nacido en Nueva Jersey y su padre era un campesino cubano de la Sierra del Escambray que había sido deportado a Pinar del Río, la provincia más occidental de Cuba, cuando el Escambray, a principio de los 60, se convirtió en escenario de la primera lucha armada contra el régimen de Castro, y que después del fallecimiento de su primera esposa logró huir de la isla hacia Miami. Su familia paterna, oriunda de Charco Azul, un pequeño poblado en las estribaciones de la sierra, fue obligada a dejar sus bienes y propiedades y llevada por la fuerza a un pueblo cautivo en la lejana provincia de Pinar del Río, que recibió el nombre de Antonio Briones Montoto. Sus dos medio hermanos, Joaquín y Reinaldo, fueron asesinados, como el 80 por ciento de los alzados que cayeron en manos de las fuerzas castristas en el Escambray en aquellos años. En Estados Unidos su padre se volvió a casar con una cubana mucho más joven y cuando él nació le pusieron como nombre Luciano, como su abuelo paterno.

Sentado al lado de Ruiz, que conducía su viejo Ford Fiesta, Colin miraba con aire aburrido cómo se desviaban de la George Washington Memorial y enfilaban hacia el Puente Key, doblando poco más tarde a la derecha por la Calle Canal en dirección a Georgetown.

–Te agradecería mucho, si no te es molestia, que me lleves a Falls Church una vez terminado nuestra pequeña reunión –dijo, dejando entrever en un intento de sonrisa de gratitud sus separados dientes.

–Por supuesto, jefe –agregó el joven agente sin apartar la vista del camino–. ¿Tomo por la Whitehurst para pillar la K o sigo por aquí hasta que se convierta en calle M?

–La M es un poco aburrida, quizás la K tenga algún lugar decente donde tomarme un *bourbon* doble, lo necesito.

Ruiz asintió, como si hubiese recibido una orden. Estaba algo emocionado por tener al jefe del Departamento Cuba en su coche, y salir con él de noche para hablar de los asuntos importantes que Colin le había anunciado. Era preferible hablar fuera del Cuartel General.

–A pesar del poco tiempo que has estado en la Agencia, tu hoja de servicio es impresionante –dijo Colin, estudiando la reacción del joven que no se inmutó por el elogio.

—He cumplido sólo con mi deber, señor —agrego con humildad en su respuesta.

—Has conocido a *El Topo*, ¿no es cierto?

—Sí, ha sido mi profesor durante el entrenamiento. ¡Un tío fantástico!

—Él fue quien me recomendó que hablara contigo.

Ruiz asintió con cierta curiosidad.

—¿Sabes que estuvo en el Escambray y que conoció a tus dos hermanos?

El joven agente miró rápidamente de reojo a Colin sin separar su vista de la calle, evidentemente, conmovido por lo que Colin le había revelado.

—No, no lo sabía, señor —dijo Ruiz, doblando por la autopista Whitehurst que estaba bien de tráfico a aquella hora.

—Nunca te lo dijo porque no quería perturbar la relación entre maestro y alumno y que eso repercutiera en tu preparación. —Ruiz asintió conmovido con la vista fija en la calle que se extendía ante él—. La CIA ayudó con armas a los alzados del Escambray, pero se cometieron muchos errores. Había muchos infiltrados de Castro, el G-2, hizo un buen trabajo, hay que reconocerlo. Nosotros no estábamos preparados para aquello. *El Topo* fue uno de los más jóvenes agentes encargados de la campaña en el Escambray, tenía solamente 20 años, y gracias a él y otros agentes pudimos posteriormente aprender la lección. Fue su bautizo de fuego.

—Esos hijos de puta fusilaron a casi todos los prisioneros. No les hacían juicio. Los ataban a un árbol, los acribillaban y los sepultaban allí mismo. Esa es la razón por la que muchos familiares de cientos de insurgentes desconocen aún dónde se encuentran los restos de sus seres queridos, ese es también el caso de mis hermanos.

Colin guardó silencio visiblemente emocionado. El coche tomó por la calle K y Ruiz buscó un lugar donde aparcar no muy lejos de un bar cercano.

Aunque a Colin no le agradaba mucho tratar con los *broilers*, los recién egresados de las universidades, como él solía decir en broma, aquel joven agente era un caso diferente. Primero, su historial, segundo, su decisión de combinar su especialidad dentro del mundo de los chips y la computación con la experiencia del agente de campo. Era listo, inteligente, eso ya se sabía, pero también era un joven cubanoamericano dispuesto a luchar hasta el final por vengar la muerte de sus hermanos y lograr que Cuba se convirtiera en un país libre y democrático. Era la persona idónea para el plan que Colin había trazado durante los últimos días y que había discutido en extenso con el *DDO*.

Entraron al bar y se sentaron en una mesa apartada, de frente al pasillo de entrada. Ruiz pidió una Cola y Colin su *bourbon* doble. Quedaron en silencio algunos instantes mientras el joven agente inspeccionaba mecánicamente el local, las salidas, las puertas de escape, los rostros de la gente que entraban y salían, los parroquianos que estaban cerca de ellos, y todo lo demás que un buen agente de campo suele hacer automáticamente cuando llega a un lugar desconocido. Colin reconoció en el rostro del joven y en el movimiento intranquilo de sus ojos, al agente de campo que él también había sido veinte años atrás.

—Vayamos al grano —dijo Colin, poniendo sobre la mesa el vaso de *bourbon* casi vacío—. Primero: todo lo que te voy a decir y pedir es *top secret*. Desde ahora vas a trabajar a mis órdenes, aunque oficialmente seguirás trabajando en la Unidad Especial de Misiones de Alto Riesgo. Lo que no quiere decir que lo que vas a hacer para mí, no será menos arriesgado que lo que has hecho con esos *gallinazos* hasta ahora. Solo tú, el *DDO* y yo sabemos de tu misión. ¿Entiendes? —Ruiz asintió extrañado, pero con un brillo de alegría en la mirada—. Segundo: te he escogido porque he estudiado tu expediente minuciosamente, eres una persona motivada y la más calificada para esta misión —dijo, curvando sus labios en una especie de sonrisa triste y cansada.

Ruiz asintió y tomó un sorbo de su *Coke*, mirando con alegría contenida y orgullo a Colin que prosiguió:

—La *Operación Goofy*… ese es el nombre de la operación en la que trabajarás, es mucho más de lo que te puedes imaginar, y está bajo el mayor secreto. ¿Entiendes?

Ruiz asintió en silencio.

—Bien. Esa fue la cartilla que quería leerte. Ahora a los detalles: —anunció Colin y tomó el resto del *bourbon* que había quedado en el vaso—. Te voy a enviar a Panamá. Hace unas semanas fue asesinado un banquero muy conocido en Ciudad de Panamá. Sabemos que fue obra de los castristas y otros agentes de países comunistas. Esa gentuza ha organizado una fuerza de acción y ayuda. Una especie de *ODESSA* comunista. La llaman los Comandos Internacionales de Solidaridad, CIS. Quiero que averigües todo lo que puedas sobre los motivos de ese asesinato, las causas, posibles implicados, traspaso de dinero, todo lo que puedas. Vas a poder combinar tus conocimientos de computación y tu destreza como agente de campo.

—¿Cuándo salgo? —preguntó Ruiz con emoción en la voz.

—Tan pronto como se vuelva abrir el aeropuerto internacional. Me han informado que será en un par de días. Vas a tener necesidad de utilizar también, como te decía, tus habilidades con los ordenadores, pues me temo que han trasladado algunos milloncitos de dólares de unas cuentas cubanas en ese banco panameño y que han ido a parar a otras cuentas y bancos en el extranjero. Ese dinero es el que Cuba ha ganado a través de la droga, el tráfico de armas, extorsionando a los que en la Isla pagan visas ilegales para, vía Panamá, introducirse ilegalmente en los Estados Unidos... y muchas otras fechorías.

—De acuerdo, pero ¿por qué no pudimos encontrarnos en Langley para hablar de todo esto?

—Hombre, porque es una misión ultra secreta, y había la posibilidad de que nos vieran hablando, además, no podía tomarme este *bourbon* que hará que duerma mejor que ayer —dijo y rio ampliamente—. Además, no te hubiera podido pedir que me llevaras a casa. Ahora solo tienes que tomar la autopista Lee, te queda en camino. ¿No vives en Fairfax?

—Sí, señor.

—Dime Colin, y no pongas la coletilla de señor en cada frase, ¿OK?

Ruiz asintió nuevamente.

—Sí... señ... sí, Colin.

—Mañana a primera hora te entregarán algunos informes sobre Panamá que quizá te sean útiles, el resto de la información te la daré yo, personalmente. Andando —dijo poniéndose de pie—. Ten cuidado, mucho cuidado. Panamá está llena de peligros visibles e invisibles, recuérdalo, y solamente tendrás contacto conmigo, con nadie más. ¿Entendido? —dijo Colin, dándole una palmada en la espalda mientras comenzaban a caminar hacia la puerta de salida.

—Gracias, señor..., Colin, muchas gracias por confiarme esta misión —dijo el joven asintiendo con cierta exageración.

—No me des las gracias aún, quizás cuando regreses de Panamá no vas a tener la misma opinión de mí.

Frontera entre Alemania del Este y Checoslovaquia,
Prossen, Suiza Sajona, 22 de diciembre, 02:45 horas

La furgoneta que conducía Conrad Hacks llegó finalmente a la casa abandonada. Aparcó al lado del todoterreno y después de apagar el motor y las luces se quedó unos instantes en el vehículo, como acostumbrándose a la oscuridad.

Cuando finalmente abrió la portezuela dudó unos segundos en bajarse. Miró a todos los lados y no escuchó más ruido que el penetrante ulular del implacable viento que bajaba de las montañas. La niebla era más densa y casi no podía distinguir la casa, aunque no debería de estar a más de 50 metros. Descendió y sintió cómo sus zapatos se hundían rápidamente en el barro. Maldijo no haber traído las botas. Con trabajo avanzó hasta llegar al porche de la casa. La puerta estaba entornada y entró. Cuando la cerró sintió el frío cañón de una pistola en su nuca. No se movió ni dijo palabra alguna.

—¿Quién eres? —oyó preguntar detrás de él.

—Conrad Hacks, tengo una mudada para Hamburgo y esta es la dirección que me han dado. Me dijeron que preguntara por el *Professor* Klaus Schumann.

Sintió como el cañón del arma le presionaba menos.

—¿Contraseña?

—Mañana será un nuevo día.

El hombre bajó el arma y Hacks, al girarse, pudo descubrir la figura corpulenta de un hombre que aún ocultaba su rostro en la oscuridad.

—Llegas tarde.

—Sí, lo siento. No he podido ir más rápido con la furgoneta. El camino está en malas condiciones. Entre Dresde y este lugar, no he podido ir a más de 50 kilómetros por hora

—Está bien. ¿Has tenido otros contratiempos?

—No. Todo ha salido bien, hasta ahora.

Klaus Schumann dio unos pasos hacía él y entonces Hacks pudo verle el rostro. Era un hombre de unos cuarenticinco años, corpulento, de hombros anchos, con tipo de campesino bonachón, pero había en su mirada algo que inspiraba respeto. Su rostro era redondo como una galleta y lleno de pequeñas marcas, probablemente de viruela u otra enfermedad parecida. Nada más lejos de lo que se podía pensar que fuera el físico de un *Professor*, más bien tenía aspecto de un viejo boxeador. Schumann se guardó el arma debajo del abrigo.

—¿Qué es lo que tenemos que mudar? —preguntó Hacks.

A su alrededor la casa estaba vacía.

—Ven, acompáñame —dijo Schumann y fueron hasta la cocina.

Encima y al lado de la vieja mesa había unas veinte valijas metálicas de unos setenta centímetros de ancho y cincuenta de alto. El orificio en el piso había sido cerrado nuevamente, aunque se podían ver los bordes del círculo en el linóleo.

—¿Eso es todo?

—Por ahora.

Ambos hombres comenzaron a trasportar en silencio los pesados maletines a la furgoneta.

Berlín, Kempinski Hotel Bristol, Kurfürstendamm,
22 de diciembre, 10:00 horas

Vestida con la bata de felpa que el hotel facilitaba a sus huéspedes, Lil se encontraba leyendo los diarios después del desayuno cuando sonó el localizador electrónico que había recibido del Centro en La Habana. Era un mensaje compuesto por diez cifras. Fue hasta el escritorio, extrajo de su bolso un libro, *Nicolás Guillén: Umgeblätterte Seiten*, para descodificar el mensaje. Era la primera vez que pondría en práctica todo lo aprendido en el rápido curso de espía en la casa de Guanabo. Estaba nerviosa y revisó dos veces la clave para cerciorarse de que no iba a cometer ningún error. El mensaje era simple: "Contacto con control a las 14:00 horas en su propia habitación".

Tomó el diario, trató de leer un artículo que había dejado anteriormente sobre la gran inmigración de alemanes orientales hacia la Alemania Federal, pero no pudo. Trató de tomar un sorbo de café, pero ya estaba frío y lo apartó con un gesto de desagrado y fue entonces cuando vio sobre la mesita de noche su libreta de direcciones. Aún no había llamado a su madre ni a sus otros familiares y amigos. ¿Pero, quizás antes de llamarles, debería comenzar por escuchar los mensajes que tenía en el contestador? Tomó el teléfono, llamó a su propio número de teléfono en Fráncfort y se sintió incómoda cuando escuchó su propia voz. Pulsó el dispositivo que emitía la señal que hacía saltar su contestador y escuchó con expresión de aburrimiento los recados. Cinco en total. «¿Solamente cinco mensajes?». Se preguntó un poco decepcionada. Solo había cinco mensajes sin importancia. Nadie la había echado de menos durante su ausencia, y lo que era peor: nadie había anhelado su regreso. No, no había ningún mensaje importante. Ninguno, salvo el último: era de Rigoberto Sánchez, el hombre que había encontrado en Madrid, en el aeropuerto y con el cual había hablado durante el vuelo a La Habana. «¡Qué casualidad!», rumió. «Además, decía que estaba en Berlín». Quedó con el auricular en la mano hasta que el teléfono comenzó a emitir ese sonido agudo e intenso que emiten los teléfonos descolgados. Lo miró como si fuera un peligroso animal o una bomba de tiempo y lo puso de nuevo encima del aparato, con cuidado. «Debo esperar primero al encuentro con Pablo a las dos de la tarde, antes de llamarle», pensó y comenzó a dar paseítos nerviosos por la habitación. Se miró al espejo de la cómoda. «Quizá lo mejor que hago es arreglarme, ocultar estas horribles ojeras, salir, hacer algunas compras. Sí, eso es. Tengo que comprarme ropa que esté a la altura de mi nueva posición de mujer de negocios», pensó.

Berlín Karlshorst,
22 de diciembre, 10:00 horas

El barrio de Karlshorst, cercano a la Escuela de Economía *Bruno Leuschner,* debió ser en otra época una zona residencial muy atractiva. Deterioradas mansiones de principios del siglo pasado, enclaustradas dentro de sus mal cuidados jardines, rodeadas de semidestruidos muros de herrumbrosas verjas cubiertos de desnudas hiedras, se alineaban frente a las calles desiertas y oscuras, atiborradas de hojas otoñales y secas que nadie se había preocupado en recoger. Algunas casas estaban menos dañadas que otras, pero, en general, prevalecía ese aspecto sucio, desmedrado, que solían tener las ciudades de Alemania Oriental.

La casa en donde habitaba el comando X-20 estaba a mitad de cuadra, a unos doscientos treinta metros del viejo edificio de rojos ladrillos de la Escuela de Economía. Un Trabant abandonado sin ruedas yacía aparcado cerca de la entrada de la casa, como un escarabajo disecado al que le habían cortado las patas y fuera exhibido sobre en cuatro columnas de madera. Al final de la calle había otro vehículo abandonado, cubierto casi completamente por las hojas secas caídas de los árboles. Era difícil apreciar si las casas estaban abandonadas o si alguien vivía en ellas, ya que desde afuera todas tenían el mismo aspecto de desolación y abandono.

En la segunda planta de la casa ocupada por el comando había varios dormitorios y, en la planta baja, un salón de estar, la sala, una habitación que funcionaba como comedor y la cocina. En el sótano estaba el cuarto de comunicaciones a cargo de Tatiana con un radio receptor portátil, un trasmisor y un escáner. Las antenas eran interiores y estaban desplegadas por toda la segunda planta, bordeando los tabiques del techo y las ventanas.

Los muebles de estilo *Art Deco* alemán de los años 20 y 30 tampoco habían sido reparados o remozados, así como las alfombras, las pesadas cortinas dobles de color marrón y el resto del inmueble.

Irina miró a la calle por la ventana. El día era gris con un techo de nubes bajas que presagiaban nieve.

Mario Paredes descendió las escaleras mirando su Rolex y fue al encuentro de la rusa. Un par de horas antes Tatiana había recibido un mensaje de la Central que informaba que Lil había llegado a Berlín y que Paredes tenía que verla a las 14:00 horas en su hotel; aunque, primero era necesario que se encontrara con Klaus Schumann, el *Professor*, que llegaría a las 10:00 horas con la *mercancía*.

—Ya deberían de estar aquí —le dijo en voz baja a Irina.

La rusa asintió levemente, y sus labios se separaron, dispuestos a dejar escapar algunas palabras, pero se arrepintió.

—¿Qué ibas a decir? —preguntó Mario.

La rusa movió negativamente su cabeza y permaneció en silencio.

—¿Se puede saber qué estamos esperando? —preguntó Yasmani.

Jabao le hizo un gesto al otro para que callase y este se encogió de hombros.

De repente se escuchó el ruido del motor de un vehículo que se había detenido frente a la casa.

—Diles a Popov y a Alexis que abran la verja y que protejan la furgoneta –Mario se dirigió a Irina, quien, con autoridad y rapidez, impartió la orden a sus dos hombres, que se pusieron en pie con la celeridad que solo los agentes bien entrenados pueden tener; sacando segundos más tarde, de un cajón debajo de la mesa, dos subametralladoras SWD–M11 para salir posteriormente por la puerta del fondo. Con la misma prontitud y destreza abrieron la verja lateral por donde entró la furgoneta.

Los dos alemanes entraron seguidamente por la puerta del fondo; entre tanto, los rusos tomaron posiciones estratégicas detrás de unos arbustos. Los tres cubanos también habían sacado sus armas y ocuparon con igual rapidez sus puestos de observación en distintos lugares de la casa. Todo sucedió en unos segundos.

Irina y Mario quedaron en medio de la sala para darles la bienvenida a los dos recién llegados.

–¡Bienvenidos! –dijo Mario, estrechando las manos cordialmente de los dos alemanes. Irina hizo lo mismo, mostrándoles con un gesto las sillas y la mesa del comedor.

–*Sicher, seid euch müde und mit Hungern*, seguro que están cansados y hambrientos –dijo Paredes en alemán provocando una agradable sorpresa en los dos hombres que no se esperaban que alguien del comando X-20 supiera hablar tan bien su idioma.

–*Wen Sie was zum Essen haben werden wir dankbar sein* –respondió Conrad Hacks que se esmeró en dejar claro desde el principio que era el más pulido y cosmopolita de los dos.

Paredes sonrió amablemente lanzando una mirada deferente al tosco Klaus Schumann, alias *Professor*, porque sabía que era el hombre clave de aquella parte de la operación y con el cual tendría que fraternizar en el futuro.

Tatiana salió del sótano y saludó a los recién llegados.

Irina que comprendía el alemán, aunque no le gustaba hablarlo, le dijo algo a Tatiana en voz baja y esta se encaminó a la cocina para preparar algo de comer para los dos visitantes.

–¿Todo bien?

–Sí, hasta ahora –respondió el *Professor* a la pregunta que Mario había lanzado a los dos.

Irina indicó a Hacks una puerta cercana cuando este preguntó por el retrete.

–Bien, según se me ha informado usted trae las órdenes a seguir –resaltó Mario mirando con cierta curiosidad al alemán.

–Sí, así es… Hay algunos cambios con respecto a las órdenes iniciales. Es decir, la camioneta no se dirigirá a Hamburgo con la carga, sino que a Ginebra.

Mario permaneció callado, con las manos cruzadas a su espalda, estudiando a su interlocutor. Irina preguntó en ruso, sabiendo que para el *Professor* aún era la lengua del imperio:

–*Tovarich Professor*, ¿quién ha ordenado esos cambios?

–La *Zentrale*, puede confirmarlo si lo desea, *tovarich*. Hemos dado órdenes diferentes anteriormente, por cuestiones de seguridad. Eso, como usted debe saber, es algo normal, casi necesario en este tipo de operaciones. –habló con reticencia–. Está dentro de las precauciones que se toman normalmente cuando existe, como ahora, un estado de alerta operacional –agregó en un ruso con fuerte acento germano, al tiempo que se levantaba con gesto algo molesto. Mario observó que se movía con ligereza pese a su corpulencia.

–¿Detalles? –prorrumpió Paredes, tratando de romper el clima de tensiones que se había establecido entre el alemán e Irina.

–Bien, camarada mayor Paredes, la furgoneta partirá hoy mismo hacía Ginebra. Primero descansaremos algunas horas. Viajaremos vía Fráncfort, pasando por Karlsruhe, hasta llegar a la frontera suiza, por Berna, directo a Ginebra, vía Lausana. Todo el trayecto es por autopista –lo dijo como si fuera un Mariscal de Campo que da una orden que no puede ser puesta en duda por nadie–. Son alrededor de mil ochenta kilómetros y podemos hacerlo en unas 8 horas, creó. En la furgoneta iremos el *Genossen* Hacks, y uno de los dos Spetsnaz viajará en el compartimento de atrás con un cubano –señalando con el índice a Yasmani–. El vehículo será custodiado por sus dos coches, uno delante y otro detrás. En el primero irán Irina y usted –señalo a *Jabao*–, y en el segundo la otra rusa con el otro Spetsnaz y el otro cubano –señaló a Yuri.

Hacks regresó del baño y se sentó al lado de Irina. Parecía estar al tanto de los cambios, así que dejó que el otro alemán continuara explicando el plan.

–La agente Sara tendrá que volar de Berlín a Ginebra en su compañía, pero antes tiene que firmar algunos papeles como sabe. ¿Se ha entrevistado ya con ella? –preguntó a Mario parpadeando ligeramente sus pequeños ojos.

–No, el contacto se hará en unas horas. He dado un margen

prudencial de tiempo para poder hablar primero con ustedes, siguiendo las instrucciones de la Central.

–Correcto, camarada Paredes, correcto. Recuerde que es muy importante que Sara firme todos los papeles que ya usted tiene.

–Si no tiene inconveniente, en esta operación mi nombre es Pablo; de lo demás no se preocupe, está todo preparado –dijo Paredes.

–Disculpe, no había sido informado al respecto –dijo Schumann con prusiana aspereza.

–No hay problemas, aquí todos sabemos nuestras identidades, pero habrá gente que no las conoce; como la agente Sara y otras personas que no tienen por qué saberlas –dijo y lanzó una mirada rápida al alemán que estaba con la mirada perdida en lo alto, como si inspeccionara el mugriento techo; como si lo que Mario había dicho no hubiera sido por su causa.

–Bien, ¿más preguntas?

–Sí –se apresuró a decir Irina. –¿Y el resto de la operación?

–Mi parte en la operación termina cuando hayamos entregado el dinero en Suiza. Las armas se están embarcando en estos momentos en Rostock.

Era la primera vez que alguien hablaba claramente del contenido de los maletines metálicos trasladados en la furgoneta desde la frontera alemana con Checoslovaquia, y del traslado de las armas a la FARC, pero nadie reaccionó.

–¿Sobre las armas? –indagó Mario con meliflua entonación.

–*Genossen* Hacks, por favor… Proceda… –ordenó Schumann.

Hacks se acomodó en la silla como si fuera su cubil. Habló con reticencia, escondiéndose detrás de las palabras:

–Las armas ya se están cargando en Rostock como dijo el *Genossen Professor* –hizo una pausa y se restregó las manos sudorosas en el regazo, mostrando una sonrisa estática–. El barco es el Silver Star, pertenece a B & C Shipping and Trading una pequeña naviera chipriota registrada en Panamá que tengo entendido va a cambiar ahora de dueño. Van declaradas como piezas de repuesto de maquinaria agrícola y el destino final es Nicaragua.

» Es todo lo que les podemos decir, con el *Genossen* Mike, que según tengo entendido ya está en Berlín –miró a Schumann como buscando apoyo a sus palabras, pero este lo ignoró.

Mario asintió e Irina le lanzó una rápida mirada que este tomó al vuelo, pero no devolvió. Era una mirada cargada de preocupación e interrogantes. Paredes e Irina sabían que Mike llegaría a Berlín, pero que ya estuviera en la ciudad había sido una sorpresa para ambos. ¿Por qué no había hecho contactos aún con ellos?

Tatiana entró trayendo dos platos con bistec de cerdo paneado, patatas y legumbres. Tenían pinta de ser comida congelada. Los alemanes hicieron espacio en la mesa para que la rusa pusiera los platos e Irina ayudó trayendo los cubiertos y unas cervezas.

Mario consultó su Rolex, eran ya casi las 13:00 horas, revisó su portafolio y ordenó unos papeles.

—Buen apetito camaradas, estaré de vuelta a las 16:00 horas.

Hacks y el *Professor* hicieron un gesto de despedida y comenzaron a comer.

21. Diciembre 22

Lil vestía un traje de lana gris a la medida con falda por encima de los tobillos, medias negras trasparentes y botines también negros. Estaba radiante y encajaba perfectamente en el papel de la joven y exitosa mujer de negocios. Después de sentarse a su lado, frente a una pequeña mesa redonda, Paredes le aceptó una taza de té solo, sin leche.

Ambos se contemplaron sin decir palabra, tratando de rehacer en la memoria la imagen que guardaba el uno del otro con la persona que tenían delante de sí.

—Te vez muy convincente como mujer de negocios —dijo Mario, sonriendo lo más amable que pudo.

—Gracias.

El doble agente llevó la taza hasta sus labios y pensó que la mujer que tenía delante poco tenía que ver con aquella entusiasta amiga de la revolución cubana que había conocido semanas atrás. Sopló ligeramente, cuidándose de no quemarse los labios y bebió un sorbo de la infusión.

—¿Cuándo llegaste? —preguntó para ganar tiempo, sin saber a ciencia cierta cómo abordar el tema central de la conversación.

—Ayer, llegué ayer.

—¿Cómo dejaste La Habana?

—Creo que bien, estuve los últimos días en una casa en Guanabo, entrenándome. Me dijeron que tú me darías más información sobre el trabajo que tengo que hacer —dijo y bajó la vista, como buscando en el piso las palabras que le faltaban. No quería aparentar inseguridad o, lo que era peor, duda o nerviosismo.

—Sí, es cierto, aunque yo tampoco sé mucho más que tú. Trabajamos así. Información compartimentada: vamos sabiendo las cosas poco a poco y sólo las que necesitamos saber... Son las reglas del juego.

—Ya lo sé. —sonrió con falsa timidez.

Mario comenzó a explicarle lo que tenía que hacer.

—Ante nada debes firmar estos documentos —dijo sacando del portafolio unos papales que puso encima de la mesa—. Es el contrato de compra de B & C Shipping and Trading, una pequeña empresa naviera que vas a comprar y además ser su presidenta. Solo falta que lo firmes.

—No sabía que me harían dueña de una empresa naviera —dijo con sorpresa e ironía, mirando con atención los papeles.

Suspiró, sacó una estilográfica y firmó sin detenerse a leer el contenido.

—Gracias. Mañana tendrás que viajar a Ginebra —dijo Mario con una breve sonrisa, guardándose nuevamente los folios firmados en la cartera.

—¿Qué tendré que hacer en Ginebra? —preguntó ella, lacónicamente.

—No lo sé aún —respondió—. Tiene que ver con la nueva empresa naviera, es lo que me han dicho.

Se hizo un breve pero incómodo silencio. Lentamente Lil paseó la vista por la habitación, como tratando de buscar entre las cuatro paredes la verdad que su control ocultaba.

—Al parecer tienes que depositar un dinero en un banco. Serán los fondos de esa empresa o parte de ellos —dijo Mario, dejando entrever que no deseaba ser más preciso.

Lil volvió a asentir mecánicamente y sus manos se deslizaron suavemente por el regazo. Sin querer parecer muy curiosa le preguntó:

—¿A qué se dedica esa empresa naviera?

—Es una empresa para burlar el bloqueo yanqui —mintió.

Lil sonrió con cierta aflicción, dándole a entender que no le había creído ni una sola palabra.

—No te preocupes, todo se irá aclarando con el tiempo. Lo importante ahora es que seamos sinceros, que confiemos el uno en el otro.

Lil asintió y salió de su transe momentáneo tratando de cambiar de conversación:

—¿Recuerdas cuando viajé a Cuba, en el mismo avión en el que viajabas tú?

—Sí, ya hemos hablado de eso, aunque no te recuerdo muy bien, sólo tengo una vaga idea. Recuerdo el grupo, pero ninguna de las caras.

—¿La persona que conocí, Rigoberto Sánchez, un hombre de

negocios que viajaba a Santo Domingo? ¿Recuerdas?

–Sí. ¿Qué pasa con él?

–Que me ha llamado a Fráncfort. Dejó un mensaje en mi contestador automático. Está aquí en Berlín y quiere que nos encontremos.

Mario asintió, como restándole importancia a lo que ella le acaba de contar.

–¿Y?

–Te estoy pidiendo permiso para encontrarme con él.

–Bueno, soy tu control, y debo conocer todos los pasos que des. Encuéntrate con él, pero sé prudente. En nuestro oficio nunca se sabe –le dijo sonriendo con una sonrisa que trató de aligerar sus palabras de advertencia.

–Entonces, ¿puedo verle?

–Sí. Por otra parte, debes llevar una vida lo más normal posible. De lo contrario podrías despertar sospechas. Quizá te dé algunos consejos útiles sobre tu nueva vida de mujer de negocios –agregó con sorna.

–Eso mismo pensé yo –respondió ella sin percibir que él solo bromeaba.

Paredes miró su reloj y pensó que era hora de concluir el encuentro.

–Tenemos que terminar…

–Sí. Entonces, debo viajar mañana a Ginebra. ¡Todo por la Revolución Cubana!

–Así es. Yo volaré en el mismo avión, pero sin mostrar que nos conocemos –Paredes extrajo del bolsillo de su pantalón un papel con todos los datos necesarios–: Te hospedarás en este hotel –señaló una dirección en el papel–. Debes llegar mañana después de almuerzo. Nos encontraremos allí al mediodía.

–Bien –y después de leer el papel una vez más agregó–: Entonces, hoy por la noche…

–Sí, si lo deseas podrías encontrarte con el señor Sánchez, pero recuerda, discreción. Te hará bien encontrarte con alguien fuera de nuestro círculo, despejar tus pensamientos y pasar un buen rato, quizá. Pero… por favor, que quede entre nosotros –agregó Paredes tornándose serio y precavido–. No quiero interferencias con Mike o los otros compañeros –dijo rozándole cariñosamente con el índice el rostro al tiempo que se levantaba. Ella sonrió levemente, con algo de tristeza reflejada en sus bellos y grandes ojos pardos.

–¿Te sientes mejor ahora?

–Sí, mucho mejor.

Paredes salió del ascensor al vestíbulo del hotel y no advirtió cómo un hombre que estaba sentado en uno de los butacones se levantó y comenzó a seguirle a cierta distancia.

La Kurfürstendamm estaba atiborrada de coches a esa hora. Sobre todo de vehículos de Berlín oriental: Trabant, Lada, Škoda, repletos de gente curiosa y boquiabierta que descubría el Berlín prohibido.

Caminó calle abajo, buscando el S-Bahn de la Estación del Zoo.

Estaba nevando.

Tomó el S-Bahn en dirección a Alexanderplatz y al pasar Friedrichstrasse, a través de las sucias ventanas del tren apareció ante su vista el Check Point Charlie, abierto al tránsito de vehículos entre los dos Berlín. Los guardianes del primer Estado alemán de los obreros y campesinos enfundados en sus odiados uniformes verdes y grises, habían desaparecido para siempre.

Los muros construidos en zigzag para impedir que los coches franquearan el control y que huyeran a occidente estaban siendo destruidos, como ocurría con los altos y sombríos palenques que separaban la vía del S-Bahn en la estación Friedrichstrasse que comunicaba a los dos Berlín.

Mario recordó como durante las últimas décadas, a veces bajo cobertura diplomática, y otras, sin cobertura alguna, había cruzado decenas de veces a Berlín occidental desde aquel mismo lugar. Recordó los rostros taciturnos de los agentes de la Stasi, dentro de sus garitas, observando inmutables a través de los espejos a los viajeros de la ciudad dividida. Recordó cómo su pasaporte desparecía en una casilla y era devuelto al final de un largo túnel sin comentario; un largo túnel lleno de esclusas y vericuetos, un laberinto por donde silenciosamente desfilaban los visitantes. Volvió a escuchar el secó y metálico sonido de los cuños sellando las visas en hojas separadas, para que no dejaran rastro alguno en los pasaportes de la visita a la ciudad prohibida.

El mutismo con que se realizaba toda aquella operación se interrumpía solamente por el jadeo nervioso de uno que otro visitante al cual las severas miradas de los agentes de la Stasi escudriñaban más de lo debido por alguna extraña o incomprensible razón, o por ninguna razón. Escuchó nuevamente el apagado sonido de sus zapatos caminando sobre el frío cemento hasta que finalmente emergió del túnel.

El recorrido del túnel hasta el tren siempre se le hacía interminable. Aunque en realidad quería correr desenfrenadamente, se contenía y emprendía lentamente su caminata hasta el tren, como si fuera un paseo agradable y distendido por alguna de las grandes avenidas de Berlín. Siempre había sentido aquella sensación de fuga, de salir de aquella pesadilla, a pesar de que tenía todos sus documentos en regla, a pesar de que iba en misión especial de la Inteligencia cubana a cualquier país de la Europa Occidental. Cada vez, la misma sensación de culpabilidad, de desasosiego, de pánico.

Mario Paredes volvió a revivir aquellos interminables minutos en los que el tren aún permanecía en el andén de la estación y cuando, finalmente, se alejaba, dejando atrás el Berlín de la RDA; el muro, los alambres electrificados, los perros que corrían sujetos por sus correas atadas a las argollas que se deslizaban por los cables tensados sujetos a las torres de vigilancia, donde las ametralladoras se movían nerviosamente de un lugar a otro, buscando ávidamente una vida que segar. Fueron sólo segundos, pero le parecieron una eternidad.

El tren disminuyó la marcha al acercarse a la estación de Friedrichstrasse y el nuevo Berlín comenzó a tomar forma ante su vista todavía ensombrecida por los recuerdos. La ciudad comenzaba a tener rostro propio. Atrás quedaba la pesadilla, para siempre.

El S-Bahn pasó por un elevado y luego por un túnel. Todo desapareció ante su vista. Solo el reflejo del interior del vagón en la ventanilla. Al principio no se dio cuenta, después vio la cara borrosa de un hombre sentado en el asiento frontal que le miraba. Reconoció su cara. Lo había visto en el hotel y posteriormente en el andén, esperando el tren. ¿Si lo estaba siguiendo a qué bando pertenecía? El hombre era pequeño, frágil, casi insignificante. Pasaba inadvertido en una gran ciudad. Parecía extranjero. ¿Quizá del este de Europa? Era posible. Podía ser también de cualquier lugar. ¿Cubano? Un hombre sin rostro, sin nacionalidad. Si lo seguían a él, también podrían seguir a Lil y seguirla aquella noche cuando se encontrara con Javier.

Al llegar a la estación de Alexanderplatz esperó hasta último momento y saltó hacia el andén sorprendiendo al hombre que no hizo nada para seguirle. El tren se alejó con su perseguidor. Pero ¿quién era aquel hombre que le había seguido desde el Hotel Bristol? Salió a la calle y caminó rumbo a Alexanderstrasse, con sus bloques de vivienda en forma de cajas de zapato color turquesa, el orgullo de la arquitectura germano oriental de los sesenta. Siguió de largo hasta alcanzar la Karl Mark Allé y vio en la acera de enfrente la silueta del Hotel Berolina donde Javier se hospedaba. Pasó frente al restaurante Moskva, cerrado desde hacía tiempo, y comenzó a caminar por la ancha acera de la avenida que anteriormente había llevado el nombre de Stalin Allé.

Vio un taxi, le hizo señas y se subió rápidamente al vehículo, cerciorándose de que nadie lo seguía. Pidió al chofer que lo llevara al Ostbahnhof, desde donde tomaría la línea del Metro S-3 a Karlshorst.

Berlín Centro, Scheunenviertel, 22 de diciembre, 18:20 horas

Javier la tomó del brazo y comenzaron a caminar por la Oranienburger Strasse en dirección a las ruinas de la Nueva Sinagoga. Lil llevaba un sobretodo de piel largo de color oscuro. Los faldones del abrigo se abrían y cerraban provocadoramente al caminar, dejando ver sus largas y bien formadas piernas, cubiertas hasta las pantorrillas por altas botas negras. Vestía el mismo traje gris de aquella tarde; pero tenía el pelo suelto que le caía despreocupadamente sobre los hombros. El sol había desaparecido hacía poco, aunque en el cielo sucio aún prevalecía un tenue color rojizo amarillento, que dotaba de misterio a las siluetas de las casas del antiguo barrio judío destruidas por la guerra.

La nieve caída horas antes se había disuelto en las calles y las alcantarillas, pero se aferraba aún a los techos de los viejos edificios.

El mortecino alumbrado público proyectaba fantasmagóricas sombras sobre los edificios. Un viejo cartel descolorido en una de las casas casi en ruinas, recordaba cuando en otros tiempos el desmantelado local había sido una tienda de tintes para el cabello:

Haarfärber. En lo que había sido la antigua entrada de la tienda, cerrada y repellada chapuceramente con rojos ladrillos, colgaban los restos de un automático de condones y, un poco más a su izquierda, un automático de cigarrillos también en desuso. Javier descubrió en las paredes de los viejos edificios las huellas de los impactos de bala de los Kalashnikov. Era difícil imaginarse que aquel barrio totalmente destruido estaba a cinco o diez minutos caminando de Alexanderplatz o de Friedrichstrasse, en el mismo corazón de la capital de la República Democrática Alemana.

Lil se había encontrado con Javier en la estación de S-Bahn Marx-Engels Platz en el Berlín Este. Como de costumbre, a cierta distancia, oculto entre las sombras de los edificios, *El Topo* vigilaba.

Mario había logrado prevenir a Javier, a través de una breve llamada telefónica, que Lil seguramente también estaba bajo vigilancia.

El encuentro entre Lil y Javier había sido relajado. Javier se había propuesto que el encuentro tendría que actuar como un bálsamo en la joven, algo que la reubicara en el mundo real, lejos del mundo de los espías cubanos y de situaciones extrañas y desconocidas para ella. El recorrido por el viejo y abandonado barrio judío en Berlín Este había sido idea de Lil, pero había sido una elección muy acertada, pensó Javier.

–Hace tiempo que deseaba conocer el Scheunenviertel –dijo ella y le contó a grandes rasgos la historia del barrio judío de Berlín.

–Mi abuelo paterno vivió aquí antes de ser enviado al campo de concentración de Buchenwald, donde murió. Mi abuela paterna, que no era judía, se había divorciado de él años antes y mudado con mi padre y su hermana, mi tía Ruth para Fráncfort –dijo mientras señalaba las ruinas de la Nueva Sinagoga al llegar casi a la esquina de la Tucholskystrasse.

–¿Entonces, eres medio judía?

–No hay medio judío. Eso es algo que inventó Hitler. Se es judío o no se es judío, pero no se puede ser medio judío –dijo con un tono molesto que Javier detectó inmediatamente.

–No lo sabía, disculpa.

–No, es bastante común que la gente diga esas cosas por ignorancia. Estoy acostumbrada.

–Entonces, ¿eres o no judía?

—Sí, porque, aunque mi padre no es judío, mi madre sí lo es. Y según la tradición los que nacen de madres judías somos judíos. Pero no soy religiosa. En mi casa tampoco lo somos.

Javier asintió pensativamente.

—¿Te sientes judía?

—Claro. No soy religiosa, pero claro que soy judía, como tú eres...

—Español-puertorriqueño-norteamericano... o algo parecido —dijo y sonrió levemente.

Lil se detuvo y le hizo un gesto para que él también se detuviera.

—Esto es lo que queda de la Nueva Sinagoga. Hace un año, creó, que la Alemania Oriental anunció su reconstrucción, aunque como puedes ver no se ha hecho mucho.

Hacía frío y las calles estaban mal iluminadas. La enorme torre de televisión de Alexanderplatz despuntaba iluminada entre las ruinas y las casas destruidas y semidestruidas del Scheunenviertel.

—Me gustaría regresar nuevamente a este lugar, de día.

Lil sonrió disculpándose.

—Perdóname. De repente me llamas y deseas encontrarte conmigo. Resulta que yo también estoy en Berlín. Acordamos vernos y yo te traigo a este oscuro montón de ruinas. Seguramente pensarás que estoy chiflada.

Javier se rio conteniendo una carcajada y la tomó por el brazo.

—No, ha sido muy interesante este paseo, de veras, pero ahora creó que debemos regresar a la ciudad de las luces, al Berlín occidental, a un buen restaurante.

—De acuerdo.

Doblaron por la Tucholskystrasse en dirección al Spree, desde donde una fina niebla envuelta en un fétido olor comenzaba avanzar hacia ellos. Torcieron en la Johannestrasse en dirección a Friedrichstrasse donde podrían encontrar un taxi.

El Topo esperó a que se alejara el taxi y se dirigió hacia un pequeño Golf que había alquilado horas antes.

Berlín occidental, Charlottenburg, restaurante italiano,
22 de diciembre, 19:30-23: 15 horas

Javier se había dejado llevar por la recomendación que le había hecho el taxista y Lil encontró el lugar aceptable. Había poca gente aún, por lo cual el camarero, un italiano que hablaba el alemán con un fuerte acento napolitano, les indicó una mesa bastante discreta situada entre dos columnas de imitación de mármol de las que colgaba un cortinaje casi trasparente de suaves colores.

El camarero se retiró, dejando sobre la mesa los menús encuadernados en sendas cubiertas de piel con la bandera italiana repujada en vivos colores y una lista de vinos. Ambos se quedaron mirándose a los ojos seriamente y segundos después irrumpieron en una sonrisa relajante y juguetona.

–¡Qué sorpresa! ¿Quién se lo hubiera podido imaginar? –dijo Lil mirando intensivamente a Javier que sintió algo de rubor.

–Sí, realmente. Es increíble –respondió, mirando al camarero que regresaba con una cesta con pan.

–¿Algo para tomar? –dijo en aquel alemán casi incomprensible.

–Sí, un antiespumante –dijo Javier, mirando a Lil para recibir su aprobación.

–Sí, Pinot Rosado –agregó y sonrió nuevamente a Javier que permaneció con el menú entre las manos sin abrirlo.

–Qué extraño ha sido todo. Nuestro encuentro en Madrid. Ahora coincidiendo aquí en Berlín. Tu llamada.

–Sí, así es –afirmó Javier, al tiempo que abría el menú–. Ah, *Ossobuco al Chianti*, eso es lo que deseo.

–Ternera a la parmesana –dijo ella–. Es mi plato favorito.

–¿Y de primero?

–*Fettuccine Alfredo* –respondió sin pensarlo dos veces.

–Y para mí… *Spaghetti al Pesto*. Y para tomar… –leyó en la carta de vinos–: *Montepulciano d'Abruzzo*.

Ella se encogió de hombros y asintió. El camarero llegó exactamente cuando Javier cerraba la carta de los vinos con su libreta de notas y el lápiz bien afilado para tomar la orden.

Se retiró con la misma parsimonia con la que había llegado. Javier y Lil volvieron a quedar solos frente a sus copas de antiespumante.

–Salud, por este "extraño" encuentro –dijo Javier y levantó la copa. Ella le imitó y sonrió delicadamente:

–¡Salud!

–Si todos los empujones que me han dado terminaran así, sería un hombre muy dichoso –dijo sonriendo y ella le devolvió la sonrisa. –¡Qué apuro pasé! Es que veníamos corriendo como unos locos. El avión que nos trajo de Fráncfort llegó con retraso y casi perdimos el vuelo a La Habana.

–Sí, eso fue lo que me dijiste.

–Me alegro de que me hayas llamado, he pensado en ti ¿sabes?

–Sí, y yo también en ti, como puedes ver –agregó Javier levantando nuevamente la copa.

–Salud –dijo ella, levantando la suya.

–Estás algo cambiada, casi no te reconocí. Has cambiado tu *look* revolucionario por el de una verdadera chica burguesa –agregó Javier con algo de burla.

–Han pasado muchas cosas desde que nos vimos en aquel aeropuerto de Madrid –respondió ella y su rostro se tornó grave.

–¿Por ejemplo?

Lil suspiró y volvió a tomar un sorbo de su antiespumante.

–He decidido finalmente hacer algo con mi vida –respondió, sacudiendo con un ligero movimiento de cabeza el tono serio y apesadumbrado.

–¿Y qué vas a hacer ahora con tu vida?

Lil le miró colocando con cuidado la copa sobre el fino y blanco mantel.

–Me voy a dedicar a los negocios. Mi padre me lo ha pedido…

–¿Qué te ha pedido tu padre?

–Eso, hacerme cargo de algunos negocios de los cuales él no tiene tiempo para ocuparse.

Javier asintió silenciosamente y giró su copa varias veces sobre el mantel antes de levantarla y tomar otro sorbo.

–¿Qué tipo de negocios?

Lil guardó silencio.

–No tienes que contestarme si no lo deseas. Era solo una pregunta.

–No tiene importancia. Voy a hacerme cargo de una pequeña compañía naviera. Creo que podré satisfacer dos deseos o dos compromisos, si se quiere.

Javier arqueó las cejas y abrió los ojos, interesado en lo que ella acababa de decirle.

–Sí, por un lado complaceré a mis padres, por otro ayudaré a Cuba, fletando productos que el país necesita y que el bloqueo norteamericano no deja que Cuba compre.

Javier asintió lentamente guardando silencio.

–¿Tienes experiencia en ese tipo de negocios?

–No, pero tengo gente que me asesorará. ¿Qué te parece?

–El negocio de las compañías navieras es muy complicado y lleno de imprevistos. Hay que estar muy bien asegurado y, además, tienes que saber muy bien lo que estás haciendo.

Lil sonrió enigmáticamente y guardó silencio.

–Si te puedo ayudar en algo…

–Gracias, lo tendré en cuenta.

Tomaron el último sorbo del antiespumante cuando el camarero regresó con la botella de *Montepulciano d'Abruzzo*. Javier probó el vino y asintió ligeramente para que el camarero sirviera a Lil y llenara su copa.

–¿Y tú? ¿Qué haces por Berlín?

–Bueno, tenía negocios por atender en Alemania, y me di un salto por acá para ver la caída del muro. Puras vacaciones…

–Dichoso tú que puede tener vacaciones en estos momentos.

Javier recorrió la vista por el local y descubrió sentado en una esquina a un hombre a las mismas características que Mario Paredes le había descrito por teléfono del hombre que le había seguido en el S-Bahn después de haber visitado a Lil en el hotel horas antes. Buscó con cierto nerviosismo a *El Topo* que se encontraba a cierta distancia, entre la mesa de ellos y la del pequeño individuo. Evidentemente, *El Topo* ya se había percatado de la presencia del extraño personaje.

El camarero regresó con el fetuccini y los espaguetis.

El hombrecillo comía una pizza Margarita al horno, lentamente. Más que comérsela parecía que la estaba diseccionando. Apartaba meticulosamente el queso derretido de la salsa y del fondo. Hacía pequeños montículos separados y se los comía poco a poco, con expresión de hastió. La cerveza debería de estar caliente, pues la había pedido mucho antes de la pizza. Apenas la había tocado.

Javier no había percibido la entrada del extraño individuo al restaurante, pero *El Topo* sí. ¿De dónde había salido? *El Topo* estaba seguro de que el hombre no los había seguido durante el paseo por el Scheunenviertel y tampoco durante el viaje en taxi al restaurante. Sin embargo, ahí estaba, surgido de la nada.

El Topo comía los espaguetis como si alguien se los fuera a arrebatar antes de terminarlos. Siempre comía así, como si estuviera apurado, pero en cambio bebía una media botella de Chianti clásico con una actitud totalmente diferente: saboreando en pequeños sorbos el vino, al mismo tiempo que no le perdía movimientos al sujeto a través de un espejo.

Al terminar la cena Lil pidió un *tiramisú* y Javier se decidió por una *Terrina de Castañas al Chocolate* y pidió un par de copas de *Cerasuolo d' Abruzzo*, un suave vino de color rojo-cereza para finalizar la cena. El tema de la compañía naviera no volvió a relucir en la conversación, tampoco ningún otro tema que tuviera que ver con los nuevos negocios de Lil o su relación con Cuba. Javier no deseaba forzarla, sino que simplemente que ella se sintiera bien acogida y segura a su lado. Eso era suficiente, por el momento.

—Viajo mañana a Ginebra, por asuntos de negocio…

Javier sonrió amablemente y brindó con el *Cerasuolo d' Abruzzo*. Ella alzó su copa y bebió cuidadosamente, con todos los sentidos puestos en su paladar.

—Es delicioso. Salud.

—Salud, Lil.

Ambos volvieron a mirarse, esta vez con una expresión de tristeza, aunque trataron de ocultarlo lo mejor que pudieron.

—Me alegra mucho que me hayas mostrado el barrio judío. Me gustaría que nos volviéramos a encontrar. Salgo para Hamburgo en un par de días —dijo él.

—¿Sí? Yo también.

—Pero ¿no vas a Ginebra?

—Sí, pero viajo a Hamburgo después.

—No desperdiciemos esa oportunidad.

—Pasado mañana. Pasado mañana es Nochebuena.

—Sí.

—¿Celebrarás la Navidad?

—No tengo con quien pasarla. ¿Tú celebras la Navidad? Como eres judía…

—No soy practicante. Sí, en casa se celebra la Navidad. A mis padres y a mis hermanos les gusta celebrar la Navidad.

—¿Y no vas a visitarlos?

—No.

—Podríamos cenar el veinticuatro juntos.

—Sí, es una posibilidad. Pero te llamaré al hotel antes de partir, tengo que ver cómo van las cosas en Ginebra.

—Por supuesto.

Javier introdujo su American Express a nombre de Rigoberto Sánchez dentro de la cuenta que repasó brevemente al mismo tiempo que miró de reojo a *El Topo* que ya había pagado y se disponía a salir antes que ellos. El pequeño hombre estaba con su cerveza a medias y había pagado en efectivo poco antes.

–No tienes que acompañarme al hotel, me gustaría que me pidieras un taxi.

Cuando el camarero recogió la cuenta Javier pidió dos taxis en voz alta para que el hombre y, por supuesto, *El Topo* lo oyeran.

Los dos taxis llegaron minutos más tarde, cuando Lil y Javier esperaban en la puerta del restaurante, con las manos cogidas en un largo saludo de despedida.

–Gracias por esta noche, Rigoberto. –Gracias a ti, Lil.

La joven se acercó a su rostro y le besó la mejilla. Javier trató de abrazarla, pero ella se apartó a tiempo, sonriéndole discretamente. Ella subió al primer taxi y partió. Javier se sentó en el segundo y pidió al taxista que lo llevara a la estación del Zoo.

Pocos minutos antes de que los taxis llegaran, *El Topo* había salido del restaurante y se encontraba sentado en el Golf.

La temperatura había bajado dos grados centígrados bajo cero. Una fina nieve, formando minúsculos cristales había comenzado a caer, cubriéndolo todo. La desierta calle parecía fosforescente por el brillo que producían los minúsculos cristales de la nieve congelada. Un Lada cruzó la calle y se detuvo en la primera bocacalle. El hombrecillo misterioso salió y miró hacia todos los lados con precaución dirigiéndose al vehículo. *El Topo* esperó a que el hombrecillo subiera y el coche arrancará antes de poner en marcha el Golf.

Embajada de Cuba en Berlín Este, Pankow,
22 de diciembre, cerca de la medianoche

La blanca quinta de dos plantas de la Embajada de Cuba en Pankow estaba en penumbra. Solo un farol iluminaba tenuemente la puerta de entrada y llegaba hasta los primeros peldaños de la escalera. El Lada aparcó cerca en la calle y el hombrecillo, acompañado de un hombre de mayor estatura, bastante obeso, entraron en la Embajada por una puerta lateral del otro lado del jardín que no daba a la calle. Desde el Golf aparcado a unos doscientos metros *El Topo* vio cómo los dos hombres entraban en la Embajada. Todavía esperó algunos minutos antes de regresar al hotel donde Javier le esperaba.

El teniente coronel Martín Rodríguez, alias Mike, máximo responsable de la Operación Ciguaraya, se encontraba de pie en la pequeña habitación, mirando fijamente al hombrecillo que se había quitado el sobretodo y sentado en una silla al lado de la puerta. –¿Quién es ese hombre con el cual Sara se ha encontrado esta noche?

El hombrecillo se encogió de hombros.

–No lo sé. No pude sacar fotos porque el lugar no se prestaba. Al parecer se trata de un encuentro privado. No pude seguirle; el taxi en que viajaba se perdió de vista antes de que pudiéramos hacerle el gardeo.

Mike rumió algo que el hombre no llegó a entender. Encendió un cigarrillo, exhaló algunos anillos de humo.

–Es necesario identificar a este individuo. Lo mejor será que pases la noche mirando las fotos de todos los hombres que hemos visto cerca de Sara en las últimas semanas.

–Sí, eso es una posibilidad.

–Ve al cuarto de claves y habla con Rodríguez. Él te dirá cómo hacer la búsqueda.

El hombrecillo se despidió, obediente, y salió de la habitación silenciosamente como había entrado. Mike quedó pensativo, jugando con sus anillos de humo.

22. Diciembre 23

Dentro de lo que cabía, Ruiz pensó que reinaba tranquilidad en el centro de la ciudad, aunque los soldados norteamericanos no habían controlado aún del todo la situación. El Segundo Batallón de la Séptima División de Infantería seguía pisándoles los talones a los seguidores de Noriega. De vez en cuando se escuchaban disparos aislados y a continuación otro miembro del Batallón de la Dignidad era silenciado por francotiradores estadounidenses.

Horas antes Ruiz había arribado al recién abierto aeropuerto internacional de Tocumen en el primer vuelo de American. El agente de campo de la CIA presentó sus credenciales al jefe militar norteamericano del aeropuerto que le dio todas las facilidades, incluyendo un Toyota Corola; el único vehículo que tenía disponible de momento, le dijo el oficial encogiéndose de hombros.

Días atrás Ruiz había estudiado todo el material que Colin le había facilitado, pero necesitaba más información y sabía que Pedro Serna, el segundo de López Armas, el banquero del Regions Investments Bank asesinado por el comando de CIS, era la única persona que le podría proporcionar esa información. Así que no perdió tiempo y armado de un mapa de la ciudad de Panamá, documentos que lo acreditaban como agente de la DEA, que le habían proporcionado en Langley, y con el tanque lleno de gasolina, fue a buscar a Serna, pensando que el gerente bancario permanecería en su casa sin ánimos de salir a la calle en aquellos días de tanto jaleo.

Serna vivía en un pequeño pero cómodo apartamento en uno de los rascacielos que dan a la Bahía de Panamá. Era solterón y, según el perfil que tenía la CIA, era un empedernido sadomasoquista que solía frecuentar los prostíbulos más exclusivos de la ciudad. Colin había solicitado poner al día su expediente a la oficina de la CIA en Panamá. Ahora poseía toda la información necesaria.

Parapetado detrás del mostrador semicircular de la recepción, el portero del edificio donde Serna vivía apuntó amenazadoramente con una escopeta recortada a Ruiz cuando este trató de entrar al edificio. Ruiz, que hablaba perfectamente el español con el sincopado acento de los cubanoamericanos, levantó las manos y sonrió.

—Oiga, amigo, por favor, tranquilícese. Solo vengo a ver al señor Serna —dijo al tiempo que mostraba su identificación de la DEA.

—¿El señor Pedro Serna? —preguntó el portero después de leer minuciosamente el documento.

—Sí, el mismo —respondió Ruiz, guardándose la identificación.

El portero bajo el arma y tomó el intercomunicador para hablar con Serna. Después de intercambiar algunas palabras con él le pasó el auricular a Ruiz:

—¿Señor Serna? Buenas tardes. Soy el agente Fernández de la DEA. Se trata del señor López Armas. Necesito hablar con usted. Perdone la molestia, pero es urgente.

Serna se mostró reticente y casi estuvo a punto de colgar, pero Ruiz agregó:

—Pensé que era mejor hablar con usted en privado y de una manera distendida y no venir aquí con una orden militar y con una escolta de marines. Es necesario que hablemos ahora…

El apartamento estaba situado en el piso 15 y daba al Pacífico. Había refrescado algo cuando el sol comenzaba a desaparecer entre las lejanas montañas de la cordillera de San Blas. El banquero abrió la puerta con cierto recelo, vestía un chándal azul y rojo, y zapatillas deportivas blancas. Ruiz presentó las credenciales de la DEA y después que Serna examinara el documento quitó la cadena de protección y le invitó a que entrara.

—Le agradezco mucho que me haya podido recibir, señor Serna.

El hombre de pelo muy bien alisado con gomina, aun cuando estaba en su propio apartamento y vestido con atuendo deportivo, abrió sus brazos con un gesto de resignación.

—De nada señor…

—Fernández. Joe Fernández…

—Señor Fernández… No me ha dado usted otra alternativa. Pase, tenga la amabilidad —dijo Serna molesto, señalando dos cómodos butacones que estaban de frente al pequeño balcón.

Dos helicópteros AH-64 Apache cruzaron el cielo con dirección al Fuerte Kobbe cargados con cohetes Hydra 70 aire-tierra.

El ruido de sus rotores hizo temblar las decenas de pequeños muñecos de porcelana que constituían la colección del señor Serna, pulcramente expuesta en un rinconero de caoba con estanterías y puertas de cristal.

Ruiz esperó a que el ensordecedor ruido del helicóptero desapareciera antes de comenzar a hablar.

—Lamento realmente tener que molestarle, pero no he tenido otra opción.

Serna se sentó y puso cara de hombre que sabía escuchar.

—El asesinato de su director López Armas ha despertado nuestra curiosidad. Sabemos que los asesinos son agentes del gobierno de Cuba y que el homicidio tuvo que ver con un operativo para desmantelar la infraestructura económica que tenían los cubanos en Panamá.

Serna permaneció impertérrito. «Está acostumbrado a ese tipo de situación», pensó Ruiz.

—En realidad dispongo de muy poco tiempo. Sabemos que los cubanos se llevaron una importante suma de dinero de su banco. Sabemos también que ese dinero era producto de turbios negocios de droga con la guerrilla colombiana y con el cartel de Medellín, entre otros.

—Si lo saben todo, ¿qué quieren de mí?

—No, no lo sabemos todo, lamentablemente. Sabemos lo que le acabo de decir. Lo que necesitamos saber es adónde ha ido a parar ese dinero.

—Señor Fernández, cómo puedo saberlo. Lo único que sé es que esa gente llegó, asesinó al señor López Armas y se llevó 235 millones de dólares, sin dejar rastro.

—Bueno, mire, ya es algo, al menos sabemos ahora la suma… Así que fueron 235 millones.

—Sí.

—¿Cómo sacaron el dinero?

—¿Cómo? Electrónicamente. Tenían dos expertos con ellos, dos mujeres extranjeras, rusas, creó, y probablemente obligaron al señor López Armas a que diera su contraseña personal para acceder al sistema y de esa forma hicieron las transacciones.

—¿Y de esas transacciones, no quedó ningún rastro?

—No, únicamente sabemos la suma porque fue obvio. Tantos millones no desaparecen así como así, incluso aquí en Panamá

–dijo dibujando una amarga sonrisa.

Afuera, el ulular de las sirenas de las ambulancias interrumpió el silencio que se creó.

–¿Ningún rastro?

–No.

–Pero usted tiene que saber al menos los números de las cuentas de dónde sacaron el dinero, e incluso los movimientos que tuvieron esas cuentas antes de que fueran vaciadas.

–Sí, pero no puedo facilitarle esa información, señor Fernández. Como usted seguramente sabe, puesto que es un agente bien informado de la DEA, los bancos panameños somos los bancos más rigurosos del mundo con respecto a las cuentas de nuestros clientes, incluso más que los bancos suizos.

–Esos asesinos no son sus clientes, no solo han asesinado a su director, sino que se han llevado sin dejar rastro, violando todos los acuerdos bancarios internacionales, 235 millones de dólares norteamericanos.

Serna hizo un gesto de impotencia.

–Lo siento. A pesar de todo era su dinero. Quizá tenga razón, pero no creo que el Regions Investments Bank le pueda dar esa información. Va contra la *policy* del banco, como le he dicho.

Ruiz se pasó la mano por la barbilla y miró al banquero con expresión de cansancio. Del pequeño maletín que traía sacó un sobre.

–Me gustaría que le echara un vistazo a estas fotos.

Serna miró extrañado el sobre que Ruiz le extendió y lo tomó con cuidado, como si estuviera infectado por algún extraño virus. El agente de la CIA se levantó y fue hasta el balcón para observar cómo moría la tarde. A lo lejos se escuchaban aún algunos disparos sueltos y el ulular de las sirenas iba y venía, mezclándose con el ruido de los aviones militares que aterrizaban o levantaban vuelo desde el vecino aeropuerto. Lentamente Serna abrió el sobre y sacó algunas fotos. La expresión de su rostro cambió súbitamente.

Ruiz regresó a la habitación y quedó parado frente a él. En su butacón el banquero guardó nuevamente las fotos cuidadosamente en el sobre. No quiso verlas todas, le bastó con las tres primeras, donde se le veía haciendo de esclavo en una sección sadomasoquista con varias prostitutas.

La mirada de Ruiz fue más elocuente que las palabras.

—¿Qué quiere de mí?

—Que me deje entrar al sistema operativo del banco, solo unos minutos, como hicieron esos hijos de puta y si tiene cualquiera otra información que nos pueda llevar a ellos, mi gobierno le estará eternamente agradecido.

Ginebra, Hotel Bristol, 23 diciembre, 12:30 horas

Mario Paredes y Klaus Schumann, el *Profesor*, se dieron la mano cortésmente como si fueran dos hombres de negocios que se conocían desde hacía tiempo. Lil, que se encontraba al lado de Paredes, esperó a que este hiciera las presentaciones. Vestía una blusa negra y pantalones también negros. La chaqueta de corte italiano era de un rojo púrpura que realzaba su bello rostro, casi sin maquillaje.

—*Fräulein* Segal —dijo Paredes en alemán dirigiéndose a Schumann que le estrechó la mano efusivamente.

—Mucho gusto, *Fräulein* Segal. *Professor* Klaus Schumann, a sus órdenes.

Estaban cerca de la entrada principal del lujoso hotel de la 10 rue du Mont-Blanc, en el mismo corazón de Ginebra. El monograma del *Bristol* fileteado en dorado brillaba en la puerta de grueso cristal que silenciosamente abría y cerraba un elegante portero en impecable uniforme.

Paredes sugirió con un leve gesto que le siguieran a través del vestíbulo, pasando de largo frente al mostrador de la recepción, lleno a esa hora de huéspedes que esperaban con impaciencia pagar sus cuentas, atendidos por encopetados recepcionistas que con parca profesionalidad atendían a la clientela sin inmutarse, pero mostrando siempre gran amabilidad y respeto.

Schumann llevaba un traje demasiado elegante y pequeño para él y Mario un discreto traje gris cruzado que lo hacía más apuesto y menos obeso, pensó Lil.

Caminaron hasta llegar al restaurante del hotel donde se sentaron a una mesa situada frente a una de las ventanas que daba a un parque que el jefe de camareros les había reservado. El *Professor* Schumann trató de ocultar sin mucho éxito el desconcierto que le producía el lujo del restaurante y Lil le miró con una disimulada sonrisa de burla jugueteándole en los labios.

—Me gustaría mostrarle Ginebra e invitarles a almorzar afuera, pero lamentablemente disponemos de poco tiempo, así que mientras conversamos podemos comer algo ligero —dijo Paredes.

Lil puso en la silla, que quedó desocupada a su lado, un elegante maletín de ejecutivo y afincó su barbilla entre sus finas y largas manos, apoyando los codos en la mesa.

Mario comenzó hablar con voz baja y medida. Despacio comenzó a describir el plan operacional y dio las instrucciones precisas a Lil de lo que debía de decir en el banco y lo que debía dejar que el *Professor* dijese. La comida llegó rápidamente, como había sido su deseo. Ella solamente comió una ensalada mixta y el *Professor* engulló un solomillo con guarnición de patatas fritas. Mario se conformó con una sopa. Todos estaban algo nerviosos, aunque trataban de ocultarlo.

Comieron mientras el *Professor* exponía lo que cada uno debía de hacer. Finalmente, agregó:

—Todo está listo y el gerente del Banque Général Européen de Suisse, *monsieur* Requichot, estará esperándonos a las 14:00 horas. Lil, usted está desde ahora hasta que termine esta operación a mis órdenes. ¿Entendido?

Lil asintió mecánicamente y guardó en su maletín algunos papeles que Mario le entregó después de que el alemán los revisara.

—Bien. Es hora de que nos separemos —espetó Paredes.

—Pongamos los relojes en hora… 13:15 —dijo el alemán y tanto Mario como Lil pusieron sus relojes a la misma hora.

Ginebra, centro ciudad, 23 diciembre. Pasadas las 13:20 horas

La furgoneta estaba estacionada en el garaje situado frente al Jardin Anglais en la calle Quai de la Poste. Cerca del vehículo estaban aparcados los dos coches que desde Berlín viajaron custodiándola. Dentro de la furgoneta los dos rusos, Popov y Alexis, servían de escolta con sus subametralladoras SWD–M11, Conrad Hacks permanecía sentado al timón, y en la calle, apostados cerca de la salida, los tres cubanos. Los dos rusos y el alemán vestían ahora uniformes de una compañía de vigilancia, mientras que Yuri, Yasmani y *Jabao* vestían ropas normales.

311

Se comunicaban a través de los microemisores que les había entregado Hacks antes de iniciar el viaje junto con los uniformes. El ruso era el idioma que habían escogido para comunicarse, ya que era el único idioma que más o menos los cubanos y el alemán podían hablar, además, los rusos no hablaban ningún otro idioma. Durante el viaje habían repasado los códigos que iban a utilizar y se habían familiarizado con los radiorreceptores.

–Lo que no me explico es cómo los alemanes tenían escondido todo ese dinero en efectivo tan cerca de la frontera con Checoslovaquia –dijo Yasmani al *Jabao*.

–No sé, pero creó que ellos tenían ese dinero escondido para el caso en que hubiera un ataque de occidente y tuvieran que replegarse hacia el este. Lo que nunca pensaron era que la destrucción no sería a través de un ataque armado de la OTAN, sino que su propio sistema se auto destruiría y que tendrían que llevarse el dinero para Suiza –respondió el jefe del grupo cubano y segundo al mando del X-20, aunque eso de jefe y segundo al mando no se lo tomaba muy en serio, ya que Mike era en realidad el verdadero jefe de toda aquella operación aunque permanecía en las sombras, oculto en el Centro Legal de la Embajada de Cuba en Pankow, e Irina cada día desempeñaba un papel menos importante.

Banque Général Européen de Suisse, Rue du Rhone,
23 de diciembre, 13:55 horas

–Preparaos, avanzada llegando a objetivo –ordenó el *Professor* en ruso, acercándose el brazo donde ocultaba el trasmisor a sus labios.

Lil y el alemán siguieron lentamente por la Rue du Rhone, paralela al Quai de la Poste, a un par de minutos del garaje donde estaban aparcados la furgoneta y los dos coches. Todo el comando X-20 escuchó el mensaje del *Professor,* incluso Paredes, que también disponía de un equipo de radio similar pero que, aunque no muy lejos, se mantenía al margen del operativo. Al llegar a las oficinas del Banque Général Européen de Suisse, subieron los pocos peldaños de la escalera de mármol y entraron en el edificio sin decir palabras.

Monsieur Requichot los esperaba en su despacho del sexto piso. El reloj del pasillo marcó con cuatro pequeñas campanadas y con dos más fuertes las 14:00 horas. El *Professor* miró con cierta arrogancia su reloj y Lil fue la primera en saludar al banquero que le extendió la mano, al tiempo que les daba la bienvenida en su *Schwyzerdütsch* con fuerte acento francés.

—*Grüssech*, tengan la amabilidad de pasar y tomar asiento —indicó alegremente con ese tono tan especial que tienen los banqueros cuando el cliente va a depositar dinero y no a pedir un crédito.

A través de las amplias ventanas del despacho, Lil y el alemán percibieron la bella vista que abarcaba gran parte del lago Lemán y el Jardin Anglais, incluyendo la salida del garaje de la Quai de la Poste, algo que agradó especialmente a Schumann.

Requichot tomó asiento detrás de su escritorio de caoba mirando complacidamente a sus clientes.

—¿Qué puedo hacer por usted, *mademoiselle* Segal?

Lil se inclinó levemente en su butacón y miró seriamente a *monsieur* Requichot que pestañó un par de veces, pero sin mover un solo músculo de su rostro bronceado por el sol de los Alpes, o quizá por la lámpara ultravioleta del solario de su gimnasio.

—*Monsieur* Requichot, ante nada deseo presentarle a mi consultor económico y experto financiero, *Professor* Arnold Schmid. El *Professor* Schmid, aunque es oriundo de Alemania, goza desde hace muchos años de la ciudadanía venezolana y vive en Panamá, donde está la oficina central de la compañía naviera B & C Shipping and Trading, que recién he adquirido.

Requichot asentía, mientras Lil continuaba hablando.

—Deseamos abrir varias cuentas en su banco a nombre de mi empresa B & C Shipping and Trading, hacer un depósito y algunos pagos. Pero los detalles se los ofrecerá el *Professor* Schmid —miró de soslayo al *Professor* que asintió ligeramente—. Además, también deseo abrir una cuenta secreta numerada a mi nombre, a la cual el *Professor* Schmid tendrá acceso.

—Si me lo permite, ¿de cuánto dinero estamos hablando…?

—En líneas generales estamos hablando de 600 millones de marcos alemanes occidentales.

Requichot abrió ligeramente sus ojos y los movió con cierto

nerviosismo, pero conservando su control.

–Sí, es mejor que se lo explique más detenidamente… –indicó Schumann.

–Sí, por favor, si es usted tan amable.

–En una cuenta secreta a nombre de *mademoiselle* Segal vamos a depositar 200 millones de marcos. En la cuenta de la empresa B & C Shipping and Trading vamos a depositar 400 millones de marcos. De estos 400 millones, pagaremos 2 millones por la compra de un barco, el Silver Star, y el resto, 398 millones quedarán en la cuenta de la Shipping and Trading aquí en su banco.

–*Parfaitement, professeur Schmid.* Y ¿dónde está el dinero? ¿Los depósitos serán a través de transacción electrónica?, ¿cheque, quizá?

–En efectivo, será dinero en efectivo, *monsieur* Requichot.

Requichot tragó en secó, pero siguió mostrándose sereno.

–Bien. ¿Y cuándo recibiremos el dinero… en efectivo?

–Ahora mismo, por supuesto –agregó Schumann con una sonrisa de falso pudor–. Por favor, *monsieur* Requichot, le pedimos disculpas por no haber avisado con anterioridad de que íbamos a depositar una suma tan grande en efectivo, pero, créame, no nos ha sido posible hacerlo de otra forma y, créame, este no será el último depósito que haremos en su banco. Esperamos discreción y cooperación de su parte y le aseguro que podremos hacer excelentes negocios –dijo el alemán dejando entender al banquero suizo lo que este ya había sospechado con anterioridad, es decir, que el dinero provenía con toda seguridad del este de Europa. «Pero, qué diablos, para eso estaban los bancos suizos», pensó. No era la primera vez que ante conmociones políticas en Europa la banca helvética se beneficiaba y *contribuía*. «Ahora era el momento de hacer buenos negocios con el este, y lo vamos a hacer, no faltaba más», se dijo Requichot mentalmente.

–Según tengo entendido, su banco tiene en el sótano, aledaño al garaje, un local especial para traspasar el dinero en efectivo desde los camiones blindados.

–Sí, así es. Usted está muy bien informado.

–Entonces, por favor dé las órdenes pertinentes para que reciban en unos minutos a nuestra furgoneta con el dinero.

–Sí, como guste, pero los depósitos no podemos hacerlos hasta que se realice totalmente el conteo del dinero.

–Por supuesto. Mis hombres estarán presentes durante el

tiempo que sus empleados necesiten para hacer el conteo exacto de los 600 millones de *Deutsche Mark* –dijo Schumann.

Monsieur Requichot se dirigió a su intercomunicador y habló con varios de sus empleados. Finalmente, miró satisfecho a Lil y a Schumann:

–Todo listo. Dentro de cinco minutos vuestra furgoneta podrá ser recibida. Pero antes de entrar al banco tendrá que ser revisada en el garaje y sus hombres tendrán que entregar sus armas, si las llevan.

–De acuerdo –dijo Schumann que se llevó la mano izquierda a la boca–. Preparados. Comenzar posición dos, ahora. Cinco minutos hasta la entrada. Terminado.

Requichot sonrió, frunciendo sus cejas.

–Podemos comenzar con el papeleo mientras tanto, ¿no les parece?

–Sí, me parece una excelente idea.

La furgoneta entró al garaje del Banque Général Européen de Suisse en la Rue du Rhone exactamente a los cinco minutos después de haber sido dada la orden por Schumann. Popov, Alexis y Hacks entregaron sus subametralladoras SWD–M11 a los guardias suizos que amablemente les indicaron que continuaran en la furgoneta. A los pocos minutos, una vez revisado el vehículo y comprobado que llevaba las maletas metálicas repletas de marcos alemanes, la pesada puerta de metal del banco fue abierta y ante la atónita vista de Hacks y los rusos apareció una cámara blindada que parecía una gigantesca caja fuerte. El vehículo entró marcha atrás en lo que parecía más bien un muelle, cerca de una puerta de lisos y lustrosos barrotes.

En silencio, los guardias del Banque Général Européen de Suisse comenzaron a trasladar las maletas metálicas a unos carros. Cuando la operación concluyó, Hacks y los rusos, acompañando a los suizos que llevaban los carros cargados con el dinero de la RDA, entraron en la caja fuerte del banco. Pocos minutos después comenzó el conteo del dinero, que se hizo separando primero los billetes por su denominación, después pesándolos y pasándolos por dispositivos especiales para detectar si eran falsos, y finalmente lo llevaron a unas máquinas que automáticamente contaron dos veces el dinero.

La operación duró más de 2 horas. Posteriormente, un

supervisor del banco después de firmar un recibo se lo entregó a Hacks. El documento dejaba constancia de que el dinero contado llegaba exactamente a la cantidad de 600 millones de marcos alemanes occidentales.

—Ha sido un honor y un gran placer para mí haber hecho negocios con usted y su empresa, *mademoiselle* Segal. Y *merci beaucoup* también a usted, *professeur* Schmid —dijo el banquero suizo mientras entregaba a Lil y a Schumann los documentos ya firmados y acuñados por el banco.

Se despidieron efusivamente y Schumann le recordó al banquero suizo que pronto regresarían para hacer nuevas operaciones.

23. Diciembre 23 y 24

–Ya lo encontré –dijo el hombrecillo a Mike, apoyando su mano izquierda en el tirador de la puerta recién abierta. El responsable de la Operación Ciguaraya estaba sentado frente a una de las máquinas de claves de la Embajada, tratando de enviar un mensaje cifrado al Centro del CIS en La Habana.

–¿Qué encontraste?

–Al hombre que salió ayer con Sara.

Mike alzó la vista clavándola con curiosidad en los cavernosos ojos del pequeño individuo.

–Se llama Rigoberto Sánchez. Según la información que he encontrado en nuestros archivos es un comerciante americano que vive en España. Se encontró con Sara en el avión en el que ella viajaba a Cuba con el grupo que iba a construir la escuela...

–... Sí, ya recuerdo. Gracias, Benito.

El hombrecillo mostró una desagradable sonrisa y quedó esperando a que Mike le diera nuevas órdenes.

–Está bien, me encargaré yo mismo del asunto.

Benito se echó a un lado para dejar pasar a una mujer de unos cuarenta años, delgada y con el pelo muy crespo, aunque de tez blanca, que entró como un bólido en el cuarto de claves dirigiéndose a Mike:

–Mensaje de Paredes. El operativo ha terminado sin problemas. Se marchará en las próximas horas a Hamburgo.

–Envía un mensaje a Paredes. Dile que nos encontraremos mañana en Hamburgo.

El Silver Star había sido construido a finales de los años sesenta.

Debajo de su nuevo nombre, recién pintado, podía leerse Erfurt el viejo nombre, grabado en la armadura de proa con el cual fue bautizado en los astilleros de la VEB Klement-Gottwald-Werke de Rostock, Alemania Oriental.

El anterior dueño, una pequeña empresa griego-chipriota, lo había comprado semanas antes de que cayera el muro de Berlín a la DDR-Schiffaarsindustrie, la empresa naviera estatal de la RDA. Era el único navío de la B & C Shipping and Trading de Panamá, el que Lil Segal había comprado el día anterior.

Su capitán, Hans Malich, era un hombre de unos sesenta años que hablaba el *Platt Deutsch* mejor que el alemán y el inglés que arrastraba con fuerte acento galés. Se había hecho cargo del Silver Star cuando la empresa chipriota compró el barco, y formaba parte del contrato de venta a la B & C Shipping and Trading.

Siguiendo las órdenes del nuevo dueño, había zarpado de Gibraltar hacia Rostock, después de cargar equipos de repuesto para maquinaria agrícola y sacos de cemento para Nicaragua, continuó viaje hacia Hamburgo, adonde había llegado horas antes para cargar mercancía destinada a Panamá.

La tripulación del Silver Star estaba compuesta principalmente por norvietnamitas reclutados en la antigua RDA. Entre sus oficiales había tres alemanes, un búlgaro y dos polacos.

El capitán Malich no tenía familia, sólo una medio hermana que vivía en Hamburgo y con la cual pensaba pasar la Navidad si sus obligaciones a bordo se lo permitían.

Panamá, Regions Investments Bank,
23 de diciembre, 20:45 horas

Aunque el banco estaba cerrado por ser sábado y de noche, el banquero Serna, acompañado de Ruiz, abrió la puerta de su despacho. Previamente había informado a los guardias de seguridad.

El agente de campo de la CIA dejó que el banquero pusiera en marcha su ordenador y tecleara su código personal, a continuación, le pidió que se levantara y lo dejara realizar sus pesquisas.

—No pienso dejar esta habitación mientras usted esté conectado a la red del banco —dijo Serna en un tono monocorde.

—Por supuesto. Puede quedarse siempre y cuando no me moleste —respondió Ruiz entrando de inmediato en el sistema.

Estuvo conectado a la red del Regions Investments Bank durante 20 minutos y 45 segundos. Fue lo suficiente. En un disquete que extrajo de un bolsillo guardó toda la información que necesitaba. Había obtenido más de lo que se había imaginado.

–Bien. Muchas gracias, señor Serna –dijo Ruiz y se levantó del escritorio donde estaba el ordenador.

–¿Puedo desconectarme?

–Si lo desea. He terminado mi trabajo. En nombre de mi gobierno le doy las gracias por su colaboración –afirmó secamente, sacando el disquete–. No se moleste en acompañarme.

Cerró la puerta detrás de sí y Serna quedó mirando la pantalla del ordenador, cerciorándose de que el equipo estaba apagado.

Ginebra, Hotel cercano al aeropuerto Ginebra-Cointrin
y la autopista A1. Diciembre 23, 18:15 horas

El *Colombière*, es un hotel bastante anónimo, convenientemente situado en la periferia de Ginebra, cerca del aeropuerto y de la autopista A1 a Basilea. Lil había hecho ya las maletas al igual que Irina y Tatiana. Estaban las tres sentadas en silencio en su habitación cuando Schumann y Paredes llamaron a la puerta.

–¿Estáis preparadas? –dijo Paredes en alemán.

Irina asintió, levantándose de su butaca con aire enervado.

–*Davai davai...* hace ya más de una hora. ¿Y ahora, qué es lo que pasa?

–Nada. –dijo Schumann también en alemán–. El operativo ha sido todo un éxito, así que no hacemos nada aquí.

–No tengo la menor idea de por qué hemos venido Tatiana y yo a este operativo. Hemos estado casi todo el tiempo encerradas en el hotel escuchando solamente el ruido de los aviones y el zumbido de la autopista.

–Ha sido por una medida de seguridad... –respondió Mario, sonriendo lacónicamente. Calló el verdadero motivo por el cual las había traído a Ginebra: no perderlas de vista mientras continuara la operación. El Centro se lo había exigido y él también tenía sus razones para mantener a las rusas bajo control.

El *Professor* Schumann se acercó a Lil.

–*Fräulein* Sara, necesito que me dé todos los papeles que recibió del banquero suizo y, además, las tarjetas de crédito, por favor

319

—dijo con cierto tono autoritario.

Mario confirmó con un gesto que debía obedecer. Lil se dirigió a su maletín y extrajo los documentos y las tarjetas de crédito y se las entregó al agente de la Stasi.

—*Danke* —dijo secamente.

Paredes encendió un cigarrillo y fue hasta el centro de la habitación. Dio una larga calada.

—Disculpe, *camarada* Pablo, pero tengo alguna prisa y quiero despedirme si no tenéis nada en contra.

—Por supuesto. ¡Buena suerte y hasta pronto!

—Hasta pronto, a todos. Ha sido un honor haber podido compartir con ustedes esta misión —dijo, dio media vuelta y desapareció cerrando la puerta detrás de sí.

Paredes se sentó en una butaca cercana a la de Lil y aspiró profundamente el humo de su cigarrillo.

—Bueno, finalmente, hemos llegado a la fase final de la operación… —apuntó Paredes con una persuasiva sonrisa.

—¿Qué quieres decir con eso, Paredes? ¡Por favor! —replicó Irina apoyada por la mirada escrutadora de Tatiana. Lil se limitó a mirarle con sorpresa e incredulidad.

—Han sido días muy difíciles, Irina, también para mí. No creas que he recibido mucha más información que la que les he trasmitido a ustedes —en sus ojos brillaba una expresión de impotencia que la rusa captó con rapidez.

«Quizá era hora de hablar con más claridad», pensó. Apagó el cigarrillo y comenzó por explicarle a la joven alemana, sin darle muchos detalles, que la operación que estaban llevando a cabo, era una acción conjunta de varios países socialistas, entre ellos Cuba. El objetivo principal era continuar la lucha internacionalista revolucionaria, pero primeramente había que sentar las bases económicas.

—Somos la vanguardia. Es todo lo que te puedo decir, por ahora —concluyó Paredes sin mucho convencimiento, bajo la asombrada mirada de Lil que se volvió interrogante hacia Irina y Tatiana que sonrieron con cierta lasitud—. La Operación Ciguaraya, ese es su nombre —dijo mirando a Lil—, es nuestra primera operación. Hoy hemos terminado la penúltima fase; es decir, el traslado de ese dinero a Suiza, y como les decía anteriormente, hoy comenzaremos su fase final… Lil tratando de entender toda aquella jerigonza preguntó:

—¿Qué es Ciguaraya?

—La ciguaraya, o siguaraya, es un árbol de Cuba con muchas propiedades curativas.

Lil sonrió nerviosa y Paredes recapacitó unos segundos concentrando sus pensamientos:

—Bien... La empresa B & C Shipping and Trading, de la cual Sara aparece como su presidenta y dueña, bajo otro nombre, a efectos jurídicos y económicos, ha comprado un barco, el Silver Star que acaba de llegar hoy al puerto de Hamburgo, procedente de Rostock.

Irina y Tatiana se miraron extrañadas.

—¿Para quién trabajo? Evidentemente, no es para Cuba —preguntó Lil desorientada por el embrollo que habían causado las palabras de Paredes.

—Trabajas... trabajamos para salvar al socialismo, para salvar a

Cuba...

—¿Y la ciguaraya es la medicina que le van a dar al socialismo moribundo? —preguntó Irina lacónicamente con una burlona sonrisa que Paredes ignoró.

—En fin... ese barco es, al parecer, el portador, o mejor, la plataforma donde se va a gestar la última fase de la Operación Ciguaraya... Permítanme explicarles más detenidamente lo que va a suceder en los próximos días. ¿De acuerdo?

Las rusas y Lil asintieron.

—Según las órdenes del Centro, es decir, de Mike que permanece en Berlín, la agente Sara, Irina y Tatiana viajarán en uno de los dos coches a Hamburgo y se hospedarán en el Hotel Lilienhof, cerca de la Estación Central de Ferrocarriles. Les daré después las direcciones de esos lugares y todo lo que necesitan... dinero, papeles, en fin... —hizo una nueva pausa y continuó: —*Jabao* con sus hombres se hospedarán en un hotel cercano al vuestro, Hotel Novum, y los dos rusos Popov y Alexis en el Eden. Viajarán por separado, es decir, los rusos y los cubanos en el otro coche.

—Muy bien, Paredes, pero qué hay en concreto sobre la operación... —preguntó Irina.

—Y yo, ¿qué hago yo en todo esto, además de firmar en todos los papeles que me ponen delante? —preguntó Lil, evidentemente, molesta.

—Calma, calma. En concreto esto es lo que hay: Tatiana será la telegrafista del Silver Star y viajará a Panamá; ella será la que mantendrá las comunicaciones con el Centro. En el barco hay un cargamento de piezas de repuesto para maquinaria agrícola y cemento en sus bodegas que irá a Nicaragua. En Hamburgo también cargará otras mercancías que desconozco. Con respecto a Sara aún no tengo instrucciones. Tatiana viajará en el barco e Irina queda a la espera de nuevas órdenes. ¿Comprendido?

—¿Y el resto del comando? —preguntó Tatiana

—Viajará en el barco —respondió escuetamente Paredes.

—¿Y…? —preguntó Irina.

—Nada más, eso es todo. Yo me reuniré con ustedes el 27 de diciembre en Hamburgo.

Langley, 23 de diciembre, 18:40 horas

Colin se quitó las gafas, las limpió con la corbata y comenzó a dar pequeños paseos por la habitación con la mirada puesta en sus lustrosos zapatos. Ruiz estaba sentado en silencio en el pequeño sofá de la esquina del despacho.

—Entonces has podido seguirles la pista a todas las cuentas adonde fue trasladado el dinero de esos sinvergüenzas desde Panamá…

—A todas, incluso la cuenta de las rusas en Suiza, donde depositaron dos millones, señor.

Colin se mordió los labios y puso sus manos detrás de la espalda. Se detuvo frente a la ventana desde donde podía contemplar el nuevo edificio del Cuartel General de la Agencia, comenzado a construirse en mayo del 1984 y que en aquellos momentos estaba prácticamente terminado. Algunos departamentos se habían mudado ya para el nuevo edificio, algo que también el Departamento Cuba debería hacer a mediados de los 90. «Pero ya gracias a Dios, para ese entonces, yo estaré jubilado…», pensó.

—¿Qué quieres decir? ¿Qué los tenemos cogidos por los huevos?

—Tanto como eso no, señor. Pero podemos seguirle el rastro al dinero…

—¿Dónde han metido el dinero?

—Lo han distribuido por varios países...

—¿Cuáles?

—La cantidad mayor en Suiza y Londres; además de UBS Ginebra y HAVIN el Havanna Internacional Bank de Londres. También Bahamas, Andorra. Luxemburgo y cerca de 10 millones en España. El resto... Irak, Arabia Saudí y también algún dinero en Italia, Alemania, en Fráncfort... creó que no se me olvida ningún país... En el informe están todos los detalles —dijo señalando a una carpeta que Colin tenía sobre el escritorio

—Bien, Ruiz. Ahora tenemos que planear nuestros próximos movimientos.

—Señor, hay una ley suiza que establece que el dinero depositado en sus bancos que haya sido obtenido mediante operaciones ilícitas, como la venta de droga o el tráfico de armas, es considerado ilegal y que esas cuentas pueden ser...

—Sí, ya sé, anuladas... pero los suizos son unos cabrones y se quedan con el dinero como hicieron con el dinero de los judíos asesinados por los nazis.

Ruiz asintió y quedó en silencio con la vista perdida en los bosques de Virginia que se extendían más allá de los edificios de la CIA.

—¿Si te diera los códigos de entrada a esas cuentas, podrías sacar el dinero y trasladarlo a otras cuentas?

—Es probable, señor. Pero eso es ilegal.

—No necesariamente. Por supuesto que tendríamos que tener la aprobación del jefe de Operaciones y posiblemente del director de la CIA, pero de eso me encargo yo. ¿Es posible, sí o no?

—Depende de cómo esté configurada la información que me dé usted para ese fin.

Colin se frotó la cabeza y cerró los ojos tras las gruesas gafas.

—No perdemos nada con probar. ¿No es cierto?

—Por supuesto, pero necesito la autorización, señor.

Colin se sentó en su butaca y miró largamente a Ruiz, como estudiándolo, sopesando si le contaba el resto del plan o no.

—Ruiz, tendrás la autorización. Pero, hay más. En estos momentos, los alemanes orientales, con la ayuda del CIS, están llevando a cabo una operación en Europa. Pensamos que se trata de otra operación de lavado de dinero. La manera más eficaz de destruir sus planes es quitándoles el dinero.

Ruiz asintió, mientras meditaba en lo que Colin le acaba de decir. Finalmente, agregó:

—¿Y cuándo debo comenzar, señor?

—No te preocupes. El disquete con esa información estará aquí sobre mi escritorio en unos días.

Berlín oriental, Ratskeller Pankow,
24 de diciembre, 11:34 horas

Mario Paredes tenía bastante hambre, así que pidió dos *Bratwurst* con ensalada de patatas y una gran cerveza. Mike le miró a través de sus adustas gafas oscuras. Sonreía provocativamente, pero no hizo ningún comentario. El local estaba casi vacío y quedaba relativamente cerca de la embajada de Cuba.

—Tengo que felicitarte. Has hecho un buen trabajo.

—No me felicites a mí, felicita a Lil que se comportó muy profesionalmente, a pesar de que seguramente se estaba muriendo de miedo, y también al *Professor*. Todo un profesional.

—Claro, es el mejor. Por eso le encargaron esa misión tan especial e importante.

—Me lo imaginaba.

—Así que Lil se portó bien.

—Sí, realmente.

Mike se pasó la mano por la barbilla y quedó como si estuviera en trance. Paredes no le hizo caso y continuó comiendo su embutido.

—Me preocupa Lil —dijo Mike sin levantar la vista, como si hablara consigo mismo. Paredes masticó lentamente y tragó un sorbo de la cerveza antes de contestarle.

—¿Por qué?

—¿Sabes quién es un tal Rigoberto Sánchez?

—¿Rigoberto qué?

—Sánchez…

Paredes permaneció impasible. Tomó otro sorbo y fijó su mirada en Mike.

—El nombre creó que lo he oído antes, pero no puedo localizarlo…

Mike se bajó las oscuras gafas hasta la mitad de la nariz y miró a Paredes con una mirada fría, calculada.

—Es ese tipo que viajó en el mismo avión que viajaban Lil y tú desde Madrid… ¿Recuerdas?

Mario asintió pensativo y cortó con el cuchillo otro pedazo del embutido que llevó a la boca.

—Sí, Jorge me enseñó una foto de él y creó que me dijo que Lil lo había conocido en el avión. ¿Por qué me preguntas?

—Hemos detectado que ese tal Rigoberto Sánchez se ha encontrado nuevamente con Lil en Berlín —dijo Mike, atento a la reacción de Paredes, que se mantuvo impertérrito.

—¿Y…?

—Que ese tipo, sea quien sea, está metiendo demasiado las narices. La primera vez pudo ser una coincidencia, pero no la segunda. Además, yo no creó en coincidencias.

Paredes se frotó detrás de la oreja y sonrió apenado:

—Todo ha sido culpa mía. No le eches la culpa a Lil.

—¿Cómo?

—Sí. Ella me dijo que un amigo le había dejado un mensaje en su contestador en Fráncfort… creó que dijo eso. Sí, que estaba en Berlín y que deseaba encontrarse con ella. Me dijo que le gustaría también encontrarse con ese amigo… Pensé que era alguien de los que habían estado en Cuba construyendo la escuela. Me pareció que le haría bien…

—¿Y por qué no me lo comunicaste?

—Se me olvidó, realmente. Tenía tantas cosas entre manos en esos momentos. Estaba un poco estresado. Perdona. Ha sido un fallo mío. Si quieres le puedo preguntar a Lil y saber más sobre el individuo.

—No, deja, ya averiguaré por mi cuenta. ¿Cuéntame más de tu impresión sobre ella?

—Yo la había visto bastante nerviosa. Demasiado… Creí que si se encontraba con un amigo y pasaba algunas horas con él en algún restaurante… bueno, que quizás le serviría para relajarse…

Mike tomó un sorbo de su cerveza que apenas había probado y quedó mirando largamente a Paredes. Se volvió a colocar correctamente las gafas oscuras y miró hacia fuera.

—Bueno, bueno…

—¿Te preocupa ese tío?

—No me gusta. Además, en estos momentos con la información que tiene Lil no es conveniente que se encuentre con ningún extraño, menos con ese tipo que conoció, *así por casualidad*, en el mismo vuelo que la llevó a Cuba —se quedó pensando y agregó—: Debes poner a Irina a que la cuide, día y noche. No quiero que por negligencia podamos poner en peligro la Operación Ciguaraya.

—Esa fue la orden que le di a Irina. Cuida a Sara, le dije.

—Sí, que la cuide día y noche.

—¿Qué vamos a hacer con ella ahora que ha cumplido con esta parte del operativo?

Mike dejó de mirar hacia fuera y volvió su rostro a Paredes al mismo tiempo que se quitó las oscuras gafas.

—No sé. Estoy esperando órdenes del Centro. Y tú dices que se portó bien en Ginebra.

—Sí, esa es mi opinión, pero seguro que debes de preguntar también a los alemanes y a los rusos.

Mike asintió y dio una palmada con ambas manos sobre la mesa. —Cambiemos de tema. Vamos a hablar de la Operación Ciguaraya.

—Realmente estoy deseoso de saber qué es lo que tengo que hacer. Lo cierto es que este nuevo trabajo para mí es mucho mejor que el anterior. Ahora sí que suceden cosas todo el tiempo. Me siento que estoy haciendo algo útil... ¿Me comprendes?

—Claro que te comprendo. A mí me sucede lo mismo. Bueno, al grano: El Silver Star cargó en Rostock los 10,000 fusiles automáticos Kalashnikov AKM, calibre 7.62, fabricados en la RDA para las FARC, Han sido facturados como piezas de maquinaria agrícola para Nicaragua y acaba de llegar a Hamburgo. Asimismo, lleva una carga de cemento, se supone que para Nicaragua también.

—Pero ¿no eran 2,500 ahora, 5,000 más tarde y, después, el resto en otro cargamento? —preguntó Paredes extrañado.

—Sí, es correcto, pero tal y como está la situación aquí, los *Genossen* quieren deshacerse de estas armas lo antes posible. La droga será entregada tal y como habíamos acordado, eso queda como antes. No es bueno tener tanta droga ahora, de repente, sin poder colocarla aún en el mercado.

Mike tomó otro sorbo de la cerveza y encendió un purillo cubano.

—Es decir... tú viajarás a Panamá después de dejar todo listo en Hamburgo para preparar las cosas por allá mientras el Silver Star hace la travesía. Te llevarás a Irina contigo. Tatiana será el punto de comunicación en el barco, como te había informado anteriormente. El resto del X-20 viajará en el barco, como ya sabes. Yo me trasladaré a La Habana, así podemos comunicarnos con el Silver Star y contigo desde la Central de La Habana, directamente.

—Pero, entonces, Lil quedará sola.

—No puede quedarse aquí en Europa, sola. Quizá regrese conmigo a La Habana. Es posible que viaje en el Silver Star. Vamos a ver...

Le pegó una seca chupada al purito devolviéndole la mirada a Mario a través de la tenue cortina de humo que había creado.

Mike comenzó a hablar con voz lenta:

—En el Silver Star... también van algunas toneladas de Semtex checoslovaco sin marca química de identificación disfrazada de sacos de cemento.

Esta vez Mario no pudo controlar su sorpresa:

—¿Qué? ¿Varias toneladas del más efectivo explosivo plástico que existe? ¿Para la guerrilla?

Mike sonrió alardeando con el habanillo mientras le hizo un gesto de que bajara la voz.

—No. Vamos a volar el Canal de Panamá. El Silver Star es nuestro *Caballo de Troya* —agregó, abriendo sus ojos con una macabra sonrisa incrustada en el rostro—. Los yanquis la van a pagar por esa invasión, no te quepa duda alguna—añadió, apagando el puro en el cenicero, como quien aplasta un insecto.

—¿Estás bromeando?

—No. Estoy hablando en serio. Muy en serio...

El doble agente se controló. Tenía que hacerlo. Poco a poco fue recobrando la calma interior y miró a Mike con astucia.

—¡Esa es la Operación Ciguaraya!

—Positivo, compañero Paredes, positivo.

—¿Y... quién estará a cargo de la operación?

—*Jabao* y su gente serán los encargados de hacer volar el Silver Star en el medio del canal. Solo *Jabao*, yo y ahora tú, conocemos el plan. *Jabao* y sus hombres tienen experiencia en esas cosas.

—¿Y la entrega de las armas a la guerrilla?

—Será antes, por supuesto. Ya nos darán las coordenadas. Aún no las tenemos –Mike hizo una pequeña pausa y miró fijamente a Paredes–. Tú serás el control y enlace entre ellos y el Centro; además, los ayudarás a salir de Panamá después con la ayuda de las FARC, esperemos.

Mike continuó hablando sobre la operación, dándole a Paredes todos los detalles que necesitaba para hacer su trabajo. Tendría que retenerlo todo en su memoria, no habría papeles ni disquetes. Mike hablaba a veces como un niño que cuenta una historia fabulosa de piratas; otras, con una mirada extraña en sus ojos que infundía miedo. El espía cubano gozaba mientras exponía el plan a Paredes que le escuchaba atentamente, simulando entusiasmo y lealtad.

Comenzó a nevar. Era Nochebuena, pero Mike nunca había celebrado la Navidad y para él solamente era el 24 de diciembre de 1989.

24. Diciembre 24 y 25

A fuera caía una lluvia fría y trasparente. Un gris turbio, estéril, cubría el cielo que aún no había oscurecido del todo. Lil continuaba de pie frente a la ventana. Las guirnaldas navideñas que colgaban de un extremo a otro de la calle se mecían proyectando largas sombras en los húmedos adoquines. El chisporroteo de los anuncios lumínicos de los bares y restaurantes cercanos a la estación de ferrocarriles solo lograba producirle indiferencia y tristeza. Unos minutos antes había hablado con Javier, pero él, con voz grave y lejana, le dijo que no podía encontrarse con ella, que lo lamentaba mucho, y que esperaba que pronto pudieran verse nuevamente, quizás en España. Ella se había hecho cierta ilusión con el encuentro y habría deseado poder pasar esos días con él y olvidarse de todo lo que le rodeaba y asfixiaba.

Paredes, que había logrado encontrarse brevemente con Javier en el mismo café de Friedrichstrasse, después de su conversación con Mike, le advirtió que no se encontrase con Lil en Hamburgo. Un segundo encuentro solo podría agravar la situación y poner innecesariamente a la joven bajo la lupa del sagaz Mike, que ya había olido sangre y estaba detrás de la presa, y poner en riesgo la operación contra el CIS. Javier le dijo que de todas maneras no iba a ser posible porque él tenía que regresar ese día a Washington. Mario le dio todos los detalles de la fase final de la operación: el plan para volar el Canal de Panamá y la llegada a Hamburgo del Silver Star. También le entregó a Puig el disquete con el número y clave de las cuentas a donde había sido trasferido el dinero de Panamá. *El Topo* viajaría a Hamburgo para no perderle la pista al comando X-20 ni al Silver Star y seguir en contacto con Paredes, que ese mismo día también viajaba a Hamburgo.

Un enorme árbol de Navidad de plástico, cargado de guirnaldas y bombillas multicolores intermitentes, era el único símbolo navideño visible en el vestíbulo del Randolph Towers en el número 4001 N. de la calle 9. El jefe del Departamento Cuba pasó por su lado sin siquiera percibirlo, absorto en sus pensamientos. Apagó el cigarrillo con gesto mecánico en el cenicero antes de entrar en uno de los ascensores.

—¿Cómo fue el viaje?

—Como de costumbre, aburrido —contestó Javier, sacando su ropa de la maleta y colocándola en la cómoda, mientras en el televisor un reportero de la CNN narraba en directo el cerco que las tropas norteamericanas habían tendido en la Nunciatura de Ciudad de Panamá, donde la noche anterior el dictador Noriega se había refugiado.

—A ese tipo lo van a tener que sacar de ahí con fuego, no con sermones ni música —dijo Javier que tomando el mando a distancia apagó el televisor.

—Es increíble —agregó Colin, sentándose en una butaca verde claro con flores rosadas—. Pat me pidió que te invitara hoy a la cena de Navidad en casa cuando se enteró que estabas de regreso. Solo estaremos nosotros, nuestra hija Betty y su marido —agregó encendiendo otro cigarrillo.

Javier le dio las gracias realmente contento de volver a ver a Pat a la cual le había tomado también un gran aprecio y pasar aquel día en un ambiente familiar, aunque seguía pensando en el malogrado encuentro con Lil ese día en Hamburgo.

—Bueno, quiero los detalles de la información que recibí ayer de ustedes —dijo Colin y Javier tomó asiento y relató a su jefe todo lo que Mario Paredes le había comunicado el día anterior.

Colin le escuchó sumido en un silencio total, levantando de vez en cuando una ceja.

—Tenemos que dejar zarpar al Silver Star y buscar la forma de seguirle la pista sin que lo adviertan.

—¿Por qué?

—Por varias razones: la más importante es saber cómo y dónde van a entregar las armas a la FARC. Estoy seguro de que ya han sido subidas a bordo. También necesitamos conocer cómo recibirán la cocaína y dónde. Además, ese es el barco que usarán para tratar de volar el Canal, y no podemos perderlo de vista, pero si abortamos la operación ahora nos quedaremos sin conocer el resto de los detalles —dijo e hizo un gesto como recordándose de algo—: ¿Trajiste el duplicado del disquete que copió Tatiana con los números y las claves de las cuentas adonde las rusas han depositado el dinero que sacaron de Panamá?

—Sí, por supuesto; aunque no fue fácil. Pero, finalmente, Paredes lo consiguió. Es un tío asombroso.

—¿No les habrás prometido demasiado a las rusas, espero?

—No. No quieren nada de nosotros. Lo único que desean es largase con sus dos milloncitos lo antes posible y que las dejemos en paz.

—Dile a Paredes que, si se portan bien y nos ayudan, les vamos a poner un poco más de dinero en su cuenta suiza cuando logremos quitarles el dinero a los cubanos.

—Las rusas no me preocupan, pero Lil sí.

Colin torció su boca mientras sus pequeños ojos azules se cerraron más aún detrás de las gruesas gafas.

—Lamentablemente no podemos hacer mucho por ella, Javier. No podemos poner en peligro la operación. Ya hemos dado órdenes a *El Topo* que no se meta en nada. Tú debes hablar con Paredes sobre ello. Las comunicaciones con él las puedes hacer a través de *El Topo,* tenemos una línea segura en Hamburgo.

Javier miró suplicante a su jefe.

—Pero si le pasa algo a Lil, será por mi culpa. ¿No lo entiendes?

—No, no será por culpa tuya ni de nadie, Javier. Tú obraste correctamente. El contacto con ella en Berlín fue algo que se decidió aquí, no fue una decisión personal tuya, ni mucho menos… Fue una decisión necesaria, en aquel momento. No lo olvides, por favor.

—Pero fue idea mía…

—Y de Paredes… Creo que fue más una idea mía y de Paredes que tuya. Pero eso es lo de menos. Fue una buena idea y, además, necesaria en su momento.

Javier bajó contrariado la vista.

—Si le pasa algo… esos hijos de puta la van a pagar caro…

Colin se abstuvo de decir algo. Era mejor que Javier diera rienda suelta a sus sentimientos de culpa.

—¿Qué te parece si nos vamos a Falls Church? Necesitas comer y desconectarte de todo esto, al menos por unas horas… Pat hace un pavo relleno exquisito…

La Habana, Línea y A, Vedado, Dirección de Inteligencia (DI), Oficina del MX, 24 de diciembre, 16:00 horas

El coronel Miguel Torres, alias agente Jorge, estaba sentado frente al escritorio del general Bermúdez Cutiño esperando a que terminara de leer el último informe que Mike había enviado desde la central de comunicaciones de Pankow, Berlín oriental.

—No me gusta nada esto del encuentro del *vínculo útil* Sara con ese americano —dijo el MX cerrando la carpeta.

—A mí tampoco —respondió Torres, pensativo.

—Mike tiene que tener a esa muchacha bajo estricta vigilancia —agregó Bermúdez Cutiño, apretando los labios, y volvió abrir la carpeta para leer el último párrafo del informe de Mike—. Eso como medida cautelar ahora, pero a medio y largo plazo ¿qué vamos a hacer con ella?

—Eso es lo que pregunta Mike… ¿Qué tú crees? —preguntó el MX, como sondeando al enlace entre la DI y el CIS, máximo responsable de la Operación Ciguaraya.

—Después del operativo esa muchachita podría ser un estorbo… —Bermúdez Cutiño asintió ligeramente, como esperando que Torres terminara de decir lo que pensaba—. Un estorbo y un riesgo. Quedarán detrás todas las pruebas de que ella era la dueña de la empresa naviera a la que pertenecía el barco-bomba… Lo mejor será que Mike la mantenga retenida en el barco durante el operativo y, si no estamos seguros de su lealtad, lamentablemente tendrá que desaparecer con su barco —dijo lentamente, como si pensara en voz alta.

—¿Y si se trata de una agente del enemigo? De todas formas hay que saber quién coño es ese tal Rigoberto Sánchez —interrumpió el máximo jefe de la inteligencia cubana.

—Personalmente no lo creó, pero lo mejor es averiguar lo antes posible quién es ese personaje, tenemos muy poco tiempo. ¿Pero cómo? ¿Tienes alguna idea de cómo podríamos obtener esa información?

Bermúdez Cutiño se echó para atrás en su silla y respondió lentamente:

—Hay una manera de saberlo, pero para activar esa fuente tendremos que acudir directamente al más alto nivel...

Torres hizo un gesto de aprobación que no ocultaba lo extremo de la decisión sugerida por el general Bermúdez Cutiño.

—Hay mucho en juego, no queda otro remedio. Pero de la alemana te encargas tú, dale las órdenes a Mike para que la encierre en el barco, no podemos arriesgarnos. Del tal Rigoberto Sánchez me encargo yo —concluyó el general.

Hamburgo, 25 de diciembre, 9:00 horas

Lil no había podido dormir la noche anterior, una de las noches más extrañas y solitarias de toda su vida. Las rusas no hicieron mucho para ocultar que tenían una relación amorosa, aunque ella estaba acostada en la otra cama a solo un metro de distancia de la que compartían las dos lesbianas. No le quedó más remedio que meter su cabeza debajo de la almohada y del edredón y fingir que dormía.

Horas más tarde alzó el edredón y levantó su cabeza para mirar a través del espejo del armario a las dos rusas que dormían profundamente abrazadas. Al menos no tenía que sufrir por el momento la humillación de presenciar y escuchar los gemidos, los gritos y las risas de las dos amantes. Quizá podría concentrarse en el plan de huida que había comenzado a fraguar ya durante el viaje entre Ginebra y Hamburgo. Cerró los ojos y se volvió a tapar con el edredón. Tenía que tomar una decisión, y rápida. Poseía 680 marcos en billetes y algo en monedas. No era mucho, pero le alcanzaba para tomar el tren a Barop, un pequeño poblado de Renania-Westfalia, cerca de la ciudad de Dortmund, donde sus padres tenían una casa de campo. Allí podría esconderse, por el momento, y repensar qué haría después. Pero lo más importante, ahora, era evadir la vigilancia de las rusas que no la dejaban ni un momento, ni si quiera cuando hacían el amor. «Quizá el momento había llegado», se dijo mentalmente. Aprovecharía que ambas dormían profundamente después de una noche de mucho ajetreo sexual.

No lo pensó dos veces. Poco a poco se quitó el edredón sin hacer ruido y fue al baño. El baño tenía una ventana, pero estaba cerrada y, además, tenía barrotes.

Ya vestida se encontró en el medio de la habitación sin fuerza para ir hacia la puerta y abrirla. El corazón le latía apresuradamente y tenía las manos llenas de sudor. Los pies le pesaban como si tuviera plomo derretido en los zapatos. Sin embargo, reunió todas las fuerzas, que no eran muchas, y logró encaminarse hacia la puerta y abrirla. Miró hacia la cama donde las rusas seguían durmiendo abrazadas y aguantando la respiración cerró la puerta para encaminarse rápidamente por el pasillo hasta los ascensores. El ascensor demoró algunos minutos, que le parecieron una eternidad. De vez en cuando lanzaba una mirada hacia la puerta de la habitación de las rusas. El ascensor se demoraba, estaba detenido en el primer piso. Entonces tomó la escalera hasta la planta baja.

Al salir se encontró con un conserje que algo extrañado le dio los buenos días. Lil trató de disimular su miedo. Se impuso caminar lo más normal posible y con una matinal sonrisa le devolvió los buenos días.

Una vez en la calle torció a la izquierda y caminó hasta la primera bocacalle, mirando de vez en cuando hacia atrás, por si las rusas la seguían. Pero todo parecía tranquilo aquella mañana en Hamburgo, así que con paso rápido se dirigió a la cercana Estación de Ferrocarriles.

Lil sacó un billete de ida a Dortmund dónde tomaría un tren de cercanía que la llevara a Barop. Consultó su reloj de pulsera con el de la estación: aún le quedaban unas dos horas y media antes de que saliera su tren. Aunque era temprano, la sala de espera de la Hauptbahnhof estaba llena de hombres solos, la mayoría emigrantes del Oriente Medio, que se daban cita en ese lugar para departir y soportar el tedio y mitigar el choque cultural. Lil no pudo evitar pasar frente a ellos al continuar hacia la cafetería sin hacer caso de las groserías con que solían dirigirse a las mujeres. Después de sentarse y comprobar la hora nuevamente, pidió un desayuno continental y café solo sin azúcar.

Comenzaba a sentirse más tranquila. Poco a poco su respiración fue cobrando un ritmo normal. Todo le parecía tan irreal. Ahí estaba en la Estación de Ferrocarriles de Hamburgo, huyendo de los cubanos y de dos rusas que se habían convertido en sus cancerberos. ¿Por qué? ¿Qué había pasado? Comió con ganas, pero con lentitud el pan untado de mermelada y mantequilla y tomó el fuerte café en pequeños sorbos. Revisó la pizarra de salidas: tren a Dortmund a las 15:20 horas, desde el andén 12. En hora. Lamentó haber dejado de fumar porque en aquellos momentos habría disfrutado de un cigarrillo. El tiempo parecía como detenido, a pesar de que ella miraba y volvía a mirar insistentemente su reloj de pulsera y comprobarlo con el de la estación. Un piquete de policías pasó cerca del grupo de inmigrantes y estos se quedaron impávidos.

Mientras Lil se quedaba mirando a los policías que se pavoneaban alrededor de los árabes y cómo estos ignoraban con sorna la presencia de los agentes del orden, no percibió que un hombre se sentaba a su lado.

—Hola, Lil.

La muchacha se giró sorprendida. Ahí, a su lado, como salido de la nada, estaba Mike, sonriéndole amablemente como solía hacerlo en Varadero, bajo la luna y las estrellas.

—¿Mike?

—Hola, cariño. ¿Qué haces aquí?

—Nada... —dijo ella mirando con ojos muy abiertos al espía cubano —Me aburría y salí a dar una vuelta.

Mike asintió y su sonrisa se convirtió en una mueca que trató de parecer amable.

—Hombre, me dije: ¿quién es esa muchacha? Pero... si se parece a Lil. Y eras tú. Me pregunté: ¿qué hacías aquí? Y yo que precisamente había viajado a Hamburgo para hablar contigo. ¡Que casualidad! —dijo jugando con las palabras envueltas en una pequeña y provocadora sonrisa.

—Estaba hastiada de estar en el mismo cuarto con esas dos lesbianas rusas. Ha sido una noche terrible, créeme. Así que decidí salir del hotel y desayunar fuera...

Mike no pareció sorprenderse del comentario de Lil sobre Irina y Tatiana. Pero eso era lo de menos. Lil se preguntaba cómo había dado con ella. Sintió náuseas y un escalofrío recorrió su cuerpo. Solo la idea de volver al hotel, de continuar con la farsa hizo que un miedo ahogado, aterrador, se apoderara de ella.

—¿Qué tal te va?

—Cansada. Estoy esperando que Pablo se comunique conmigo...

y en eso apareces tú. Este mundillo del espionaje nunca dejará de sorprenderme.

—Pablo, ¿tu control?

—Sí, mi control.

—Él está muy ocupado, por ello he venido yo en su lugar. De todas maneras, tenía que hablar contigo... Hacía tiempo que no hablábamos tú y yo. ¿Verdad? —Mike jugó con la cucharita de la taza de café de Lil sobre el frío mármol.

—Bueno, ya que nos hemos encontrado fortuitamente aquí en la estación, por qué no me acompañas. Quisiera enseñarte el barco que acabaste de comprar... y presentarte a su capitán.

Lil se encogió de hombros.

—¿Por qué no? Cualquier cosa con tal de matar este aburrimiento y no tener que regresar a ese maldito hotel.

—¿Cuándo salió del hotel? —preguntó Mario Paredes a Irina que estaba parada delante de él, vestida con una bata blanca satinada. Tatiana permanecía en la cama con el maquillaje de la noche anterior corrido sobre el rostro cansado, acentuando unas enormes ojeras que le daban aspecto de prostituta barata o de fantasma errante en busca de comprensión.

—No sé, ya te lo he dicho. Nos dormimos. Estábamos muy cansadas después del viaje. No hace mucho que salió. Quizá está desayunando.

—Te dije que no la perdieras de vista, coño.

Irina hizo un gesto de impotencia, pidiendo disculpas. Mario miró a las dos rusas y comprendió que no sacaría nada acosándolas. Estaba nervioso. *El Topo* le había comunicado que no se metiera en el asunto de Lil, pasara lo que pasara. Pero él tenía una idea completamente distinta, y sobre todo una responsabilidad que la CIA no tenía con respecto a la joven alemana.

—Sara corre peligro. Estoy seguro.

Irina le miró extrañada.

—¿Quién quiere hacerle daño a esa pobre chica?

—Mike. Cree que Sara es una doble espía o algo por el estilo. Dice que se reúne con gente extraña... qué sé yo... Cree que puede ser un peligro potencial...

—Mike está loco, como todos ustedes —agregó Tatiana desde la cama, elevando sus brazos como si se dispusiera a volar.

—A mí Sara me importa un bledo, Paredes. Queremos dejar

todo esto lo antes posible. Tatiana no se va a ir sin mí en ese barco… No me separaré de ella. ¿Comprendes?

Paredes la miró con expresión dura.

–Ustedes hacen lo que yo les ordené, de lo contrario tendrán que olvidarse de todo… ¿Entiendes? Incluso de los dos millones… Tenemos que encontrarla. Es una orden.

Irina arqueó las cejas y sonrió lacónicamente, pero no contradijo a Mario. Tatiana salió silenciosamente de la cama, se tiró otra bata blanca satinada encima del cuerpo desnudo y se fue al baño.

–En 15 minutos a más tardar las quiero en la recepción. Tenemos que encontrar a Sara antes de que sea demasiado tarde –dio media vuelta sobre sus talones y tiró con fuerza la puerta de la habitación detrás de sí.

El capitán Malich recibió a Mike y a Lil en el puente de mando del Silver Star. Estaba contento por regresar al barco. La visita a su hermana el día anterior solamente sirvió para rememorar antiguos y tristes recuerdos familiares, abriendo las heridas sanadas por el tiempo: la única razón, según él, por la cual se celebraban las Navidades. Tenía puesto su mejor uniforme porque quería darle a *Fräulein* Segal una buena impresión. Una hora antes, Mike, presentándose como señor Rodríguez, consejero delegado de *Fräulein* Segal, le había llamado indicándole que la presidenta y dueña de la B & C Shipping and Trading le haría una visita a bordo.

Lil le informó expeditamente que esperaban a algunos empleados de la B & C Shipping and Trading, que viajarían a Panamá en el barco y que iba a tener una pequeña reunión en el navío con ellos y unos clientes esa misma tarde. Malich tomó nota mental de lo que Lil le decía, invitándoles a pasar a su camarote.

–Comenzamos a cargar las mercancías mañana y, si no tenemos contratiempo alguno, nos echaremos a la mar pasado mañana –dijo Malich con orgullo, mientras Lil y Mike tomaban asiento y él dejaba su gorra de capitán en una percha de metal situado detrás de la puerta.

Se habían tomado todas las precauciones posibles para que el Silver Star pareciera una motonave normal. Por eso habían aceptado un flete en Hamburgo para Panamá.

–Excelente –dijo Lil tratando de imprimir a sus palabras la credibilidad que Malich esperaba de la nueva dueña de su barco.

—Me alegra mucho poder conocerla, *Fräulein* Segal.

—Gracias, capitán Malich. Créame que si no fuera por el señor Rodríguez —Lil movió ligeramente su cabeza mirando a Mike— y otras personas que me han ayudado, nunca habría podido comprar el Silver Star ni la empresa naviera.

—Usted es joven e inteligente, y si además de los recursos económicos tiene buenos consejeros, estoy seguro de que la B & C Shipping and Trading se convertirá en un buen negocio para usted.

—Eso espero. Pero necesito conocer el negocio a fondo. Comenzar un poco por abajo. Por ello he decidido acompañarlos hasta Panamá. Tengo obligaciones comerciales en ese país, así que la mejor forma de viajar será en el Silver Star.

El capitán Malich se sorprendió, pero recibió la noticia con alegría contenida.

—Encantado de tenerla a bordo, es todo un honor. Solo me preocupa su comodidad. El Silver Star no es precisamente una nave de pasajeros… Tendrá que compartir quizá su camarote con la radiotelegrafista, la señorita Tatiana. Ese es su nombre, tengo entendido.

—Sí, así es. No me importa compartir el camarote con la señorita Tatiana, capitán. Sabré adaptarme.

Continuaron hablando durante unos 20 minutos más. Malich invitó a cerveza y salchichas. Después fueron a ver el camarote que Lil ocuparía con Tatiana.

Al regresar al puente de mando un marinero vietnamita se acercó al capitán para informarle que los empleados de la B & C Shipping habían llegado y estaban esperándole en la cubierta de proa.

—Al parecer han llegado sus empleados. Si les parece bien, voy a recibirles. Ustedes, mientras tanto, podrían esperar en el comedor. Ho Van Thio les guiará.

Irina esperaba impaciente que Tatiana terminara de maquillarse cuando sonó el teléfono.

—Seguro que es Paredes que está inquieto allá abajo en la recepción. Date prisa, por lo que más quieras, Tatiana —dijo a su amiga antes de tomar el teléfono.

Tatiana acabó de maquillarse y se puso delante de ella provocativamente. Irina colgó el auricular y miró a su amante con preocupación.

—Era Yuri. Me dijo que deberíamos irnos inmediatamente al Silver Star, que le avisemos a Paredes. Tenemos que llevar todas nuestras cosas y también las de Sara. Mike está aquí en Hamburgo y quiere hablar con todos en el barco —dijo y comenzó a hacer su maleta y a recoger la ropa de Lil que estaba encima de su cama.

El comedor para oficiales del Silver Star no era grande, pero lo suficiente para celebrar aquella improvisada reunión, pensó Mike, sin dejar de lamer entre suaves mordidas los nudillos de su mano izquierda, entretanto esperaba que los integrantes del comando X-20 tomaran asiento. Los últimos en llegar, Mario y las dos rusas, se sentaron en el fondo, cerca de la puerta metálica que daba a cubierta.

El jefe de la Operación Ciguaraya estaba contento. Las órdenes del Centro de La Habana eran claras y precisas. Por el momento Lil se había portado bien, y había obrado como él le había ordenado que lo hiciera. La conversación con el capitán del Silver Star había trascurrido sin contratiempos.

Mike dio unas palmadas tratando de llamar la atención, situándose cerca del televisor que colgaba de un brazo de hierro oxidado sujeto al techo del comedor.

—Estamos todos, ¿verdad? —dijo recorriendo la vista entre sus agentes.

—Creo que solo falta Sara —dijo Irina.

—No. Sara está en el barco también, pero está indispuesta. No va

a participar de la reunión. ¿Te extraña, Irina, que esté en el barco? —le dijo regodeándose en sus palabras haciendo que la rusa bajara la vista y apretara sus labios.

Mario respiró tranquilo al saber que Lil se encontraba a bordo.

—Bien. Entonces podemos comenzar. Antes que nada, quiero decirles a los que no han traído sus pertenencias que tendrán que arreglárselas sin ellas, porque a partir de este momento está absolutamente prohibido salir del barco. Hemos entrado en Estado de Alerta Operacional.

Mike procedió a explicar el operativo, pero sólo de forma muy general.

—Esta operación es de alto secreto. Nadie debe ni puede saber más de lo que necesita. Únicamente les adelantaré que vamos a participar en una operación decisiva de la cual todos nos sentiremos muy orgullosos. Es nuestra primera gran operación. La dirección política del CIS y, en particular, nuestros dirigentes, están pendientes de ustedes. Pendientes y orgullosos –los observó con una mirada altiva, como si fuera el propio *Máximo Líder* quien hablara.

–El mando a bordo del Silver Star lo tiene *Jabao*, por encima de todos, incluso del propio capitán, que desconoce nuestros planes. Nadie de la tripulación, ni oficiales ni marineros, sabe nada de nosotros. Si le sucediera algo, el segundo en el mando es Yuri –dijo e hizo una pausa para asegurarse de que habían asimilado sus palabras.

–Tatiana se encargará de las comunicaciones, de todas las comunicaciones. Una aclaración: Sara, va con ustedes a bordo y es, "oficialmente" la dueña de este barco. Es conocida por el capitán y la tripulación como *Fräulein* Lil Segal, y tendrá limitado su espacio de movimiento; tiene prohibido salir del barco. Yuri será el encargado de su seguridad y ella compartirá el camarote con Tatiana.

Mario Paredes arqueó las cejas, pero permaneció en silencio. Irina, por su parte, no movió un solo músculo de su rostro eslavo. Paredes estaba molesto, él había sido designado como el control de la joven.

Mike, después de una breve intervención sobre la importancia que la acción representaba en el enfrentamiento de la patria socialista universal con el imperialismo, continuó con el resto de la información. Estaba convencido de que esas arengas insuflaban ardor en el ánimo de sus camaradas.

–Compañeros, yo regresaré al Centro en La Habana. Irina y Pablo viajarán a Panamá a organizar el operativo y ustedes, cada uno de ustedes, sabrá en su momento cuál es su misión a bordo del Silver Star. ¡Suerte! Y buen viaje.

Cuando Mike se dispuso a dejar el comedor, Mario lo abordó a la salida.

–Mike, tenemos que hablar.

–Sí, por supuesto. Ven, acompáñame, vamos a dar una vuelta por cubierta, no hace tanto frío.

Ambos se dirigieron con paso lento a la proa, donde algunos vietnamitas pintaban una parte de la cubierta. Las bodegas de proa estaban cerradas.

–Ahí abajo hay bastante explosivos para volar en pedazos el

340

puñetero Canal –dijo Mike cáusticamente, señalando hacia las bodegas cubiertas por una tela encerada verde oscuro.

–¿Qué sucede con Lil?

–Nada. Absolutamente nada... hemos tomado solamente algunas medidas de seguridad hasta que tengamos más información sobre quién es ese tipo con el cual ella se encontró en Berlín.

–Pero...

–Mira, Mario, cometiste un error al autorizarla para que se encontrara con ese individuo, pero no fue idea tuya. ¿No has pensado que quizá te utilizó?

Mario movió afirmativamente su cabeza para no ponerse en evidencia.

–Todo es posible, cierto. No había pensado en ello. Pero yo soy su control, soy el responsable de ella.

–No digo que no lo seas... pero yo soy el responsable aquí de la operación y estoy cumpliendo estrictamente las órdenes del Centro Principal.

–De acuerdo.

–¿Sabías que trató de huir?

Mario se detuvo y miró con sorpresa a su interlocutor, tratando de ocultar lo que ya sabía.

–No. ¿Cuándo?

Mike le narró lo ocurrido horas atrás en la Estación Central de Ferrocarriles de Hamburgo.

–¿Las rusas no han dicho nada?

–Bueno, me dijeron que Lil se había levantado primero que ellas y que seguramente estaba desayunando.

Mike comenzó a caminar nuevamente y Paredes a su lado.

–Los únicos que saben el plan completo de la operación somos tú, *Jabao* y yo. Nadie más. Pero Lil sabe demasiado para poner en peligro esa operación. Debe de permanecer bajo estricta vigilancia en el barco hasta nueva orden. ¿De acuerdo?

–Correcto.

–Entonces tenemos que ser prudentes, estar con las antenas puestas...

–Tienes razón. Me gustaría hablar con ella antes de irme. Quizá pudiera sacar algo en claro. Conmigo siempre ha sido un poco más abierta. No creo que sea una mala chica.

–Por supuesto. Ven, vamos al camarote. Tiene que firmarme algunos papeles, te dejaré con ella después. No por mucho tiempo, ya que tú y yo tenemos que trabajar. Salgo esta misma noche para Luxemburgo, desde donde volaré directo a La Habana. Tengo poco tiempo.

–Dame solamente una media hora. ¿De acuerdo? –De acuerdo. Vamos.

–Capitán Malich, según tengo entendido, usted recibió en Rostock unas cajas para mí, que no deberían depositarse en las bodegas, sino que en un lugar más accesible.

–Efectivamente, señor Hernández –dijo Malich con una sonrisa cordial al *Jabao*, quien, según su falso pasaporte panameño, respondía ahora al nombre de Pedro Hernández.

–¿Nos puede entregar esas cajas, por favor? –dijo el agente cubano mientras Yuri siguió a su lado en silencioso.

–Sí, por supuesto. Están debajo de la cubierta de popa, es un espacio bastante grande para guardar cosas. Están bajo llave y yo soy el único que la tiene.

–Muy bien, pero desde ahora vamos a disponer nosotros de ese lugar, así que tendrá un asunto menos por la cual preocuparse. Deme la llave, por favor.

A Malich no le gustó el tono que utilizó *Jabao*. Tampoco su impresentable inglés. Había algo de brusco, de áspero en aquel hombre que le desagradaba. El capitán del Silver Star era un viejo lobo marino y, aunque estaba acostumbrado hablar con hombres rudos, no le gustó aquel hombre. Había algo que no encajaba. ¿Qué estaba pasando a bordo de su barco? De repente cinco individuos bastante extraños, tres panameños y dos, al parecer, eslavos, harían la travesía con ellos, acompañando a *Fräulein* Segal, que por otro lado se había recluido en su camarote y no se le había visto salir desde entonces. ¿Quién era ese otro señor que ella había presentado como el señor Rodríguez, su consejero? Evidentemente que toda aquella gente no tenía nada que ver con el mundo de las empresas navieras que él conocía muy bien desde hacía más de 38 años, tampoco la nueva telegrafista. No obstante, fue a su camarote y trajo la llave del cuarto de popa y pidió al *Jabao* y a Yuri que le acompañaran.

Mike dejó a Lil en su camarote-prisión con Paredes después de que la joven firmara una enorme cantidad de papeles. En realidad, no sabía lo que había firmado, ni tenía fuerzas en aquellos momentos para preocuparse de ello.

Paredes se sentó cerca de ella en una silla. Era un camarote pequeño de dos literas, pero tenía ducha y baño separados.

—¿Cómo te sientes?

Lil miró con sus grandes ojos pardos a Paredes sin decir palabra alguna.

—La culpa es mía por haberte autorizado a encontrarte con ese conocido tuyo. Ahora Mike cree que es un espía y qué sé yo cuantas cosas más. Espero que la situación pueda aclararse satisfactoriamente. Es sólo por un problema de seguridad la razón por la que estás retenida en este camarote, me lo ha dicho el mismo Mike —Lil asintió ligeramente.

—Estoy harta de todo, Pablo. Estoy harta de esta comedia… ¿Cómo se le puede ocurrir a ese idiota que soy una espía cuando fue él, él mismo quien me metió en este asunto —dijo, mordiéndose los labios y levantando los brazos como si estuviera pidiendo al cielo un milagro?

—Sí… todo es absurdo. Pero lo mejor que haces ahora es cooperar y responder a todas las preguntas…

—Sí ya he dicho todo lo que sé. Fui yo quien se encontró con Rigoberto Sánchez en Barajas, y no él conmigo. Pienso que es un buen hombre que no tiene nada que ver con todo esto… Se ha interesado sólo por mí. Le caigo bien y para decirte la verdad, él también me resultó agradable. Eso es todo.

Paredes asintió, como si al asentir le diera no solamente la razón, sino que también fuerza, paciencia.

—Pero ahora, por el momento, te pido que te tranquilices y que no trates de escapar. Al parecer, intentaste hacerlo anteriormente cuando Mike te encontró. Eso no favorece precisamente tu situación.

—Sí, ya lo sé. Fue tonto, pero estaba asqueada. Toda la noche escuchando follar a las rusas… Estaba confundida, aturdida. ¿Te das cuenta, Pablo?

—Claro que me doy cuenta. Fue una gran imprudencia de esas dos mujeres comportarse de esa forma en tu presencia.

Lil se secó las lágrimas que le corrían por las mejillas.

—Una pregunta: ¿Has revelado a Mike que yo sabía que el señor Sánchez era la persona con la que te encontraste en Berlín? —Lil movió negativamente su cabeza—. Bien, no lo hagas, podría complicar las cosas…

Lil asintió en silencio y Mario miró de reojo su Rolex.

—Debo irme. Tengo muy poco tiempo. Pero, por favor no hagas ninguna locura. ¿Me lo prometes? —agregó, dándole un abrazo.

Jabao y Yuri abrieron la puerta del cuarto bajo la cubierta de popa y encendieron la bombilla que colgaba del techo en cuánto el capitán Malich se marchó. Provisto de una ganzúa Yuri abrió las cuatro cajas que contenían todo lo que iban a necesitar para la Operación Ciguaraya: envueltos en grasientos papeles encerados estaba media docena de fusiles automáticos Kalasjnikov AKM, calibre 7.62, iguales a los que iban a ser entregados a la guerrilla colombiana. También media docena de Beretta-96 Elite y de Sig Sauer-P-226, con cuatro cargadores cada una. Yuri iba sacando de las cajas el material y *Jabao* lo iba ordenando en el piso, para, a continuación, introducirlos en unos sacos de lona que habían traído consigo.

De otra de las cajas el obeso agente cubano sacó 25 temporizadores eléctricos dotados de relojes digitales del tipo PQ6. Entre los terroristas, tanto de ETA en España, como de varios grupos extremistas islámicos, los PQ6 eran los preferidos por su reducido tamaño, y porque eran portátiles y, además, nunca fallaban. También sacó varios mandos a control remoto, cinta aislante negra, herramienta.

La cuarta caja contenía todos los aparatos de comunicación que necesitaban: microemisores, receptores de radio, *walkie-talkies*, trajes de color negro, capuchas y todo el atuendo que necesitaban. Los equipos de comunicación y las armas utilizados en Ginebra habían sido devueltos a los alemanes.

—Parece que no falta nada. Vamos a dejar todo aquí, menos los equipos de comunicación que vamos a necesitar inmediatamente y las Beretta y las Sig Sauer. Además, no te olvides de los cristales para la radio con las frecuencias con las cuales nos comunicaremos con el Centro. Esos cristales son para Tatiana —dijo *Jabao*—. Ah, y por si las moscas… vamos a cambiar el candado de esta puerta. Solo nosotros tendremos la llave —agregó sacando un nuevo candado de la chaqueta.

Los dos agentes salieron del recinto y cerraron con el nuevo candado. En un rincón, escondido detrás de unas cajas, el capitán Malich los observaba.

Javier subió en el ascensor hasta su apartamento en el noveno piso. Estaba cansado y quizá había tomado un wiski de más, como siempre sucedía cuando estaba con Colin. La velada aquel 25 de diciembre con el jefe del Departamento Cuba de la CIA, su esposa Pat, su hija Betty y su esposo, hubiera podido haber sido más amena y familiar si no fuera por la llamada de urgencia por línea segura que *El Topo* se vio obligado a hacer. Por suerte, sucedió después de haber terminado la cena, de lo contrario Pat hubiera puesto el grito en el cielo, reprochándole a Colin, con razón, que ni en Navidad podían pasarla en paz y tranquilidad por su dichoso *trabajo*. Encerrados en la biblioteca, desde Hamburgo, Villafranca les relató en detalle cómo primero siguió a Lil desde del hotel aquella mañana, y cómo posteriormente descubrió al pequeño hombrecillo de Berlín persiguiendo a la joven por Hamburgo, hasta la terminal de ferrocarriles. Fue el hombrecillo el que indicó ulteriormente a Mike, llegado poco después en un taxi, que Lil estaba desayunando en la estación de ferrocarriles. *El Topo* agregó que ulteriormente siguió la pista a Lil y Mike hasta el mismo Silver Star, adonde se reunieron con el comando X-20. «Hace una hora abandonaron el barco, Paredes, Mike e Irina, el resto se ha quedado a bordo. Tenemos gente del *Verfassungsschutz* cuidando el área. Sigo en contacto con nuestro hombre», agregó *El Topo* antes de despedirse.

Era evidente que Lil había intentado escapar de la vigilancia de los cubanos; fue la conclusión a la que llegaron antes de reunirse de nuevo con la familia de Colin en la sala. Betty, también acostumbrada a los extraños horarios de trabajo de su padre, se mostró generosa y en pocos minutos recobraron el ambiente familiar y distendido, aunque Javier se sumió, sin poder evitarlo, en una especie de tristeza, tocado por las noticias sobre Lil en Hamburgo. «Si hubiera estado con ella quizá la podría haber ayudado a huir, ahora no se sabe que le sucederá», pensó.

Por fin la puerta del ascensor se abrió y comenzó a caminar lentamente hacia su apartamento, cavilando aún en aquella cena de Navidad con Lil que no pudo ser y que él hubiera deseado tanto. La joven había calado en su mente más de lo que él mismo hubiera querido reconocer. Se sentía culpable por lo que le pudiera suceder. Entró en el piso y se quitó el sobretodo que tiró encima de una butaca. En la cocina abrió una botella de agua mineral y llenó un vaso. Tomó poco a poco el agua como si fuera champaña.

El Silver Star, según lo que la estación de la CIA, con la ayuda del *Verfassungsschutz* de Hamburgo, había podido averiguar, saldría en dos días hacia Nicaragua, pero primero pasaría por el Canal de Panamá, informó Langley a Colin aquella misma noche.

Cuando apagó la lámpara de la mesita de noche trató de conciliar el sueño, pero ya lo sabía: aquella noche no sería una noche fácil.

25. Diciembre 26 y 27

James Clark, jefe de Operaciones de la CIA, Phil Gerber, jefe de la División SE (Unión Soviética y este de Europa) y Howard O'Neill, NIO, *National-Intelligence Officer*, para la América Latina estaban sentados en silencio frente a la mesa oval de una de las habitaciones de alta seguridad en el sótano del nuevo edificio de la CIA escuchando con rostros preocupados al jefe del Departamento Cuba.

Cuando Colin finalizó su relato se hizo un pesado silencio, interrumpido por Gerber que se levantó diciendo:

—Ustedes me perdonan, pero después de estas noticias, necesito urgentemente darle un par de caladas a esta vieja pipa, de lo contrario no voy a poder pensar correctamente.

James Clark hizo un gesto de que se rendía.

—Bien, Phil, todos necesitamos un pequeño descanso. Digamos diez minutos, caballeros. Además, tengo que hacer algunas llamadas.

Colin se quedó sentado, organizando sus apuntes y O'Neill se le acercó.

—Así que estos cabrones se proponen volar el Canal.

—Así es.

—Ahora más que nunca es de vital importancia que esta información y todo lo concerniente a la *Operación Goofy* no salgan de este cuarto.

—Tenemos a un topo cubano merodeando por estos pasillos. Es necesario detenerlo sin poner en peligro nuestra fuente —dijo Colin y O'Neill asintió pensativo.

—¿Tienes algún plan?

—Tanto como un plan, no… pero tengo algunas ideas de cómo podemos impedir ese golpe y con un mínimo de gente, algo que es necesario si no queremos que La Habana se entere de que lo sabemos todo y que estamos esperándoles en Panamá con los brazos abiertos.

Para viajar a Panamá desde Hamburgo-Fráncfort/Main, Mario, Irina y *El Topo*, que les seguía para no perder el contacto con Paredes, tuvieron que volar a Madrid-Barajas y cambiar para otro avión a Miami y de esa ciudad estadounidense a Panamá. En total unas 15 horas de vuelo. Volaban en primera y llevaban unas tres horas en el aire.

Irina y Mario apenas habían hablado desde Fráncfort. Ella había ocupado el asiento al lado de la ventanilla, simulaba dormir, aunque en realidad quería estar a solas con sus pensamientos. Paredes tampoco estaba como para hablar.

Unos asientos atrás, *El Topo* leía el *International Herald Tribune* y disfrutaba de un *Jack Daniel's* con hielo. A Mario Paredes no le gustó la idea de que el agente de campo de la CIA les acompañara, pero sus protestas fueron en balde, ya que *El Topo* le dijo en voz baja y sin importarle mucho su reacción, que él solo recibía órdenes de Langley y esa había sido la orden que había recibido.

Según había anunciado el piloto llegarían al Aeropuerto Internacional de Miami a las 05:30 horas. Mario consultó su plan de vuelo: a las 07:21 saldría el vuelo de Copa para ciudad de Panamá, adonde llegarían según el itinerario a las 10:26 para partir en auto lo antes posible, si no había otras órdenes, hacia Colón.

Evidentemente, la Operación Ciguaraya estaba muy bien montada, y se habían cuidado todos los detalles. Los resultados, tanto políticos como económicos, serían costosos para Estados Unidos. Era muy probable que en parte de América Latina, como en algunos sectores de la izquierda europea, el atentado fuera aplaudido o, al menos, no criticado. Esa era la reacción que esperaba La Habana. El CIS estaba dando pruebas de que podría convertirse en una seria amenaza. Su principal objetivo, a corto plazo, era fortalecer las finanzas y, a más largo plazo, seguir asestando duros golpes a la sociedad y la economía occidentales, en específico a la norteamericana. El operativo de Panamá solo sería el primero de una larga lista de atentados terroristas. La voladura del Canal de Panamá sería reivindicada por el *Frente por la Libertad de Panamá*, FLP, un grupo virtual que la inteligencia cubana había creado para desorientar a la CIA, le había informado Mike. Esa era precisamente, entre otras, una de las misiones que tendría que realizar Paredes en el país centroamericano: enviar comunicados a las agencias internacionales de prensa a nombre del FLP, reivindicando el atentado y llamar a los diarios y noticieros de televisión locales, responsabilizando a la nueva organización revolucionaria de la voladura del Canal. Mike le había dicho que era importante no vincular a Cuba con ese grupo, por ello debería ser presentado como un grupo de ideología maoísta, con lazos ideológicos con Sendero Luminoso de Perú. En el disco duro del ordenador portátil que llevaba Irina estaba oculto el material elaborado por el departamento de desinformación del DI cubano y del CIS. Cuba condenaría el atentado como un acto terrorista, pero recordaría que la invasión estadounidense a Panamá había sido también un acto de terrorismo de Estado. De esta forma, el régimen de Castro dejaría la impresión de estar moviéndose hacia posiciones más moderadas.

Virginia, Cuartel General de la CIA en Langley,
26 de diciembre, 10:15 horas

—Entonces, ¿según tu plan no deberíamos tener ningún contacto con el Pentágono, ni tampoco pedir ayuda de los satélites espía?

—Eso mismo. Es demasiado arriesgado —respondió Colin al jefe de Operaciones de la CIA.

—Pero, tendrás que tener apoyo militar de todas formas, ¿no es cierto?

—Quizá, pero en ese caso lo haremos bajo bandera falsa.

—¿Cómo? —preguntó James Clark.

—Muy fácil: designamos al agente de campo Luciano Ruiz como responsable de los contactos con los militares. Ruiz seguirá utilizando su cobertura de agente de la DEA y pedirá ayuda al comando militar en Panamá si es necesario, como DEA y no como CIA. Mientras tanto, Ricardo Villafranca habrá reunido a ocho exmiembros de *Recursos Latinoamericanos* con los cuales tiene contacto, y ellos serán los encargados de impedir que esos cabrones vuelen por los aires al puñetero Canal.

–Pero ¿podemos utilizar a un grupo de *exfreelancers* de la CIA para una operación de ese tipo? –preguntó Gerber, mordiendo suavemente su pipa vacía mientras hablaba.

–No creo que haya ningún inconveniente –agregó el jefe de Operaciones–. Además, en estos momentos, por las limitaciones que tenemos, es imposible organizar un comando operativo nuestro.

El grupo de *Recursos Latinoamericanos Unilateralmente Controlados*, con sus siglas en inglés *UCLA*, había sido un grupo de la Agencia Central de Inteligencia encargado anteriormente de realizar operaciones especiales en América Latina. El propio Colin había sido su jefe a principio de la década de los ochenta, y uno de sus instructores y jefes operativos había sido *El Topo*. *Recursos Latinoamericanos* fueron utilizados, entre otros, en los ataques contra Puerto Corintos y Puerto Sandino, durante el gobierno de los sandinistas en Nicaragua, y otras operaciones encubiertas en el continente. *El Topo* conocía a los mejores exmiembros del *UCLA*, con los que mantenía una vieja y sólida amistad.

–¿Ha habido algunos adelantos en tu trabajo para cazar al espía cubano que se supone está merodeando por nuestros pasillos? –quiso saber Clark, que durante los últimos días no había sido informado del asunto.

–Nuestro "hombre de Praga" no está en Cuba, como es sabido, y él es la fuente que nos permitirá acercarnos al doble agente. Por nuestro lado, hemos elaborado algunos informes encaminados a desinformar a La Habana para contrarrestar eventuales daños, prevenir otros. Eso es lo único que hemos logrado, por ahora.

James Clark asintió preocupado.

–¿No estás demasiado recargado de trabajo, Colin?

–Sí, siempre hay demasiado trabajo, eso es cierto, pero…

–Mi pregunta es si debiésemos situar a otra persona para que trabaje exclusivamente en descubrir al topo cubano –inquirió el *DDO*. Colin se encogió de hombros.

–¿Me permites? –indicó cuidadosamente O'Neill al jefe de Operaciones, que asintió levemente–. Nosotros somos el grupo encargado de seguirle los pasos al CIS. Creo que, independientemente de si hemos detectado la identidad del doble espía cubano o no, estamos en estos momentos en ventaja sobre ellos. Tenemos al CIS en nuestras manos, "nuestro hombre de Praga" ha hecho un trabajo fantástico y no nos olvidemos de Javier, pues sin él estaríamos ahora en la más absoluta de las tinieblas. Según mi modo de ver las cosas, aunque es necesario saber lo antes posible quién es el espía cubano, en estos momentos ese espía probablemente nos está sirviendo para desinformar a La Habana y al CIS. Por lo tanto, suponemos que está haciéndonos más favores que daño, esperemos...

—Esperamos —repitió Gerber alzando sus gruesas cejas detrás de sus gafas de carey.

—Bien, ¿qué quieres decir Howard? —preguntó Clark, un poco intrigado por saber a dónde quería llegar el analista para América Latina.

—Colin no sólo está cazando a ese presunto espía. Creo que el grupo que hemos formado para seguirle los pasos al CIS podría trabajar más activamente en la búsqueda del espía cubano, ya que ambas cosas tienen que ver, y mucho, según creó. Colin es el hombre que debe dirigir esa investigación, porque es el hombre que tiene en sus manos los contactos más importantes: Paredes y Javier. Tenemos que proteger a Paredes, pase lo que pase. Él nos llevará tarde o temprano a la pista que conducirá al doble espía, de eso estoy más que seguro.

—Es cierto, aunque no estoy totalmente de acuerdo contigo. Podríamos incluso desviar más desinformación hacia La Habana si conociéramos la identidad de ese espía. Pero, bien, por el momento, tendremos que conformarnos... —dijo Clark y no llegó a terminar la frase al ver que la lámpara roja al lado de la puerta comenzó a pestañear, avisando de que tenía que terminar la reunión.

—Señores, como deben comprender, la situación es tan grave que tengo que informar al director, quien, a su vez, informará al presidente —agregó el jefe de Operaciones—. Los mantendré informados y ustedes a mí. Por ahora, manos a la obra y suerte. Ojalá que el grupo de *UCLA* sea suficiente para impedir la voladura del Canal.

Se levantó y reunió sus papeles que metió en su maletín y salió rápidamente dejando a Colin, O'Neill y Gerber en la habitación.

El hotel era el único situado dentro del área de la terminal del Aeropuerto Internacional de Tocumen, a 25 minutos del centro de la ciudad de Panamá. Ruiz estaba sentado en la barbacoa alrededor de la piscina hablando con *El Topo*. Habían terminado de comer y Villafranca fumaba tranquilamente un enorme habano.

–Según Langley, Javier no debe exponerse mucho, ya que no sabemos si Mike tiene a sus sabuesos por aquí. Si lo descubren en Panamá eso podría ponerlos en alerta, y la situación de Lil se agravaría mucho más –dijo Ruiz.

El Topo asintió, mirándole a través del humo del tabaco.

–Tienes que armar el tinglado de ese grupo lo antes posible –agregó Ruiz.

–No te preocupes, ocúpate de lo tuyo que yo me ocuparé de lo mío –dijo y dibujó un enorme anillo de humo que se estrelló contra la cara del agente de campo de la CIA, que trató de quitárselo de encima batiendo sus manos con energía.

–¿Qué más? –preguntó *El Topo* sonriendo.

Ruiz le miró con persistencia.

–¿Es cierto que conociste a mis hermanos Joaquín y Reinaldo? –preguntó y se le hizo un nudo en la garganta.

El Topo bajó lentamente la vista mientras puso el cigarro en el pequeño cenicero.

–Sí, a ellos dos y a muchos otros luchadores. Fue terrible todo aquello.

–¿Por qué?

–Porque estaban infiltrados. No tenían ni la menor posibilidad de ganar aquella guerra, pero fueron verdaderos héroes. Algún día en Cuba serán reconocidos como lo que han sido y se sabrá toda la historia de lo que sucedió en el Escambray.

Ana Belén Montes, *senior analyst,* como rezaba el cartel en letras negras en la puerta de su despacho, analista de Cuba de la

DIA, y la más importante espía del régimen cubano en la principal agencia de inteligencia militar del Departamento de Defensa de los Estados Unidos, se hallaba frente a la ventana de su despacho del cuarto piso del Pentágono. Miraba, pensativa, hacia el nordeste la franja azulada del río Potomac y más allá el blanco obelisco del Monumento Washington.

Aquella mañana, en su apartamento, antes de salir al trabajo, siguiendo el plan establecido, y utilizando como de costumbre su viejo radio de onda corta Sony, había recibido del Centro de La Habana un mensaje urgente encriptado en 150 grupos de cinco dígitos en la frecuencia de los 7.887 kHz.

Respiró profundamente metiendo en un pequeño y largo envase de plástico el papel que había apretado entre sus manos. Se subió la falda, se bajó las medias largas y la braga negra de encaje y poniéndose en cuclillas introdujo en su vagina el frasco de plástico con el criptograma en códigos, que usaba para trasmitir sus mensajes a la inteligencia cubana. Usualmente la espía evitaba redactar sus informes secretos a Cuba desde su oficina, pero aquella vez era una emergencia y no tenía otra alternativa. El Centro pedía que, con la mayor brevedad, averiguara todo lo concerniente sobre un ciudadano estadounidense llamado Rigoberto Sánchez, residente en España, y, además, le pedían que informara si había algún tipo de movimientos extraños coordinados entre la CIA y la DIA en lo concerniente al seguimiento por satélite de algún barco que estuviera navegando en esos momentos de Europa a América Central o hacia el Canal de Panamá.

Se arregló la falda, se retocó el maquillaje y acentuó la pintura de labios antes de salir de la oficina con un gesto coqueto que desentonaba con la sobriedad de su aspecto habitual.

Pasó minutos más tarde el control de salida. Saludó al guardia y mostró su identificación con una sonrisa. Afuera, el bajo sol invernal comenzaba a proyectar largas sombras sobre el edificio de oficinas más grande del mundo. Al llegar a la Plaza Central del Pentágono, la llamada *zona cero,* se dirigió con paso rápido y seguro hacia el garaje subterráneo donde estaba aparcado su coche.

Ana Belén se sentía especialmente incómoda por la petición que el Centro le había hecho de investigar a un civil de ciudadanía estadounidense, ya que no tenía nada que ver con su trabajo. «Tal parece que no tienen a nadie más que a mí», pensó llegando a los ascensores del aparcamiento. Averiguar sobre un tal Rigoberto Sánchez no era algo propio de su trabajo como analista militar. Esto requería consultar el archivo central del FBI, algo sumamente peligroso porque no estaba segura si podría dejar algún tipo de rastro durante la búsqueda en los ordenadores. La otra información era también bastante extraña y no menos riesgosa, pero más cerca de su competencia, y pudo, sin grandes problemas, recabar los datos necesarios. «O bien La Habana está desesperada y muy necesitada de esa información, o ha comenzado a perder su bien merecida reputación profesional dentro de la comunidad internacional del espionaje», pensó. Pero, cualquiera que fuera la razón, estaba sumamente preocupada por el cambio repentino del Centro en su manera de utilizar sus servicios.

El buzón 23, donde la inteligencia cubana le había ordenado que dejase el mensaje, estaba situado en uno de los baños de mujeres de la primera planta del edificio principal del Museo Nacional del Aire y el Espacio. Había utilizado con anterioridad el buzón cinco veces y esta sería la última vez. Al volante, salió del garaje del Pentágono y tomó la Boundary Channel Dr. en dirección al National Mall.

26. 1990. Enero 3

Castillo de San Lorenzo, Panamá, mar Caribe.
3 de enero, 14:45 horas

El Land Rover Discovery se detuvo a un costado de la carretera.

En lo alto de la cima. Las viejas ruinas de piedra del Castillo de San Lorenzo parecían defender todavía la desembocadura del Río Chagres de los ataques de corsarios y piratas. Más allá, el Caribe se extendía jugando con una gama de tonalidades de azules que iban desde el índigo, el turquesa hasta el azul oscuro.

El Topo se bajó del todoterreno y miró a su derredor como buscando algo o alguien. A pesar de ser invierno vestía solamente camisa de mezclilla y jeans negros. Se sacó la gorra de pelotero con el emblema de los Yankees de Nueva York para quitarse el sudor y el polvo que cubrían su frente con la palma de la mano, y comprobó, tras consultar su reloj, que había llegado con algunos minutos de antelación a la cita.

El viento del mar golpeó su curtido rostro mientras buscaba el calor del sol que comenzaba su lento declive hacia el oeste.

Villafranca conocía la zona bastante bien, ya que, a principio de los sesenta, había realizado varios entrenamientos en selva en esa zona cercana al Fuerte Sherman, un enclave militar estadounidense que desde 1911 hasta 1951 había tenido el objetivo militar de defender el Canal de Panamá en su salida al océano Atlántico. Desde la década de los cincuenta hasta 1999, fue utilizado para el entrenamiento en selva de los soldados estadounidenses. Villafranca había adquirido el apodo de *El Topo*, precisamente, durante aquella época, cuando a finales de los 60, siendo oficial de campo de la CIA, entrenó a muchos latinoamericanos en la lucha contra la guerrilla en la recién creada Escuela de las Américas, en aquella zona. Algunos de esos hombres formaron posteriormente el comando *Recursos Latinoamericanos*; eran sus amigos personales y habían coincidido en muchas operaciones secretas de la CIA en América Latina contra la sedición guerrillera y terrorista organizada y dirigida por La Habana.

Horas antes, había escuchado por la radio mientras se afeitaba que Noriega finalmente se había entregado a las tropas norteamericanas que, desde hacía varios días, habían mantenido cercada la Nunciatura en Ciudad de Panamá, donde el dictador-narcotraficante se había refugiado.

Había tomado el habitual desayuno americano, con huevos fritos y jamón, en compañía de Javier y Ruiz en el Hotel Rainforest Resort. Era un hotel tranquilo y apartado, situado en el poblado de Gamboa, a orillas del Río Chagres, estratégicamente situado entre Colón y Ciudad de Panamá, a tan solo 40 kilómetros del Atlántico o del Pacífico.

Lo único que sabían del Silver Star era la información que Javier les pasaba y que, a su vez, Paredes recibía del Centro de La Habana. Así ellos seguían la trayectoria del barco hacía Panamá sin mezclar al Pentágono o a los satélites espías.

El Silver Star había partido de Hamburgo el 28 de diciembre y debía estar en aquellos momentos a 47° 23' de latitud norte y a 14° 37' de longitud oeste, según los propios cubanos. Una semana más y el barco llegaría a Panamá. Para ese entonces él tendría que tener preparado su grupo.

Aún no se sabía cómo iban a descargar las armas. Se suponía que fuera antes de entrar al Canal. ¿Cómo? Era una incógnita. Posiblemente en algún puerto colombiano del Caribe, o cerca de la costa, utilizando barcos menores. En fin, todo era conjeturas. De todas formas, su grupo debería estar dispuesto a intervenir, pero en aquellos momentos solo había preguntas y ninguna respuesta.

Un Toyota todoterreno apareció envuelto en una gran nube de polvo por la carretera. Otro vehículo apareció detrás. Parecía un Jeep Cherokee. *El Topo* sacó una Sig Sauer P-226, que había recibido de Ruiz y que llevaba oculta debajo del salpicadero. Le quitó el seguro.

Sonrió cuando pudo distinguir, detrás de la nube de polvo que habían levantado los dos todoterrenos, las caras de sus antiguos compañeros de *Recursos Latinoamericanos*. Casi todos se lanzaron de los vehículos aún en marcha para abrazar y saludar al viejo compañero, que levantó las manos y con las palmas abiertas chocó con las de los recién llegados.

–Chano, Patón, Gardel, Cara de Palo… –gritó *El Topo*, al

tiempo que abrazaba a sus amigos–. ¿Cómo estás Remigio, Contreras, Pato Macho y Coronel? –continuó abrazándolos y dando fuertes palmadas en la espada de sus amigos que se saludaban también entre sí.

Poco a poco, cuando cesaron los saludos, se hizo algo de silencio, interrumpido únicamente por comentarios sin importancia o algún chiste. Finalmente, todas las miradas se dirigieron a *El Topo*.

–Aquí estamos. Gracias por venir y responder al llamado. Necesito ayuda de ustedes. Colin les manda un fuerte saludo –dijo y los miró uno a uno, asintiendo levemente su cabeza bien asentada sobre su corto y musculoso cuello.

–¿Qué les parece si vamos a hacer un poco de turismo ecológico al mismo tiempo que hablamos? –dijo señalando una de las torres semidestruidas del Castillo de San Lorenzo.

El grupo se puso en marcha. Gardel, un argentino de unos cuarenta años, rubio y musculoso, pero no muy alto, y Contreras, un mexicano que tenía el rostro de una estatua maya, se pusieron a su lado y comenzaron a escalar el pequeño montículo.

Una hora después bajaron y montaron en sus vehículos.

–Vamos a comer algo al Tarpón Club –dijo Contreras con la aprobación de todos.

Restaurante Tarpón Club, Gatún, 3 de enero, 16:12 horas

–Sancocho de gallina y ensalada de papaya verde es lo único que queda –dijo la camarera, arreglándose con una vieja peineta de carey el pelo negro y ensortijado.

No debía de tener más de 14 o 15 años. El ceñido jersey blanco marcaba los pezones de sus erectos y pequeños senos de adolescente. Sin embargo, su mirada era la de una mujer. Tenía la piel cobriza, una mezcla entre india y mulata. Llevaba una pequeña falda roja y zapatillas deportivas. El panameño, al que llamaban Patón, encargó además del menú cerveza helada para todos.

El Topo se veía satisfecho. Evidentemente, se sentía muy a gusto entre aquellos hombres. Casi todos debían de sobrepasar los 35 años, más de la mitad estarían rondando los 45. Pero todos estaban en buena forma física y se les veía dispuestos.

Siempre lo habían estado.

–Debemos sentirnos halagados porque aún necesiten de nosotros –dijo Cara de Palo en su marcado acento chileno.

Gardel se sonrió con sorna:

–Che, quizás es por eso por lo que nos han llamado, porque nadie más está dispuesto a hacer ese trabajo –agregó Gardel, provocando la risa del grupo.

La chica, ayudada de un hombre pequeño de grandes manos, trajo la cerveza que, aunque no estaba helada, sí estaba bastante fría.

–Brindemos por el encuentro… y el futuro –dijo *El Topo*, levantando su cerveza después de limpiarle el pico a la botella con el dedo índice.

–Salud y suerte, hermanos –dijo Gardel con una entonación bastante melodramática.

El *Topo* alzó la vista y se quedó contemplando las enormes esclusas de Gatún y el puente que unía el lado oeste con la costa baja en Colón por donde habían regresado del Castillo San Lorenzo. «¿Sería este el lugar que esos cabrones han escogido para volar el Canal?», se preguntó en silencio, mientras sus amigos continuaron haciendo bromas y recordando tiempos pasados.

Las esclusas de Gatún podían ser el punto más vulnerable. Sus tres compuertas servían para elevar los barcos hasta el lago artificial de Gatún, a 26 metros sobre el nivel del mar. Cada cámara mide 33.53 metros de ancho y 304.8 metros de largo. El largo de las tres esclusas, incluyendo los muros de aproximación, es de poco más de dos kilómetros y tarda entre 8 y 15 minutos en llenarse de agua. Eso quiere decir que desde el momento en que el Silver Star entrara en las esclusas el comando enemigo dispondría de menos de 8 minutos para hacer detonar la carga explosiva. *El Topo* había utilizado todo el tiempo disponible desde su llegada a Panamá para estudiar a fondo, con la ayuda de dos oficiales ingenieros estadounidenses, todo lo que tenía que saber sobre el Canal.

–¿Vos no vas a venir a Colón con nosotros? –preguntó Gardel.

–No, tengo cosas que hacer. Pero me parece una buena idea que se diviertan en la Zona… Diviértanse todo lo que puedan hoy, porque a partir de mañana comenzamos los entrenamientos en el Fuerte Sherman. A las 08:00.

El Topo dio por terminado el encuentro, pidió la cuenta, pagó y se despidió de todos. Puso en marcha el Land Rover en dirección a Colón donde, en un apartamento seguro que tenía la CIA en la Zona Libre, ya le estaban esperando Javier, Ruiz y Mario Paredes.

Colón, Zona Libre, 3 de enero, 19:00 horas

El apartamento seguro daba al Folk River, al otro lado del Canal Francés y Puerto Cristóbal. Era pequeño y estaba en los altos de una de las tantas tiendas de efectos eléctricos que abundaban en las calles de la Zona Libre.

Cuando llegó *El Topo*, Ruiz estaba hablando por un teléfono seguro con Colin. Paredes estaba en una esquina sentado estudiando un mapa de la costa atlántica panameña, la ciudad de Colón y las esclusas de Gatún. Javier le abrió la puerta y le preguntó en voz baja si todo había salido bien con el grupo de los ex *Recursos Latinoamericanos*, a lo que *El Topo* dirigiéndose hacia donde estaba Mario para saludarlo, respondió afirmativamente con un movimiento de cabeza.

Ruiz terminó de hablar con Colin y le pasó el teléfono a Javier que habló unos cinco minutos con el jefe del Departamento Cuba. –Quiere hablar contigo también –le dijo Javier a *El Topo*, pasándole el auricular cuando finalizó su conversación.

El Topo le informó a Colin de su reciente encuentro con sus hombres y le anunció que al día siguiente comenzarían el entrenamiento. Cuando colgó el teléfono suspiró profundamente, como un hipopótamo que sacaba el hocico fuera del agua.

–Está peor que un padre que espera a su primer hijo, insoportable.

Javier sonrió y Ruiz no se atrevió a decir nada.

–Ya te irás acostumbrando –le dijo Javier a Ruiz.

–Ya estamos todos aquí, así que podemos comenzar –dijo *El Topo* mirando su reloj, dando a entender que el tiempo corría y había muchas cosas que resolver aún.

Los cuatro hombres se sentaron alrededor de una mesa de formica barata con sillas metálicas en lo que al parecer servía de sala comedor. Fue Javier quien comenzó a hablar refiriéndose en líneas generales a la operación.

–El problema principal para nosotros es que todavía no sabemos en qué parte del Canal han decidido hacer volar el barco y tampoco dónde se va a producir la entrega de las armas a las FARC... Pero es mejor que *Dan* nos informe directamente –señaló Javier, invitando a Paredes a que tomara la palabra.

Tan pronto como llegó a Panamá, Mario Paredes se puso en contacto con Javier, quien lo había invitado para que, con todas las medidas de seguridad, se uniese a ellos en este primer encuentro. Salvo para Javier, su nombre de cobertura era el de *Dan*.

Paredes tosió ligeramente antes de comenzar a hablar. Evidentemente, no le resultaba fácil adecuarse a la situación: era la primera vez que, salvo Javier, trabajaba directamente con sus enemigos del pasado.

–Mañana me reuniré en un piso franco, aquí, en la Zona Libre con el contacto de las FARC. Será el mismo individuo que Irina y los otros miembros del X-20 encontraron en Colombia y que les brindó ayuda logística para salir de Panamá después del operativo del banco y el asesinato del banquero. Lo llaman el negro Porfirio. Según tengo entendido, un personaje bien conocido por todos ustedes. ¿No es así?

El Topo lanzó una carcajada y Ruiz asintió con sobriedad, mientras Javier quedó impasible, como si no hubiera escuchado la pregunta.

–Es muy posible que el negro Porfirio me informe de la manera en que serán entregadas las armas a las FARC. Eso es lo que creó, al menos.

–Es posible... –agregó Javier pensativo, un poco alejado, distante– continúa, por favor...

–Lo que todavía es una incógnita es sí las armas serán desembarcadas en un puerto colombiano, cerca de la costa... o aquí en Panamá. Yo me inclino a pensar que la operación va a ser realizada aquí, en Panamá.

–¿Por qué? –preguntó *El Topo*.

–Porque es lo menos arriesgado. Ya lo han hecho en otras ocasiones. A la vista de todos y en pleno día.

–¿Los detendremos cuando comiencen a descargar las armas o esperaremos a que entren en el Canal? –quiso saber *El Topo*.

–Ese es nuestro gran dilema. Sí atacamos durante el desembarco de las armas, impidiendo que las FARC puedan recibir sus Kalasjnikov, perderemos la oportunidad de seguir la pista de cómo van a introducir toda esa cocaína en Europa. Nuestra misión, además, no es evitar que las armas lleguen a las FARC, sino que impedir que vuelen el Canal. Esa es la razón por la cual estamos aquí –dijo Javier y bajó la vista hacia el suelo sucio–. Hasta ahora el plan de Colin es la única alternativa, tal como yo lo veo –dijo mascullando las últimas palabras.

Todos quedaron en silencio durante algunos segundos hasta que *El Topo* tomó la palabra nuevamente.

–El plan de Colin puede funcionar. He estado estudiándolo. Independientemente de dónde se irá a producir el desembarco de las armas, ese plan está diseñado para intervenir y desarticular el operativo y, al mismo tiempo, poder seguir manteniendo nuestra fuente en secreto y continuar, por supuesto, con la *Operación Goofy* –miró a Paredes que asintió levemente.

–El plan de Colin, como tú dices, puede funcionar, pero es arriesgado. Colin me pidió que no lo asumiéramos al pie de la letra. Más que un plan inflexible es una idea que nosotros, sobre la marcha, debemos considerar y adaptarlo a las condiciones reales que se presenten –agregó Javier–. ¿Qué piensas tú, *Dan*?

Paredes apagó el cigarrillo y se frotó el mentón.

–Creo que debemos trabajar basándonos en la hipótesis de que las armas van a ser entregadas a la guerrilla aquí, en Panamá, y que, para impedir que el operativo de volar el Canal tenga éxito, deberíamos continuar perfeccionando el plan de Colin, cómo él mismo ha dicho.

–Bien, entonces estamos de acuerdo –agregó Javier, poniendo punto final a la reunión.

Afuera había oscurecido. El primero en salir fue Paredes que tomó un taxi al *Meliá Panamá Canal*, un hotel de cinco estrellas situado en el Fuerte Espinar, al inicio del trayecto hacia la Playa Cangrejo, un pequeño centro turístico cerca del lago Gatún. El Centro les había asignado a Paredes e Irina la cobertura de europeos con dinero que pasaban sus vacaciones de invierno en un lugar cálido y con bancos seguros donde poder hacer sus transacciones desde el viejo continente. *El Topo* y Javier regresaron a su hotel en el Land Rover, mientras Ruiz se fue en taxi al aeropuerto y tomó uno de los últimos vuelos del puente aéreo a Ciudad de Panamá con Aeroperlas que ya había reanudado sus vuelos.

27. Enero 5

Abigail Thompson, que días antes había sustituido a Ross como segunda de Colin, colgó el teléfono interno y se dirigió casi corriendo, como alma en pena, a pesar de sus 100 kilos, a la oficina del jefe del Departamento Cuba que estaba trabajando en los pormenores del plan de acción de *Recursos Latinoamericanos* en Panamá.

—Es mejor que se ocupe directamente de lo que me acaban de informar —dijo precipitadamente, moviendo las manos como si estuviera espantando moscas.

—¿Qué sucede? —preguntó Colin a la regordeta y maternal Abigail.

—Han llamado del FBI y también de la DIA. Alguien desde el Pentágono ha hurgado en el ordenador del FBI buscando información sobre Rigoberto Sánchez, y, además, está interesado en saber si nosotros y la DIA tenemos una operación de seguimiento a un barco en el Atlántico, que se supone debe de llegar a Panamá —soltó la agente casi sin aliento, como temiendo que al espirar pudiese omitir alguna palabra o que alguna se le atravesara en la garganta.

Colin puso a un lado los papeles que tenía en su escritorio y miró a su segunda con una expresión de sorpresa.

—¿De dónde sacas todo eso?

—Han llamado de arriba. El *DDO* quiere que suba inmediatamente.

James Clark recibió sin demora a Colin, que entró a su despacho como un bólido. El *DDO* le explicó escuetamente que el FBI había descubierto que alguien en la DIA había estado indagando todo lo que había en la base de datos del Buró sobre Rigoberto Sánchez. Así mismo, Clark le informó que ese mismo día, el 27 de diciembre, alguien trasteó los ordenadores del Pentágono buscando algún rastreo satelital a un barco que desde Europa se dirigía a Panamá en una acción de seguimiento conjunta con la CIA y el Pentágono. Colin, por su parte, balanceaba nerviosamente su delgado cuerpo, inclinado en la butaca frente al escritorio del jefe de Operaciones.

–¿Confío en que no hayas dado información alguna sobre nuestra sospecha de que haya un espía en la DIA? –preguntó Colin, más bien por ganar tiempo para reiniciar la conversación, porque sabía que el *DDO* no soltaría información alguna a las otras agencias si no había algo concreto.

–Claro que no, ¿estás loco?

Colin asintió, como disculpándose.

–¿Se sabe quién ha sido la persona que reclamó esa información de los ordenadores?

James Clark movió ligeramente la cabeza:

–No con certeza –agregó, apretando los labios y mirándose las manos cruzadas sobre el escritorio.

–¿Qué quieres decir con eso?

–Con respecto a Rigoberto Sánchez, en el cuaderno de registro del FBI solo hay una referencia a una consulta realizada desde la DIA el 27 de diciembre… –buscó entre sus papeles en el escritorio–: a las 11:49:20. La interfaz revela una dirección IP fija del Pentágono.

–¿Y qué es lo que hay en la computadora del FBI sobre Rigoberto Sánchez?

–No mucho; es decir, que cuando se creó la leyenda de Rigoberto Sánchez, no se dio mucha información. Por ejemplo, ese señor no está en el registro del FBI de personas que han hecho algo contra la ley, aunque me llamó la atención que le habían puesto varias multas por infracción de tráfico y por haber aparcado indebidamente. Evidentemente, han hecho correctamente la tarea –hizo una pausa para buscar otro papel en su escritorio–. Aquí está. Bien, al parecer todo está en regla y seguramente los cubanos podrán saber ahora que el tal Rigoberto existe realmente, que vive en un lugar cerca de Barcelona, hombre de negocios, ciudadano estadounidense, soltero, sin hijos… con sus faltas, como todo humano… en fin, un hombre normal.

–¡Es el espía de Cuba que estamos buscando! No cabe duda. Existe. Está vivo y coleando, agazapado en la DIA –agregó Colin, mostrando en su rostro cierto desconcierto–. Lo que no entiendo es cómo usan a un agente tan importante para este tipo de espionaje que, seguramente, sería más fácil y menos arriesgado si emplearan otras vías o a otro espía de menos categoría, por decirlo de alguna forma —se alisó el cabello hacia atrás, evidentemente, preocupado.

El *DDO* cabeceó de un lado a otro dándole la razón.

—Tampoco yo.

—¿Y... con respecto al barco?

—Ahí tenemos un *target* más próximo. La consulta fue hecha desde la misma dirección IP de la DIA, diez minutos antes, es decir, a las 11:39:13.

—¿Y qué dice la información que el espía recibió?

—Nada, que no hay ningún seguimiento satelital a un barco en esa región ordenado por la CIA, la DIA o ambos. En eso estuviste claro, Colin. ¡Viejo zorro!

El jefe del Departamento Cuba de la CIA volvió a asentir con cautela, ignorando el cumplido.

—¿Pero para entrar a la base de datos, tanto del FBI, como de la DIA, o la nuestra, hay que dar una contraseña personal?

—Sí, así es. El problema es que la contraseña que ha sido suministrada pertenece a una empleada de la DIA, alguien que precisamente ese día estaba de vacaciones en Tailandia. La dirección IP fija pertenece como te dije a un ordenador del Pentágono, así que no pudo ser esa persona. Además, se trata de una secretaria que tiene acceso restringido y en manera alguna a la información que sabemos el topo ha suministrado a los cubanos anteriormente, por ejemplo, la invasión a Panamá...

—Entiendo... claro. No iba a ser tan estúpido de usar su propia contraseña.

—Además, no queremos revolver mucho ahora para no prevenir al espía —hizo una pausa y ordenó los papeles de su escritorio, esperando a que Colin dijera algo.

—De acuerdo. Se trata de alguien que tiene acceso a la información de otros agentes o quizá, por alguna razón que desconocemos, tiene acceso a la contraseña de esa persona —agregó pensativo—. Dime, ¿se puede saber, sin armar revuelos, si a través de la dirección IP del ordenador utilizado se puede ubicar el ordenador que se utilizó?

—Seguramente, pero nosotros no tenemos esa información. Seguro que si la pedimos no nos la negarían —agregó Clark.

—En cualquier caso, creó que es mejor dejar eso así... por ahora. Dime, ¿tenemos acceso directamente a los ordenadores de la DIA? —preguntó Colin.

—No, pero si solicitamos entrada con un número de expediente y su correspondiente registro de consultas entre agencias, claro que es posible —aseguró Clark.

—Vamos a ver. Voy a hacer mis propias averiguaciones primero. Esa persona a la cual le tomaron 'prestada' la contraseña a qué departamento pertenece —quiso saber Colin.

—A la sección que trabaja con el material de Cuba —fue la respuesta de Clark.

Colin asintió, mordiéndose el labio inferior.

—El espía está entre la gente que trabaja en los asuntos de Cuba en la DIA. Es lógico.

Panamá, Fuerte Sherman, 5 de enero, 11:45 horas

Era el segundo día de entrenamiento. *El Topo* los había probado en casi todas las facetas en las que se basaría el adiestramiento definitivo. Habían terminado de efectuar las prácticas de tiro con las Heckler & Koch-SP89 de 9 mm con mira telescópica láser y sin ella, a distancia y en combate cuerpo a cuerpo. El fusil semiautomático Heckler & Koch-SP89 era el arma favorita de las Fuerzas Especiales y de las SWAT, y también de los hombres de *Recursos*. Aquellos hombres estaban endiabladamente en forma, pensó *El Topo* mientras se sentaba en la hierba verde del campo de tiro.

—De acuerdo. Vengan todos aquí —gritó con fuerza.

Los ocho exmiembros del *UCLA,* componentes ahora del grupo que ellos mismos habían bautizado como *SAG, Senior Attack Group*, un poco en broma y un poco en serio, se acercaron con sus armas debajo del brazo para escuchar lo que su jefe tenía que decir.

—Bien, las pruebas han terminado. Vamos a almorzar y después, a las 14:00 horas, nos reuniremos en la sala de conferencia D para coordinar el entrenamiento.

—¿Es decir, que hemos pasado la prueba inicial? —preguntó Patón, el panameño.

–Más o menos –dijo *El Topo* algo socarrón. –A las 14:00 en la sala D del edificio principal del Fuerte. ¿Entendido?

–Sí, señor –gritaron todos.

–Patón y Gardel, quédense por favor, tengo que hablar con ustedes –agregó *El Topo* mientras el resto de los hombres se fue caminando hacia el comedor.

–He hablado con Colin y discutido el plan de ataque que me ha presentado. Ahora quiero discutirlo con ustedes antes de presentárselo a los chicos esta tarde, ya que tú, Patón, serás mi segundo y tú, Gardel, mi tercer hombre al mando en la operación. Podemos hablar mientras almorzamos. ¿De acuerdo?

–Por supuesto –dijo Gardel y Patón asintió ligeramente.

–Yo he hecho algunas pesquisas por mi parte –dijo Patón–. Conozco el Canal bastante bien. El punto más débil, que se presta para un atentado de esa naturaleza, son las esclusas de Gatún, ya que el barco entrará al Canal por el Caribe. Es importante poder entrenarnos sabiendo más o menos dónde vamos a actuar.

–Sí, tienes razón. Pero no podemos jugar todas las cartas a ese objetivo. Hay otras formas de impedir el ataque… Vamos, que las tripas han comenzado a gritar por comida.

La Habana, Hotel Chateau Miramar,
5 de enero, 12:40 horas

A Mike se le veía cansado, tenía ojeras y su *look* de chico bien había sufrido cierto deterioro; sin embargo, mostraba su satisfacción cuando el coronel Torres le felicitaba por su trabajo realizado en los operativos en Alemania y Suiza.

–Estamos muy satisfechos, Mike. Aunque aún queda la parte más importante, pero hasta ahora has hecho un trabajo excelente, y muy profesional. Te felicito, y el MX también te envía gratulaciones… *Furry* ha sido informado, así como también el alto mando del CIS.

–Gracias, Jorge –respondió Mike arrebujándose en el asiento con falsa modestia.

–Cambiando de tema, ¿cuál es tu opinión sobre Lil?

–No es mala chica. Según Paredes, se portó bien en Suiza; realmente hizo un trabajo muy profesional. Ahora bien, el problema es que no sabemos quién es ese tipo que viajó con ella en el avión y que volvió a encontrar en Berlín.

–En el peor de los casos tendremos que eliminarla. No podemos correr el riesgo de que la Operación Ciguaraya sea descubierta y que la participación de Cuba quede al descubierto –Mike asintió en silencio mirándose la palma de las manos–. Ya estamos averiguando sobre ese individuo, te pasaré la información tan pronto la tengamos –dijo levantándose de su butaca. Caminó hacia el centro de la habitación–. ¿Noticias del Silver Star? –preguntó cambiando de tema.

–Sí, recibimos esta mañana un mensaje de Tatiana diciendo que todo a bordo sigue bien. El capitán es el que al parecer está un poco extrañado de ver tanta gente rara en su barco, pero era algo que yo había calculado. *Jabao* lo tiene bajo vigilancia. También tenemos bajo custodia a Lil las 24 horas. Hasta ahora no ha dado problemas –respondió Mike–. ¿Qué vamos a hacer con la cocaína que vamos a recibir de la FARC? –preguntó sin dar demasiado énfasis a la pregunta.

El coronel Miguel Torres suspiró hondo. Con las manos enlazadas a la espalda se dirigió hacia la puerta-ventana buscando el mar con la vista, absorto en sus pensamientos.

–Nicaragua –dijo finalmente volviéndose hacia Mike–. Vamos a enviarla a Nicaragua.

–¿Pero no íbamos a enviar el cargamento a Europa?

–Irá a Europa, pero desde Nicaragua… –anunció con enigmática sonrisa. –Los sandinistas llevan tiempo ya en esto, tienen toda la cobertura que se necesita y buenos laboratorios para procesar la droga. Nosotros no nos podemos exponer… –volvió a su escritorio bajo la mirada escrutadora de Mike–. Te explico: cuando perdimos Panamá, perdimos una importante base. Pero Nicaragua, y tú lo sabes bien, desde los tiempos en que Robert Vesco estaba en Managua en el 79, los sandinistas construyeron una buena infraestructura para trasportar la *pasta* desde Colombia y procesarla en los laboratorios que construyó Pablo Escobar. ¿Te recuerdas? –Mike asintió con mirada cómplice. Empezaba a entender el plan que Torres comenzaba a esbozar.

En aquellos años la Nicaragua de los sandinistas y de los hermanos Ortega se había convertido en una de las más importantes bases de operaciones de acciones encubiertas y de narcotráfico de la región. En 1984, en un acuerdo sin precedentes, Daniel

Ortega dio refugio en Nicaragua al narco Pablo Escobar después de que este se viera involucrado en el asesinato del ministro colombiano de Justicia. A partir de esa fecha, Nicaragua se convirtió en una de las principales rutas del narcotráfico para llevar la droga de Colombia a México, para después introducirla en Estados Unidos.

Robert Vesco, un estafador prófugo de la justicia estadounidense, acusado de haberse incautado ilegalmente de más de 200 millones de dólares en su país, huyó en 1973, primero a Costa Rica y después a Nicaragua, antes de establecerse en Cuba, en 1978, hasta su muerte en noviembre de 2007. Vesco se convirtió en uno de los estrategas más importantes del tráfico de drogas; desde el mismo momento en que los sandinistas tomaron el poder en Nicaragua, estuvo involucrado en el narcotráfico con Cuba y Nicaragua.

Después de la invasión estadounidense a Panamá, la estrategia del CIS consistió en hacer de Nicaragua un puente para introducir la cocaína en Estados Unidos y también en Europa. No había otra alternativa.

—Estamos trabajando en eso. Ya tenemos lo principal: la ruta para introducir la cocaína en Europa a través de España… –agregó el coronel Torres. En su rostro permanecía su enigmática sonrisa.

*Base militar del Comando Sur, rivera del Canal de Panamá,
5 enero, 12:24 horas*

Ruiz se encontraba en la sala de comunicaciones del Centro Conjunto de Inteligencia del Comando Sur en Panamá, situada en una de las bases militares de la rivera del Canal que Estados Unidos tendría aún funcionando hasta 1999, según lo estipulado en el Tratado Torrijos-Carter. En total 12,000 soldados estadounidenses estaban en máxima alerta combativa en aquellos momentos en las instalaciones, aunque no llegaron a participar en la *Operación Causa Justa.*

El agente de la CIA había dejado días antes el Hotel Rainforest Resort, donde se había hospedado en un principio con *El Topo* y Javier para poder estar más cerca del comando militar y poder coordinar con el general Marc Cisneros, jefe del Comando Sur y máximo responsable de la *Operación Causa Justa,* un ataque militar relámpago si el comando de *Recursos Latinoamericanos* fracasaba en su intento de impedir que el Silver Star fuese volado por los aires. Desde el centro de comunicaciones tenía línea directa con Langley y con Colin. Como experto informático y hombre de toda confianza de Colin, Ruiz era la única persona que podía brindar asesoramiento al jefe del Departamento Cuba de la CIA sobre otro apremiante problema: cómo descubrir desde qué ordenador el espía cubano había hurgado en la base de datos del Pentágono y del FBI.

—La dirección IP, es decir, del Protocolo Internet, es una etiqueta numérica que identifica a una interfaz, en este caso a un ordenador situado en el Pentágono. Lo más importante es poder identificar la dirección MAC, que es un número hexadecimal fijo que tiene el ordenador de fábrica ¿Me copia? —trató de explicarle a Colin y, a continuación, exhaló un corto suspiro de agotamiento.

—Ni una mierda, pero no importa… lo único que quiero saber es si puedes identificar desde dónde estás ahora ese ordenador y dónde carajo está —dijo Colin desde el otro extremo de la línea segura, evidentemente, molesto por las explicaciones técnicas de Ruiz.

—Señor, es posible. Lo más indicado es que me den una autorización, basada, por ejemplo, en la operación de cobertura de la DEA que me ha servido como tapadera aquí, en Panamá, para que yo pueda entrar al sistema de ordenadores del Pentágono. Así podré hacer la búsqueda bajo bandera falsa y nadie se enterará de que somos nosotros. Aquí hay excelente comunicación. No tendré problemas y espero poder servirle.

Colin le pidió que permaneciera donde estaba. En unos minutos lo resolvería todo para que él pudiera, con la mayor brevedad, dedicarse a ello.

Un cuarto de hora más tarde Colin volvió a llamarle y le dio el nombre del oficial de comunicaciones que le ayudaría a entrar al sistema del Pentágono. Le pidió que lo llamara, a la hora que fuera, cuando tuviera una respuesta.

Poco después, Ruiz se encontraba trabajando en un ordenador de la central de comunicaciones en contacto con *ARPANET —Advanced Research Projects Agency Network—,* la vasta red de computadoras del Pentágono.

Para comenzar a escanear la red tenía la dirección IP con la cual se habían realizado las consultas ilegales. Estuvo trabajando una media hora aproximadamente. Al final golpeó la última tecla con fuerza, y salió del sistema. Una sonrisa de triunfo se dibujó en su rostro.'

—Ah, ¡ahora sí!

Fuerte Sherman, Sala D, 5 de enero, 18:00 horas

El haz de luz del proyector se apagó y se descorrieron las cortinas. *El Topo* estaba de pie frente a una pantalla. Afuera estaba oscureciendo, así que se encendieron las luces blancas y frías del techo. El Patón levantó la mano para hacer una pregunta.

—¿Entonces, nuestra misión es exclusivamente evitar que esos maricones vuelen el Canal? ¿Lo de las armas, no debemos preocuparnos?

—Así es.

Habían estado discutiendo desde las 14:00 horas el plan de ataque expuesto por Colin y después de hacer varios ajustes todos coincidieron que era un buen plan. No en balde Colin había sido jefe de la *UCLA* anteriormente y sabía lo que se traía entre manos.

—Una pregunta más —agregó el chileno, al que llamaban Cara de Palo, porque nunca se reía y siempre andaba estirado con una bufanda de seda colgada del cuello. —Según tengo entendido, no vamos a tomar prisioneros; en total ellos son cinco, tres cubanos y dos rusos. Las tres mujeres, una alemana y dos rusas, deben ser protegidas por nosotros. ¿A toda costa?

—Así es —respondió el Patón, asumiendo ya su puesto de segundo de *El Topo* que se había sentado en una esquina.

—Por lo que sabemos una de las rusas no se encuentra en el barco, pero la orden es proteger a las tres mujeres —agregó *El Topo*.

Hubo algunas preguntas más y fueron respondidas por el Patón y Gardel.

—Bien, chicos, creó que todo está claro, al menos por ahora. Seguiremos trabajando y perfeccionando el plan.

Colin, que había esperado con impaciencia la llamada de Ruiz, permaneció impasible ante su escritorio cuando Abigail le comunicó que había una conexión urgente segura desde el Centro Conjunto de Inteligencia del Comando Sur en Panamá.

Del otro lado de la línea encriptada Ruiz comenzó a explicarle, lo más sencillo posible, el resultado del escáner en el *ARPANET* del Pentágono.

–El ordenador está en la oficina de la secretaria cuya clave fue utilizada para hacer las consultas –dijo escuetamente–. No hay duda posible ya que pude identificar la dirección MAC.

Hubo una pequeña pausa en la cual se escuchó el zumbido tan característico de las conexiones seguras cuando no hay flujo de información.

–¿Y quién además de esa señorita tiene acceso a ese ordenador?

–Doce personas en total, señor. Todas tienen relación con el grupo sobre temas cubanos de la DIA –respondió Ruiz.

–¿Es más o menos todo el grupo que trabaja con los temas cubanos?

–Eso parece, señor.

Se hizo una nueva pausa y finalmente Ruiz añadió:

–Señor, creó, por lo que he podido analizar, que la contrainteligencia de la DIA también está haciendo averiguaciones.

–OK. De acuerdo. Y… ¿cómo va todo lo demás?

–Hasta ahora bien, señor. Estamos a la espera. *El Topo* está con su gente y Javier en el hotel.

–Bien. Seguimos en contacto. Buena suerte –dijo Colin y colgó pensativo.

28. Enero 6 y 8

Zona Libre del Canal, Colón, 6 de enero, 17:00 horas

–Hombre, que regalo más agradable. Precisamente hoy, en el día de los Reyes Magos –dijo el negro Porfirio acariciándose el copioso bigote y dejando entrever sus amarillentos dientes.

Paredes e Irina estaban sentados a una mesa frente al emisario de las FARC en una pequeña trastienda de una tienda de equipos electrónicos de la Zona Libre. Afuera la discusión de los clientes con los vendedores servía de colchón sonoro a la conversación que se mantenía en voz baja, como en un susurro.

–Así que nos traen todos los hierros de una vez… –agregó El Negro Porfirio.

–Sí, así es. Los alemanes tienen problemas y han querido mandar todas las armas con este barco. Por supuesto, no estamos pidiéndoles a ustedes que nos den toda la cocaína de sopetón, ni mucho menos. Tenemos ya arreglado el primer cargamento, pero nos gustaría poder disponer de más tiempo para arreglar los próximos envíos.

–No hay problema por nuestra parte, compañeros –dijo Porfirio alargando aún más su largo y sombrío rostro.

–¿Dónde vamos a hacer la entrega de las armas, Porfirio?

–¿Cuándo llega el barco?

–¿Adónde? ¿A Panamá?

–Sí, aquí.

–En una semana, más o menos. No tengo aún la fecha exacta. Eso dependerá de la ruta que tome el barco para entregarles la mercancía.

–La entrega será aquí mismo, en el puerto de Colón. Tenemos todo arreglado.

–¿Y la cocaína?

–Eso ya está arreglado también. La enviaremos a Nicaragua.

Mario se encogió de hombros, en realidad no sabía nada de aquello, pero si lo decía el guerrillero colombiano debería ser verdad.

–Nos avisas con un mensaje a mi *beeper*. Pon la fecha, y al final el código 1212, simplemente, para saber que son ustedes. Es decir, por ejemplo 01051212. Eso quiere decir que el barco llegará el 5 de enero. Nosotros contestamos con la hora y el día en el que nos encontraremos aquí mismo para ultimar los preparativos. ¿De acuerdo? –explicó Porfirio.

–De acuerdo –dijo Paredes. Mientras, Irina permanecía con la mirada distante con sus pensamientos muy lejos de aquel lugar.

–Según las instrucciones que tengo, ustedes ayudarán a salir de Panamá a unos compañeros que vienen a bordo del barco. ¿No es así? –preguntó Irina.

El negro Porfirio alzó la mirada y cerró su boca, que desapareció debajo del copioso bigote.

–Bueno… la situación está bastante difícil. Hay soldados norteamericanos por todas partes. Vamos a hacer todo lo posible, aunque nuestra prioridad número uno es sacar las armas de Panamá inmediatamente después de desembarcadas.

–¿Qué significa eso, Porfirio? –le preguntó Paredes, extrañado por la respuesta del guerrillero colombiano.

–Mire, compañero, vamos a ver lo que podamos hacer. Estamos en una situación muy difícil. Tenemos bajo control el trasporte de las armas. Pero, fíjate, que de repente aparecen ustedes y nos dicen así, sin más ni más, de sopetón que todo el cargamento viene en el barco. Eso quiere decir que tenemos que conseguir más trasporte y más gente para sacar todos esos *fierros* de aquí… ¿Me sigue?

Paredes le miró impasible sin contestar.

–Estamos en medio de una invasión de Estados Unidos a este país, ¿no se han dado cuenta aún? –ironizó Porfirio.

–¿Entonces?

–Entonces, nada. Que si podemos ayudarles lo vamos a hacer, por supuesto. Pero tenemos que sacar esas armas primero, lo antes posible. Quizá tengan que esperar unos días escondidos, quizás semanas. Al final creó que podremos sacarlos. Ellos tienen sus pasaportes en regla, ¿no?

–Correcto. No utilizarán los pasaportes con los cuales viajan ahora en el barco, sino que con otros que se han falsificado para que puedan salir del país después de concluida su misión –contestó Mario

–Entonces, quizá, podrán salir de Panamá sin problemas.

Pero, si no pueden, por una razón u otra, les ayudaremos, aunque no te puedo decir cuándo ni cómo. ¿De acuerdo?

—Bien —respondió Mario e Irina lo miró asustada.

—Pablo, en ese barco viene Tatiana, ¿Entiendes?

—Sí y otros compañeros también. No te preocupes, todo saldrá bien. Tengo confianza en el negro Porfirio y en las FARC —acentuó Paredes con una mirada escrutadora al guerrillero.

—Creo que es lo mejor que pueden hacer —agregó el colombiano.

Washington, Restaurante Clayde's de Georgetown,
8 de enero, 13:15 horas

El Clayde's de la M Street de Georgetown era un restaurante muy visitado por la comunidad de inteligencia de la capital estadounidense. Por su cálido y sobrio estilo clásico era uno de los preferidos de Colin cuando tenía la oportunidad de cargarle a la Agencia un *lunch* de trabajo, aunque el que invitaba ese día era Scott F. Campbell, un alto oficial de la contrainteligencia de la DIA —*Defense Intelligence Agency*—. Ambos pidieron salmón noruego y un vaso de Chardonnay californiano. Campbell era un hombre directo, no perdía tiempo en hacer preámbulos o adornar sus frases. Daba la impresión de haber pasado su juventud en la Marina de Guerra estadounidense, su piel curtida por el salitre y el sol daba esa impresión. Había franqueado los 45 años, pero aún se veía corpulento y musculoso; no aparentaba más de 30 años. Tenía una pequeña cicatriz en la mejilla izquierda que le daba un toque algo brutal, aunque tal impresión se disipaba rápidamente cuando comenzaba hablar con su cultivado acento bostoniano.

—¿Por qué anda metiendo la CIA sus narices en la *ARPANET* del Pentágono bajo la tapadera de la DEA? —preguntó a boca de jarro y Colin, que se esperaba la pregunta, levantó lentamente la vista, clavando aquellos pequeños y azules puntos detrás de los gruesos cristales de sus anticuadas gafas en los grandes y pardos ojos de su interlocutor.

—Porque alguien sin autorización y encubierta bajo la clave electrónica de otra persona estuvo trasteando en la identidad de un individuo en el cual nosotros tenemos un interés muy especial —respondió y sonrió, dejando ver sus separados dientes de fumador empedernido a la camarera que había llegado con los platos de salmón.

—Rigoberto Sánchez. ¿Quién es? —inquirió Campbell, dándole la primera mordida al salmón.

—No puedo, lamentablemente, darte esa información.

Colin tomó un sorbo del vino y encendió un cigarrillo, haciendo una pausa en su almuerzo, algo que a Scott F. Campbell no le hizo mucha gracia pero que tampoco le impidió continuar con el tema que lo había llevado allí.

—Ese Rigoberto es una leyenda, eso ya lo sé, pero ¿qué tienen ustedes en el anzuelo?

—No tenemos nada en concreto; de lo contrario ya habríamos contactado con ustedes y el FBI, por supuesto. Pero a mí no me da buena espina que alguien oculto tras la clave de otra persona esté desde la DIA recabando información en el FBI y en vuestros propios ordenadores. ¿No crees? —dejó caer su interrogante en una bocanada de humo que salió lentamente de sus labios. Volvió al salmón, como quien ha dicho todo lo que tenía que decir.

Campbell se estiró sobre su musculosa espalda y puso las dos manos encima de la pequeña mesa.

—Hemos tomado nota —agregó, sentenciando.

—Evidentemente, es lo que tienen que hacer. Es vuestro trabajo.

—¿Vas a seguir informándonos si sucede algo más?

—Por supuesto, y espero que ustedes hagan lo mismo con nosotros —dijo Colin, dejando a medio comer el salmón y apurando el resto del vino para prender otro cigarrillo—. Por lo demás, te pido encarecidamente que seas discreto en extremo —añadió, exhalando otra larga bocanada ante la mirada preocupada del agente de la contrainteligencia de la DIA.

29. Enero 12

Dos remolcadores llevaron dócilmente al Silver Star hacia el atracadero número siete de Puerto Cristóbal, uno de los dos puertos de la Zona Libre de Colón.

Horas antes el barco había llegado a la costa de la mayor ciudad panameña del Caribe. *Jabao*, siguiendo las órdenes dadas una hora antes por el Centro de La Habana, comunicó al capitán Malich que las piezas de repuesto para maquinaria agrícola destinadas a Nicaragua, serían desembarcadas en ese puerto.

A regañadientes el capitán Malich se había acostumbrado a que *Jabao*, al que conocía como el señor Pedro Hernández, hubiera tomado el mando a bordo desde que salieran de Hamburgo. *Fräulein* Segal no había salido prácticamente del camarote durante toda la travesía. Demasiadas cosas extrañas a bordo, pensaba el viejo lobo marino. Pero ¿qué podía hacer?

El capitán del Silver Star dio la bienvenida al práctico del puerto y a tres representantes de las autoridades portuarias que subieron a bordo poco después que el barco fondeara frente al Canal de Panamá. ¿Debía notificarles algo a las autoridades? ¿Pero qué? Sabía que algo sucedía a bordo, pero ¿qué? No podía decir simplemente que creía que algo andaba mal.

—Descargaremos mercancía en Puerto Cristóbal y, después, seguiremos viaje hacia el Pacifico a través del Canal —dijo cerrando y guardando los libros que anteriormente habían examinado las autoridades portuarias bajo la mirada severa de *Jabao*, quien sin participar en la conversación la seguía a prudencial distancia de pie en el puente de mando.

—Le informo que los inspectores encargados de revisar, como usted sabe, los equipos y dispositivos de seguridad, a fin de garantizar que se cumplan con los requisitos de navegación del Canal de Panamá, subirán a bordo a las 20:00 horas —dijo solemnemente uno de los funcionarios panameños y Malich asintió.

—Muy bien. Eso es lo que tenía previsto. Los inspectores subirán a bordo a las 20:00 horas, seguro que les llevará una hora, más o menos, hacer la inspección. Después, ¿cuándo será llevado el barco a las esclusas?

—Dependerá de cuántos barcos esperan para atravesar el Canal —agregó el práctico del puerto que desde el puente de mando continuaba dirigiendo las maniobras para que el barco atracara en el muelle número siete.

—Según mis cálculos, al Silver Star le llevará 8 horas y 30 minutos cruzar el Canal. ¿Eso quiere decir que, si todo sale bien, aproximadamente a las siete de la mañana estaremos ya en el Pacífico?

—Es posible —agregó el oficial de inmigración con una sonrisa amable.

El capitán Malich siguió observando cómo el práctico atracaba su barco al mismo tiempo que contestaba algunas preguntas más que le hizo el aduanero:

—¿Algo que declarar, además de la carga?

—No, todo está en los libros que ya usted ha revisado —agregó Malich cordialmente, mientras seguía con interés las órdenes que el práctico daba por su *walkie-talkie* a los remolcadores.

—La carga, equipos y piezas de repuesto para maquinaria agrícola, fertilizantes y cemento, ¿no es cierto, capitán?

El capitán Malich asintió y el aduanero revisó los papeles que había llenado con una mirada de extrañeza.

—Pero, el barco está casi vacío, la empresa naviera seguro que tendrá serias pérdidas con este viaje —dijo mirando al capitán, que sonrió contrariado por la pregunta.

—Es el primer viaje que hago con el barco para esta compañía, que es nueva. Su dueña viene con nosotros, quizá sea una pregunta que ella pueda contestar mejor que yo —dijo el capitán del Silver Star mirando reflexivamente al oficial de inmigración que había comenzado a revisar los pasaportes de la tripulación y de los pasajeros a bordo: el pasaporte alemán de Lil y los pasaportes falsos del resto del comando X-20.

«Quizá de esta forma pueda hacer que *Fräulein* Segal salga del camarote donde la tienen encerrada y ver si hay alguna reacción de las autoridades panameñas», pensó Malich, pero el aduanero cerrando la carpeta disipó sus expectativas rápidamente:

—El barco está registrado aquí en Panamá y todos los documentos están en regla, así que… esto ha sido todo. Gracias por su cooperación –dijo el oficial de inmigración haciendo un breve saludo militar con el índice en su impecable gorra blanca.

Se escuchó el seco sonido del barco al chocar ligeramente con las gruesas cámaras de goma sujetas al muelle, el chirrido del cabestrante recogiendo los amarres mezclados con las voces de los marineros, del primer oficial y del personal portuario.

Finalmente, el Silver Star había atracado al muelle número siete. En su camarote, bajo la vigilante mirada de Yuri, Lil se asomó por la claraboya y vio cómo el personal del puerto y el práctico descendían por la escalerilla.

La Habana, Corporación Mar Azul, 12 de enero, 10:48 horas

Mike concluyó la lectura del resumen basado en el informe ultra secreto que Ana Belén Montes había enviado al Centro. Se habían borrado todos los posibles vínculos con Ana Belén y el Pentágono, enmascarando la fuente. Ana Belén estaba controlada directamente por el Máximo Líder, era su pieza más preciada. Solo él y dos personas más sabían su verdadera identidad. La admiración de Ana Belén por Fidel Castro tenía todos los rasgos de una perturbación freudiana.

En su oficina del Pentágono, frente a su ordenador, había pegado una frase de Shakespeare: «El rey sabía lo que estaba pasando porque tenía información de una fuente que nadie se imaginaba». Castro era el rey y ella la fuente.

Mike leyó rápidamente el texto en que se informaba escuetamente que el tal Rigoberto Sánchez parecía que fuera un ser real, de carne y hueso, no una leyenda inventada por Langley, y que tampoco se había descubierto conexión alguna con las otras agencias de espionaje estadounidense ni tampoco con el CESID de España. Un par de líneas al final indicaban que ningún barco había sido seguido ni localizado por los satélites espías de Estados Unidos en su trayecto desde Europa a Panamá.

Encendió un Ligeros y exhaló el humo del tabaco negro cubano, escondiéndose detrás del humo que le rodeó por algunos instantes. Era evidente que la joven había dicho la verdad con respecto al tal Rigoberto Sánchez, pero quedaba la duda de si realmente era una persona confiable. En realidad, poco importaba ya. El Centro había decidido finalmente que fuera eliminada; era demasiado peligroso, una vez concluida la Operación Ciguaraya, que la joven cayera en manos de los americanos. Ella era el 'fusible', la única conexión entre Cuba, el Silver Star y la B & C Shipping y no bastaba que hubiera estado en Cuba para construir una escuela. Era cierto que la joven tenía un amplio historial en su país: como okupa en Berlín, como militante en varios grupos maoístas y anarquistas, y simpatizante del grupo terrorista Baader-Mainhof, aunque en aquella época era solamente estudiante de secundaria ya entonces había participado en un sin número de mítines callejeros, huelgas y manifestaciones violentas. Sí, la policía de Fráncfort tenía un expediente bastante abultado sobre Lil Segal y el informe que había llegado de Alemania Oriental, de los exmiembros del HVA y de la Stasi, había servido para que la DI y el Centro del CIS en La Habana decidieran reclutarla para la Operación Ciguaraya. Aquella conexión con los grupos maoístas y sus simpatías por la banda de Andreas Baader y Ulrike Mainhof, fue la razón principal de su reclutamiento. Sin embargo, con todo, tendría que prescindir de ella.

Silver Star. Bahía de Limón y Puerto Cristóbal, Zona Libre de Colón, 12 de enero, 12:50 horas.

Llegada la hora, una de las grandes grúas Pórtico y un montacargas con capacidad de 40 toneladas, comenzaron a descargar y trasportar las armas camufladas como equipo agrícola a las naves de la terminal de mercancías de tránsito.

Un hombre pequeño, delgado, y con la cabeza desmesuradamente grande para su cuerpo, esperó pacientemente a que el inspector de aduana firmara y pusiera los sellos de rigor en los papeles.

—Este permiso es para trasportar mercancía en tránsito a través de la Panamericana y para cruzar el puesto fronterizo del Darién entre Panamá y Colombia. ¿De acuerdo?

El hombre pequeño asintió en silencio.

—Aquí están los números de las licencias de la mercancía en tránsito y el visto bueno de las autoridades portuarias. Es un cargamento de piezas y equipos agrícolas que han sido vendidos por esta compañía nicaragüense a esta otra compañía colombiana. ¿Correcto?

–Correcto –dijo el hombre pequeño con un vozarrón en desacuerdo con su diminuta figura.

–La mercancía puede permanecer en la nave de tránsito durante cuatro días sin cargo alguno, después comenzaremos a cobrar un alquiler diario. El alquiler es por metro cúbico.

–No se preocupe, la mercancía saldrá antes de los cuatro días.

El inspector firmó el último papel y estampó el último sello. Entregó todo el legajo al hombrecillo, quien revisó detenidamente los papeles antes de estrechar la mano al funcionario y pasarle, casi inadvertido, un abultado sobre. Metió todos los papeles en su maletín y desapareció de la oficina en silencio sin que nadie se hubiese percatado de su presencia.

En un furgón, no muy lejos del lugar, el negro Porfirio y un par de guerrilleros que vigilaban la operación, vieron cuando el hombrecillo salió de la aduana y se subió a un coche que estaba esperándole.

–Todo en orden –dijo Porfirio a través del *walkie-talkie* contemplando cómo el vehículo se alejaba de la terminal. Trasmitía en una frecuencia normal, utilizada para la carga y descarga de mercancías en el puerto. La normalidad de la comunicación les permitiría pasar inadvertidos.

–Los camiones han llegado –dijo una voz casi perdida entre los ruidos parásitos de la trasmisión.

–Que esperen hasta nueva orden –respondió el guerrillero colombiano.

A las 16:00 horas las operaciones de descarga de las armas habían concluido. Poco después, el negro Porfirio y sus hombres desaparecieron del lugar en sus vehículos.

Ruiz estaba en la caseta de una de las grúas observando con sus prismáticos la operación de desembarque. El alto mando militar estadounidense había puesto a su servicio una compañía de fuerzas especiales que se encontraba a prudencial distancia, esperando la orden para actuar si era necesario. Pero Ruiz no procedería, por ahora, así se lo había hecho saber a los militares. Mientras que las armas estuvieran en las naves de la terminal siete, no había de qué preocuparse, pensó. Ahora, lo más importante era que *El Topo* y sus hombres pudieran concluir con éxito la delicada y peligrosa operación de impedir que el comando terrorista volara el Canal de Panamá.

En la cabina de radio del Silver Star, Tatiana no se había podido separar de los receptores y trasmisores de onda corta durante todo el día.

–Mensaje del Centro para ti, personal –dijo Tatiana al *Jabao* que se encontraba también en la cabina de radio.

Era un mensaje cifrado. El responsable a bordo de la Operación Ciguaraya se apartó, consultó las claves y comenzó a descifrarlo: «Ratificamos esclusas de Gatún para la operación», decía el escueto mensaje. Mike le había dado material sobre el Canal y las esclusas, además de un expediente de cómo realizar el sabotaje de la mejor forma. Durante la travesía había tenido tiempo para estudiar detenidamente el material.

Media hora más tarde, *Jabao* reunió a sus hombres y a Tatiana en la biblioteca-comedor y cerró las puertas aledañas para asegurarse de que nadie de la tripulación pudiera fisgonear. Con voz baja para imponer mayor respeto, comunicó a sus hombres el objetivo de la misión: hacer volar el Canal de Panamá; el lugar escogido para hacer detonar las casi dos toneladas de Semtex checoslovaco que llevaba el Silver Star en sus entrañas eran las esclusas de Gatún. Acto seguido, pidió a Yuri que proyectara sobre la pantalla, que comúnmente se utilizaba para las proyecciones de películas y videos, los mapas de la zona del Canal y las esclusas de Gatún, donde se realizaría la acción.

–Cuando el barco esté en este punto se producirá la explosión –dijo marcando con el índice la cámara de la segunda esclusa del sistema.

–Las esclusas de Gatún tienen tres niveles o pares de cámaras. Esta es la segunda cámara. Las esclusas son de dos vías y sirven como ascensores de agua que elevan los barcos al nivel del lago Gatún, es decir, a 26 metros sobre el nivel del mar, para luego bajarlos al nivel del mar, al otro lado del Istmo de Panamá. Para este propósito, se usa el agua almacenada en el lago –dijo con ínfulas de maestro.

Le hizo un gesto a Yuri para que cambiara el mapa por un dibujo que mostraba las tres cámaras de la esclusa de Gatún.

–Para llenar las esclusas no se utilizan bombas; el agua realiza su trabajo empleando solamente la fuerza de gravedad. Es decir, que el agua entra o sale a través de túneles gigantes, o alcantarillas, de dieciocho pies de diámetro, que corren a lo largo de los muros centrales y laterales de las esclusas –dijo marcando nuevamente con el índice en el dibujo los lugares a los que hacía referencia y continuó su metódica explicación:

–Para la operación se cierran las válvulas principales en el extremo inferior de la cámara mientras se abren las que se encuentran en el extremo superior. Cuando el barco esté en la segunda cámara tendremos, aproximadamente, entre 25 y 35 minutos antes de que pase a la tercera cámara. Es precisamente en ese tiempo cuando tendremos que hacer nuestro trabajo.

Yuri y Yasmani en los primeros asientos, y los dos rusos más atrás, cerca de Tatiana que les traducía lo mejor que podía, escuchaban con atención al *Jabao* que prosiguió:

–Toda esta operación se dirige desde una caseta de control ubicada en el muro central, en la cámara superior –dijo y volvió a indicar con su dedo donde estaba la caseta cerca de la tercera cámara de la esclusa.

–Dispondremos de dos sistemas completamente separados el uno del otro para lograr nuestro objetivo. El primer sistema está provisto de un conmutador electrónico a distancia que yo tendré y que seré el encargado de activar una vez que todos estemos fuera del barco. El segundo sistema es independiente y consiste en tres temporizadores eléctricos tipo PQ6, dotados con relojes digitales que serán activados a la hora en que el barco esté en la cámara dos con un intervalo de 30 segundos. Eso es por si yo fallo.

Alexis, uno de los dos rusos que llevaba una camiseta de mangas cortas y mostraba con vanidad el tatuaje que tenía en su brazo izquierdo, la estrella roja y la centalla, el broquel de Spetsnaz, irrumpió con cierta torpeza:

–Camarada *Jabao* –*Jabao* se detuvo y miró con cierta extrañeza al ruso:

–¿Sí, Alexis? ¿Hay algo que no entiendes?

El ruso asintió lentamente y habló una mezcla de ruso y español que Tatiana tuvo que corregir finalmente:

–Lo que Alexis desea preguntar es si la explosión solo destruirá una vía del canal, en la que estará el barco o las dos vías.

–Buena pregunta, Alexis. Te voy a responder de esta forma: Tenemos una carga de casi dos toneladas de Semtex; es decir, que en teoría alcanzaría para hacer volar toda la esclusa de Gatún con segundos los cinco hombres treparon por las cuerdas que aseguraron con arañas de acero a la barandilla de popa y se ocultaron sobre cubierta antes de que Cara de Palo activase de nuevo el interruptor.

—Bien, esto ha sido todo, por ahora. Es hora de comenzar las maniobras. Primero, tenemos que sacar el barco a una de las boyas de la bahía antes de entrar al Canal. Nosotros estaremos todo el tiempo a bordo hasta que el barco entre en la primera cámara de la esclusa de Gatún. Emplearemos ese tiempo para hacer otras mediciones y ver la maniobrabilidad del barco entre otras cosas —dijo el Patón al oficial Frankel, que ya había regresado a cubierta.

Contreras y Pato Macho, escondidos cerca del puente de mando, habían detectado a Yasmani y Yuri. «Son dos de los tres cubanos», pensó Contreras. Faltaban el que hacía de jefe, el tal *Jabao*, y los dos rusos que aún no sabían dónde estaban.

Poco después, el práctico subió a bordo con un acompañante.

—Capitán, buenas noches. Le pedimos permiso para comenzar las maniobras para cruzar el Canal —dijo el práctico al capitán.

—Permiso concedido —respondió Malich.

Javier Puig, que acompañaba al práctico, saludó cordialmente y se presentó como su asistente, encargado de coordinar con las locomotoras el trasporte del barco por las esclusas del Canal. Sus ojos se movieron nerviosos, pero con control, igual que sus movimientos. *El Topo* le había pedido que no participara de la operación, pero Javier había decidido, desde el primer momento, que él también iba a participar. Su misión aquella noche era encontrar a Lil y a Tatiana, y ponerlas a salvo. Colin había dado finalmente la autorización a regañadientes, pues Mike, el único que podría reconocerlo, estaba en La Habana.

Una hora después el Silver Star había atracado a unas de las boyas de amarre en la Bahía de Limón, la puerta de entrada al Canal por el Atlántico. El capitán se extrañó de que el barco fuera llevado bastante más lejos de lo que él pensaba. El práctico estaba ocupado hablando por su trasmisor, así que le hizo la pregunta a Javier, quien regresaba de reconocer las salidas del puente de mando.

—Perdone, ¿sabe usted por qué hemos atracado tan lejos del Canal Francés?

—Es por el tráfico. Con lo de la invasión norteamericana

tenemos algunos problemas. Pero no se preocupe…

—Pero me han dicho que saldremos hoy y que mañana ya estaremos fuera del Canal.

—Sí, así será. Estamos bien de tiempo. No se preocupe —dijo mostrando su mejor sonrisa disuasiva.

El práctico consultó el GPS. Era la única persona que por su trabajo a bordo no pudo ser sustituida; había accedido voluntariamente a participar de la operación. Comprobó que la nave estaba lo más lejos posible de los otros barcos en la bahía. Esa había sido la orden que había recibido poco antes de subir a bordo.

—Pase lo que pase, usted no moverá el barco de la posición más lejana que esté disponible en la bahía —le había dicho *El Topo* cuando, con la ayuda del mando militar norteamericano, habían pedido a las autoridades portuarias su colaboración para aislar e impedir que el Silver Star entrase al Canal de Panamá. Sin la ayuda de las autoridades panameñas hubiera sido muy difícil o al menos mucho más arriesgada la operación. Se trataba de minimizar los riesgos. Por ello los verdaderos inspectores y otros funcionarios que habían tenido contacto con el barco, fueron llevados al Fuerte Sherman. Les habían comunicado que no estaban detenidos, pero que hasta que no terminara la operación, todos ellos deberían permanecer incomunicados. *El Topo* temía que la noticia se filtrara y que los hombres del CIS pudieran lograr sus tenebrosos propósitos.

Con la ayuda de los militares norteamericanos Ruiz se había encargado de poner en cuarentena al personal portuario que, de una forma u otra, había tenido contacto con el Silver Star; entre ellos, incluso, al aduanero que había dado a los guerrilleros los documentos falsos para trasportar las armas a través de Panamá. En aquellos momentos, en uno de los calabozos del Fuerte Sherman, Ruiz interrogaba al aduanero que no se mostraba muy interesado en contestar a las preguntas que le formulaba el agente de campo de la CIA.

—Si hablas podrás contar con nuestra ayuda. No estamos detrás del dinero que te han dado, sino que de la información que nos puedes proporcionar.

—Mire, ya le he dicho todo lo que sé. Me pagaron para que les hiciera el cambio de los papeles y no estuviera metiendo las narices en esas cajas. Me pagaron bien. Es la primera vez que lo

–El asistente del práctico estaba hablando con el capitán hace un rato y le decía que estaban bien de tiempo –comentó Yuri.

Jabao asintió no muy convencido de que estuvieran tan bien de tiempo como aseguraba el asistente del práctico.

Javier se dirigió hacia la cabina de radio aparentando un aire cansado.

–Perdone, ¿es usted la radiotelegrafista? –preguntó en su impecable inglés.

–Sí –respondió Tatiana extrañada.

–¿No ha recibido ningún mensaje de las Autoridades del Puerto de Panamá por la frecuencia de VHF?

–No –respondió Tatiana.

Con un gesto rápido, escogiendo un ángulo desde donde los dos agentes cubanos no lo podían ver, le entregó a la rusa un papel doblado:

–Vengo de parte de Irina. Lea este mensaje y destrúyalo después –susurró Javier.

Tatiana quedó estupefacta, pero se recuperó rápidamente.

–Bien. Si recibo algún mensaje de la Autoridad del Puerto de Panamá, ¿le aviso?

–Sí, por favor –dijo Javier ya en la puerta para que lo oyeran todos. La respuesta de Tatiana también debió escucharse en casi todo el puente de mando.

La oscuridad era total en el primer nivel de la bodega de proa. Gardel y Remigio llevaban sus equipos infrarrojos. Ambos eran expertos y sabían cómo rastrear materiales explosivos. Remigio sacó un atomizador, roció las paredes y algunas de las mercancías buscando partículas de explosivo; Gardel comenzó a realizar otras pruebas con la ayuda de un instrumento que registraba si había partículas de explosivos en el ambiente. En el primer nivel, al parecer, no había nada, así que se dispusieron a bajar al segundo nivel por una estrecha escalera.

No pasó mucho tiempo antes de que ambos descubrieran los sacos de cemento perfectamente alineados. Bastó con abrir el saco más cercano a ellos para saber que allí estaba lo que buscaban.

–Será un par de toneladas de Semtex –dijo Remigio y el argentino asintió al comprobar cómo la aguja de su instrumento oscilaba con inquietud.

–No hay duda… aquí hay Semtex para volar el Canal y mucho más. Tenemos que actuar con cuidado. Es ahora cuando comienza nuestro trabajo. No podemos detenernos, pase lo que pase allá arriba. Tenemos que encontrar los temporizadores que seguro son varios y los detonadores –dijo Gardel, mirando a través de sus equipos infrarrojos la mole de explosivos que tenía delante de él.

–Por suerte nos han dado un buen equipo. Con este artilugio podemos detectar los detonadores y los temporizadores –dijo el nicaragüense, mostrándole a Gardel un aparato que se parecía a un buscador de metales.

–A trabajar, que no tenemos toda la noche –agregó Gardel.

Afuera hacia algo de frío y Javier se subió la solapa de la chaqueta del uniforme. Estaba en la cubierta A, cerca del comedor. Había hablado por la radio con *El Topo* y le había informado de su contacto con Tatiana. Seguramente el tercer cubano estaba con Lil, pensó. El monótono sonido de las pequeñas olas chocando contra el casco del Silver Star impidió que se escucharan los rápidos pasos de la rusa.

–Bien, sígame. Sara está incomunicada en nuestro camarote. Hay un cubano vigilándola –dijo ella.

Javier asintió mientras sacaba una SWD-M11, con silenciador, una subametralladora mucho menor que la Heckler & Koch y por lo tanto mucho más indicada para su misión.

–¿Está usted armada? –preguntó a la rusa.

–No.

–Pues bien, tome esta pistola –le dijo Javier entregándole una Sig Sauer-P-229 como la que llevaba el resto de los demás integrantes del comando. –¿Conoces su funcionamiento?

Tatiana hizo un gesto afirmativo y se detuvo en seco. Indicó a Javier de que debía ser muy cauteloso. Señaló a una puerta que estaba solamente a unos pasos de ellos.

–Es aquí. Cuidado. Usted espere a que el cubano abra. Yo trataré de desarmarle con un empujón de la puerta. ¿De acuerdo?

Javier asintió y preparó su arma.

–¿Yasmani? ¿Estás ahí? Abre, por favor, tengo que ir al baño y cambiarme de ropa –dijo la rusa con la voz lo más natural que pudo.

Dentro del camarote se escuchó un ligero ruido y pasaron

algunos segundos de tensión.

–Tengo órdenes de no abrir a nadie –respondió el cubano desde dentro.

–*Jabao* me ha dado la autorización. Por favor, detesto ir al baño de arriba con tanto pis de hombres encharcando la taza. Tengo que ir al baño y quitarme esta ropa sudada... por favor –dijo suplicante.

Un nuevo silencio y unos pasos. La puerta se abrió lentamente, tenía una cadena de seguridad puesta. La cara de Yasmani se asomó y vio que la rusa estaba afuera, impaciente por ir al baño. Volvió a cerrar y se escuchó cómo quitaba la cadena. Los músculos de Javier se tensaron y sus manos se aferraron al arma.

Tan pronto como se abrió la puerta, la rusa le dio una patada al cubano con todas sus fuerzas. Yasmani cayó al suelo y no tuvo tiempo de recuperarse, delante de él estaba el ayudante del práctico con un arma que le apuntaba. Dos disparos fueron suficientes: el segundo tiro fue el que le partió la aorta y el corazón. El pecho del cubano se llenó de sangre y sus ojos quedaron inmóviles, sin vida, mirando al techo. –Tranquila, Sara, tranquila –le dijo Tatiana que entró en la habitación y trató de consolar a la muchacha.

Lil estaba acostada en su litera y no comprendía lo que estaba sucediendo. Frente a ella estaba Rigoberto Sánchez, vestido con un extraño uniforme y un arma humeante en sus manos.

–Lil, tranquila. No pasa nada. Somos nosotros, hemos venido a rescatarte –dijo Javier y trató de abrazarla, pero la muchacha le miró con miedo y se apartó.

–Tranquila, soy yo, Tatiana. Este señor es tu amigo, nuestro amigo. Ha venido a salvarnos.

Lil se arrinconó en su litera. Abrazó fuertemente sus piernas, a punto de estallar en una crisis neurótica.

–Zorro Cero a Zorro Uno.

–Adelante Zorro Cero.

–Operación de rescate a Lil y a Tatiana en marcha. Estoy con ellas en el camarote. Hay una baja, uno de los cubanos.

–Recibido Zorro Cero. Traten de salir del camarote lo antes posible y busquen refugio. Dentro de unos momentos vamos a comenzar el baile. Esperaré a que estén en un lugar seguro. Cambio.

–Recibido Zorro Uno. Cambio y fuera.

Lil solo veía a Rigoberto Sánchez hablando consigo mismo una jerigonza que parecía sacada de una mala película de acción, con un arma en sus manos y con un cubano muerto en el piso. Tatiana trató de sacarla del rincón de la litera dónde se había refugiado.

–Vamos, tenemos que salir de aquí, antes que vengan ellos y nos maten a todos. Salgamos Sara, por favor…

Jabao miró nuevamente hacia la cabina de radio y se percató de que la rusa aún no había regresado. El práctico y su asistente habían bajado y en el Puente de Mando en aquellos momentos sólo estaban él y Yuri. Volvió a consultar su reloj. Algo pasaba. ¿Dónde estaba el capitán? En la biblioteca pasaban un vídeo. Era una película de acción de Hong Kong. A los vietnamitas les gustaban esas películas. De repente todo volvió a quedar a oscuras y Contreras y Pato Macho salieron de las sombras al tiempo que disparaban sus armas contra ellos. Yuri cayó inmediatamente herido de muerte. Desesperadamente trató de contener con sus manos la sangre que a borbotones salía de la herida. Se le nubló la vista, abrazando a su hijo recién nacido contra su ensangrentado pecho. Una extraña sonrisa de felicidad quedó tallada en su inerte rostro. *Jabao* se lanzó al suelo y se escondió detrás de una mesa. Obviamente los atacantes lo podían ver a él, pero él no a ellos. «Usan gafas de visión nocturna», pensó y arrastrándose trató de alcanzar la escalera de estribor más cercana.

Una nueva andanada. Lo habían descubierto. Una de las balas le atravesó la pierna derecha, pero pudo salir y logró subir hasta el doble Puente de Mando disparando a ciegas. Una de las balas chocó en el chaleco antibalas de Contreras, pero otra bala le atravesó la cabeza. Murió instantáneamente.

–Aquí Zorro seis llamando a Zorro uno –dijo Pato Macho con un nudo en su garganta.

–Adelante Zorro seis, aquí Zorro uno –Tenemos una baja, Zorro siete.

Pato Macho se arrodilló y trató de tomarle el pulso al otro venezolano sin resultado.

–Zorro siete ha muerto.

–Recibido Zorro seis. Manténganse en esa posición, no se exponga.

–Recibido Zorro uno, aquí Zorro seis.

–Atención Zorro Nueve, aquí Zorro Dos, uno de los cubanos ha subido hacia dónde estás. Trata de eliminarlo. Ten cuidado.

–De acuerdo, recibido, aquí Zorro Nueve –dijo el peruano al que todos llamaban el Coronel y que desde su posición protegía a Gardel y Remigio que estaban inspeccionando las bodegas de proa en busca de explosivos.

Escudriñó el puente de mando exterior y no pudo ver a nadie. Tenía que vigilar la bodega allá abajo y ahora tenía que cuidarse las espaldas. Se cambió de sitio y buscó una posición desde donde podía cubrir la mitad del puente de mando y mantener un buen puesto de observación para cuidar a sus compañeros.

Jabao seguía perdiendo sangre. Obviamente habían sido delatados. La operación estaba en peligro. Aunque él tenía en su bolsillo el dispositivo que haría volar el barco de poco serviría la explosión si el Canal no podía ser destruido. El barco estaba muy lejos, demasiado lejos. Se quitó el cinturón e hizo un trinquete provisional para no perder más sangre.

En la bodega Gardel había encontrado dos temporizadores eléctricos dotados con relojes digitales del tipo PQ6.

–No han sido activados, seguramente estaban esperando a que estuviéramos entrando al Canal. Estos temporizadores son muy pequeños y tienen una pila de botón –dijo Gardel a su compañero que se acercó y examinó los temporizadores.

–Con toda seguridad hay más, y lo más peligroso, el detonador a distancia, ese es el que tenemos que buscar antes de que esos hijos de puta al verse perdidos hagan volar por los aires el barco.

–¿Tú crees?

–De esta gente espero cualquier cosa. Yo los conozco bien –dijo el nicaragüense que había luchado anteriormente contra las tropas cubanas al mando de Antonio de la Guardia en su país.

–Zorro Dos a Zorro Nueve. Vamos para arriba a buscar a ese cabrón. Tú, quédate escondido, seguro que no sabe que estás ahí. Cubre nuestras espaldas –dijo el Patón al Coronel.

Jabao se había refugiado detrás de una caja metálica con salvavidas. Dominaba la escalera y por lo tanto estaba en una situación de ventaja ante los que subieran a buscarle.

El Patón trató de subir, pero *Jabao* se lo impidió disparando con su Beretta.

–Oye, cubanito, sabemos que estás herido. No vas a poder

hacer nada ahí arriba. Lo mejor que haces es entregarte –dijo el Patón parapetado detrás de una columna, al lado de Pato Macho que había cubierto con una lona el cuerpo de su compañero.

–Ven a buscarme, maricón, si tienes cojones –le contestó *Jabao*.

–Más tarde o más temprano te vamos a cazar –le respondió.

–Mira, si yo fuera tú, tendría mucho cuidado con lo que dijera. Si tratan de joderme, me los voy a llevar a todos ustedes, a este barco, a una gran parte de esta bahía y posiblemente parte de la ciudad de Colón por delante. Tú sabes muy bien que este barco está lleno de Semtex, suficiente para hacer unos buenos fuegos artificiales. Yo soy quien tiene el detonador. Está aquí, conmigo. Solo tengo que apretar un botón y se acabó. Así que lo mejor que haces es ir a buscar a tu jefecito y que venga. Dile que tenemos que hablar.

–Está bien. Espérate –le contestó el Patón y dejó a Pato Macho, impidiéndole el paso al agente cubano.

El Topo pidió ayuda a Ruiz para que el comando militar que estaba cerca en dos embarcaciones le ayudara a evacuar a Lil, Tatiana y la tripulación.

Lil estaba sentada cubierta por una manta.

–¿Qué haces aquí? ¿Quién eres realmente? –preguntó Lil a Javier con una expresión de tristeza y desilusión.

–Mi nombre en estos momentos es lo de menos, Lil.

–Entonces Mike tenía razón. Eres de la CIA.

Javier calló y se mordió los labios.

–Yo de tonta, sin saber nada… Los cubanos creían que era yo la espía. Y resulta que eras tú.

Javier se le acercó y trató de tomarle la mano.

–No, no fue así…

–Déjame Rigoberto o cómo te llames, por favor. Ya me han hecho bastante daño tú y todos los otros.

Tatiana le hizo un gesto a Javier indicándole que lo mejor que hacía era no molestar con su presencia a Lil en aquellos momentos. Javier se marchó en silencio cabizbajo. Los disparos habían cesado. Reinaba una calma inquietante.

30. Enero 13

La sala de maquinarias del Silver Star estaba desierta y totalmente a oscuras, como el resto de la motonave. El ruso Popov había permanecido las últimas horas escondido e incomunicado en aquel lugar. Al fin decidió salir de su escondite para ver lo que sucedía. Primero se dirigió a la cercana sala del generador eléctrico. Encendió la linterna que había atado a su Kalasjnikov con cinta aislante. No sabía por qué ni quién había dado la orden de dejar al navío sin electricidad. Revisó el generador y no le pareció que tuviera problemas, todo lo contrario, trabajaba como de costumbre, pero no había electricidad. Quizá fuera el conmutador general; así que se dirigió hacia la enorme caja y la revisó detenidamente. Después de algunos minutos descubrió el trasmisor. ¿Qué hacer? Sin duda los suyos no habían puesto ese interruptor/trasmisor. Solo quedaba una opción: habían sido los que trataban de hacerse con el barco, fueran quienes fueran. Pero ¿debía poner la electricidad nuevamente? Si lo hacía, se delataría. Sus enemigos sabrían que estaba ahí, en la sala del generador, y seguro que iban a venir por él. Necesitaba más información, antes de hacer algo que pudiera lamentar. Con paso cauteloso se dirigió a la salida de la sala del generador y lentamente, comenzó a subir la larga escalera que lo llevaba a cubierta.

—¿Qué es lo que quieres? —gritó *El Topo* sentado en uno de los peldaños de la escalera que llevaba al segundo puente de mando, que estaba a la intemperie y que solamente era utilizado en los días cálidos de sol.

—Quiero salir de aquí y exijo que me den la seguridad de que podré abandonar Panamá. El problema es que no confío en ustedes; no son más que una banda de hijos de puta. En el mismo momento que les entregue este aparatito, me van a dar un tiro en la nuca.

—Entonces no hay forma de llegar a un acuerdo, *Jabao*. Si no hay confianza, entonces para qué estamos hablando —respondió *El Topo*.

—Así que sabes cómo me dicen.

—Sí, ¿o quieres que te llame por tu verdadero nombre, capitán Rogelio Fuentes, alias *Jabao*, de la Quinta del MININT? —*El Topo* dejó caer lentamente las palabras para desmoralizar a su enemigo—. Sé muchas otras cosas, casi todo. Es mejor que te entregues. Al menos podrá salir con vida. Los que te han enviado a este suicidio sabían que te estaban enviando a la muerte. Mike y Paredes, todos ellos están a salvo.

—Vete a la mierda. Sé que estás tratando de comerme la moral. Pero eso no va conmigo. Tampoco vas a ganar tiempo con toda esa perorata. Seguro que hay gente tuya en la bodega buscando el trasmisor del detonador. Pero eso va a ser muy difícil, imposible. Quizá hayan encontrado ya algunos de los temporizadores si son realmente buenos. Pero el detonador... eso es otra cosa. Olvídense. Nunca lo van a encontrar. Y a mí se me están acabando el tiempo y las ganas, ¿entiendes?

—Bien, tú decides. ¿Qué quieres hacer? Tienes mi palabra de que te vamos a dejar salir de Panamá. ¿Adónde quieres ir? ¿A Cuba?

—Ah, sí... Claro. Con las cámaras de la CNN y todas las agencias de noticias sacándome fotos antes de salir pa'labana. Para decir que es Cuba la que está detrás de todo esto, ¿verdad?

—Y la alemana, *Jabao*. ¿Lil? ¿O prefieres que la llame Sara? ¿Tú crees que esa chica no los va a denunciar a todos ustedes y a Mike y a Cuba? No te necesitamos. Tenemos todas las pruebas. Lo único que puedes hacer es salvarte —dijo *El Topo*.

Se volvió a hacer un silencio pesado, denso. Todo se prolongaba demasiado y *El Topo* lo sabía. Había que tomar una decisión rápida.

Jabao seguía perdiendo sangre. La pierna herida le dolía terriblemente. Sentía frío y estaba a punto de perder el conocimiento. Su interlocutor tenía razón. Sí regresaba a Cuba, no la iba a pasar bien, todo lo contrario. Entonces, ¿adónde ir? Sí iba a Nicaragua, pasaría lo mismo. Lo meterían en un avión y en unas horas estaría en La Habana. Quizá la mejor solución era acabar con todo aquello volando el barco.

—Ha perdido mucha sangre; está cansado y débil. Quizá el Coronel le pueda meter un tiro en la nuca —sugirió Javier a *El Topo* que se encogió de hombros.

400

—Sí, lo intentaremos. Ya está lo suficiente cansado. Es posible que el Coronel pueda comenzar a buscarlo allá arriba. Vamos a darle una buena conversación para distraerlo. Avísale al Coronel que debe prepararse.

Popov salió a cubierta. Sabía que la proa podría ser peligrosa. Optó por alejarse hacia la toldilla. Escuchó voces en la cubierta A, aunque no pudo entender lo que decían.

Tres lanchas militares de goma se acercaron silenciosamente al barco. El ruso se escondió detrás de unos bultos en la cubierta de popa y observó cómo las lanchas llegaban y un par de hombres, al parecer SEALs de la Marina estadounidense, subieron a bordo.

Unos instantes más tarde comenzaron a bajar por las escalerillas miembros de la tripulación del Silver Star, seguidos del capital Malich y varios oficiales. Por último, el ruso vio cómo Tamara y Lil aparecieron en la cubierta y comenzaron a descender hacia uno de los botes de goma, auxiliadas por un hombre que al parecer era el ayudante del práctico del puerto.

Instintivamente Popov alzó su arma y apuntó. Sabía que Sara no podía salir del barco, que sabía demasiado. Observó cómo Tatiana la ayudaba a bajar. No entendió. ¿Tatiana? ¿Ayudando a esa traidora? Apuntó cuidadosamente y sin pensarlo dos veces disparó su AKM.

Lil se estremeció segundos después de que se escucharan los disparos. Tatiana la sujetó. La chica miró a la rusa como preguntándole lo que había pasado. Sintió el calor de las balas penetrando por su cuerpo después del impacto. Javier se abalanzó sobre ella para protegerla. Los SEALs sacaron sus armas y respondieron al fuego inmediatamente, dándole tiempo a Javier para que pudiera tomar en sus brazos a Lil y ponerla a resguardo.

Ella se agarró de Javier con fuerza. Tenía dos disparos en el pecho. Él la colocó en el piso frío de la cubierta. Lil quiso decirle algo, pero no pudo. Un coágulo de sangre ahogó sus palabras.

—¿Lil?

Ella le miró profundamente.

—¿Por qué Rigoberto? —le dijo en un susurro.

—Tranquila, no digas nada, no te esfuerces.

Lil sonrió ligeramente. La sangre que salía de las heridas del pecho manchó la cubierta y ella exhaló un largo quejido.

Sus dedos se crisparon en un esfuerzo por tratar de sujetarse al cuerpo de Javier, como si se aferrara a la propia vida. Él sintió su abrazo desesperado. Sus manos quedaron quietas, sin vida, aún abrazada a su cuerpo. El largo pelo le cubría casi el rostro. Javier cerró sus ojos que aún le miraban, como pidiéndole una explicación. Jamás olvidaría aquella mirada.

–¿Qué fue eso? –preguntó *Jabao* con una expresión de dolor y pánico reflejada en su rostro al escuchar los disparos.

–Creo que ha sido el último ruso que ya ha dejado de ser un problema para nosotros. Estás solo. *Jabao*, escúchame, tenemos un plan para que puedas salir de aquí sin necesidad de que tú y alguno de nosotros tengamos que morir –dijo *El Topo*.

Jabao se cambió de posición y se situó más lejos de la escalera. Fue en ese momento cuando el Coronel pudo distinguirlo perfectamente.

–Aquí Zorro Nueve a Zorro Uno. Tengo al objetivo en la mirilla.

–Destruye objetivo, Zorro Nueve.

El peruano no esperó a escuchar por segunda vez la orden de *El Topo* e hizo un solo disparo. El cuerpo de *Jabao* cayó pesadamente sobre el puente de mando.

–Objetivo eliminado, aquí Zorro Nueve.

–Adelante, vamos a comprobar. Cúbrenos Zorro Nueve. Termino.

El Patón subió cubierto por Pato Macho, mientras *El Topo* y Chano quedaron atrás.

Jabao yacía bocabajo con el cráneo destruido por el certero disparo del peruano. A su lado, la pequeña caja negra con el botón rojo del detonador a distancia de la carga explosiva.

–Zorro Dos a Zorro Tres –dijo el Patón lentamente mientras tomaba el conmutador y lo apagaba.

–Aquí Zorro Tres, adelante.

–Tenemos el detonador en nuestro poder. Todos los terroristas han sido eliminados. Cambio y fuera.

Javier escuchó en sus diminutos audífonos las palabras del Patón. Había cubierto el cuerpo de Lil con un pedazo de lona que había encontrado. Con paso lento se dirigió a la baranda de babor y vio cómo los tres botes de goma se alejaban hacia el puerto.

Desde uno de los botes, la rusa había visto momentos atrás

el destello del último disparo que terminó con la vida de *Jabao*. El capitán Malich la miró sin comprender, pero guardó silencio. Tatiana miró por última vez al Silver Star, aún a oscuras, y después volvió su rostro hacia el muelle aún lejano. Una estrella fugaz cruzó el firmamento y las olas que levantaban los botes humedecía levemente su rostro y el agua del Caribe se mezcló con sus lágrimas.

Epílogo

Cuando los soldados norteamericanos seguidos por Ruiz fueron a buscar el cargamento de armas en la nave de tránsito del muelle número siete de Puerto Cristóbal, se encontraron que el cargamento había desaparecido. Aunque se pusieron en alerta todos los pasos de frontera las armas, nunca fueron encontradas. Tampoco ninguno de los guerrilleros colombianos que habían participado en la operación.

A Irina y Tatiana el gobierno de Estados Unidos les concedió una nueva identidad y se instalaron en San Francisco, después de que con Ruiz lograran desvalijar algunas de las cuentas de Cuba del HAVIN y el UBS, pero la mayoría de las cuentas habían sido vaciadas por los propios cubanos horas antes de que ellos efectuaran la operación. Los 398 millones de marcos en la cuenta de la B & C Shipping and Trading Ltd. en el Banque Général Européen de Suisse desaparecieron también y nunca fueron encontrados, así como los otros 200 millones de marcos alemanes depositados por los alemanes orientales en la cuenta secreta a nombre de Lil.

Mario Paredes regresó a Cuba vía México días después y fue el único sobreviviente de la Operación Ciguaraya. La Habana lo recibió como un héroe y toda la culpa cayó sobre las dos rusas. Pocas semanas después, Mike pudo ver las fotos de Irina recibiendo a Tatiana en compañía de los SEALs en Puerto Cristóbal, seguramente enviadas por algún miembro de las FARC.

El exgeneral panameño Manuel Antonio Noriega fue repatriado desde Francia, el 12 de diciembre de 2011, tras pasar 21 años, 11 meses y 8 días en prisiones de Estados Unidos y Francia por conspiración para traficar drogas y blanqueo de dinero. Noriega cumplirá en Panamá una larga condena por los asesinatos de 11 panameños y por un amplio listado de homicidios de víctimas de la represión de su aparato de seguridad.

La autopsia y los análisis posteriores realizados al cadáver del doctor Vega no arrojaron prueba alguna que este hubiera sido asesinado.

Mike fue degradado a dirigir una granja de pollos en la provincia de Pinar del Río.

Ruiz entró a formar parte del Departamento Cuba. Colin, a pesar de jubilarse poco después, se comprometió a seguir trabajando para la Agencia hasta descubrir al doble agente cubano.

El Topo regresó a Miami y abrió un restaurante en Coral Gables con Gardel y el Patón.

Ana Belén Montes continuó siendo considerada la analista más importante sobre cuestiones militares de Cuba. Regularmente prosiguió enviando al Centro de La Habana todo el material altamente secreto que caía en sus manos. Finalmente, fue arrestada el 21 de septiembre de 2001, pocos días después de los atentados del 11 de septiembre. Desde algún tiempo atrás, el FBI la había comenzado a seguir la pista, después de desmantelar la "Red Avispa", un entramado de espionaje cubano que había operado en el sur de la Florida y que usaba el mismo método de comunicación empleado por ella. En octubre de ese año se declaró culpable y fue condenada a 25 años de cárcel y cinco de libertad vigilada.

Una investigación interna del DI y el CIS, exoneró a Lil Segal de cualquier tipo de dudas sobre ella durante la operación, y el informe enviado por Ana Belén Montes a La Habana sobre Rigoberto Sánchez, contribuyó a que Lil no fuera clasificada en los archivos de la inteligencia cubana como traidora a la Revolución. Sus restos fueron enterrados en Berlín, en el cementerio judío de Weissensee de la Herbert-Baum Strasse, recién abierto después de la caída del Muro de Berlín y la reunificación de Alemania.

Javier regresó a Europa y se estableció definitivamente en una pequeña ciudad de la costa mediterránea francesa. Paredes y él decidieron continuar sus contactos.

Post scríptum

Canal de Panamá, posible objetivo terrorista

PANAMÁ, 18 de agosto de 2004 (EUROPA PRESS)
El canal de Panamá podría ser objetivo de un ataque terrorista por ser "estratégico" para el comercio mundial, lo que justifica organizar maniobras conjuntas para defenderlo, advirtió este martes el comandante de las Fuerzas Navales del sur de Estados Unidos, vicealmirante Vinson Smith.

"Hoy nos enfrentamos a una amenaza global y el canal es un punto sensible para un ataque terrorista por su importancia global para el comercio", aseguró Smith al clausurar las maniobras aeronavales Panamax-2004, en las que participaron unos 3,000 efectivos de las fuerzas aéreas y navales de EE. UU., Panamá, Honduras, Colombia, Chile, República Dominicana, Perú y Argentina.

Según el Comandante Smith, las amenazas actuales del terrorismo y el narcotráfico "justifican maniobras conjuntas" para defender el canal.

En el ejercicio se hizo un simulacro de un barco cargado de explosivos con hipotéticos planes para destruir una de las esclusas del canal.

Exnarco colombiano implica a Fidel y Raúl Castro en narcotráfico

AGENCIAS, BOGOTÁ 13/12/2011
Uno de los pocos exintegrantes del cartel de Medellín que sigue en prisión, John Jairo Velásquez, "Popeye", afirmó hoy que el máximo jefe de la banda, Pablo Escobar, tuvo vínculos con Fidel y Raúl Castro, el presidente de Nicaragua, Daniel Ortega, y el exdictador panameño Manuel Antonio Noriega.

"El patrón tenía contacto directo con Fidel Castro. Yo una vez llevé una carta muy gruesa a México, para entregársela al Nobel de Literatura, Gabo (Gabriel García Márquez). Se la entregué yo mismo, no iba destapada. Yo no la leí, pero era para Fidel", aseguró John Jairo Velásquez, en entrevista con la cadena radial RCN.

AGRADECIMIENTOS

Mi gratitud a Pío E. Serrano por su colaboración desde el comienzo de su concepción hasta la publicación del libro. Por haber creído en él.

También hago extensivo mi más sentido agradecimiento a Charlie L. por su sincera amistad y por su experiencia en los asuntos cubanos y latinoamericanos; igualmente al Dr. Hans Josef Horchem (R.I.P), por su experiencia en las actividades de contraespionaje contra la RDA, como jefe del *Verfassungsschutz*[1], en Hamburgo, entre 1969 y 1981, y su inagotable conocimiento de los asuntos relacionados con el terrorismo internacional.

Especialmente quedo agradecido a Carlos Cabrera Pérez, por su interés en la lectura del texto original y por sus valiosas precisiones, Luis Manuel García Méndez por sus consejos, y a Leni López por el reencuentro con Berlín y su historia judía.

A todos, gracias por haberme ayudado, de una manera u otra, directa o indirectamente, a describir y desvelar una época en la que se movieron los personajes de esta trama.

H.L. Guerra
Antibes, Francia, enero 2012

---

1   Oficina Federal de Protección a la Constitución, es la agencia germana occidental de contraespionaje y antiterrorismo.

H.L Guerra *(Humberto López y Guerra)* escritor, cineasta y periodista sueco nacido en Cuba ha dirigido más de 20 documentales y series de televisión para la televisión sueca. Ha obtenido el Prix Italia con *Arrabal,* el premio de la mejor serie de televisión de Nordvision con *Odskans år,* Los años malos, y ha sido seleccionado al Emmy con *La larga condena.*

Ha publicado anteriormente dos novelas de espionaje en español: *El traidor de Praga* (2012) y *Triángulo de espías* (2016). Ambas novelas han obtenido excelentes criticas de la prensa internacional.

En 2018 publica con gran éxito de ventas *Den ofrivillige spionen,* El espía involuntario, su primera novela en sueco de la serie "KSI", y en el 2021 publica la segunda entrega de la serie, *Gryningens Skuggor,* Las sombras del amanecer.

In November 1989, Major Paredes, the second man in Cuban intelligence in Prague, decides to pass top secret information to the CIA, in the midst of the debacle of the communist regimes in Eastern Europe. In Washington, his betrayal provokes doubts and skepticism, even though Javier Puig, the Cuban-American spy who served as Paredes' liaison and old friend, tries to convince Langley that this is not a Cuban provocation or infiltration, but the decision of a brave man who, putting his own life at stake, is trying to help the fall of Fidel Castro's regime.

REVIEWS:

After the publication of this excellent novel, it can no longer be said that the espionage genre does not have a true literary tradition in the Spanish language. It has; it has just been born. And it is of Cuban origin.
Manuel C. Díaz - El Nuevo Herald

¡PROXIMAMENTE!
El espía improbable
The unlikely spy
Den osannolika spionen
La nueva y esperada novela de H.L.Guerra

Una novela inspirada en hechos reales en los que solamen-
te algunos personajes y escenarios son imaginarios.

Triángulo de espías

Seleccionada por Librotea, el recomendador de libros de El País, como una de las 10 mejores novelas de espías sobre Corea del Norte e ISIS.

En *Triángulo de espías,* H.L. Guerra retoma a los protagonistas de El traidor de Praga. Javier Puig se reencuentra en La Habana con su viejo amigo, el espía doble cubano Mario Paredes, veinte años después. Aunque los dos están ya retirados, la desesperada situación de la CIA ante una seria amenaza de seguridad nacional hace que ambos se vean envueltos en un complejo entramado de intrigas políticas.

A través de este elaboradísimo y emocionante juego a tres bandas entre los servicios de espionaje de Cuba, Corea del Norte y Estados Unidos, el autor expone la turbia y compleja realidad de la política exterior de países como Estados Unidos, Suecia, o España en su lucha contra la venta ilegal de armamento y la amenaza de una guerra nuclear.

Reseña:

Manuel C. Díaz Especial/el Nuevo Herald

Triangulo de espías es una estupenda novela de espionaje. No encuentro una mejor manera de describirla. Está escrita con meticulosidad de artesano y en su trama, a pesar de que se abordan temas complejos como la venta ilegal de armas a países terroristas, no hay cabos sueltos. Al final, gracias a un inesperado twist argumental, todas las piezas caen en su sitio. Y todo en el marco de una trama en la que se ven envueltos los servicios de inteligencia de Cuba, Corea del Norte y Estados Unidos. Con esta novela, Humberto López ha vuelto a demostrar, como lo hizo en El traidor de Praga, que los espías no tienen que surgir del frío. Pueden venir desde el calor del trópico. En realidad, ya lo están haciendo. Después de todo, están a solo noventa millas de nosotros.

El espía involuntario
(Den ofrivillige spionen)

Den ofrivillige spionen (El espía involuntario), es un thriller que
con sorprendentes giros vincula a Estocolmo, Bruselas, Berlín,
Moscú, Colonia y Miami con los años 80 y la época actual. Una
historia ficticia entretejida con eventos reales. Una representación
distópica donde el pasado, el presente y el futuro van de la mano.
Una historia de traición, decepción, amor y juego de poder político
al más alto nivel

413

Las sombras del amanecer
(Gryningen skuggor)

Las sombras del amanecer, *Gryningens Skuggor,* es la segunda entrega de H.L. Guerra serie KSI después del exitoso éxito de El espía involuntario, *Den ofrivillige spionen.* Una apasionante y actual novelar de espías que con precisión histórica describe las intrigas políticas en las que se ven envueltos los servicios de inteligencia occidentales en su lucha por ganar la guerra secreta contra el terrorismo islámico y el creciente terrorismo de extrema derecha.